LA RÉDEMPTION DU TEMPS

DU MÊME AUTEUR

LA RÉDEMPTION DU TEMPS. LE PROBLÈME À TROIS CORPS X, Actes Sud, 2020 ; Babel n° 1922.

Titre original :
三体X·观想之宙
Éditeur original :
重庆出版社, Chongqing

ISBN 978-2-330-18645-6

BAOSHU

LA RÉDEMPTION DU TEMPS

LE PROBLÈME À TROIS CORPS X

roman traduit du chinois
par Gwennaël Gaffric

BABEL

En hommage à Monsieur Liu Cixin.

PRÉFACE

L'écriture de ce roman compte incontestablement parmi les choses les plus fantastiques qui me soient arrivées dans la vie.

Comme beaucoup d'autres passionnés chinois de science-fiction, je suis devenu un fan inconditionnel de Liu Cixin au début du XXIe siècle. Entre nous, nous nous appelions les "magnets*" et nous adorions débattre sur les forums de chacun des récits de Liu Cixin, avec une passion sans cesse renouvelée. Nous étions les premiers au courant dès qu'une de ses œuvres s'apprêtait à paraître, et nous nous jetions aussitôt sur la revue qui jouissait de cet honneur. En 2006, quand la revue *Le Monde de la science-fiction* a commencé à publier en feuilleton le premier tome de la trilogie des *Chroniques de la Terre* (ou trilogie des "Trois Corps"), j'ai dévoré goulûment chaque chapitre, attendant le prochain avec une obsession toujours plus intense.

Six mois après la publication sous forme de livre du *Problème à trois corps* au début de l'année 2008 a paru sa

* Jeu de mots en chinois : "magnets" se dit *citie* (*ci* est homophone de la première syllabe du prénom "Cixin" et *tie* – métal – renvoie à l'idée de fans "hardcore"). *(N.d.T.)*

suite, *La Forêt sombre*. L'événement était certes insignifiant en dehors des cercles des fans de science-fiction, mais imaginez le festin pour tous les "magnets" ! Et notre souffrance insoutenable dans l'attente du troisième tome ! J'étais en Belgique pour mes études quand, deux ans et demi plus tard, *La Mort immortelle* est enfin sortie en Chine. Aucun moyen de me procurer le livre. J'ai même sérieusement envisagé de rentrer en Chine spécialement pour mettre la main dessus. Pour finir, c'est mon ami Gao Xiang qui m'a aidé à résoudre le problème : il a photographié chacune des pages du livre et me les a envoyées par courrier électronique.

Si j'ai été sur le moment profondément touché par le geste de mon ami, c'est plus tard que j'ai réellement compris ce que ce roman avait signifié pour moi. Sitôt terminé la lecture de *La Mort immortelle*, je me suis lancé dans des débats enflammés avec d'autres lecteurs au sujet des moindres détails du roman. Mais si longues et si ferventes étaient nos discussions, cette formidable trilogie au souffle si puissant était achevée, et nous sentions jour après jour l'histoire s'éloigner de nous. Cette mélancolie éprouvée après la satisfaction de ma soif de lecteur m'a poussé à prendre une décision : j'écrirais de courts récits au sujet de certains personnages de la trilogie, simplement pour prolonger un peu le plaisir. Deux jours plus tard, j'avais imaginé un dialogue entre Yun Tianming et 艾AA, restés sur Saphir, que j'ai publié sur Internet sous le titre de "Le Problème à trois corps X". Le "X" ne signifiait pas "dix", mais représentait plutôt "l'incertitude".

Ce n'était pas la première fois que j'écrivais une fanfiction inspirée de l'œuvre de Liu Cixin et j'étais loin d'être le premier à le faire. Mais jusqu'ici, ces histoires se partageaient surtout au sein de notre cercle restreint d'inconditionnels. Je ne m'étais pas imaginé qu'il en serait bien autrement pour "Le Problème à trois corps X". En effet, l'histoire que j'avais écrite répondait à cet instant au désir de dizaines de milliers de lecteurs : plus d'histoires venues de l'univers des "Trois Corps". Je dois dire que la date opportune à laquelle mon récit a été publié (à peine une semaine après la publication de *La Mort immortelle*) lui a valu une attention plus importante que sa qualité propre ne le méritait, mais les commentaires enthousiastes des lecteurs m'ont encouragé à continuer à écrire et mon histoire a peu à peu pris plus d'épaisseur.

Trois semaines plus tard, à la veille de Noël de l'an 2010, j'avais terminé le roman. Pendant ce temps, mon petit récit avait eu le temps de se propager jusque dans tous les recoins de l'Internet chinois et il suscitait presque autant la curiosité que le roman de Liu Cixin lui-même ! Yao Haijun lui-même, ami de Liu Cixin et directeur de la revue *Le Monde de la science-fiction*, parfois surnommé le "John W. Campbell chinois", en parlait en des termes élogieux, et me proposait de le publier. Plusieurs mois ont passé, et le succès des *Trois Corps* n'a pas faibli. On voyait fleurir de plus en plus de nouvelles fanfictions. Mais le moment clef était passé, et ces œuvres ne bénéficiaient pas d'autant de visibilité que la mienne. J'avais eu une sacrée chance.

En publiant mon texte sur le Net, je n'avais pas vraiment réfléchi au problème des droits d'auteur, mais la question est devenue épineuse au moment de sa publication dans une maison d'édition. Toutefois, Liu Cixin a fait preuve d'une incroyable tolérance en autorisant la publication de mon livre. Je lui en serai à jamais infiniment reconnaissant. Dès la parution du roman, j'ai immédiatement écrit à Liu Cixin en lui envoyant un exemplaire. Depuis, après avoir publié d'autres textes et être devenu un authentique écrivain de science-fiction, j'ai souvent l'occasion de le revoir et nous sommes devenus amis. Il m'a un jour raconté qu'il avait apprécié mon roman et qu'il avait même voté pour lui pour un prix qui devait être remis lors d'une convention de science-fiction cette année-là. Le roman n'a remporté aucun prix, mais l'approbation et les encouragements de Liu Cixin valent pour moi bien davantage.

Le sous-titre original du roman – *L'Âge de la contemplation** – lui aussi a une genèse particulière, mais peu s'en souviennent aujourd'hui, à l'exception des fans. Entre 2008 et 2010, pendant ces deux ans et demi d'attente fébrile de la parution du troisième tome, nous nous répandions en spéculations sur la direction que prendrait l'intrigue et nous lancions même des rumeurs, prétendant que des informations sur le titre et l'histoire avaient "fuité". Elles étaient toutes fausses bien entendu, et, d'ailleurs, aucune des hypothèses que nous avions avancées ne s'est jamais retrouvée dans *La Mort immortelle*. Mais quel plaisir nous avons eu à inventer ces rumeurs ! C'est en mémoire de ce temps innocent et joyeux durant lequel nous employions toute notre imagination à anticiper

* Premier sous-titre choisi par Baoshu à la sortie en chinois de ce roman, avant d'opter pour *La Rédemption du temps. (N.d.T.)*

la fin de la saga que j'ai réutilisé certains concepts dans mon roman.

Certes, le succès du *Problème à trois corps X* a finalement été bien moindre que celui de la trilogie de Liu Cixin, mais le roman a été apprécié par de nombreux lecteurs. Je ne crois cependant pas qu'il puisse réellement prétendre à devenir une partie de la saga des "Trois Corps", même s'il a été publié dans la même collection et chez le même éditeur. Il s'agit tout au plus d'une manière personnelle de compléter la trilogie, d'offrir une interprétation parmi une infinité d'autres. Les lecteurs des *Chroniques de la Terre* pourront tout aussi bien rejeter cette histoire que la considérer comme un fragment de son univers. Ces deux jugements me paraissent aussi légitimes l'un que l'autre.

Quatre ans après la publication du *Problème à trois corps X*, la Cepiec (China Educational Publications Import & Export Corporation Ltd.) a recommandé mon livre à des éditeurs étrangers. J'étais à la fois anxieux et excité à l'idée d'être traduit. Les œuvres de fanfiction de la science-fiction en langue anglaise ne manquent pas. Je pense par exemple au *Second Cycle de Fondation* de Greg Bear, Gregory Benford et David Brin ou bien aux *Vaisseaux du temps* de Stephen Baxter, suite de *La Machine à explorer le temps* de H. G. Wells, et je ne parle même pas des nombreuses œuvres prenant place dans les univers de *Doctor Who* et de *Star Trek*. Naturellement, mon livre ne pourra jamais rivaliser avec ces classiques, mais il partage peut-être quelque chose avec eux : les chefs-d'œuvre des génies qui nous inspirent nous invitent à entrer dans leurs mondes, ils stimulent notre passion et notre enthousiasme, ils nous poussent à remonter le temps, à ressusciter les personnages, à faire en sorte que ces mondes continuent à vivre, encore et encore.

BAOSHU
30 août 2015

TABLE CHRONOLOGIQUE*

Ère de la Grande Crise : 201X-2208
Ère de la Dissuasion : 2208-2270
Ère de la Post-Dissuasion : 2270-2272
Ère de la Diffusion : 2272-2332
Ère des Bunkers : 2333-2400
Ère de la Galaxie : 2273-incertain
Ère de Saphir : 2687-2731
Chronologie de la conception préparatoire de l'Univers 647 : 2731-18906416
Chronologie de l'Univers 647 : 18906416-11245632151
Ère ultime : 11245632151-11245632207
Début de la chronologie du nouvel univers : 11245632207

* La première partie de cette chronologie est tirée de *La Mort immortelle*. Le présent roman mettant en scène des personnages et des événements issus de la trilogie de Liu Cixin, cette frise a ici valeur de référence. *(N.d.A.)*

PROLOGUE

An 1 de l'Ère utlime, 00h00min00sec. La fin de l'univers

Il y a bien longtemps, dans une galaxie lointaine…

La même pléiade de constellations éblouissantes, les mêmes galaxies majestueuses, les mêmes innombrables formes de vie dispersées derrière l'une ou l'autre étoile découpée dans la grande toile de l'espace et qui, dissimulées dans chaque recoin, germent, croissent, luttent, s'entredéchirent… Cette galaxie reculée est semblable aux autres régions de l'univers. Elle résonne des palpitations des vivants et des complaintes des morts.

Mais voici que la vie de cet ancien et vaste univers atteint son crépuscule.

À des milliards d'années-lumière à la ronde autour de cette galaxie, à une vitesse vertigineuse, des étoiles meurent, des civilisations s'éteignent, des rivières d'étoiles se tarissent… Tout retourne au néant, comme si rien n'avait jamais existé.

Et la multitude des âmes vivantes qui habitent cette galaxie ignore encore que ni leurs luttes, ni leurs revers, ni leurs secrets, ni leurs massacres n'ont déjà plus aucun sens, ni que dans l'univers incommensurable, des bouleversements terribles et imprévisibles sont déjà à l'œuvre, et que leurs existences à elles aussi sont vouées à disparaître bientôt.

Les dernières lueurs de galaxies déjà éteintes, à plusieurs milliards d'années-lumière de là, traversent l'espace sans bornes et sans lumière pour venir éclairer cette galaxie reculée. Comme des cartes postales sans destinataire, elles murmurent de vieilles légendes qui ne sont désormais rien de plus que des cendres inconstantes.

Au milieu de ces milliards d'étoiles, dans un repli de ce lieu insignifiant appelé "Voie lactée", à des dizaines de milliards d'années-lumière, s'attarde un faible faisceau lumineux, que la majorité des créatures vivantes sont incapables de percevoir. Tapies au creux de la lueur, combien d'histoires tempétueuses et déchirantes ?

Ye Wenjie, Ding Yi, Zhang Beihai, Luo Ji...

Mike Evans, Frederick Taylor, Bill Hynes, Thomas Wade...

Côte rouge, Organisation Terre-Trisolaris, Programme Colmateurs, Programme Escaliers, porte-épée, Programme Bunkers...

Tout paraît s'être déroulé la veille. Les fantômes des héros et des saintes brillent encore dans le ciel étoilé. Mais personne ne connaît déjà plus leurs histoires, et personne n'est encore là pour honorer leur mémoire. Le rideau est tombé sur la scène et les acteurs ont rejoint les coulisses. Les spectateurs se sont dispersés et le théâtre tombe en ruine.

Jusqu'à ce que…

Quelque part dans les tréfonds glaciaux de l'espace obscur et infini, loin de toute planète, un spectre émerge soudain du néant.

Des éclats blafards d'étoiles dessinent les contours vagues d'une silhouette appartenant à une créature connue autrefois sous le nom d'"être humain", bien que naturellement dans un périmètre de plusieurs dizaines de milliards d'années-lumière, il ne se trouve aucun autre individu de son espèce capable de le reconnaître comme tel.

Le spectre en est conscient. Il sait que son monde et ses semblables ont déjà disparu de l'autre extrémité de l'univers, sans laisser la moindre trace. Son espèce a créé une civilisation rayonnante, elle a colonisé des millions d'étoiles, et en a anéanti presque autant, emplissant les pages d'une glorieuse épopée, mais elle a été emportée par le grand fleuve de l'histoire, et le fleuve de l'histoire s'est jeté dans la grande mer du temps. Et aujourd'hui, la mer du temps est sur le point de s'assécher.

Toutefois, au bout du bout de cet univers, au terme de ce temps sur le point de suspendre son cours, le spectre est bien décidé à continuer d'écrire cette histoire achevée.

Flottant au milieu des ténèbres, il tend délicatement un membre – un "bras" – à la terminaison duquel se déplient cinq doigts. Un petit point lumineux blanc argenté flotte au-dessus de sa paume.

Les deux yeux du spectre reflètent l'éclat de millions d'étoiles, ils jettent un regard profond sur ce point de lumière, comme s'il contenait le souvenir d'innombrables histoires. Le point oscille de haut en bas, comme une luciole légère, si fragile qu'elle paraît pouvoir disparaître à tout instant, et en même temps si dense qu'elle semble être une singularité précédant la naissance d'un univers, dans laquelle seraient concentrés une myriade de possibles. En réalité, ce point lumineux se trouve être un minuscule trou de ver relié à un trou noir supermassif, libérant une énergie de la puissance d'une galaxie.

Au bout d'un certain temps, le spectre esquisse enfin un geste. Le point se mue immédiatement en une ligne blanche argentée qui s'étend dans le lointain, comme un temps infini. En un clin d'œil, la ligne blanche se déploie à nouveau pour devenir un plan blanc bidimensionnel ; puis arrive la troisième dimension : le plan se déplace et devient peu à peu plus épais. Mais l'épaisseur de cette surface est encore insignifiante comparée à sa longueur – comme si le spectre avait déroulé une toile blanc neige sur tout le cosmos.

Le spectre plane au-dessus de la toile. Il écarte les bras et rase la toile. Une brise souffle et l'atmosphère apparaît. Sous ses pieds, le plan paraît battu par le vent, et affluent soudain des rides et des vagues, qui se figent bientôt pour devenir les montagnes, les collines, les vallées et les plaines.

Puis viennent le feu et l'eau et, à la suite d'une immense explosion, l'hydrogène et l'oxygène, concentrés d'énergie pure qui s'enflamment pour donner naissance à un océan de feu incommensurable. Et pendant la combustion émergent dans l'air des molécules d'eau qui se condensent en gouttes et s'accumulent en nuages de vapeur gigantesques d'où jaillissent bientôt des pluies torrentielles qui vont tomber sur la terre tout juste née, et où la gravité a déjà décliné ses effets. Une pluie sans fin se déverse sur la surface, qui engloutit les vallées et forme un vaste océan.

Une fois l'océan achevé, le spectre survole en rase-mottes la surface de l'eau tel un oiseau géant et se pose sur une plage déserte. Il tend ses deux mains, l'une en direction de la mer, l'autre en direction du ciel, et s'élève. La colossale masse de données stockée à l'intérieur de son corps est activée à la vitesse de la lumière, convertissant l'énergie en corps solides. Une multitude d'êtres vivants commencent à apparaître. De la mer jaillissent des bancs entiers de poissons et de baleines, comme s'ils voulaient saluer leur créateur. Des profondeurs de la terre naissent des herbes et des arbres, parmi lesquels déambulent bientôt animaux et insectes. Dans le ciel planent des oiseaux de toutes tailles. C'est alors le tour des forêts, des prairies, des lacs et des déserts de prendre place au cœur de ce nouveau monde où bouillonne le tumulte de la vie.

Et quand tout est terminé, le spectre sent qu'il manque quelque chose encore. Il lève pensivement les yeux vers le ciel sombre et perçoit enfin ce qui fait défaut. Avec son doigt, il dessine un cercle à la pointe du ciel et lui donne une légère chiquenaude. Un nouveau point de lumière apparaît dans sa main qui monte dans le ciel et devient une boule jaune resplendissante – cet astre si familier, ou du moins le croit-on : le Soleil. Tandis que ses rayons se dispersent dans l'atmosphère, ciel et terre s'illuminent soudain. Une lumière pure et cristalline traverse le bleu miroitant du ciel et des océans.

Ce tout nouvel éclat s'abat sur le corps du spectre, qui se redresse, ivre de lumière, baigné d'une chaleur qu'il attendait depuis longtemps.

Comme à l'antique âge d'or.

Le soleil tombe sur ses cheveux et sa peau nue, esquissant une silhouette humaine. À cet instant, son apparence spectrale et obscure s'estompe, laissant place à un être de matière, un homme venu de ce monde connu dans les temps anciens sous le nom de "Terre".

Tout ici paraît familier, semblable à la Terre antique.

Le spectre sait bien que ce monde artificiel n'est qu'une pâle et insignifiante copie de l'ancien univers et de l'ancienne Terre, mais il a insisté pour créer ce micromonde et poursuivre l'écriture d'une épopée cosmique déjà achevée. Les histoires de l'univers ne se continueront pourtant pas vraiment. Il veut juste plonger une dernière fois dans ce monde à l'aube de sa destruction : les dernières chaleurs de ce simulacre d'un soleil ancien lui apporteront-elles un peu de bonheur ?

— C'est peut-être le dernier rayon de cet univers… murmure-t-il.

I

CHRONIQUES DE L'EN-TEMPS

Ère de Saphir, An 2. Notre étoile

Du ciel grisâtre et vaporeux tombait une bruine non moins sinistre, qui panachait le petit lac de vapeurs brumeuses. Sur les berges, les herbes, soufflées par la brise, absorbaient goulûment l'eau de pluie sucrée. Un petit bateau fait de feuilles tressées flottant à la surface du lac s'éloignait lentement au gré des rides d'eau soulevées par les gouttes.

Comme s'il voguait vers le bout du monde…

Assis sur la rive, Yun Tianming jetait nonchalamment des cailloux humides qui faisaient naître des ondes plus ou moins grandes à la surface. Une jeune femme d'une beauté sculpturale était assise à côté de lui, le regardant calmement de ses grands yeux. Ses cheveux soufflés par le vent venaient de temps en temps chatouiller son visage.

L'espace d'un instant, Yun Tianming eut la sensation de s'être égaré dans le temps et l'espace : il avait l'impression d'être revenu à cette excursion de première année d'université, à cet agréable moment passé avec Cheng Xin. Mais l'eau jaunâtre du lac, l'herbe bleue et la large gamme de couleurs des pierres lui rappelaient qu'il était maintenant à une autre époque et dans un autre monde : sept siècles plus tard, sur une étoile à plus de trois cents années-lumière de distance…

Et avec une autre femme à ses côtés.

Pluie torve et brise légère ne me feront pas rentrer chez moi.

Il ignorait comment ce vers lui était revenu en mémoire. Il était tiré d'un poème ancien, que ses parents – qui ne juraient que par l'éducation classique – l'avaient forcé à mémoriser. Et aujourd'hui moins que jamais, il ne pouvait "rentrer chez lui". Rien de ce qu'il avait vécu ne reviendrait. Il devait affronter la froideur de la pluie et du vent de cette planète étrangère.

Mais qu'est-ce que je croyais ? se demanda Yun Tianming. *Qu'on allait m'offrir une nouvelle chance de m'asseoir avec ma chère Cheng Xin au bord du lac pour plier des bateaux de papier ? C'est le rêve d'un idiot !* Il n'aurait jamais imaginé autrefois pouvoir même être encore assis à côté d'une femme sept siècles après sa naissance. Qu'une représentante femelle de son espèce se retrouvât à ses côtés aujourd'hui était en soi un miracle inouï.

Il n'était pourtant pas passé loin d'un miracle encore plus insensé : il ne lui avait manqué que quelques heures – peut-être même quelques minutes – pour revoir celle dont ses rêves avaient, depuis sept siècles, caressé l'image. Ils auraient vécu tous deux sur les berges de ce lac, et rien n'aurait jamais pu les séparer. Et la femme qui l'accompagnait aujourd'hui n'aurait été que la meilleure amie de son épouse, et la femme d'un autre homme.

Aujourd'hui même, sa déesse n'était pas loin de lui, à quelques milliers de kilomètres tout au plus, et il lui arrivait parfois de voir par nuit claire son vaisseau tourner autour de la planète à une vitesse lente. Mais peu importe comment, elle était à jamais hors de portée.

Il lui avait jadis offert une étoile. Mais à présent, à cause du déploiement soudain des lignes de mort, elle ne pourrait jamais plus atterrir sur cette planète. *Elle était devenue son étoile.*

Yun Tianming grimaça et leva machinalement les yeux au ciel. Aujourd'hui, il ne voyait rien d'autre que des nuées brumeuses. Mais il savait qu'elle était là, par-delà les nuages, elle passait peut-être même en cet instant précis au-dessus de leurs têtes.

Yun Tianming détourna son regard du lointain et découvrit que les yeux de la jeune femme l'observaient toujours. Il fit semblant de n'avoir rien remarqué. Deux bras suaves, tels des sarments de vigne, s'enroulèrent autour de son cou. Alors qu'il s'apprêtait à profiter de la chaleur de cet instant, la propriétaire des bras posa tout à coup cette question que les amoureux de tous les sexes, de tous les âges et de toutes les galaxies aiment tant poser :

— Laquelle est ta préférée, elle ou moi ?

— Toi, bien sûr !

— Pourquoi ? insista艾AA. Tu dois préciser, parce que Cheng Xin…

Elle fut interrompue par un baiser intense. La répétition de nombreuses expériences similaires avait appris à Yun Tianming la douloureuse leçon qu'aucune réponse, dans aucune langue que ce fût, n'était appropriée ni même nécessaire dans de telles circonstances.

AA céda au baiser. Quand celui-ci fut terminé, elle cessa de se cramponner à une réponse et se contenta de mordiller le lobe de l'oreille de Yun Tianming en minaudant ; puis, comme si elle n'était pas rassasiée, elle lui mordit plus violemment l'épaule.

Yun Tianming cria de douleur et la repoussa d'un geste de la main. Des visions enfouies dans les tréfonds de sa mémoire refirent surface et enveloppèrent tout son être, l'empêchant de respirer et de penser. Il se prit douloureusement la tête entre les mains.

— Allez, je voulais juste te taquiner, ne le prends pas comme ça !

AA crut tout d'abord à un mouvement d'humeur, mais en remarquant l'extrême pâleur de son visage et les tremblements qui le secouaient de la tête aux pieds, elle comprit. Une nouvelle fois, il luttait contre des angoisses et des délires terrifiants.

— Tianming, qu'est-ce qui ne va pas ? demanda-t-elle, avec sollicitude.

Ce dernier la fixa d'un regard confus et désemparé. Il inspira profondément et, après une longue pause, il parvint à bredouiller :

— Est-ce que tu… es réelle ?

— Tianming, qu'est-ce que tu racontes ?

Elle était maintenant effrayée. Elle s'approcha de lui pour l'enlacer, mais Yun Tianming fit un pas en arrière et se rétracta, comme s'il la craignait. Puis il demanda une nouvelle fois :

— Es-tu réelle, ou une hallucination ? Et ce monde, n'est-ce qu'un mirage dans mon esprit ?

AA prit conscience de la gravité de la situation. Elle poussa un long soupir puis articula :

— Je suis réelle. Tianming, regarde-moi, je suis debout ici devant toi. Chaque centimètre de ma peau, chaque cheveu sur ma tête est bien réel… Tout comme ce monde. Tianming, ceci… c'est notre étoile !

— Notre… étoile ? répéta Yun Tianming.

— Oui, Tianming, est-ce que tu te souviens ? Ce jour-là, nous attendions Cheng Xin et Guan Yifan. Nous avons vu leur vaisseau entrer en orbite autour de Saphir. Tu riais comme un enfant, tu me tirais par la manche en me disant que tu avais une surprise à lui offrir. Tu voulais la conduire dans ce mystérieux petit univers dans lequel tu n'étais toi-même jamais entré… Et puis, brusquement, les lignes de mort se sont étendues, le ciel s'est assombri : il n'y avait plus de soleil, plus d'étoile. Et quand tu as fini par comprendre ce qui s'était passé, tu es resté debout, immobile, comme un zombie, sans pleurer, sans crier. Je n'ai compris combien tu aimais Cheng Xin qu'en voyant la profondeur de ton désespoir.

— … Je me souviens, murmura Yun Tianming, toujours distant.

— Pendant trois jours et trois nuits, tu n'as pas mangé ni bu, tu n'as presque pas fermé l'œil non plus. Je n'arrêtais pas de te répéter qu'ils n'étaient pas morts, qu'ils vivaient seulement dans un autre référentiel, que vous vous reverriez peut-être un jour. Mais tu paraissais ne pas m'entendre. La troisième nuit, tu as fini par pleurer, d'abord des larmes muettes, puis des sanglots, et tu as explosé. Et moi, j'ai… je ne sais plus comment, je t'ai pris dans mes bras. Et je t'ai entendu dire : "Il n'y a plus que nous sur cette planète ! Plus que nous !" Est-ce que tu te rappelles ce que je t'ai dit ensuite ?

— Tu as dit : "Désormais, tu seras mon Adam, et je serai ton Ève."

Yun Tianming fermait les yeux, il laissait ses souvenirs remonter à la surface.

— Je ne sais plus comment ces mots me sont venus. (AA se mordit la lèvre et rougit.) Quoi qu'il en soit… nous étions ensemble. Nous n'étions pas encore libérés de notre désespoir, mais cette nuit-là… nous nous sommes laissé aller, nous… avons été joyeux, vraiment joyeux. Le lendemain, tu m'as affirmé : "Désormais, ce sera notre étoile." Tu t'en souviens ?

Sans qu'il s'en rende compte, un léger sourire se dessina sur le visage de Yun Tianming :

— Mmmh, je m'en souviens.

— Alors, dis-moi, est-ce que tout cela n'était pas réel ? Comment pourrait-il y avoir plus réel ? demanda AA.

Elle lui adressa un sourire réconfortant et fit un pas dans sa direction. Cette fois, il ne recula pas. Elle saisit ses mains et les entoura autour d'elle pour se blottir contre sa poitrine et écouter les battements de son cœur. Les yeux de Yun Tianming regardaient fixement devant eux, il la laissait faire. Elle lui embrassa délicatement la joue. Hésitant, Yun Tianming l'enlaça plus étroitement. Son regard se fit peu à peu plus doux, puis il lui rendit son baiser, et elle, le serrant encore plus près, l'embrassa avec ardeur…

Yun Tianming venait de recevoir la preuve la plus primitive et la plus authentique de la réalité de l'univers.

Il avait cessé de pleuvoir et les herbes bleues frémissaient dans le vent du soir, tandis que le crépuscule éclaboussait de ses rayons les collines céruléennes alentour, parant la terre d'un magnifique liseré d'or. S'ensuivit une scène qui aurait été impossible sur Terre : une forêt d'arbres et d'arbustes bleus commencèrent à s'animer, étirant leurs rames, faisant tournoyer leurs feuilles en direction du soleil, dont ils essayaient d'absorber l'énergie. Les branches et les feuilles luttaient pour obtenir le droit d'être imprégnées de soleil, donnant lieu à des luttes brèves qui produisaient de légers bruits de frottement. Un insecte amphibie ressemblant vaguement à une libellule décolla de la surface du lac et entama une danse dans les airs, déployant ses ailes minces et translucides pour ingérer un peu des nutriments libérés par l'herbe bleue, avant d'émettre des stridulations aiguës caractéristiques de la parade, à laquelle une créature du sexe opposé répondit par une autre stridulation. Commença alors dans les airs une danse d'accouplement complexe entre les deux insectes, prélude au rituel si sacré de la reproduction… La combinaison de ces sons formait la grande et inimitable symphonie de la planète Saphir.

Au milieu de ce champ noir nouvellement créé, le monde et la vie semblaient parfaitement ordinaires. Ils s'étaient simplement enrichis de deux êtres solitaires venus d'ailleurs, voués à demeurer toute leur vie sur cette terre. Mais peu importe comment, pour cette planète qui existait depuis des milliards d'années et qui existerait pour d'autres milliards d'années encore, ils disparaîtraient en un instant, sans laisser aucune trace, telles des rides à la surface de l'eau.

— J'ai l'impression que ce monde est une illusion, finit par dire Yun Tianming après que l'émotion fut passée, les yeux avisant le crépuscule, ce monde est une illusion.

AA, pardonne-moi pour ce qui vient de se passer. Même maintenant, je ne suis pas certain d'être réellement sorti de mes songes. Je ne sais déjà plus quand tout a commencé et quand tout s'est terminé. Un temps, j'ai cru qu'il n'y aurait jamais de fin…

— Jamais de fin ? Qu'est-ce que tu veux dire ? demanda AA intriguée.

— AA, quel âge as-tu ?

— J'ai un peu oublié, quatre cents ans et des poussières, sans doute, lâcha AA, sans trop réfléchir.

— Et en retranchant les années passées en hibernation ?

— Eh bien, à peu près vingt… ou trente… Oh, je ne suis pas sûre. Et puis, est-ce que c'est vraiment une question à poser à une femme ? protesta-t-elle en faisant la moue.

— Bien. Moins de trente ans si on ne compte pas les années en hibernation. Selon les standards datant de l'Ère de la Dissuasion, tu n'es encore qu'une adolescente. Sais-tu à présent combien d'années j'ai vécu ?

— Plus de sept cents, c'est ça ? Mais j'imagine que tu n'es en réalité pas beaucoup plus âgé que moi.

— Tu te trompes. (Le regard de Yun Tianming se glaça.) Mentalement, j'ai déjà vécu plusieurs millénaires, peut-être même dix… ou vingt, ou trente.

AA fronça les sourcils mais, indulgente, l'invita à poursuivre.

Yun Tianming eut un sourire amer.

— Tu ne comprends pas, n'est-ce pas ? Ce qui nous différencie, c'est que j'ai passé la majeure partie de mon temps dans mes rêves. J'ai vécu durant des milliers d'années dans des mondes oniriques…

“Je crois que c’était la première année de la Grande Crise… ou plutôt non, lorsque mon cerveau a été cryogénisé… que j’ai commencé à rêver. Un songe sans fin, ininterrompu, enveloppé par les ténèbres de l’espace. Bien entendu, cette sensation n’est que l’image que je m’en suis faite ensuite, parce qu’un cerveau maintenu à une température aussi basse ne peut générer aucun rêve… En me capturant, c’est une arme puissante dont les Trisolariens se sont emparés. Ils se sont servis de mes rêves pour me stimuler, m’étudier… et m’utiliser.

À l’évocation du verbe “utiliser”, Yun Tianming demeura impassible, comme s’il narrait ici une anecdote parfaitement banale. AA, elle, fut parcourue d’un frisson, elle savait que derrière ce mot se cachaient un dégoût, une souffrance et… une terreur sans nom.

Ils avaient vécu ensemble pendant une année saphirienne* depuis le jour où les lignes de mort s’étaient étendues. Ils devaient s’entraider et être chacun le pilier de l’autre. En ces heures tristes, des symptômes similaires s’étaient déjà déclarés chez Yun Tianming, mais ce dernier n’avait jusqu’ici pas daigné s’expliquer, et AA ne lui avait rien demandé. Elle avait simplement vaguement deviné que ses étranges sautes d’humeur avaient à voir avec son expérience parmi les Trisolariens. Mais jamais il ne s’était confié à ce sujet.

AA pensait pouvoir le comprendre. Yun Tianming avait été le plus grand espion de l’histoire de l’humanité. Au moyen de son simple cerveau, dépourvu de

* Une année saphirienne équivaut à quatre cents jours terrestres, et chaque jour à deux tiers d’un jour terrestre. *(N.d.A.)*

son corps, il avait réussi à infiltrer la société trisolarienne et à transmettre des informations infiniment précieuses aux humains. Rien n'avait dû être simple. Elle croyait être en mesure d'imaginer combien d'épreuves cruelles et sanglantes il avait dû affronter au milieu des Trisolariens. Pourtant, elle souhaitait en apprendre davantage. Elle voulait que Yun Tianming partage avec elle le souvenir de ses tourments et de ses doutes. Elle avait envie de l'apaiser, mais elle n'osait pas l'interroger, de peur de réveiller la douleur de ses cicatrices. Elle doutait même parfois que l'amour fragile qui germait entre eux fût jamais assez fort pour panser ses blessures.

C'est pourquoi lorsque Yun Tianming consentit enfin ce jour-là à se confier à elle, un sentiment de bonheur empreint de pitié envahit son cœur.

Mais jamais elle n'aurait imaginé entendre ce que Yun Tianming était sur le point de raconter.

— Tout à l'heure, je n'ai pas pu m'empêcher de repenser à ces rêves, commença Yun Tianming en ramassant des cailloux sous ses pieds. Nombre des rêves fabriqués par les Trisolariens débutaient par cette excursion à l'université durant laquelle Cheng Xin est venue s'asseoir à côté de moi. Elle me prenait dans ses bras et elle m'embrassait, et je me sentais inondé par un bonheur suprême… mais brusquement, elle se transformait en un démon effrayant. Sa peau se changeait en écailles, des crocs lui poussaient, et elle me mordait à la gorge. Après quoi, elle m'entraînait au fond du lac, pour m'y laisser suffoquer dans le froid et la peur.

— Quelle horreur ! s'exclama AA.

— Une horreur ? demanda Yun Tianming, la bouche tordue par un rictus de désespoir. Rien de très effrayant pour l'instant. Bien des gens font des cauchemars plus angoissants que celui-ci. La différence était que ce rêve paraissait terriblement réel. Je me souviens encore nettement des dents de la bête qui déchiquetaient mon corps et de ses innombrables yeux à facettes. La douleur et la sensation d'étouffement étaient aussi réelles que si je les avais éprouvées en vrai. Mais tout ceci n'a rien de si terrifiant. Car mon rêve ne se terminait pas ainsi. Alors que je suffoquais au fond du lac, je ne me réveillais pas, je ne perdais pas connaissance, je n'étais pas même libéré par la mort. Le temps semblait se figer et ma douleur s'étirait, sans s'arrêter. Ma conscience était tantôt embuée, tantôt claire. Je prenais un moment conscience que tout n'était qu'hallucinations. Mais c'était pour oublier aussitôt, et me croire réellement dévoré par un monstre.

"Et chaque fois… poursuivit Yun Tianming, soliloquant, je revoyais la même figure, une Béatrice de Dante, escortée par des anges, portant une couronne de fleurs et vêtue d'une robe enflammée qui apparaissait entre les nuages et irradiait d'une lumière sacrée les eaux sombres du lac, m'apportant un rayon d'espoir. Je me persuadais que Cheng Xin n'était pas un monstre, qu'elle était une déesse salvatrice, que je ne me laisserais pas prendre, que c'était un tour du diable… Mais ce monde n'était pas celui d'un conte de fées, il ne suffisait pas de murmurer le nom de la déesse pour qu'elle vienne à mon secours. L'évocation de Cheng Xin, accompagnée par un bref rayon d'espoir, ne me soulageait pourtant pas : une tristesse plus déchirante encore s'emparait de moi.

— N'en dis pas plus, fit AA en caressant tendrement ses joues mal rasées. Je comprends. Oublie ces cauchemars, ce n'étaient que des rêves, ils appartiennent au passé.

— Non, tu n'as aucune idée ! s'emporta brutalement Yun Tianming, en repoussant sa main. Ce n'étaient pas de vrais "rêves", comme tu peux l'imaginer. Est-ce que tu comprends ? Les Trisolariens envoyaient des signaux électriques dans mon cerveau pour que tout m'apparaisse réel, aussi réel et tangible que toi, maintenant. Ils donnaient forme à tous les cauchemars qui sommeillaient dans mon esprit. Ils provoquaient des réactions physiologiques, contre lesquelles je ne pouvais pas lutter. J'étais incapable de me servir de la réalité pour résister contre l'illusion. Il me fallait au contraire affronter la réalité, armé des illusions que je créais moi-même. C'était une guerre qui ne pouvait être gagnée. Crois-tu que penser à Cheng Xin m'était utile ? La seconde suivante, ils la faisaient apparaître, me laissant croire qu'un miracle avait été accompli, que j'allais être sauvé, mais un enfer plus épouvantable surgissait aussitôt, des milliers de fois plus terrifiant que celui dont je viens de parler.

"Dans un de ces rêves, j'ai vécu avec Cheng Xin pendant dix ans. Nous avons même eu une charmante petite fille. Mais cette décennie de bonheur et de paix n'était que le prélude à une autre existence infernale : une terrible famine s'est abattue sur nous. Nous mourions à petit feu. Jusqu'au jour où Cheng Xin a préparé un ragoût de viande. Évidemment, j'ai trouvé ça étrange : comment avait-elle pu se procurer de la viande en cette période de disette ? Puis, dans un coin de notre cuisine, j'ai découvert avec effroi une peau morte et des mèches de cheveux. C'est alors que Cheng Xin a sorti une tête réduite en bouillie du fond de la marmite et me l'a présentée : j'ai reconnu le crâne de notre fille. Et Cheng Xin m'a encouragé en souriant : Mange, allons, mange, tu en as besoin…

— Mon Dieu !

AA serra fermement le bras de Yun Tianming. Elle était prise de nausées.

Jamais elle n'aurait pu se représenter de rêves plus atroces. Mais Yun Tianming continuait, imperturbable, à raconter de nouvelles horreurs :

— Plus terrible encore : bien qu'empli de dégoût, de tristesse, et de peur, la faim était si intolérable que je ne pouvais réfréner mon appétit. J'ai lentement dévoré ma fille, morceau par morceau. J'ai même roté à la fin du repas ! Puis Cheng Xin et moi avons fait l'amour sur le squelette de ma fille… Après quoi, je me suis endormi. C'était un rêve, bien sûr, mais à mon réveil, j'avais été attaché par Cheng Xin, qui disait vouloir me manger, car c'était la seule façon de survivre. Je l'ai vue de mes propres yeux grignoter mon bras jusqu'à l'os…

N'y tenant plus, AA finit par hurler :

— Arrête, je t'en supplie, tais-toi !

Puis elle se retourna, se prit le ventre à deux mains et vomit de la bile.

Quand enfin elle s'apaisa, elle demanda, incrédule :

— Mais pourquoi ? Pourquoi les Trisolariens avaient-ils besoin de te torturer avec ces cauchemars immondes ?

— Pour comprendre les humains, répondit Yun Tianming. Et si on y repense la tête froide, ce n'est pas si étonnant. Certes, ils pouvaient déjà observer la Terre entière grâce aux intellectrons, mais seul ce type d'expériences leur permettait d'étudier nos réactions émotionnelles et physiques dans des situations extrêmes. Les scènes que je viens de décrire n'étaient pas si dramatiques pour les Trisolariens ; après tout, leur système moral était fondamentalement différent du nôtre. Il leur arrivait de s'alimenter de leurs propres compatriotes déshydratés, de sorte qu'ils jugeaient nos émotions bien fragiles. Et il y avait des choses bien plus répugnantes, comme…

— Ça suffit. Tu continueras à me raconter tes souvenirs effroyables une autre fois, l'interrompit AA. (Elle comprenait désormais pourquoi Yun Tianming ne lui avait jamais fait part de ses expériences.) Dans tous les cas, Tianming, tu dois te dire que tu as résisté à ces épreuves, tu as gagné leur confiance et leur respect, tu t'es insinué dans le cœur des Trisolariens. Tous ces sacrifices en valaient finalement la peine, non ?

Yun Tianming la regarda. Un sourire énigmatique se dessina sur son visage.

— Oh oui, quelle utilité ! Ils auront conduit… à l'anéantissement conjoint de la Terre et de l'humanité.

AA l'observa, déconcertée. Il poussa un profond soupir, et révéla le secret qu'il gardait jusqu'ici enfoui.

— AA, tu ne comprends pas encore ? Si j'ai pu gagner la confiance des Trisolariens, si j'ai pu "infiltrer" leur cœur, c'est uniquement parce que j'ai capitulé. L'attaque de gouttelettes qui a précipité la fin de l'Ère de la Dissuasion est en grande partie de mon fait.

Si l'on devait mettre un nom sur le mal à l'origine de la destruction du premier jardin de l'humanité, on ne retiendrait ni celui de Cheng Xin, ni celui de Yun Tianming, mais celui d'un être au cœur et au sang d'acier qui avait à lui seul influencé le cours de l'humanité : Thomas Wade. C'était lui qui, six siècles plus tôt, avait prononcé la phrase scellant la destinée ultime de deux mondes.

Envoyons un cerveau.

C'était cette intuition de génie qui avait permis de contourner l'impasse dans laquelle se trouvait le Programme Escaliers. Il avait prélevé et remis lui-même un précieux échantillon de cerveau humain à Trisolaris. Quand bien même les intellectrons étaient capables de mener des observations détaillées et infinies sur les cerveaux des hommes, il ne pouvait précisément s'agir que d'observations, rien ne valait la compréhension profonde des mécanismes spécifiques et concrets de la pensée humaine. Par ailleurs, les gouvernements de la Terre ayant pris conscience des dangers potentiels des recherches scientifiques sur le cerveau, notamment après les expérimentations de Bill Hynes, des limites strictes avaient été imposées aux études approfondies portant sur les relations de cause à effet entre la pensée et la transmission bioélectrique des signaux nerveux au cerveau. Ceci afin d'éviter que les Trisolariens disposent de ces connaissances et s'en servent pour sonder les pensées humaines.

Par conséquent, deux siècles plus tard, le cerveau humain demeurait une boîte noire pour les Trisolariens. Ceux-ci désiraient pourtant ardemment mener des expériences sur des spécimens réels, non pas tant par amour de la science que pour un motif extrêmement pragmatique – être capables d'élaborer à leur tour des stratagèmes basés sur le mensonge. À l'Ère de la Grande Crise, ce n'était bien sûr pas contre l'humanité que de telles stratégies étaient tournées, car les Trisolariens auraient pu exterminer les humains aussi simplement que ceux-ci pulvérisaient un insecticide sur une vermine. Les Trisolariens n'avaient pas besoin de mentir aux humains. Cependant, comme ils connaissaient déjà la loi régissant la forêt sombre, l'univers entier leur inspirait la crainte. Ils savaient qu'un nombre inconnu de chasseurs y étaient tapis et que leurs précédentes communications avec la Terre pouvaient à tout moment être découvertes et mettre en danger leur existence. Ils étaient convaincus que le mensonge était une stratégie cruciale pour faire face à ce type de menace. Pour ce faire, ils n'avaient guère d'autre choix que d'apprendre de la seule créature connue d'eux qui fût dotée d'un tel pouvoir – l'homme.

À compter du moment où Evans eut révélé les secrets de la pensée humaine, avait émergé à Trisolaris une discipline appelée "mentiologie". L'objectif originel était d'apprendre en un minimum de temps cet art propre aux humains, mais leur espoir s'évapora vite en fumée : les scientifiques locaux aboutirent à la conclusion que s'il n'était théoriquement pas difficile de comprendre le principe du fonctionnement d'un mensonge – l'affirmation délibérée d'un exposé erroné destiné à amener l'interlocuteur à produire un effet particulier –, les Trisolariens étaient dénués de cet instinct et s'avéraient incapables de mettre ce principe pourtant simple en pratique. Il en était de même sur Terre pour la quatrième dimension : si les scientifiques pouvaient théoriquement énoncer les principes mathématiques d'un espace quadridimensionnel, ils se révélaient inaptes à imaginer la moindre structure à quatre dimensions.

Il arrivait que les Trisolariens se trompent, mais leur langage consistant en la projection externe et instantanée de signaux électriques, il leur était impossible d'"exprimer" volontairement une idée fausse. Si l'un des interlocuteurs trouvait une affirmation équivoque, ses ondes cérébrales transmettaient directement ses réserves à l'autre. Même dans le cas particulier de télécommunications à grande distance, où il était techniquement possible de trafiquer des ondes cérébrales, leur inaptitude au mensonge, profondément enracinée depuis le début de leur évolution, les bridait.

Pendant un temps, les Trisolariens avaient espéré pouvoir maîtriser cette technique grâce à l'étude de cas de stratégies basées sur le mensonge dans l'histoire humaine et à la lecture d'ouvrages politiques, militaires, commerciaux ou ayant trait à la théorie des jeux. Mais ils ne tardèrent pas à découvrir qu'il leur était trop ardu de déchiffrer ces théories que d'ailleurs seule une fraction de Terriens maîtrisait réellement. Ils renoncèrent et dirigèrent leurs efforts sur l'étude des œuvres littéraires, en apparence plus faciles à comprendre. Des romans populaires tels que *Le Comte de Monte-Cristo*, *Les Trois Royaumes* ou encore les œuvres de Sherlock Holmes devinrent ainsi des bibles pour les élites scientifiques et politiques de Trisolaris, et des best-sellers au sein même de la société. Mais en vain, car ils ne parvenaient pas à saisir pleinement ce qu'ils suggéraient. Ces lectures à la difficulté relative pour les Terriens étaient pour les Trisolariens parfaitement abscons. Bien des années plus tard, même le plus sage des Trisolariens peinait tout juste à comprendre des sournoiseries simples, du niveau du *Petit Chaperon rouge*, qui n'étaient de toute façon d'aucune utilité d'un point de vue stratégique.

Après des décennies d'efforts acharnés, les Trisolariens durent abandonner leur plan ambitieux consistant à modifier les fondements mêmes de leur instinct. Ils s'en remirent à la technologie de simulation numérique pour tenter de "calculer" des stratégies possibles de mensonge. Cependant, les capacités de leurs ordinateurs n'étant qu'une extension de celles de leurs créateurs, il leur fallait concevoir un logiciel particulier pour donner aux machines une compétence nouvelle et spécifique de calcul. Toutefois, sans la compréhension et la maîtrise parfaites des principes de base de ce même calcul, le logiciel était inenvisageable. Si les humains n'avaient pas au préalable testé la conjecture de Goldbach, leurs ordinateurs n'auraient jamais su comment effectuer leurs calculs. Il en était de même pour les ordinateurs trisolariens : sans connaissance chez leurs concepteurs de la nature même d'un mensonge, les machines étaient impuissantes.

Au bout de recherches intenses et de tests menés par plusieurs générations de savants, et grâce à l'introduction d'une quantité d'informations équivalente à la totalité des archives des bibliothèques humaines, les ordinateurs trisolariens parvinrent enfin à développer une capacité au mensonge semblable à celle d'un enfant terrien de douze ans. Mais encore fallait-il que la tromperie envisagée fût déployée dans un environnement humain – puisque tous les matériaux et les cas recensés provenaient de la Terre –, ce qui, dans le contexte d'un conflit futur avec une civilisation tierce, n'offrait que des perspectives limitées. La vérité était que dans bien des situations, les ordinateurs équipés de logiciels de mensonge produisaient des discours et des actes incohérents qui n'auraient même pas réussi le test de Turing.

Après tant de détours, les scientifiques trisolariens en arrivèrent à la même conclusion : pour mettre en pratique une stratégie de mensonge crédible, les Trisolariens devaient mener une étude sur un exemplaire humain concret. Avant d'être en mesure d'occuper la Terre, le seul spécimen humain qu'il leur était possible d'obtenir était le cerveau de Yun Tianming qui s'était envolé au-delà du système solaire. Aussi, à la fin de la Grande Crise, la flotte trisolarienne prit la décision d'envoyer un appareil pour intercepter la sonde contenant le cerveau de Yun Tianming. Ironie du sort, ce signal avait été interprété par les humains comme l'envoi d'une délégation pacifique prête à négocier la reddition de Trisolaris avec la Terre, interprétation qui avait indirectement déclenché l'Ultime bataille ayant vu l'anéantissement quasi total de la flotte humaine. Ce stratagème de mensonge involontaire avait pour le coup été particulièrement réussi. Cette "stratégie de tromperie" dont l'effet recherché n'était originellement pas celui-ci s'était au contraire révélée diablement efficace.

Le cerveau de Yun Tianming fut intercepté avec succès peu après l'établissement du système de dissuasion par Luo Ji. Cependant, la situation avait radicalement changé, et l'équilibre des forces était fragile : après des années de blocage, les technologies terriennes prenaient leur envol, tandis que la situation sur Trisolaris s'aggravait de jour en jour. Si l'objectif premier de la maîtrise de la stratégie du mensonge était de faire face à des puissances invisibles, il redevenait à présent nécessaire de se concentrer sur la Terre. Naturellement, il restait des disciples de l'Organisation Terre-Trisolaris prêts à se mettre au service des Trisolariens, mais ceux-ci n'étaient pas disposés à prendre le risque de déclencher une diffusion cosmique d'ondes gravitationnelles. L'importance de Yun Tianming s'en trouva donc considérablement réévaluée.

Les Trisolariens mirent environ dix années terrestres pour maîtriser les rudiments du fonctionnement du cerveau de Yun Tianming. Considérant que la résilience trisolarienne dépassait de très loin celle des humains, la masse de travail abattue aurait représenté sur Terre un siècle entier. Ils conçurent un corps artificiel pour héberger le cerveau, de telle manière à ce qu'il puisse recevoir des signaux visuels, tactiles et auditifs. Ils voulaient voir comment ces signaux se transformaient une fois dans le cerveau et récupérer des informations contenues dans sa mémoire. La chose n'était pas difficile : il suffisait de stimuler au moment opportun la zone du langage, et Yun Tianming dévoilait inconsciemment ses activités neuronales – ce qu'il avait vu, entendu et pensé… Bien que les Trisolariens fussent toujours dans l'incapacité de "voir" directement la pensée de Yun Tianming, les stimulations continues qu'ils généraient pouvaient introduire les informations voulues dans le cerveau, permettant d'observer les résultats dans les descriptions que Yun Tianming faisait quand il était conscient.

Les Trisolariens agirent au début avec prudence, menant des expériences tolérables pour le sujet étudié. Certaines scènes introduites dans le cerveau étaient même agréables, ce pourquoi Yun Tianming avait eu l'impression de rêver au cours de son vol dans l'espace. Mais à mesure que le cerveau de Yun Tianming était mieux compris, et à force de recherches approfondies, les expériences devenaient plus rudes. Plus d'une dizaine de fois, Yun Tianming fut au bord de l'effondrement, mais la compréhension encore embryonnaire des humains par les Trisolariens les forçait à intervenir juste avant qu'il ne sombre totalement. Bourré de calmants, Yun Tianming se voyait octroyer un peu de temps pour respirer.

Même s'ils commençaient à avoir une maîtrise plus précise de la conscience de Yun Tianming, les Trisolariens étaient au regret de constater que du fait des différences abyssales dans la topologie des synapses des cellules nerveuses de chaque individu, les résultats obtenus ne pouvaient s'appliquer qu'en surface à l'ensemble des êtres humains. Les structures et les modèles d'un niveau plus élevé appartenaient au seul Yun Tianming et n'étaient en aucun cas universels, si bien qu'ils ne pouvaient être utilisés pour interpréter les activités mentales d'autres individus.

La nature unique de l'expérience et de la mémoire humaines garantissait donc que la boîte noire resterait close. Bien entendu, s'ils avaient eu sous la main des millions de spécimens, le couvercle aurait peut-être bien fini par sauter. Mais les Trisolariens n'avaient qu'un seul Yun Tianming.

Cependant, ce cerveau suffisait déjà à accomplir de grandes choses.

Sept années terrestres après l'interception de Yun Tianming par les Trisolariens, ces derniers parvinrent à en achever un premier modèle numérique qui englobait toutes les informations jusqu'au niveau moléculaire. Il pouvait être ainsi utilisé pour simuler des pensées rudimentaires. Une fois après avoir supprimé du cerveau les sentiments et l'attachement émotionnel "inutiles" des Terriens et introduit une grande quantité d'informations issues de Trisolaris, le modèle offrait la possibilité de fomenter des intrigues inédites. Le modèle fut baptisé "calcul de Yun*".

Un phénomène curieux se produisit alors. L'évolution de la société trisolarienne vers un modèle plus consumériste avait été accompagnée par l'apparition sur le marché et l'utilisation au sein de la société de programmes de mauvaise qualité reprenant le calcul de Yun. Certains commencèrent à connecter et à rendre compatible le logiciel à leurs propres dispositifs mentaux. Le calcul de Yun leur servait ainsi à dissimuler leurs véritables pensées. Mais cela se traduisit vite par des conséquences inattendues.

* En chinois, le nom de famille "Yun" signifie littéralement "nuage". Un jeu de mots est effectué dans la version originale avec le *cloud computing* ("informatique en nuage"). *(N.d.T.)*

Pendant la saison des amours, les dialogues entre les individus pouvaient traditionnellement se dérouler ainsi :

— Belle, oh ma belle, acceptes-tu la symbiose ? faisait le mâle en agitant ses antennes – la société trisolarienne distinguait elle aussi femelles et mâles, mais leur conception différait en bien des points de celle ayant cours sur Terre.

— Fous le camp, charogne ! Ta seule vue me donne l'envie de déféquer ! protestait la femelle, qui émettait des ondes manifestant une répulsion extrême.

Ce genre de réactions directes avait la plupart du temps pour conséquence une agression du mâle, qui forçait la partenaire à accomplir la symbiose, transformant ainsi la parade nuptiale en véritable cauchemar pour les femelles. Mais désormais, le calcul de Yun offrait à celles-ci la possibilité de répondre de manière plus subtile :

— Merci, tu m'es agréable, mais je ne crois pas que nous soyons réellement compatibles…

Les mâles pouvaient alors s'éloigner, l'orgueil intact, ressentant d'ailleurs encore plus de satisfaction que celle procurée par l'acte de symbiose lui-même et trouvant sans peine le courage de se mettre en quête d'une nouvelle partenaire.

S'il s'agissait d'une avancée majeure dans le monde de Trisolaris, d'autres applications du calcul s'avéraient nettement moins heureuses. En l'absence de mensonge, et en vertu des capacités de mémorisation bien plus élevées chez les Trisolariens que chez les Terriens, aucune monnaie physique n'avait cours sur Trisolaris. Ils n'avaient pas non plus pour habitude de consigner des registres de transactions commerciales. Lors d'un achat ou d'une vente, il suffisait que le payeur énonce verbalement le montant de son solde et celui qu'il était prêt à payer pour que la transaction soit validée, chose parfaitement impensable sur Terre. Les processus de vente se déroulaient la plupart du temps ainsi :

— Je souhaiterais acheter ce déshydrateur express. Je dispose de 12 563 crédits, je vous en donne 231, et il m'en reste 12 332.

— Entendu. J'avais 73 212 crédits, j'en reçois 231, j'en ai donc à présent 73 443.

— Marché conclu.

Cependant, les échanges étaient rarement aussi verbeux : les deux parties se contentaient de projeter leur propre calcul, et d'observer les modifications numériques de l'autre. Si jamais l'une des deux parties se trompait, l'autre corrigeait immédiatement. Mais le calcul de Yun permettait désormais de dissimuler l'onde mentale initiale, et de projeter un résultat falsifié, de telle sorte qu'un pauvre n'ayant absolument pas les moyens d'acquérir un produit de luxe pouvait se prétendre riche à millions, et effectuer un maximum d'achats sans que son solde ne baisse. Quant aux vendeurs, ils faisaient passer des bibelots de qualité médiocre pour des produits haut de gamme en faisant considérablement gonfler les prix.

Cette application particulière du calcul de Yun entraîna l'effondrement du système économique trisolarien. En fin de compte, le gouvernement dut prohiber l'installation du calcul de Yun dans les dispositifs mentaux individuels, sous peine d'être déshydraté et brûlé sans autre forme de procès. Des détecteurs furent disposés dans de nombreux lieux, et l'économie de la planète put se rétablir peu à peu.

Mais même s'ils n'étaient plus autorisés à intégrer directement le calcul de Yun à leur pensée, les Trisolariens prenaient plaisir à utiliser le programme dans leurs discussions. Si l'on exceptait la lenteur dans leur puissance de calcul et leur capacité mémorielle inférieure, le niveau cognitif des humains n'avait en réalité rien à envier à celui des Trisolariens. Au contraire même, certaines facultés cognitives déjà actives chez les humains étaient encore dormantes chez les Trisolariens. Outre leur aptitude au mensonge, s'exerçaient chez l'homme une sensibilité et une curiosité pour le monde supérieures, de même qu'une imagination plus fertile et un certain don d'imprévisibilité et de créativité face à n'importe quelle épreuve. Dans une certaine mesure, la compréhension de la pensée humaine – celle de Yun Tianming – fut un facteur crucial qui permit l'explosion technologique trisolarienne à la fin de l'Ère de la Dissuasion, aboutissant à la découverte de la propulsion par courbure. Ce serait précisément en vertu de sa contribution volontaire au monde trisolarien que Yun Tianming gagnerait plus tard le respect et la gratitude sincères de Trisolaris, lui valant d'être élevé à un statut supérieur au sein de la société.

Quant à l'objectif stratégique trisolarien initial, le modèle numérique du calcul de Yun révéla rapidement ses faiblesses. La deuxième génération du programme permettait certes de simuler des détails au niveau atomique, mais comme l'avaient montré les travaux de Bill Hynes durant l'Ère commune : la pensée humaine fonctionnait au niveau quantique et était soumise à l'incertitude qui en découlait. En raison de cette contrainte, il demeurait difficile pour les Trisolariens de développer une réplique numérique du cerveau de Yun Tianming sur le plan quantique et, par conséquent, de saisir l'essence même de la pensée des Terriens. Aussi, il leur fallut une nouvelle fois s'appuyer sur le cerveau de celui qu'ils retenaient captif pour prolonger leurs recherches sur la complexité et la sophistication de la pensée humaine. Après avoir développé la troisième génération du calcul de Yun, les Trisolariens abandonnèrent l'idée de concevoir des modèles de simulation numérique, et décidèrent de réveiller Yun Tianming de ses cauchemars interminables pour tenter de le convaincre de travailler pour eux.

À ces mots, AA fixa avec angoisse Yun Tianming du regard. Sa bouche était sèche.

— Tu… Tu as accepté ? demanda-t-elle avec inquiétude, tout en espérant ne pas obtenir une réponse positive.

Yun Tianming secoua la tête, mais cela n'atténua en rien la nervosité de AA. Elle avait plus ou moins deviné la réponse : il avait certainement dû refuser, du moins au début, puis après de longues tortures physiques et mentales, il avait dû finir par céder. Elle connaissait les limites que pouvait endurer un corps humain et jamais elle ne jugerait avec un mépris trompeusement idéaliste la capitulation de Yun Tianming, même s'il lui coûtait d'accepter que l'homme dont elle était tombée amoureuse avait pu jouer un rôle primordial dans la destruction de l'humanité. Elle n'avait pas envie d'en entendre davantage.

— Tianming, j'ai froid. Et si nous retournions dans le vaisseau ?

AA frissonna et frotta ses mains contre sa poitrine. Le soleil s'était déjà couché, et une clarté étrange et irrégulière inondait le ciel du champ noir, tandis que la température sur Saphir baissait rapidement. Elle était nue, et commençait à grelotter.

C'était l'été depuis quelques jours sur Saphir. Ils avaient remarqué que leur estimation initiale de la température à la surface de la planète était biaisée. En raison de l'excentricité orbitale élevée de la planète, il faisait sur les deux tiers de la surface une température proche de celle de l'Antarctique par temps froid, mais le thermomètre pouvait grimper à cinquante degrés Celsius lors des saisons les plus chaudes. La chaleur était torride, et comme ils étaient seuls dans ce monde, ils n'avaient pas hésité à abandonner leurs vêtements et à retourner à leur état le plus primitif. Cependant, les saisons changeaient rapidement sur Saphir et après quelques pluies seulement revenait déjà l'automne.

Yun Tianming fit pivoter dans sa main un objet brillant, de la forme d'une bague – le seul accessoire qu'il portait sur le corps. Un champ de protection d'un rayon d'environ trois mètres les encercla aussitôt, et la température à l'intérieur atteignit rapidement un niveau approprié pour le corps humain. AA ne remarqua aucun changement, sinon que la température était maintenant bien plus agréable. Elle esquissa un sourire amer : les Terriens avaient réussi à développer une telle technologie durant l'Ère de la Dissuasion. Ils pouvaient en effet, grâce à l'utilisation d'un champ de force, maintenir la température et la pression atmosphérique dans l'espace à des niveaux acceptables, mais d'énormes installations étaient requises afin de fournir l'énergie qui assurerait le fonctionnement de ce système, alors que Yun Tianming produisait les mêmes effets grâce à une simple petite "bague".

Elle ignorait absolument d'où lui venait cette super-technologie. Malgré la terrible contrainte qui les obligeait à rester dans les limites du champ noir et les condamnait à ne jamais quitter ce système, le vaisseau spatial de Yun Tianming fournissait l'essentiel à leur quotidien et leur offrait sur cette planète désolée un cadre de vie qui n'avait rien à envier à celui qui était le leur dans le système solaire. Quelques jours plus tôt, tandis que AA se baignait dans un petit lac – l'eau sur Saphir contenait des éléments métalliques rares sur Terre, mais aucun de nocif –, elle repensa brusquement au savon que Cheng Xin et elle avaient utilisé dans leur salle de bains. Elle raconta l'histoire à Yun Tianming puis lâcha sur le ton de l'humour :

— Tianming, je veux un savon ! Maintenant que j'y pense, je ne me suis encore jamais lavée avec un savon sur Saphir. Allez, dis, tu ne voudrais pas me savonner un peu ?

Ce qui n'était à l'origine qu'un caprice facétieux se trouva bientôt, à la grande surprise de AA, exaucé par Yun Tianming. Ce dernier était entré dans le vaisseau et, à peine une minute plus tard, en était ressorti avec un véritable savon, dont la délicieuse fragrance était encore plus intense que celle qu'elle avait eu la chance de sentir des siècles plus tôt dans le musée ! Elle ignorait comment Yun Tianming s'y était pris.

Et que dire de ce micro-univers que Yun Tianming avait l'intention d'offrir à Cheng Xin ? AA avait vu de ses propres yeux ce cadre de porte rectangulaire aux contours en pointillé, mais elle n'en avait jamais passé le seuil. Plus elle y pensait, plus cette création lui semblait extraordinaire. Une entrée vers un monde indépendant de cet univers… Comment les Trisolariens avaient-ils pu développer une technologie aussi avancée ? Avec un tel niveau technologique, comment avaient-ils pu encore craindre la destruction de leur planète ? Ne pouvaient-ils pas tout simplement se réfugier dans des micro-univers ? Et, surtout, comment cette porte prodigieuse avait-elle pu revenir à Yun Tianming ?

AA avait changé d'avis :

— Tianming, il fait bon maintenant. Parle-moi encore, il y a des choses qu'il faut dire pour se sentir mieux. Quoi qu'il arrive, je serai à tes côtés.

Yun Tianming releva la tête, comme s'il voulait s'extirper de l'emprise de souvenirs lointains. Il ne prit la parole qu'après un long moment :

— Commençons par le jour où je me suis réveillé. Celui-là, je ne suis pas près de l'oublier.

À son "réveil", Yun Tianming constata qu'il était allongé sur un grand lit, probablement dans un corps cloné. Il avait l'impression d'être en pleine forme. Ses cellules cancéreuses avaient été éliminées et il se sentait plus robuste que sur Terre. Il était entouré d'équipements automatiques contrôlés par ordinateur. Il ne vit aucun Trisolarien. Il supposa que ceux-ci ne souhaitaient pas que leur apparence probablement hideuse aux yeux d'un Terrien ne fût un obstacle pour la communication.

Yun Tianming se leva et inspecta la pièce dans laquelle il s'était réveillé. Il remarqua une porte, qui s'ouvrit par une simple poussée. D'abord hésitant, il sortit et se retrouva dans un jardin garni de nombreux ornements courants durant l'Ère commune : une cour intérieure, un petit pont, des rochers, une pagode... Les Trisolariens avaient de toute évidence créé ici une réplique d'une scène terrestre. Le lieu était cerné par de hauts murs qui empêchaient de voir au-delà. Le ciel était azur et gorgé de rayons chatoyants et de nuages immaculés. Il se dit que c'était probablement un secteur du vaisseau spatial trisolarien transformé en espace de bien-être, de sorte que la voûte qui surplombait le lieu était très probablement une simple projection virtuelle. Mais comment les Trisolariens allaient-ils s'y prendre pour communiquer avec lui ?

À peine cette question lui avait-elle traversé l'esprit qu'une ligne de caractères apparut dans le ciel.

— Monsieur Yun Tianming. Bienvenue dans le monde des trois corps.

Yun Tianming était ébahi. C'était la première fois que les Trisolariens s'adressaient à lui. Mais il fit de son mieux pour conserver son calme, et inclina légèrement la tête en direction du vide devant lui.

— Bonjour à vous.

— Bonjour. Ne nous encombrons d'aucune autre formule de politesse, contrairement à vous autres Terriens.

Si nous vous avons réveillé, c'est parce que nous souhaitons que vous nous aidiez à envahir la Terre.

Enfin.

Un sourire complexe se dessina sur les lèvres de Yun Tianming. Cette requête ne le surprenait pas. Du temps où il avait suivi la formation aux Nations unies, juste avant son départ, il avait refusé de prêter allégeance à l'humanité. Peut-être en prévision de ce jour. À présent, l'heure était venue de prendre sa décision.

— Quelles sont les raisons qui vous poussent à croire que je serais prêt à trahir ma propre espèce ? demanda calmement Yun Tianming.

— La différence de "race" n'est pas un obstacle infranchissable. Sur Terre, beaucoup d'individus, sans même nous connaître ou que nous leur ayons demandé quoi que ce soit, se sont dit prêts à nous servir.

— S'il vous plaît, ne me prenez pas pour un de ces abrutis de l'OTT.

Son interlocuteur ne s'offusqua pas pour autant.

— D'après nos informations, vous n'avez pas été traité avec beaucoup d'égards au sein de la société humaine. Ce n'est pas un hasard que vous ayez choisi de venir à nous. Les recherches que nous avons menées ces dernières années sur votre cerveau nous ont aidés à faire de grands progrès. Vous bénéficiez dans notre monde d'un grand respect. Si vous acceptez de nous aider, vous deviendrez le citoyen d'honneur le plus vénéré de Trisolaris. Nous vous confierons la fonction de vice-chancelier. Et si les honneurs et les avantages matériels de notre monde ne trouvent aucune grâce à vos yeux, nous vous attribuerons, une fois que notre flotte aura conquis la

Terre, plus de ressources que jamais aucun humain aura osé rêver de posséder.

Yun Tianming eut un rictus.

— À quoi bon ? L'humanité n'aura-t-elle pas été totalement décimée ?

— Nous n'exterminerons pas l'humanité tout entière. Votre espèce devra survivre. Pour de simples raisons scientifiques, nous épargnerons une petite fraction d'humains, entre quelques centaines de milliers et quelques millions. Nous les confinerons dans une réserve et les placerons sous vos ordres directs. Avec l'aide de nos technologies, vous serez un véritable empereur sur Terre.

Yun Tianming savait que les Trisolariens étaient inaptes au mensonge. Ils tiendraient leurs promesses.

— Et si je refuse ? demanda-t-il.

— Nous en serions très peinés, mais nous ne vous ferions rien de plus – nous vous inviterions simplement à demeurer de façon permanente dans les rêves que nous avons créés pour vous, répondit sans détour le Trisolarien.

Yun Tianming fut traversé par un frisson d'angoisse, il savait parfaitement ce que cela signifiait : il ne pourrait jamais se libérer de l'horreur et de la douleur de ses cauchemars. Et l'épouvante qu'il ressentait à cette idée était plus intense que n'importe quelle torture physique.

Yun Tianming avait déjà trop goûté à cette peur : était-il condamné à passer le restant de sa vie dans un tel enfer ? Pourquoi ? Par solidarité pour ses semblables ? Mais que valait l'humanité ? Les humains n'étaient-ils pas ceux qui l'avaient arraché à une mort paisible et envoyé ici, dans ce lieu plus terrifiant que la mort ? Pourquoi leur être redevable ?

Son esprit fut submergé par une cascade de pensées confuses et malveillantes, qui lui disaient d'abandonner la partie. Il savait qu'en face de lui, son interlocuteur attendait patiemment sa réponse.

— Désolé, je refuse, finit-il par dire.

Il ignorait lui-même la raison pour laquelle il avait choisi de rester sur la même ligne. Il savait que s'il avait choisi de se soumettre, l'humanité entière l'aurait certes maudit, mais il ne s'en serait pas senti coupable. Il considérait que c'était une responsabilité qu'il n'avait pas à porter. Non, son refus n'était pas le produit d'un sens du devoir, mais d'une certaine fierté aristocratique.

Ne pas être asservi. Ne pas céder à l'intimidation ou à la tentation de la récompense. Garder férocement son libre arbitre. Voilà ce qui définissait pour lui la dignité et la fierté d'être humain. Et cela, les Trisolariens – qui plaçaient la valeur de survie au-dessus de toutes les autres – ne pouvaient le comprendre ou peut-être ne cherchaient-ils pas à le comprendre.

— N'avez-vous pas besoin de réfléchir encore un peu ? Nous avons observé que souvent, les humains ont besoin d'une longue période de temps de réflexion avant de prendre une décision importante.

— Ce ne sera pas nécessaire, lâcha Yun Tianming, sans émotion.

Yun Tianming n'aurait su dire combien de temps s'était écoulé lorsqu'il se retrouva sur une longue avenue bordée d'arbres dont les feuilles jaunies voltigeaient dans les airs. C'était de toute évidence l'automne. Sur un côté de la route, une pelouse, et, de l'autre, le terrain de sport du campus de son ancienne université. Quelques jeunes femmes étaient assises dans l'herbe, plongées dans leur lecture. Plus loin, deux amoureux se blottissaient l'un contre l'autre. Sur le terrain de sport, un groupe de jeunes gens jouaient au basket-ball, et il entendait d'ici leurs cris exaltés… Yun Tianming avança sans bruit sur l'avenue et réalisa soudain qu'il était lui-même revenu à ses années d'études, bien qu'il ignorât la raison pour laquelle il avait été renvoyé ici.

Brusquement, ses yeux s'illuminèrent : une silhouette fine et familière avait émergé au bout de l'avenue, qui continuait à grandir à mesure de son avancée. Il entrevit une jeune fille souriante vêtue d'un manteau beige. Elle approchait. Une fois à sa hauteur, elle s'arrêta et lui adressa un sourire chaleureux.

— Tianming, tu es venu, dit-elle d'une voix douce.

Yun Tianming s'étonna de voir Cheng Xin lui saisir les deux bras et se pelotonner contre sa poitrine. Étaient-ils donc en couple ?

Il se sentit submergé d'amour et de chaleur, mais il prit aussitôt conscience que tout cela était trop beau, trop angélique pour être réel. Il eut un accès de lucidité et se rappela pourquoi il était ici. C'était un rêve, rien n'était plus sûr. Ses supplices oniriques recommençaient.

— Non… ! cria-t-il de douleur, mais cela ne suffisait pas à le réveiller.

Devant lui, Cheng Xin le regardait, déconcertée.

Yun Tianming regarda autour de lui avec angoisse : *Est-ce qu'une pluie de sang mortelle va tomber du ciel ? La terre va-t-elle soudain se fissurer ? Les gens qui m'entourent vont-ils se métamorphoser en vampires, et me prendre en chasse ? En quoi Cheng Xin va-t-elle se transformer ? En vieillarde à cheveux blancs, ou en monstre purulent ? Serons-nous massacrés, enterrés vivants ? Quelles horreurs, quelles atrocités inimaginables se cachent dans ce monde à l'apparence si paisible ?*

— Tianming, qu'est-ce qui ne va pas ? Tu ne te sens pas bien ? lui demanda la Cheng Xin de son rêve, toujours circonspecte.

En contemplant ses yeux purs et innocents, Yun Tianming n'osait pas s'imaginer en quelle abomination se transformerait cette figure si ravissante. Incapable de continuer à supporter cette "vie" sans cesse distordue, il s'effondra, impuissant, sur le sol et balbutia :

— Ne m'envoyez plus ce genre de rêves ! Je… vous aiderai ! Vous m'avez entendu ?

Aussitôt, tout l'environnement autour de lui s'évanouit. Yun Tianming remarqua qu'il était étendu dans la chambre où il s'était réveillé. Il était en sueur.

Et par contraste avec ses cauchemars dans lesquels des monstruosités toutes plus terribles les unes que les autres se terraient dans chaque recoin, la réalité – si effroyable fût-elle – lui parut acceptable. Il n'était plus en mesure de supporter la vision de toute cette beauté se muant en cauchemar, alors il avait craqué, et cédé aux Trisolariens.

— Mais je ne veux rien ! Je ne demande qu'une chose : qu'une fois que tout sera terminé, je puisse passer le reste de ma vie à rêver de Cheng Xin. Des vrais, des beaux rêves !

Il n'exigea rien d'autre.

Rien de plus facile.

Des caractères se mirent à flotter devant ses yeux. L'écriture ne trahissait aucun sentiment, mais Yun Tianming sentait que, derrière ces mots, les Trisolariens devaient à cet instant même, d'une manière qui leur était propre, arborer un sourire de fierté qui disait : *Tu es une vermine, et tu te débats en pure perte.*

Yun Tianming interrompit un instant son récit, comme submergé par ses pensées et ses souvenirs. AA l'enlaça et murmura :

— Tianming, ce n'est pas ta faute, vraiment pas…

Au fond d'elle, pourtant, elle ignorait si elle devait lui en vouloir. Ce dont elle ne doutait pas, c'était de la tristesse qui grandissait en elle.

Ce héros qu'elle avait tant admiré laissait voir les mêmes faiblesses qu'un homme ordinaire.

Yun Tianming grimaça un sourire.

— AA, crois-tu vraiment que mon histoire puisse être aussi simple ?

Après avoir conclu un premier accord, les Trisolariens transmirent à Yun Tianming toutes les ressources dont ils estimaient qu'il aurait besoin : une quantité d'informations équivalant à la somme des livres d'une bibliothèque entière. Yun Tianming étudia longuement ces documents et, après une profonde réflexion, il indiqua aux Trisolariens qu'il aurait beaucoup de mal à leur enseigner comment mentir aux Terriens : ils devaient lui laisser du temps. Les Trisolariens ne protestèrent pas. Yun Tianming déambula dans ce minuscule jardin artificiel, prenant le temps de s'asseoir et de se reposer. Il gravit la pagode à sept étages jusqu'à son sommet pour méditer en regardant le paysage.

Il retourna sur la pagode le lendemain, et y demeura assis pendant près d'une heure, sans être dérangé une seule fois par les Trisolariens. Convaincu que ceux-ci avaient relâché leur vigilance, il remonta le troisième jour au sommet de la pagode, enjamba brusquement le parapet et plongea dans le vide, depuis une hauteur de plus de vingt mètres.

Son refus initial puis la collaboration qu'il avait acceptée à contrecœur avaient été orchestrés depuis le début : son but réel avait été de mettre un terme à sa vie. Il savait que la gravité dans le jardin était similaire à celle de la Terre. Il avait étudié en détail la direction et le mouvement de son saut, de telle sorte que sa tête parte la première et aille s'écraser au sol, afin de mourir sur le coup. Il se disait que malgré toutes les technologies avancées des Trisolariens, ils seraient incapables de restaurer un cerveau en bouillie. La seule parade possible pour ses gardiens serait de déployer une super-technologie qui permettrait d'actionner un champ de force qui l'empêcherait de toucher le sol.

À l'instant même où sa tête frappa le sol, cette inquiétude s'évapora aussitôt. Satisfait, il perdit connaissance. Mais il devint le suicidé humain le plus heureux de l'histoire.

— Comment t'ont-ils sauvé ? demanda AA, d'une voix chevrotante.

Elle avait beau savoir qu'il n'était sans doute rien arrivé à Yun Tianming, elle n'en éprouvait pas moins une inexplicable nervosité.

— Je me suis réveillé, encore une fois, et j'ai constaté que je n'avais pas la moindre blessure. J'étais allongé dans la chambre où je m'étais réveillé la première fois. Comme si tout avait été remis à zéro, lâcha Yun Tianming, sans émotion.

— Mais, comment est-ce possible ? Tu veux dire que… que… bégaya AA de surprise.

Elle pensait avoir compris…

— Oui, je n'avais pas du tout sauté depuis le sommet d'une pagode. Un sourire sarcastique se dessina sur le visage de Yun Tianming : Et il n'y avait pas eu non plus de “réveil”, ou de corps cloné. Du début à la fin, tout n'avait été qu'un rêve de plus imaginé par les Trisolariens. Ce que je faisais leur importait peu, car ils pouvaient à tout moment réinitialiser mon cerveau. Pour tout dire, ils ne m'avaient pas trompé sciemment, ils ne m'avaient simplement rien dit à ce propos, car ils n'avaient pas jugé ce détail important. Mais ils m'avoueraient plus tard leur admiration lors de communications que nous aurions en rêve : ils n'avaient pas imaginé un seul instant que je puisse préparer un suicide. Si j'avais été réellement réveillé, je n'aurais sans doute pas survécu à un tel saut. Paradoxalement, cette tentative a renforcé la crédibilité de mes capacités à inventer des mensonges. Ironique, non ?

“À partir de cet instant, l'opposition entre les Trisolariens et moi est devenue plus féroce. J'ai réaffirmé mon refus de collaborer et, en représailles, ils m'ont torturé avec des cauchemars insoutenables. Lorsque enfin, je n'ai plus été capable d'en supporter aucun, je les ai suppliés d'arrêter… J'ai alors tenté par tous les moyens de retarder ma collaboration, de trouver toutes sortes d'excuses pour m'esquiver, j'ai même délibérément suggéré des stratagèmes absurdes. Évidemment, cela prenait de plus en plus difficilement – les Trisolariens n'étaient pas des imbéciles. De plus, après avoir passé tant de temps à examiner mon cerveau sous toutes les coutures, ils pouvaient y lire comme dans un livre ouvert, et je n'étais plus vraiment en mesure d'y dissimuler quoi que ce soit. D'un autre côté, toutefois, ma conscience avait commencé à développer des stratégies de résistance face à l'horreur générée par les scènes qu'on m'obligeait à vivre. J'arrivais même progressivement à contenir une partie de la douleur des tortures physiques qui m'étaient infligées. Las de ce jeu du chat et de la souris, les Trisolariens se sont mis à se passer de mon consentement pour utiliser mon cerveau directement.

— Utiliser ton cerveau directement ? demanda avec incompréhension AA.

Yun Tianming prit le temps de s'expliquer.

La façon dont le cerveau humain traite et résout des problèmes est un processus quasi automatique au cours duquel un stimulus produit une réponse. Et ce processus ne nécessite pas forcément d'impliquer la conscience. Il est bien connu que beaucoup d'idées importantes sont produites de façon inconsciente, la conscience n'effectuant souvent que des tâches auxiliaires, comme la surveillance, le tri, la distribution ou le raffinage des pensées. Naturellement, l'obstruction par la conscience de certaines pensées crée implacablement des obstacles. Pour se servir du cerveau de Yun Tianming lorsque celui-ci était dans un état inconscient, les Trisolariens firent appel à des procédés sophistiqués pour dépouiller leur prisonnier de sa "couche de conscience", et se servirent de programmes informatiques pour introduire des pensées précises dans le cerveau. Mais ces tentatives se soldèrent par des échecs. Ils comprirent que tous les rôles, même secondaires, de la conscience ne pouvaient être tenus par des ordinateurs, et encore moins par des machines trisolariennes, incapables de saisir la finesse de la pensée humaine. Les Trisolariens se résolurent donc à utiliser l'intégralité du cerveau de Yun Tianming, sa conscience avec.

Ils eurent alors recours à d'autres techniques, comme injecter dans le cerveau une drogue semblable à un hallucinogène pour placer Yun Tianming dans un état de délire et lui faire révéler des stratégies de mensonge. Mais sa confusion mentale brouillait alors sa conscience et il était incapable de réfléchir avec profondeur. Autre méthode, inspirée par la torture : ce que Yun Tianming désignait par "électrochocs mentaux" et qui revenait à introduire en permanence des problèmes à résoudre dans le cerveau, le forçant à réfléchir. Lorsque sa conscience résistait contre ces stimuli, le système nerveux central de son cerveau émettait un signal particulier qui activait un électrochoc provoquant une douleur sans qu'aucun dommage physiologique réel ne soit causé. Cependant, la souffrance mentale et physique était suffisamment intense pour qu'elle le dissuade de lutter.

La technique donna quelques résultats au début mais, au bout d'un certain temps, Yun Tianming apprit à développer une stratégie d'autocontrôle spirituel, rappelant aussi bien le yoga que le zen, si bien qu'il ne lui était plus indispensable de “résister” intentionnellement : il pouvait instantanément vider sa conscience et ne plus penser à rien, tout en procédant à des activités mentales insoupçonnées dans une chambre noire n’appartenant qu’à lui. Il était même parvenu à développer une force spirituelle jour après jour plus tenace, permettant d’oublier et de diluer toutes ses douleurs, et de se défendre contre les tortures trisolariennes. Seule une part minuscule du potentiel extraordinaire du cerveau humain avait été utilisée sur Terre, mais les supplices de ses geôliers obligeaient Yun Tianming à exploiter ce pouvoir latent. Au cours de cette harassante lutte mentale, après avoir plusieurs fois croisé le fer, les Trisolariens, qui jouissaient pourtant de formidables avantages technologiques, durent s’avouer vaincus : ils ne prendraient pas la citadelle de Yun Tianming.

À mesure qu’elle écoutait, AA était de plus en plus confuse.

— Mais puisque les Trisolariens n’arrivaient pas à te réduire en servitude, même en pressant jusqu’à la moindre goutte de ton cerveau, comment as-tu finalement pu te soumettre ?

— AA, à ton avis, qu’est-ce qui fait qu’un mensonge devient crédible ? lui demanda Yun Tianming à son tour.

— Eh bien… quand on a fourni un maximum de détails ? Ou bien quand on est parvenu à émouvoir l’autre ? répondit AA, hésitante.

— Non, la clef d’un mensonge réussi, c’est la sincérité, une sincérité telle qu’on finit par y croire soi-même…

Yun Tianming poussa un long soupir.

Le monde de Trisolaris n'était pas aussi inerte qu'une plaque en acier : lui aussi recevait de plein fouet l'influence du contact avec la culture terrestre. Aux premiers temps de l'Ère de la Dissuasion, pendant que la "guerre psychologique" faisait rage entre Yun Tianming et ses geôliers, la société trisolarienne était aux prises avec une crise majeure. Le plan de conquête de la Terre était devenu une chimère depuis l'établissement du système de dissuasion, et la société trisolarienne devait faire face à un échec cuisant. Celle-ci vacillait sur ses fondations : avec la propagation de la culture terrienne et les tentatives d'application du programme du calcul de Yun, c'était toute la culture trisolarienne traditionnelle qui menaçait de s'effondrer. Peu à peu, la flamme de la révolution se répandait sur la planète et au sein des flottes. Bientôt, des émeutes consécutives à l'apparition soudaine d'une ère chaotique marquèrent le début d'une violente "Révolution trisolarienne".

En raison de la rudesse des conditions environnementales de Trisolaris, la stabilité avait de tout temps été une nécessité première et aucune véritable révolution n'avait jamais jusqu'ici ébranlé son monde. Naturellement, il était arrivé que des graines de rébellion germent sur la planète, toutefois, les Trisolariens étant par nature incapables de mentir, aucune action révolutionnaire classique, telle que la conception de plans secrets ou la création d'organisations clandestines, ne pouvait être mise en œuvre. Avant même de passer à l'action, les rebelles finissaient toujours par se trahir et étaient rapidement arrêtés et condamnés pour crimes de pensée. À vrai dire, les Trisolariens ignoraient avant d'entrer en contact avec la civilisation terrienne qu'un état de fait pouvait être bouleversé. Même si l'utilisation du calcul de Yun dans la société civile avait été interdite, les instituts de recherche gouvernementaux et les forces armées disposaient d'équipements utilisant le programme. Les révolutionnaires qui parvenaient à s'en emparer pouvaient alors entretenir la flamme de la révolution et profiter des périodes transitoires entre ères régulières et chaotiques pour déclencher des émeutes qui faisaient vite boule de neige. Les rebelles s'étaient préparés à la défaite, mais l'issue de leur combat se révéla étonnamment favorable : les autorités, qui avaient toujours suivi l'ordre ancien, n'étaient pas prêtes à faire face à la révolution, et elles furent rapidement écrasées.

Le Chancelier ainsi que toute la noblesse trisolarienne furent renversés. Le plan d'attaque contre la Terre fut abandonné. Le nouveau gouvernement était plein d'élans romantiques envers la Terre et tout à fait disposé à maintenir la paix avec celle-ci, en échange d'un asile accordé sur une des autres planètes du système solaire. Les nouveaux maîtres de Trisolaris reprirent le contrôle des flottes à l'aide des intellectrons. Bien qu'une majorité des membres des équipages fussent opposés à ce nouvel ordre, et restassent partisans de l'occupation de la Terre et de l'anéantissement de l'humanité, obéir était dans leur nature : ils ne revendiquaient aucune autonomie individuelle et leur soumission était totale.

Yun Tianming n'avait pas accès à ces informations, mais il avait compris que quelque chose se passait : ses tortures se faisaient plus tolérables et plus rares, jusqu'au jour où elles cessèrent totalement. Après quelque temps, les Trisolariens établirent le contact avec lui et lui expliquèrent que de grands changements avaient eu lieu à Trisolaris : à présent, ils attendaient de lui qu'il les aide à jeter un pont d'amitié au-dessus du fossé qui séparait les deux mondes.

— C'était un piège, n'est-ce pas ? Tu les as crus ? s'exclama AA.

Elle qui avait longtemps été persuadée de la bienveillance des Trisolariens, mettait en doute chaque affirmation trisolarienne depuis la catastrophe qui avait frappé la Terre.

— Non, ils disaient vrai, lâcha Yun Tianming en secouant la tête. Si les Trisolariens avaient été en mesure de proférer un tel mensonge, ils n'auraient pas eu besoin de mon aide. Si je les avais crus ce jour-là, peut-être aurais-je pu réellement contribuer à la coexistence pacifique entre la Terre et Trisolaris, mais l'histoire tient à si peu de choses… Encore une fois, j'ai laissé passer cette chance.

À l'instar de AA, la première réaction de Yun Tianming avait en effet été de douter de la sincérité des Trisolariens. Une nouvelle fois, il leur opposa un refus. Cependant, les Trisolariens ne lui en tinrent pas rigueur et le laissèrent vagabonder dans ses rêves, sans plus le torturer de cauchemars, et sans non plus le réveiller. À compter de ce moment, Yun Tianming demeura enfermé dans ses songes, ignorant le cours du temps : il s'était peut-être écoulé mille, deux mille, cinq mille ou même dix mille ans…

— Combien, alors ?

AA était de plus en plus troublée.

— Le temps paraît s'écouler bien plus lentement dans un rêve que pendant la phase d'éveil, et c'était d'autant plus difficile pour moi en l'absence du Soleil et de la Lune pour m'aider à déterminer le temps. Je crois toutefois qu'il s'est écoulé une vingtaine d'années. Mais elles m'ont paru des millénaires. Dans l'un de mes rêves, j'ai même vu naître et mourir une civilisation grandiose que j'avais fondée.

— Ils t'ont laissé enfermé dans un rêve pendant tout ce temps ? Mais c'est cent fois pire que la plus terrifiante des tortures ! s'enflamma AA.

— Bien au contraire, rétorqua Yun Tianming. Ces années ont été les plus heureuses de ma vie. Enfin, plus personne ne venait me déranger, j'étais retourné au plus profond de moi. Jamais je n'avais connu sur Terre un tel bonheur.

“Les supplices psychologiques que m'avaient fait subir les Trisolariens m'avaient aidé à exercer mon esprit et à puiser une force mentale que je ne soupçonnais pas, de sorte que je devenais peu à peu le maître du territoire de mes songes. C'est à ce moment-là que l'éducation classique inculquée par mes parents trouva pour la première fois son utilité : toute la littérature qu'on m'avait imposé de lire devint la boussole grâce à laquelle je m'orientais durant mes vagabondages dans ce monde onirique. J'ai navigué à bord de l'*Argo* pour retrouver la Toison d'or, j'ai tué le kraken et toutes sortes de monstres, j'ai suivi les pas du poète Gringoire, parcourant les ruelles obscures du Paris médiéval jusqu'à Notre-Dame, écoutant Quasimodo sonner les cloches ; je suis monté à bord d'un char tiré par des chevaux volants, j'ai survolé mille monts enneigés et je suis arrivé sur le mont Kunlun, où j'ai rencontré la légendaire Xiwangmu, Reine-mère d'Occident…

"Mais je n'étais pas qu'un simple voyageur, j'étais créateur. J'ai conçu chaque détail d'une myriade d'univers, j'ai créé la Jérusalem de la *Bible*, l'Enfer et le Paradis de la *Divine Comédie*, la cité de Bianjing qui figure sur le rouleau du *Jour de Qingming au bord de la rivière*, les palais célestes et la Terre de Bouddha du *Voyage en Occident*… Et je ne me suis pas arrêté là, j'ai créé des merveilles qui n'ont jamais existé et que jamais nul n'a osé imaginer : des royaumes dans des pétales de fleurs, des univers dans des coquilles de noix, des villes au fond des eaux, des jardins dans l'espace… Pour le créateur que j'étais, la matière qui composait mes rêves ne nécessitait aucune technique particulière ni n'était tenue de respecter les lois de la physique. Il me suffisait d'imaginer les mondes, et les mondes existaient. Je proclamais que la lumière soit, et la lumière était. Je pouvais échafauder des architectures grandioses qui s'affranchissaient des principes de la mécanique et des paysages fantastiques qui défiaient les lois de l'espace et du temps : j'ai fondé une Venise dans un désert, une forêt primaire au milieu d'une métropole, des cascades chutant depuis l'espace jusqu'au sol, une île tropicale suspendue dans les airs…

"Dans chacun de ces mondes, j'ai aussi créé une ribambelle d'histoires et de personnages : des guerres entre des dieux, des trésors mystérieux, des héros légendaires, des aventures d'adolescents, des amours inoubliables… En vérité, la centaine de contes que j'ai rapportés plus tard aux Trisolariens ont à peu près tous été imaginés dans ces rêves.

— Ça alors ! Et nous qui pensions que tu t'étais donné une peine immense pour créer cent histoires afin d'y camoufler les trois contes du Royaume sans histoire.

— De la peine ? Loin de là ! Lorsque le temps qui t'est imparti est limité, tu cherches un peu d'ennui, un peu de sommeil, un peu d'indolence. Mais lorsqu'il est infini, créer devient ta seule occupation. Les cent contes ne représentaient en réalité qu'une fraction infime des histoires que j'ai inventées.

— Tianming, et si… tu me racontais une des histoires d'amour que tu as créées ? demanda AA qui l'écoutait, subjuguée.

Elle avait le temps d'un instant oublié les raisons qui poussaient Yun Tianming à se confier. Elle n'était maintenant plus qu'une jeune fille chanceuse se laissant griser par les récits de son amant. Elle s'accrocha à son épaule, en minaudant.

— Bon… Par où commencer… ? Ah, il y a bien cette histoire, mais je ne sais pas si elle va te plaire. Moi, j'aime beaucoup la raconter.

"Nous sommes en Chine ancienne, à la source du Fleuve bleu, dans un village tibétain, au pied des monts Tanggula. Dans ce village vit un adolescent rêveur qui ignore à quoi ressemble le monde au-delà des montagnes. Un jour, un marchand venu de la plaine centrale fait halte au village. L'adolescent assaille de questions le marchand qui lui raconte que la rivière qui borde leur village s'écoule vers l'est pour rejoindre d'autres rivières et ruisseaux qui forment des courants de plus en plus larges et de plus en plus rapides. Ceux-ci franchissent les montagnes et les plaines, les vallées et les collines, ils parcourent un immense continent de douze mille *li** et finissent par se jeter dans un océan infini. L'adolescent n'a aucune idée de ce qu'est un océan. Le marchand lui explique que c'est une étendue d'eau dont on ne voit pas les confins, que c'est le lieu où toutes les eaux du monde se rassemblent, un miroir encore plus vaste que la somme de tous les continents, qui reflète l'azur du ciel… Là-bas, c'est le Jiangnan, une région de brume et de pluie, où les montagnes sont verdoyantes et l'eau couleur émeraude, où les pavillons pittoresques offrent l'impression de vivre dans des poèmes ou des peintures. Des jeunes femmes gracieuses en robe de soie naviguent sur les lacs en chantant des ballades d'une voix cristalline… L'adolescent, fasciné par le récit du marchand, veut le suivre jusqu'au Jiangnan. Mais les villageois ne font aucune confiance au marchand et les parents de l'adolescent refusent de le laisser partir. Le jour de son départ, le marchand offre à l'adolescent une petite bouteille qu'il a ramenée de son précédent voyage. Quelque temps plus tard, l'adolescent écrit une lettre en tibétain, dans laquelle il raconte sa vie et ses rêves, puis il glisse la lettre dans la bouteille, ainsi qu'une petite pierre de jade du Plateau tibétain. Il rebouche la bouteille et la laisse dériver au gré du courant de la rivière, espérant secrètement qu'elle arrivera jusqu'au Jiangnan. Et le miracle a lieu. Six mois plus tard, à l'estuaire du

* Le *li* est une unité de mesure de distance chinoise, aujourd'hui équivalente à cinq cents mètres. *(N.d.T.)*

Fleuve bleu, une jeune fille solitaire qui se promenait sur les berges découvre la bouteille sous une pierre…

Yun Tianming s'interrompit, remarquant que AA le fixait d'un regard incrédule. Toutefois, sa stupéfaction n'était pas le résultat de sa fascination pour l'histoire. Une réalité cruelle lui revenait en mémoire.

— *Un conte du Fleuve bleu !* C'est l'histoire d'*Un conte du Fleuve bleu* ! s'écria enfin AA.

Le film qu'elle avait à l'époque montré à Cheng Xin. Plusieurs siècles s'étaient écoulés, mais pour elle qui les avait principalement passés en hibernation, le souvenir n'était vieux que de quelques années et demeurait encore très net dans son esprit : *Je vis à la source et toi à l'embouchure / Nulle nuit sans que je rêve de toi / Mais jamais, jamais je ne te vois / Bien que du même Fleuve bleu nous buvions l'eau…* AA se rappelait la surprise de Cheng Xin quand elle lui avait appris que c'était une œuvre d'art trisolarienne. Or Yun Tianming lui apprenait aujourd'hui que cette formidable histoire d'amour lui était venue en rêve… Mais alors…

— *Un conte du Fleuve bleu*, en effet, reprit paisiblement Yun Tianming, comme s'il n'était qu'un personnage secondaire de ces histoires. Tu as enfin compris : ce film ainsi que toutes les autres "créations" trisolariennes n'étaient que les produits de la cristallisation de mes propres rêves. Les Trisolariens se sont servis de mes rêves pour gagner la confiance des Terriens.

Pour mettre fin à la dissuasion imposée par la Terre, les Trisolariens devaient détruire le système de diffusion cosmique d'ondes gravitationnelles sans prendre le risque de se heurter à des représailles. Leur seule chance de victoire était d'orienter l'humanité vers la désignation d'un porte-épée bienveillant et charitable, comme l'était Cheng Xin. Or pour que les humains choisissent Cheng Xin, il fallait avant tout que Trisolaris cesse d'apparaître comme une menace tangible. Il y avait plusieurs manières de faire en sorte que les humains ne perçoivent plus ce monde extraterrestre comme un danger potentiel, mais la plus efficace était sans conteste de susciter chez eux la tolérance et la compassion. Créer chez les Terriens un sentiment de confiance et d'affection pour une civilisation étrangère serait néanmoins ardu tant que ceux-ci ne percevraient pas ce que les deux mondes pouvaient avoir de commun. Ce fut la conclusion à laquelle arrivèrent les stratèges de Trisolaris après de nombreuses déductions, mais ils ignoraient comment passer de la théorie à la pratique. Les différences entre les deux mondes semblaient indépassables : au début de l'Ère de la Dissuasion, les Trisolariens avaient naïvement révélé aux humains des aspects singuliers de leurs comportements, comme l'explosion des parents qui succédait à la symbiose donnant naissance à de nouveaux individus, ou la pratique consistant à déshydrater, puis à brûler les vieux et les malades. Ces révélations avaient provoqué chez les hommes du dégoût et une peur irrépressible des Trisolariens. À leur tour, les humains usaient pour désigner les Trisolariens de ce qualificatif avilissant jadis utilisé contre eux :

— Vous êtes de la vermine !

Tandis que les Trisolariens avaient utilisé cette phrase pour insister sur le fossé gigantesque qui les séparait des Terriens en matière de développement scientifique et technologique, elle exprimait dans la bouche de ces derniers un dégoût d'ordre moral et culturel. Quand le gouvernement pacifique arriva au pouvoir sur Trisolaris, il envisagea d'abord de se rapprocher de la Terre, mais les griefs historiques et l'abîme culturel existant entre les deux parties réduisirent leurs efforts à néant. Les Trisolariens appartenaient à une race rationnelle qui ne se laissait pas guider par des facteurs émotionnels. Au contraire, la haine endurcie que les humains vouaient aux Trisolariens depuis l'Ultime bataille, quoique irrationnelle, était gravée dans leur moelle et empêchait toute négociation possible.

C'est alors que les Trisolariens repensèrent à Yun Tianming, et décidèrent de chercher à travers lui quelques pistes de réflexions utiles. Tous les rêves de Yun Tianming étaient en effet consignés dans des appareils trisolariens et représentaient un trésor inépuisable. Il était devenu un objet de vénération pour les Trisolariens amateurs de culture terrienne. Ses œuvres, après avoir été soumises à un mécanisme de conversion approprié, atteignaient la société trisolarienne sous forme de publications écrites ou picturales où elles suscitaient un grand engouement au sein de la population. Après un nouveau processus minutieux d'adaptation, ces mêmes œuvres étaient envoyées sur Terre.

Il était difficile d'affirmer que les Trisolariens avaient dès le début eu l'intention de tromper les Terriens en faisant passer ces œuvres pour des créations indigènes originales. Peut-être s'agissait-il simplement d'exprimer leur bonne volonté. Par ailleurs, la notion de "droits d'auteur" était absente de la culture collectiviste trisolarienne, et une fois les œuvres adaptées dans le format souhaité, il n'était en principe plus nécessaire de citer leur source. Peu à peu, les Trisolariens se familiarisaient avec l'idée de secret, et si les humains les interrogeaient sur leurs inspirations, ils rétorquaient qu'ils ne pouvaient leur donner aucune réponse. Quant aux humains, ils n'auraient jamais imaginé, même dans leurs rêves, que les Trisolariens détenaient en réalité un Terrien qui créait inconsciemment ces œuvres pour eux. Il leur était beaucoup plus facile de croire que ces créations étaient le fruit d'une imagination collective trisolarienne.

Pourtant, les œuvres produites étaient beaucoup trop terriennes, beaucoup trop humaines pour avoir été conçues par des extraterrestres, et elles auraient dû susciter davantage de méfiance de la part des hommes. Mais ceux-ci étaient si aveuglés par l'arrogance ressentie depuis le début de l'Ère de la Dissuasion et par la croyance en l'admiration sincère vouée par les Trisolariens à leur culture qu'ils s'enlisaient dans une forme de monisme culturel : ils considéraient que, bien qu'encore balbutiante, la culture terrienne avait réussi à saisir les valeurs universelles du cosmos, et que cette universalité transcendant le temps et l'espace, il était normal que les Trisolariens fussent tentés de les imiter. Ils ne jugeaient pas étrange le fait que, dans des conditions similaires, les membres d'une civilisation extraterrestre puissent produire des œuvres d'art semblables, d'autant que durant le processus d'adaptation, les Trisolariens veillaient à ajouter quelques éléments typiques de leur culture, ou procédaient eux-mêmes à l'imitation des œuvres de Yun Tianming – avec toutefois une qualité sans commune mesure. La confiance des Terriens s'en voyait en tout cas renforcée.

À ces mots, AA repensa soudain à une autre création, très "humaine" elle aussi, qu'elle avait jusqu'ici attribuée aux Trisolariens.

— Et… Intellectra, qui nous est tantôt apparue comme une beauté japonaise, et tantôt comme une ninja sans pitié… serait-ce toi qui… ?

Une étrange expression d'embarras se peignit sur le visage de Yun Tianming. Il hocha la tête.

— Oui, Intellectra provient en effet de mes rêves…

En dehors de sa mère, de sa grande sœur et de Cheng Xin, une autre figure féminine revenait avec récurrence dans les rêves de Yun Tianming : une femme tantôt douce et pudique, tantôt fougueuse et passionnée, qui suscitait un vif intérêt chez les Trisolariens. Les intellectrons rapportèrent qu'il s'agissait d'une actrice japonaise de l'Ère commune ayant pour nom Ran Asakawa. Quand il vivait seul dans sa chambre universitaire, Yun Tianming avait visionné plusieurs de ses films et avait même acheté l'intégralité de ses œuvres une fois qu'il avait commencé à travailler. Ran Asakawa était l'une des représentantes d'un certain pan de la culture populaire japonaise, très en vogue sur le continent asiatique à l'époque.

Les Trisolariens n'avaient jusqu'ici pas accordé beaucoup d'attention au Japon, pays jugé relativement insignifiant par rapport à d'autres. Cependant, à la lumière des rêves de Yun Tianming, ceux-ci revirent leur jugement, car ils le trouvaient intéressant à bien des égards : c'était un archipel doté d'un environnement naturel fragile situé entre deux grandes plaques tectoniques, ce qui l'exposait de fait aux séismes, aux tsunamis et aux éruptions volcaniques. Un grand tsunami survenu à la fin de l'Ère commune avait d'ailleurs coûté la vie à plusieurs dizaines de milliers de personnes… Depuis le début de leur histoire, les Japonais avaient toujours vécu dans la crainte que leur territoire ne fût englouti par les eaux, et avaient ainsi entrepris à plusieurs reprises de conquérir le continent voisin, en quête d'un refuge où survivre en cas de catastrophe. Quant aux citoyens du Japon de l'époque de Yun Tianming, ils leur apparaissaient persévérants, obéissants et disciplinés… En d'autres termes, le Japon était une réplique terrestre parfaite de Trisolaris…

Plus intrigant encore, la civilisation japonaise s'était développée sous l'influence de la culture du pays d'origine de Yun Tianming. Mais quelques décennies avant la naissance de ce dernier, le Japon avait envahi la Chine, et il existait depuis un antagonisme tenace entre les deux nations. En l'espace de quelques dizaines d'années seulement, la culture de divertissement japonaise avait pourtant déferlé en Chine, suscitant la vénération de millions de jeunes, et désamorçant partiellement les vieilles rancunes. Ce parallèle historique amena les spécialistes de Trisolaris à convenir que le cas du Japon pouvait être pris en exemple pour permettre aux humains d'oublier leur haine envers les Trisolariens. Ainsi survint l'apparition d'Intellectra sous les traits d'une beauté japonaise, celle dont l'apparence obsédante hantait les rêves de Yun Tianming.

— Je comprends mieux ! s'exclama AA, comme si elle avait une révélation. Cheng Xin m'a raconté après avoir fait la rencontre d'Intellectra qu'elle lui rappelait une actrice de son époque, mais elle ne m'a pas précisé son nom. Je ne le lui ai d'ailleurs jamais demandé. C'était donc encore toi…

— Cheng Xin connaissait aussi les films de Ran Asakawa ? s'étonna Yun Tianming.

— Et pourquoi pas ? demanda ingénument AA.

— Oui, pourquoi pas… fit Yun Tianming en secouant la tête, manifestement un peu gêné.

L'image d'Intellectra avait remporté un grand succès au sein de la société humaine. Durant l'Ère de la Dissuasion, tandis que la féminisation de la société commençait peu à peu, Intellectra représentait la quintessence même de la beauté féminine pour les standards de l'époque, si bien qu'elle était parfois qualifiée de "femme parmi les femmes". Ses vêtements, ses bijoux, son maquillage furent pris en exemple. Elle contribua à accélérer la féminisation de la société, phénomène qui trouvait d'ailleurs avec Intellectra une justification supplémentaire : si même les Trisolariens, que les humains s'accordaient à trouver sauvages et brutaux, avaient choisi une jeune femme douce et délicate pour les représenter, cela signifiait que la féminisation constituait une valeur universelle vers laquelle devait tendre l'humanité. On paraphrasa *Faust*, pour en faire un symbole universel de la culture féminine : "L'éternel féminin toujours nous guide, nous Trisolariens et nous Terriens."

Mais très vite, Trisolaris abandonna l'idée de s'élever au rang de la culture humaine.

Le mouvement réformiste ne fit pas long feu à Trisolaris. L'incorporation et l'imitation aveugles de la culture terrienne se révélèrent vite incapables de résoudre les nombreux problèmes auxquels la population était confrontée : les ères chaotiques n'avaient pas disparu d'elles-mêmes au lendemain de l'avènement d'une société de lettres. Au contraire, le bourgeonnement d'une conscience individuelle avait affaibli l'ancien régime militaire, de sorte que la société était sans cesse mise en péril par des luttes de pouvoir. Ces affrontements entre factions rivales durant les ères régulières plongeaient la planète dans un véritable chaos lorsque advenaient les ères chaotiques, coûtant la vie à des millions d'habitants... Après plus de vingt ans de gouvernance réformiste, l'insatisfaction grondait dans les rangs des classes les plus basses de la société, et une expression de mépris servit bientôt à désigner les nouvelles autorités : "un gouvernement de vermine terrienne".

Dans l'impasse, le gouvernement trisolarien essaya de s'inspirer de la Terre en organisant des élections démocratiques, mais l'effet fut contraire à celui escompté. Les vieilles puissances revinrent sur le devant de la scène, remportant la majorité des suffrages et annonçant la restauration de l'ordre ancien. Le parti des pro-Terriens fut dissous et les voix de ses défenseurs étouffées. Après ce retournement de situation, les Trisolariens virent plus clair dans les faiblesses de la culture terrienne, et on assista à une résurgence d'idéologies agressives et xénophobes. Bien vite, la préparation de stratégies d'attaques contre la Terre fut remise à l'ordre du jour.

Mais les partisans de la guerre découvrirent cette fois avec satisfaction qu'ils n'avaient plus rien à faire : les Terriens étaient déjà pleinement convaincus de l'amitié et de la bienveillance trisolariennes. Les effets de la stratégie imaginée se faisaient déjà sentir. Et c'était la combinaison des œuvres de Yun Tianming et des marques de sincérité passées de Trisolaris qui en avaient été les facteurs décisifs.

Tout le nœud du problème était désormais de savoir comment entretenir ce mensonge. Mais la chose n'était pas si difficile. Les recherches menées par les savants trisolariens avaient montré que la féminisation des sociétés humaines était déjà bien engagée : si aucun bouleversement majeur n'intervenait sur Terre, la tendance se prolongerait irrémédiablement pendant un siècle. Il existait quatre-vingt-dix pour cent de chances pour que le prochain porte-épée fût une femme aux intentions amicales. Et il restait beaucoup d'histoires en friches dans le cerveau de Yun Tianming qui pourraient continuer à endormir les humains. Quant aux Trisolariens, ils avaient appris à Intellectra à exécuter avec grâce la cérémonie japonaise du thé et à maîtriser la composition florale, ce qui faisait le ravissement des humains.

Ce fut au même moment que furent conçus à Trisolaris les premiers vaisseaux capables de naviguer à la vitesse de la lumière, grâce à l'utilisation de moteurs à propulsion par courbure. Les Terriens s'interrogeraient plus tard sur les raisons qui avaient retenu les Trisolariens d'envahir le système solaire en dépit d'une telle technologie en leur possession. Mais cela s'expliquait facilement. Les Trisolariens formaient une race obstinée : leur première flotte était déjà partie à la conquête de la Terre et, de leur point de vue, les vaisseaux luminiques offraient une double garantie de survie. Même si leur projet de destruction du système de dissuasion terrien échouait et que l'humanité enclenchait la diffusion cosmique d'ondes gravitationnelles, ils bénéficieraient encore de cent cinquante ans pour bâtir d'énormes arches luminiques à même d'emporter la totalité ou la quasi-totalité de la population trisolarienne loin de leur système. Ce calendrier était raisonnable si l'on se basait sur le temps qui avait été nécessaire pour l'accomplissement de la malédiction de Luo Ji.

Cependant, nul ne s'était imaginé que l'attaque de la forêt sombre interviendrait si vite. Il ne s'écoula pas plus de trois ans entre la diffusion cosmique et la destruction du système trisolarien.

Yun Tianming fut sorti de sa léthargie à l'apogée de la société trisolarienne, car ses geôliers jugeaient qu'il n'était déjà plus nécessaire d'étudier le cerveau de l'humain qu'ils retenaient captif. Son rôle n'était plus essentiel. Les Trisolariens, tout boursouflés d'orgueil, lui indiquèrent compter sur sa collaboration volontaire à l'élaboration de leur stratégie, mais s'il devait refuser, ils ne lui forceraient pas la main. En tant que "compagnon d'armes" du peuple trisolarien, il serait autorisé à vivre en paix jusqu'à la fin de ses jours, soit immergé dans ses rêves, soit intégré à la société trisolarienne.

S'il acceptait de coopérer, il les aiderait à masquer plus efficacement leurs véritables intentions et à augmenter du même coup le pourcentage de réussite de leur plan. Des experts trisolariens estimaient en effet à 87,53 % le taux de réussite d'une attaque lancée contre la Terre au moment du transfert d'autorité du porte-épée. Une collaboration de Yun Tianming ferait monter ce taux à 93,27 %. Dans ces circonstances, les Trisolariens consentiraient à laisser vivre une dizaine de millions d'autochtones humains en Australie, ce qui préserverait l'humanité d'une extinction totale.

S'il déclinait la proposition, le pourcentage resterait à 87,53 %, mais les Trisolariens anéantiraient l'espèce humaine, ainsi que toutes les autres espèces vivantes de la Terre, à l'exception de quelques échantillons individuels et d'un condensé de patrimoine génétique. Ainsi, toute la race humaine serait décimée, aussi bien celle du système solaire que celle à bord de l'*Espace bleu* ayant fui le système solaire, qui serait détruit par les gouttelettes. L'humanité disparaîtrait à jamais de l'univers.

— Quelle cruauté ! ne put s'empêcher de s'exclamer AA.

Elle savait que, quelle que fût la décision de Yun Tianming, il se muerait en criminel aux yeux de l'humanité, à moins que celle-ci puisse saisir cette infime chance située entre 87,53 et 93,27 %. Mais cette possibilité était trop incertaine.

— Qu'aurais-tu fait si tu avais été à ma place ? demanda Yun Tianming, en se tournant vers elle.

— Je… je n'aurais pas pu choisir, avoua-t-elle en secouant la tête.

— Et si tu avais été forcée à choisir ? Si tu avais été obligée de donner une réponse ?

Après un long silence, elle balbutia enfin :

— Je… crois que j'aurais accepté de collaborer.

C'était aussi le choix qu'avait fait Yun Tianming, non seulement pour préserver la survie d'une petite portion d'humanité, mais parce que c'était aussi la seule manière de tenter d'avertir ses semblables. Après avoir consulté à plusieurs reprises les intellectrons à propos de la situation sur Terre, et s'être assuré que les Trisolariens étaient bel et bien prêts à la guerre, Yun Tianming négocia une fois encore avec les Trisolariens pour obtenir que le nombre de survivants passe à cinquante millions. Il ne fit allégeance aux Trisolariens que lorsque ceux-ci accédèrent à cette requête.

Il n'existait en réalité rien qui ressemblât à un serment d'allégeance dans la tradition trisolarienne, car les pensées des individus étaient transparentes, et un simple regard suffisait à s'assurer de la sincérité d'une promesse. Mais en ce qui concernait Yun Tianming, le premier humain à rejoindre leurs rangs, seul un rituel de ce type était en mesure de les rassurer. Les Trisolariens prirent soin de consulter les archives jadis transmises par l'Organisation Terre-Trisolaris, et organisèrent en grande pompe une cérémonie d'allégeance qui fut retransmise en direct à l'ensemble de la société. Alors, le visage contrit devant une caméra, Yun Tianming leva le poing et prononça la même phrase que bien des guerriers qui dormaient sous terre depuis des siècles avaient prononcée avant lui :

— Mettons fin à la tyrannie humaine ! Le monde appartient à Trisolaris !

Qui sait ce que Ye Wenjie, Mike Evans et tous les autres pionniers de l'Organisation auraient pensé en entendant ce slogan si familier sortir de sa bouche ?

La cérémonie elle-même ne fut qu'une simple formalité, mais elle donna l'occasion aux Trisolariens de sonder l'activité cérébrale de Yun Tianming au moment où il prêta serment. Cependant, après des décennies de lutte, Yun Tianming avait appris à camoufler la surface de ses pensées. La difficulté de cette tâche n'était pas abyssale pour les humains, car ceux-ci étaient dotés depuis la naissance de la faculté de se mentir à eux-mêmes. Yun Tianming n'eut qu'à penser à l'indifférence et aux manipulations de toutes sortes dont il avait été victime sur Terre et aux bénéfices qui découleraient de sa collaboration pour jouer sa partition. Les Trisolariens ne virent rien de sa véritable motivation, ils ne perçurent que des sentiments vagues de peur, de colère et d'attente insoutenable, qu'ils attribuèrent à la situation dans laquelle se trouvait Yun Tianming. Ce dernier prit soin de diviser sa pensée en différentes couches : l'insatisfaction et le désespoir qu'il ressentait devant l'espèce humaine, la peur qui le rongeait de l'intérieur, la sensation légitime de devoir se défendre et l'ambition cupide d'obtenir des avantages matériels. Ces réactions, que les Trisolariens jugèrent rationnelles, achevèrent de les convaincre.

Même après avoir juré fidélité, Yun Tianming n'eut pas l'occasion de rencontrer *de visu* des individus trisolariens. Ceux-ci semblaient délibérément se cacher à son regard. Ils se justifiaient en invoquant les différences prodigieuses des conditions environnementales nécessaires à la vie des deux espèces qui rendaient délicate une rencontre en face à face. En outre, la communication instantanée par l'intermédiaire des fenêtres virtuelles n'exigeait aucune rencontre physique. Mais Yun Tianming demeurait perplexe : non seulement il ne les avait jamais vus en vrai, mais aucune image de l'apparence réelle des Trisolariens ne lui avait même été montrée. Avaient-ils quelque chose à cacher ? Cependant, rien ne le préoccupait plus désormais.

La tâche principale de Yun Tianming consistait à poursuivre sa création d'œuvres d'art à destination des humains, à corriger et enjoliver les messages diplomatiques transmis aux autorités terriennes, et à superviser une partie des communications avec la société civile. Naturellement, son identité et son existence devaient rester rigoureusement secrètes. Aussi, toutes ses activités étaient soumises à la censure stricte d'une instance trisolarienne officielle, de telle sorte qu'aucune information de quelque nature ne pût être dévoilée aux humains. C'était pourtant ce que Yun Tianming avait en tête : il lui fallait trouver un moyen de révéler à ses semblables que Trisolaris était loin d'avoir abandonné son plan d'invasion du système solaire.

Yun Tianming ne tarda pas à constater que les compétences de l'organe chargé de le contrôler étaient limitées. Il pouvait transmettre aisément des indices aux humains du système solaire, sans se faire démasquer. Ceci n'avait d'ailleurs rien d'étonnant. Une espèce qui peinait à mentir avait tout autant de mal à confondre un menteur. À vrai dire, pendant près de dix ans, Yun Tianming communiqua un grand nombre d'informations cryptées à la Terre, et ce par l'intermédiaire des intellectrons.

— Vraiment ? s'étonna AA. Mais alors pourquoi les humains ne s'en sont-ils jamais rendu compte ?

— C'était pourtant évident. Rappelle-toi par exemple *Le Goût du fiel*, ce roman de science-fiction basé sur une adaptation d'un récit de la Chine antique. Dans le roman, j'ai insisté sur la manière dont le roi Gouxian de Yue et ses ministres avaient feint de se soumettre au royaume de Wu, tandis qu'ils planifiaient secrètement leur revanche*. Je n'ai fait que transposer cette histoire dans un contexte cosmique. Le livre s'est très bien vendu sur Terre, mais personne n'y a vu mon allégorie !

— C'était donc ça la signification du *Goût du fiel* ! s'exclama AA. J'ai toujours cru que c'était une référence à la trahison de Luo Ji, de Zhang Beihai et de tous ceux qui s'étaient dressés sur la route de la victoire trisolarienne ! Qui aurait imaginé que c'était l'exact contraire ?

— Eh oui, soupira longuement Yun Tianming. C'est ce qu'ont cru neuf Terriens sur dix. Vanité des humains trop persuadés d'être les vainqueurs de l'histoire… J'ai compris plus tard que ces indices n'étaient d'aucune utilité. À mesure que les années passaient, l'étau se resserrait. J'ai alors tenté le tout pour le tout en transmettant une œuvre dans laquelle j'exposais toute la vérité : *La Trahison des cieux*.

La Trahison des cieux était une uchronie dont l'intrigue prenait place peu de temps après l'établissement de la dissuasion par Luo Ji, que les Trisolariens étaient néanmoins parvenus à contrer grâce à une conspiration habile, renouvelant ainsi leur désir de conquérir la Terre. L'attaque des vaisseaux trisolariens y était décrite avec une violence sordide. Yun Tianming avait pris un risque considérable, et s'était imaginé que l'œuvre ne pourrait échapper à la censure trisolarienne. Mais non seulement il avait réussi, mais les Trisolariens eux-mêmes avaient adopté le récit

* Récit tiré des *Mémoires historiques*, écrits de 109 à 91 av. J.-C. par Sima Qian. *(N.d.T.)*

en un film 3D, dont la sortie dans les salles de cinéma terriennes fut suivie d'une grande polémique et de réactions passionnées. Cependant, à la surprise de Yun Tianming, l'œuvre fut présentée comme “la preuve irréfutable que la civilisation trisolarienne pouvait proposer des réflexions aussi profondes que celles des humains sur l'horreur de la guerre”. Le film avait remporté l'Oscar du meilleur film. Vêtue de son plus beau kimono, c'est Intellectra elle-même qui vint recevoir le prix.

Il était pour tout dire injuste de blâmer la seule bêtise humaine. C'était là tout le paradoxe de la situation : les créations de Yun Tianming étaient présentées comme des manières trisolariennes de se repentir de leur propre cruauté. De plus, il était de notoriété publique que les Trisolariens étaient incapables du moindre mensonge, et la plupart des humains ne se doutaient pas que des informations secrètes pussent être dissimulées dans ces œuvres. Quelques va-t-en-guerre préféraient proposer des interprétations inverses, défendant l'idée selon laquelle ces productions trisolariennes étaient l'incarnation même d'un “monologue intérieur belliciste”, mais leurs voix restaient marginales.

Toutefois, Yun Tianming avait encore une corde à son arc.

En dehors de son activité de créateur, il avait pour mission d'aider les savants trisolariens à trafiquer les théories scientifiques qui seraient transmises aux hommes. Concevoir des théories crédibles mais erronées demandait un effort d'imagination trop important aux Trisolariens qui confiaient volontiers cette tâche à Yun Tianming. Mais les connaissances de ce dernier se limitaient à celles acquises lors de sa formation de licence scientifique au XXe siècle, et maîtriser en profondeur les toutes dernières avancées théoriques trisolariennes lui était ardu. Il se souvint alors de l'intrigue d'un roman de *wuxia* qu'il avait lu durant sa jeunesse et, s'en inspirant, il se contenta de changer quelques chiffres : un zéro de plus à la valeur d'énergie d'un quark ou une racine en moins sur quelque caractéristique de la courbure spatiale… En tenant compte de la vitesse de leurs progrès scientifiques, il faudrait vingt ans aux humains pour vérifier ces chiffres expérimentalement. Les scientifiques trisolariens, admiratifs, louèrent le génie de Yun Tianming. Le stratagème n'avait évidemment rien d'exceptionnel, mais la simple tentative trisolarienne de fausser une donnée les répugnait outre mesure.

— Je comprends mieux ! l'interrompit brutalement AA. Au moment où je rédigeais ma thèse, une constante fournie par Trisolaris me paraissait tellement aberrante que j'ai fini par l'ignorer. Et dire que ça a failli me valoir d'être recalée à ma soutenance. C'était toi le coupable !

Yun Tianming sourit, impuissant, en secouant la tête.

— En réalité, même si les erreurs que j'avais introduites ne pouvaient pas être immédiatement détectées en laboratoire, elles étaient décelables grâce à des cheminements déductifs ou théoriques. Je me figurais que certains scientifiques pourraient s'apercevoir de ces anomalies avant l'heure et renforcer leur vigilance vis-à-vis de Trisolaris.

— Avec ta simple licence, tu n'as aucune idée de ce dont peuvent être capables des scientifiques qui cherchent à préserver leur carrière, se lamenta celle qui était titulaire d'un doctorat en astronomie. Ta stratégie était stérile : même si des scientifiques humains avaient pu prouver que certaines données étaient fausses, il y en aurait toujours eu pour mettre en doute les conditions de l'expérience : de quel droit pouvait-on questionner une science dont on avait la conviction qu'elle était bien en avance sur la nôtre ? Même si tous les laboratoires du monde avaient été tenus de reproduire l'expérience et avaient réussi à prouver les lacunes des théories fournies par les Trisolariens, les cénacles scientifiques auraient rejeté d'un revers de manche toute hypothèse remettant en cause les théories et les chiffres initiaux. C'était leur gagne-pain, tu comprends ? Et si vraiment il n'y avait pas eu matière à chicaner, les autorités académiques auraient forcé le scientifique dissident à proposer une théorie plus convaincante, qu'elles se seraient empressées de démolir à la moindre incertitude. Les scientifiques étaient prêts à ridiculiser, voire à agresser, quiconque s'écartait de la meute. Le moyen le plus efficace était d'isoler le scientifique, de faire comme s'il n'existait pas. Il fallait souvent attendre une génération entière avant que la communauté scientifique accepte de reconnaître ses erreurs.

Tous les efforts de Yun Tianming s'étaient donc avérés vains et, contrairement à ses intentions, sa collaboration avec les Trisolariens avait contribué à augmenter le pourcentage de réussite de la conquête à venir. Mais c'était aussi précisément pour cette raison que Yun Tianming n'était jamais pris à défaut par ses hôtes, et que ceux-ci relâchèrent progressivement leur vigilance, persuadés désormais que sa loyauté était totale. Dans les années qui précédèrent l'ultime attaque, Yun Tianming connut une ascension étourdissante : il pouvait dorénavant utiliser à loisir les intellectrons pour observer la Terre, à une seule condition : qu'il n'entre pas en communication avec des Terriens.

— C'est alors que j'ai appris le réveil de Cheng Xin. À compter de ce jour-là, je n'ai cessé d'être à vos côtés…

— À nos côtés ? Plutôt aux siens, non ? corrigea AA avec un peu d'aigreur.

Elle savait que sa réaction était puérile, mais elle n'avait pas pu contenir sa jalousie.

Elle aussi portait un secret, un secret qui concernait Cheng Xin et Yun Tianming, un très vieux secret qui remontait à deux siècles avant sa naissance, à une époque où les extraterrestres peuplaient uniquement la littérature de science-fiction.

Un secret au sujet d'une fille qui était elle, sans l'être vraiment.

— Non, s'empressa de rectifier Yun Tianming. Je t'inclus toi aussi, AA. Toutes ces années passées auprès de Cheng Xin ont fait de toi une amie proche à mes yeux. Dès l'instant où je t'ai vue, j'ai eu l'impression de te connaître, d'éprouver une sensation familière…

— Un peu comme pour cette Ran… quelque chose ? le taquina-t-elle.

— Mais non, enfin ! Je ne saurais pas vraiment dire pourquoi. Peut-être tout simplement que nous étions faits pour nous entendre. Tu partais dans tous les sens, même les intellectrons avaient du mal à te suivre…

— Attends… songea subitement AA. Tu veux dire que tu nous observais en permanence grâce aux intellectrons ?

— Oui. Pendant bien des années, j'ai vécu chaque tourment et chaque épreuve que vous avez traversés. J'avais l'impression de souffrir avec vous.

Cette révélation qui avait jadis suscité une grande émotion chez Cheng Xin fit un effet sensiblement différent à une AA plus versatile. Elle serra les poings et martela avec force le corps de Yun Tianming.

— Espèce de salaud ! Pervers ! Tu n'as pas arrêté de nous mater ! Tu, tu, tu… nous as regardées nous laver, changer nos fringues, mesurer notre tour de taille, nous épiler !

Yun Tianming resta bouche bée. Il n'avait pas imaginé que la conversation prenne cette tournure.

— Alors, tu nous as regardées ? Dis la vérité ! répéta AA, en surjouant la colère.

— Non, non, je t'assure, répondit Yun Tianming, mal à l'aise. (AA écarquilla les yeux et le visage de Yun Tianming se mit à rougir.) Bon, je… j'avoue… ça m'est arrivé de regarder Cheng Xin, mais uniquement pour la protéger ! Je te jure, je ne t'ai pas regardée une seule fois !

— Ah oui ? Elle, tu la couvais des yeux, et pas moi ? Alors que rien ne t'en empêchait, tu ne m'as même pas regardée ? Tu me trouvais beaucoup trop quelconque, c'est ça ? lança AA, de plus en plus renfrognée.

— Ce… ce n'est pas que je ne te regardais pas… bredouilla Yun Tianming, qui ignorait s'il devait éclater de rire. Il y a bien eu cette fois, en Australie, quand vous avez pris votre douche ensemble… Tu sais, à ce moment-là, tant de gens en voulaient à Cheng Xin…

— Alors, tu m'as vraiment regardée ! Vicieux ! Cochon ! Voyeur ! cria AA en lui pinçant la peau.

C'en était trop pour Yun Tianming, qui déposa ses lèvres sur celles de sa compagne pour mettre un point final à ce dialogue grotesque.

Après un moment, Yun Tianming murmura avec incertitude :

— C'est bon… tu ne m'en veux plus ?

AA se mit à pouffer, puis elle éclata de rire.

— Qu'est-ce que tu peux être naïf, toi ! Tu croyais vraiment que j'étais fâchée ? Je te faisais marcher. Il n'y a bien que les humains nés à l'Ère commune pour être aussi jaloux. Il ne fallait pas te gêner, de toute façon, tu ne pouvais toucher qu'avec les yeux…

Yun Tianming la prit dans ses bras, et l'embrassa tendrement sur le front. Il se sentit submergé par une vague d'émotions. Il était conscient que celle qu'il enlaçait n'était pas aussi désinvolte qu'elle voulait bien le montrer. Tous deux se remémoraient après tout les épisodes les plus tragiques de l'histoire humaine. Les facéties de AA n'avaient comme seul but que d'alléger le fardeau qu'il portait depuis si longtemps. Mais pourrait-il jamais avoir le cœur léger ?

— Eh, l'appela AA après un moment : Tu m'as dit que tu nous regardais pour nous protéger, mais pas bien longtemps après que Cheng Xin s'est réveillée, elle a failli être tuée par l'autre timbré de Wade… Qu'est-ce que tu regardais, ce jour-là ?

Brusquement, le sourire qui avait eu tant de mal à se dessiner sur le visage de Yun Tianming disparut, remplacé par une expression de tristesse et de remords, imprégnée d'une douleur plus intense encore que celle qu'il venait de ressentir. En voyant Yun Tianming se mettre dans cet état, AA regretta aussitôt sa question.

— Tianming, allez, je sais bien que tu n'y es pour rien. Tu étais un simple observateur, à des années-lumière de là, tu ne pouvais rien faire ! Ça a dû être une épreuve difficile. Heureusement, Cheng Xin s'en est sortie. Ne te reproche rien, d'accord ?

Yun Tianming éclata soudain d'un rire qui résonna étrangement dans la nuit de Saphir :

— Haha, je ne pouvais rien faire ? Si seulement ! Si seulement je n'avais rien fait, quel bonheur ! Un bonheur pour l'humanité tout entière ! Mais c'est moi qui ai achevé de mes propres mains la dernière chance de la Terre. Et tu me dis de ne rien me reprocher ?

— Qu'est-ce que tu racontes ? Quel est le rapport ?

Yun Tianming eut un sourire forcé, et donna une réponse qui fit frémir AA :

— Ce jour-là, c'est moi qui ai sauvé Cheng Xin.

Et toute la vérité sur cette tentative de meurtre datant de quatre siècles fut enfin révélée.

— Je n'ai pas quitté Cheng Xin des yeux depuis le premier moment où elle s'est réveillée. Je scrutais le moindre de ses mouvements, je m'enivrais du plus furtif de ses sourires. Nous étions séparés depuis des siècles, et jamais je n'aurais osé rêver que je pourrais la contempler grâce à ce procédé incroyable. Elle était à la fois si proche, et si loin, à des années-lumière de moi. Pendant plusieurs jours, je n'ai rien fait d'autre que la regarder, jusqu'à ce qu'elle reçoive ce coup de téléphone où Wade avait falsifié ta voix.

— Ce coup de téléphone… se rappela AA, le regard sombre.

— J'étais intrigué par ce rendez-vous fixé dans un lieu reculé et j'ai ordonné aux intellectrons de tracer la source de l'appel. J'ai vite compris que c'était Thomas Wade qui avait utilisé un modificateur de voix. J'ignorais qui il était vraiment, mais les intellectrons ont eu tôt fait de retrouver son identité et ses activités. Il n'était pas difficile de deviner ses intentions : il voulait concourir au poste de porte-épée.

"J'étais pétrifié. C'était comme si je venais de me réveiller en sursaut : j'ai réalisé que Cheng Xin pouvait devenir une candidate parfaite à la mission de porte-épée. Quelques jours plus tôt, je baignais dans la joie d'avoir retrouvé celle que j'aimais, sans même remarquer la renommée et l'influence qui étaient devenues les siennes auprès du grand public. C'était incroyable. Tout ça grâce à l'étoile que je lui avais offerte – notre étoile ! Cheng Xin aurait pu mener une vie paisible, mais à cause de cette étoile, elle était devenue une figure sainte, régnant sur tout un monde, et elle était vénérée pour ça ! Certains la considéraient même comme la réincarnation de la Vierge Marie !

"J'ai pris conscience que Cheng Xin présentait précisément le profil souhaité par les Trisolariens pour le nouveau porte-épée. Si elle était nommée, ceux-ci pourraient aussitôt lancer leur offensive, sans craindre de représailles. Ils étaient convaincus qu'elle n'oserait pas presser l'interrupteur d'activation de la diffusion cosmique d'ondes gravitationnelles et que quoi qu'elle fasse ensuite, l'humanité aurait déjà signé son arrêt de mort.

"À cause de l'étoile que je lui avais offerte par amour, je l'avais placée moi-même dans une position où elle se détruirait elle-même en même temps que sa propre espèce.

"Je me suis alors aussitôt empressé de faire suivre Wade. Je l'ai vu dissimuler ce pistolet d'un autre âge dans sa veste et se rendre au lieu du rendez-vous avec sa future victime. Je ne savais pas grand-chose de lui, mais je pouvais sentir le danger. Je me persuadais pourtant qu'il ne tirerait pas vraiment, qu'il se contenterait de menacer Cheng Xin, qu'il ne toucherait pas à son arme si elle acceptait de se retirer de la course au poste de porte-épée. J'espérais au plus profond de moi que Cheng Xin renonce, car je savais que ce serait pour le mieux, tant pour elle que pour l'humanité.

"Mais lorsque j'ai vu Wade pointer son arme sur Cheng Xin, j'ai compris que j'avais tort. Thomas Wade n'était pas le genre d'homme à bluffer : il était prêt à bafouer toutes les lois et tous les principes moraux pour atteindre son but. Il ne se préoccupait pas du prix à payer. S'il s'était satisfait d'une simple menace, il se serait exposé à ce que Cheng Xin le dénonce, ou du moins révèle son identité. Seuls les morts ne parlaient pas. C'était en tuant Cheng Xin qu'il aurait le plus de chances de devenir porte-épée.

“Comprends-tu l’ironie de la situation ? Je partageais secrètement le même souhait que Wade – le voir devenir porte-épée et retarder ainsi la destruction de l’humanité, expliqua Yun Tianming avec un sourire amer.

— Mais que pouvais-tu faire ? Même les intellectrons étaient incapables d’intervenir, dit doucement AA.

— Tu te trompes, les intellectrons avaient la capacité d’interagir – de façon certes limitée – avec le monde macroscopique : ils pouvaient par exemple agir sur la rétine d’un individu ou fabriquer toutes sortes d’illusions optiques, comme ça avait déjà été fait à la fin de l’Ère commune. Je ne disposais bien sûr pas de cette autorisation, ou j’en aurais fait usage dès le début pour avertir les humains… Ce que j’étais en mesure de faire, c’était d’informer les Trisolariens. Cela ne demandait aucun délai, car ils avaient installé dans mon cerveau une puce qui me permettait de leur envoyer des signaux cérébraux. Une fois l’instruction reçue, les intellectrons protégeraient Cheng Xin.

— Mais tu ne devais pas être le seul à surveiller Cheng Xin, n’était-elle pas favorite pour le poste de porte-épée ? demanda AA.

— Peut-être… Mais après tout, les Trisolariens étaient par nature incapables de comprendre les relations sociales qui unissaient les humains… Un complot aussi basique que l’appel falsifié passé par Wade à Cheng Xin devait être analysé en profondeur, parfois même informatiquement, avant d’être compris. Et leur vitesse de réaction aurait été insuffisante. Par ailleurs, ils faisaient preuve de beaucoup de prudence : si jamais les humains venaient à découvrir que des intellectrons avaient interféré sur la compétition entre différents candidats au poste de porte-épée, ils deviendraient aussitôt bien plus vigilants à l'égard des extraterrestres. En tout cas, d'après ce que je sais, aucun autre intellectron ne se trouvait sur place à ce moment précis.

"Des Trisolariens étaient peut-être en train d'observer la scène, mais je ne sais pas s'ils auraient bougé le petit doigt sans mon intervention, et je ne le saurai jamais. Ce dont je suis sûr, c'est que c'est moi qui ai agi.

"Mon esprit était assailli de pensées. Outre mes sentiments pour Cheng Xin, je trouvais mille autres raisons qui justifiaient de la sauver. Elle était douce en apparence, mais avait le cœur solide : peut-être appuierait-elle sur l'interrupteur ? Peut-être que les Trisolariens la craindraient davantage que Wade ? Et puis, si elle était le choix des humains, sa mort ne changerait pas grand-chose : une autre comme elle se verrait attribuer la mission de porte-épée et ni Wade ni ses sbires ne pourraient rien y faire. La mort de Cheng Xin ne faisait aucune différence.

— Tianming, tu avais raison, c'était le sens de l'histoire, la décision commune de l'humanité. La mort de Cheng Xin n'aurait rien bouleversé, au contraire, essaya de le réconforter AA.

— Je ne sais pas si j'ai eu raison. Mais je sais que j'étais incapable de penser rationnellement, je cherchais juste des excuses pour sauver Cheng Xin. Mais je comprenais que je me mentais à moi-même. À cette pensée, j'ai pris la décision – ou du moins, j'ai cru prendre la décision – de sacrifier celle que j'aimais pour protéger l'humanité. J'étais déjà coupable envers la Terre, je devais expier mes fautes.

— Alors, tu as regardé sans rien faire Wade tirer sa première balle sur Cheng Xin.

— La balle a atteint l'épaule gauche. Mais je savais que ce n'était pas par compassion. Le vieux fou éprouvait juste du plaisir à la voir souffrir.

— Wade ignorait alors qu'il avait commis une erreur fatale.

— Je pensais qu'après avoir vécu tant de souffrances et de tortures, je pourrais supporter d'assister de mes propres yeux à la mise à mort de Cheng Xin. Mais lorsque j'ai vu du sang s'échapper de son épaule, j'ai abandonné toute raison et tout sens du devoir. Une seule chose comptait : je ne pouvais pas laisser mourir Cheng Xin, jamais ! Même si ça devait coûter la vie à l'ensemble des hommes. Et si je devais être puni pour mon crime, j'étais prêt !

"Sans plus tarder, j'ai envoyé un signal cérébral pour alerter les Trisolariens et leur ai montré les images de la scène en hurlant : "Arrêtez Wade, sauvez Cheng Xin ! Sans elle, votre plan échouera !"

"Je venais d'envoyer mon avertissement quand Wade a tiré pour la deuxième fois.

"Cheng Xin et Wade n'étaient pas seuls. Tout à leur confrontation, ils ne se doutaient pas que j'étais là moi aussi, à les observer depuis une distance de deux années-lumière. J'ai vu le pistolet de Wade, pointé sur la tête de Cheng Xin, marquer soudain et pour une raison inconnue une légère variation d'angle. Wade a manqué son coup, mais Cheng Xin a été touchée à l'abdomen. L'intellectron que je contrôlais a détecté la présence d'un autre intellectron en train de s'agiter devant les yeux de Wade.

De toute évidence, il avait généré une illusion optique qui avait perturbé le tireur. En raison du caractère précipité de l'action, l'intellectron n'avait pu faire dévier la main de Wade que d'un angle minuscule, ce qui n'avait pas suffi à empêcher la balle d'atteindre Cheng Xin.

Les doutes et les soupçons que AA nourrissait depuis cet épisode se dissipèrent enfin. Wade était réveillé depuis déjà un bon moment quand il avait tenté d'assassiner Cheng Xin. Intelligent et minutieux comme il était, il ne pouvait ignorer les progrès des technologies médicales à l'Ère de la Dissuasion et devait savoir que seul un coup porté à la tête était incurable. Si sa première balle avait sans doute eu pour objectif de faire souffrir Cheng Xin, comme un chat s'amuse avec une souris, sa deuxième devait selon toute vraisemblance la tuer. Or, pour un professionnel tel que Wade, il était étrange qu'elle n'ait pas atteint sa tête. Cheng Xin, avec qui elle en avait parlé, avait supposé que Wade n'avait peut-être pas eu le courage d'abîmer son joli minois. L'argument était grossier, mais elles n'avaient pas trouvé mieux. Elles ignoraient qu'à cet instant même, c'était un intellectron activé par Yun Tianming qui l'avait sauvée.

— L'intervention de l'intellectron a été subtile. D'après la déposition de Wade, il ignorait la raison de son échec à la deuxième tentative. Il a prétendu avoir été pris de vertige, que ses yeux s'étaient brouillés, et il a attribué ce léger malaise à son âge. Rien ne lui avait semblé suspect. Il était par contre persuadé que si son arme ne s'était pas enrayée, sa troisième balle aurait atteint le front de Cheng Xin. Il a mis cet incident sur le compte de la coïncidence, ou d'une facétie divine.

— Et il avait raison. C'était un heureux hasard, qui ne devait rien à l'intellectron. Mais pour tout dire, même s'il avait réussi à ouvrir le feu, sa balle n'aurait fait qu'effleurer l'oreille de Cheng Xin car l'intellectron avait déjà généré en lui une distance inhabituelle entre sa vision et la réalité.

Wade récoltait ainsi ce qu'il avait semé. C'était le cerveau qu'il avait choisi avec soin et envoyé dans l'espace qui avait mis un terme à son plan diabolique et c'était lui qui avait poussé l'humanité dans le précipice insondable de l'histoire, jusqu'à son anéantissement final.

— C'est comme ça que j'ai sauvé Cheng Xin et que j'ai manqué une dernière chance de sauver la Terre. Quant à ce qui s'est passé ensuite… tu le sais déjà.

Une fois qu'il eut prononcé cette phrase, toutes ses forces semblèrent l'abandonner et il se prit la tête entre les mains.

— Ne te mets pas dans cet état, Tianming… Tu as fait tout ce que tu as pu, ce n'est vraiment pas de ta faute, affirma AA avec sincérité.

Après avoir écouté les longs et poignants souvenirs de Yun Tianming, elle n'éprouvait plus le moindre ressentiment à l'égard de l'homme qui partageait sa vie. Au contraire, sa compassion et son amour pour lui s'étaient raffermis.

Depuis quand s'était-elle amourachée de cet homme à la fois si fort et si fragile ?

AA l'ignorait, elle savait seulement que le destin dont elle avait si longtemps essayé de se débarrasser était sur le point de s'accomplir. Tous les nœuds qui enserraient son cœur se déliaient, et elle était maintenant prête à tout donner pour adoucir la peine de celui qui se trouvait à ses côtés. Elle userait de son amour pour raviver le sien et de sa force pour réveiller la sienne.

Était-ce le moment de lui révéler son secret ? À plusieurs reprises, AA avait failli parler, avant de ravaler sa salive. Tout au long des siècles, AA avait fréquenté bien des individus, couché avec bien des amants, mais jamais elle ne s'était sentie aussi nerveuse en la présence d'un homme. Elle savait que son secret était énorme, qu'il concernait leur passé à tous les trois et aussi cet instant charnière qui avait déterminé le destin de l'humanité… Si elle ne parvenait pas à le faire comprendre à Yun Tianming, leur relation serait à jamais dégradée, et elle ne retrouverait jamais la même harmonie qu'en cet instant précis.

Sans trop savoir pourquoi, elle se souvint de cette phrase qu'elle avait jadis lancée à Cheng Xin : *Et voilà que tu repenses à lui… C'est une époque nouvelle, une vie nouvelle. Ne pense plus au passé !*

Elle avait eu tort, effroyablement tort. Le destin ne cessait de jouer des tours : le passé ne disparaissait jamais totalement, il revenait toujours au galop. C'était le cas pour Cheng Xin et pour Yun Tianming, mais aussi pour elle.

Peut-être que l'heure n'était pas encore venue…

Toujours plongé dans ses souvenirs tourmentés de Wade et de Cheng Xin, Yun Tianming commença à narrer comment il avait vécu la fin de la cérémonie de changement du porte-épée, ces fameuses dix minutes lors desquelles les gouttelettes avaient brutalement attaqué la Terre. La défaite des humains ne faisait plus guère de doute, mais il entretenait tout de même l'espoir que Cheng Xin presse l'interrupteur, pour donner une leçon à ces arrogantes vermines trisolariennes et leur faire connaître le goût de la poussière. Au moins jouirait-il d'un instant de gaieté et de satisfaction revancharde pour toutes ces décennies de souffrance et d'humiliation. Il n'espérait plus qu'une chose : que le monde trisolarien attende sa propre destruction, en proie au regret et au désespoir.

Il regarda Cheng Xin. Il savait que tout Trisolaris la regardait aussi. Une minute passa, puis une autre. Cheng Xin frissonna, sa main trembla, comme si elle oscillait entre la volonté de presser le bouton ou de se retenir. Le cœur de Yun Tianming ainsi que celui de tous les Trisolariens semblaient désormais reliés à la main de Cheng Xin, mais pour l'espoir d'une issue opposée.

Cheng Xin, appuie, pourquoi tu n'appuies pas ? Appuie, que justice soit rendue, que le mal soit puni ! Qu'ils meurent avec nous ! criait-il intérieurement.

Mais finalement, Cheng Xin n'avait pas appuyé sur l'interrupteur, elle l'avait même jeté au loin. Ses tremblements avaient cessé, elle était redevenue extraordinairement calme.

Elle avait fait son choix.

Aussitôt, dans l'espace à l'intérieur duquel se trouvait Yun Tianming, surgirent des messages transmis par ses interlocuteurs trisolariens : *Yun, avez-vous vu ? Nous avons réussi ! Nous avons réussi ! Cette femme a agi exactement comme nous l'avions prévu !*

Pour les Trisolariens, chez qui le sang-froid était ordinairement de mise, une telle éruption de joie était considérée comme déplacée, mais elle témoignait à ce moment-là de l'intensité du bonheur ressenti.

Pour la première fois de sa vie, Yun Tianming éprouva de l'aversion pour Cheng Xin. *Pourquoi as-tu été si faible ? Pourquoi n'as-tu pas essayé de te débattre et de t'échapper du filet qui était tendu au-dessus de toi ? Pourquoi as-tu choisi de protéger cette vermine qui a trahi sa promesse ? Pourquoi ne pas avoir ruiné leur avenir, à eux aussi ? Sers-tu la Terre ou Trisolaris ?*

Mais bientôt, Yun Tianming se remémora cette excursion universitaire, près du réservoir de Miyun. Ce jour-là, il avait vu Cheng Xin ramasser un insecte hideux et le reposer dans un fourré au bord du chemin, pour éviter qu'il ne se fasse écraser. Certains de leurs camarades avaient réagi avec dégoût, mais lui avait été profondément touché. Le lendemain, piqué par la curiosité, il était allé consulter *Le Guide des invertébrés de Chine du Nord* et avait retrouvé la larve en question. Une fois sa métamorphose accomplie, celle-ci devenait une phalène grise, à l'allure parfaitement quelconque, dont les ailes n'avaient rien de la splendeur de celles des papillons.

Mais d'après le guide, on trouvait des fossiles de cette espèce très ancienne datant au moins du Jurassique. Et tandis qu'il se tortillait pour la première fois sur la Pangée, alors qu'il battait pour la première fois des ailes au milieu de buissons fréquentés par les dinosaures, ni Trisolaris, ni encore moins la Terre, n'avaient encore vu germer la moindre civilisation dite intelligente. Lui aussi devait avoir le droit d'exister sur Terre. Pourtant depuis quelques décennies, en raison de la destruction de son lieu de vie par les activités humaines, cette espèce était sur le point de s'éteindre. Aucun individu à l'état sauvage n'avait été observé depuis plusieurs années déjà.

C'était cette négligeable petite créature que Cheng Xin avait sauvée.

Depuis ce jour, chaque fois qu'il repensait à cet épisode au cours duquel Cheng Xin avait protégé – sans doute sans le vouloir – un individu en voie d'extinction, une agréable sensation le parcourait. Comme si son destin et celui de l'insecte étaient liés. Il s'imaginait cette larve devenue phalène et ses congénères voler et se reproduire au-dessus des collines qui bordaient Pékin, sauvegardant ensemble le patrimoine de leur race antique, sous la bénédiction de Cheng Xin, leur déesse tutélaire.

Qui lui aurait dit que cette anecdote insignifiante serait le présage du destin de deux mondes ?

Peu importe comment il retournait la question, Yun Tianming ne comprenait toujours pas pourquoi Cheng Xin avait pu refuser de presser l'interrupteur, mais il comprenait au moins une chose : c'était bien la Cheng Xin qu'il avait toujours connue. Deux siècles avaient passé, mais elle était toujours la même. Ce n'était pas sa faute, mais celle de tous ceux qui l'avaient élevée au rang de porte-épée, lui compris. La haine de tantôt s'était muée en un profond remords.

Devant ses yeux affluait un flot ininterrompu de messages trisolariens. Cette espèce dont le quotient émotionnel était proche de zéro considérait à présent Yun Tianming comme l'un de ses membres et partageait avec lui la joie de la victoire, raillant Cheng Xin sans aucune retenue.

Nous avons douté du Chancelier au moment où il a proclamé le plan. Luo Ji a été un tel cauchemar pour nous que nous avions peine à imaginer qu'il puisse être aussi facile de manipuler son successeur. Mais c'est bel et bien arrivé. Yun, merci ! C'est vous qui nous avez aidés à endormir la population humaine. Lorsque cette punaise a jeté l'interrupteur, nous avons explosé de bonheur ! Un bonheur encore plus grand que celui de la symbiose ! Mais, Yun, qu'est-ce qui lui est passé par la tête, à ce cloporte ? Vous qui êtes aussi une vermine terrestre, dites-nous !

Son interlocuteur n'était pas le seul être curieux d'obtenir une réponse à cette question. C'était le monde trisolarien tout entier qui était suspendu à ses lèvres.

Yun Tianming, réprimant ses émotions, articula froidement ces deux syllabes :

— L'amour.

L'amour ? Intrigué par cette réponse, son interlocuteur l'interrogea de nouveau : *Vous voulez parler de… de ce sentiment d'altruisme immodéré qui sert les besoins de la reproduction de votre espèce ? Nous connaissons cette émotion, mais comment pourrait-il bien y avoir de l'amour entre deux civilisations ennemies ? Cela n'a aucun sens du point de vue de la transmission du matériel génétique.*

— On raconte chez nous que quelqu'un a un jour dit : "Aimez vos ennemis, et priez pour ceux qui vous persécutent."

Qu'est-ce que… quelle idée ! C'est un paradoxe logique.

— Non, c'est l'enseignement d'une grande figure du passé de notre monde. Encore aujourd'hui, beaucoup sont persuadés qu'il n'y a pas vérité plus importante dans l'univers, plus importante même que la survie.

Son interlocuteur se tut, comme s'il essayait de ressentir la puissance spirituelle que renfermait cette croyance puis, au bout d'un certain temps, il délivra ce message : *Nous ne comprenons pas cette conviction. Mais si elle était partagée par chaque espèce du cosmos, il n'y aurait probablement pas de forêt sombre.*

— Probablement pas, répéta Yun Tianming.

Il regarda l'obscurité du ciel derrière le hublot et se demanda tout à coup si la forêt sombre n'était pas qu'un recoin ténébreux de l'univers – un lieu mal famé sans doute, d'une circonférence de quelques centaines d'années-lumière uniquement, un seul bras spiral, ou peut-être même seulement l'extrémité de ce bras. Peut-être qu'ailleurs, dans le vaste monde, des rayons d'amour illuminaient chaque feuille, chaque pousse, chaque sentier. À quoi pouvait bien ressembler cette "forêt claire" – si elle existait ?

Il sourit tristement. C'était une énigme qu'il ne pouvait résoudre seul. Sa destinée était, dans le meilleur des cas, d'être témoin de l'offensive meurtrière que mènerait la flotte trisolarienne contre le système solaire, avant de passer le restant de ses jours dans son pays natal, auréolé du titre de plus grand traître de l'histoire humaine et de premier parjure de la Terre, puis de terminer enfin sa vie sous les injures méprisantes et les regards haineux de ses semblables – s'il avait la fortune de ne pas être lapidé par des congénères enragés. Il ne saurait jamais rien des autres contrées de l'univers. À quoi bon penser à tout cela ?

C'est alors qu'à cet instant précis, il entra dans la "forêt claire" – et rien ne fut plus pareil : ni les Terriens, ni les Trisolariens, ni le reste de l'univers.

— La "forêt claire" ? Et qu'est-ce que c'était ? s'étonna AA en entendant cette expression.

Aussitôt, elle songea au petit univers que Yun Tianming avait emporté avec lui.

— Je… je ne sais pas, avoua Yun Tianming en secouant la tête, visiblement désemparé.

Et il ne le savait vraiment pas. Ce jour-là, en une fraction de seconde, tout autour de lui avait été subitement illuminé par un soleil – ou plutôt non, mille soleils. Aussitôt, il eut la sensation que son corps, de même que l'ensemble du vaisseau dans lequel il se trouvait, avaient quitté les tréfonds de la forêt sombre pour gagner un lieu indescriptible et inconcevable. D'emblée, cet espace – ou plutôt ce monde – sans bornes et sans contraintes s'ouvrit pour lui. S'il devait vraiment le décrire, il dirait qu'il s'était senti comme une fourmi sortie de ses galeries obscures pour être inondée des rayons éclatants d'un immense jardin ensoleillé. Chaque pétale, chaque feuille, chaque flaque d'eau était aussi vaste que le ciel, et pourtant, il pouvait tout embrasser du regard.

— Tu as pénétré dans la quatrième dimension ? demanda AA, à qui la description de Yun Tianming avait immédiatement fait songer à celle dressée par les membres de l'équipage de l'*Espace bleu* lors de leur entrée dans le fragment quadridimensionnel.

— Non, ce n'était pas un espace de haute dimension, affirma Yun Tianming en niant d'un geste de la tête. Je n'avais pas quitté le monde tridimensionnel. Mais j'ai la certitude que la beauté incroyable qu'il m'a été permis de ressentir dépassait celle éprouvée par ceux qui ont pénétré dans la quatrième dimension. C'était comme… pour reprendre l'image de Platon, comme si j'avais quitté ma caverne pour regarder le monde véritable à la lumière du jour. J'ai vu un océan d'une splendeur infinie…

AA n'avait jamais lu Platon, mais elle trouva vite une métaphore qui lui plaisait davantage :

— Un peu comme la première fois que tu m'as vue, non ?

Démuni face à la fantaisie de sa jeune compagne, Yun Tianming lui pinça tendrement le nez.

S'il fallait décrire son expérience avec des termes plus concrets, Yun Tianming dirait qu'après cette intrusion soudaine de clarté, la première image concrète qu'il avait vue était un hologramme flottant émettant une douce lueur argentée. Au premier regard, il lui avait semblé voir une structure circulaire parfaite, dans laquelle s'emboîtaient une quantité infinie de cercles de tailles différentes. Mais en l'observant mieux, Yun Tianming avait remarqué que les cercles étaient loin d'être parfaits, car chacun d'eux était composé de millions d'autres petits cercles unis entre eux par des structures encore plus complexes et subtiles. Les traits de base qui constituaient la structure de ce motif en relief semblaient être d'innombrables courbes translucides dégageant elles aussi une lueur douce. Un examen encore plus minutieux révélait toutefois des figures miniatures elles-mêmes composées de structures prodigieusement complexes. Chaque partie paraissait englober la totalité. Le motif possédait un niveau de détails infini, dont la seule limite était l'acuité visuelle de Yun Tianming.

— Tu veux dire, un peu comme des fractales ? proposa AA, qui s'efforçait de raccorder cette description à quelque chose de connu.

— Pas exactement, mais c'est peut-être la comparaison la moins mauvaise… Imagine-toi une rose en fleur, une rose qui est en même temps le pétale d'une rose plus grande, elle-même pétale d'une rose plus grande encore, et ainsi de suite. En regardant mieux la première rose, tu te rends compte qu'elle-même est composée d'un nombre infini de roses plus petites. Mais le plus extraordinaire, c'est que la forme et la position de chacune des roses sont uniques, comme si c'étaient des variétés différentes. Voilà en gros quelle était ma sensation.

AA secoua la tête, confuse, incapable de se représenter visuellement la scène.

Yun Tianming ne s'était pas aventuré à plonger une nouvelle fois son regard dans cette figure, dont la beauté bouleversante avait bien failli engloutir son âme. Il avait tourné la tête et regardé autour de lui. Il avait très vite réalisé que la structure en anneau n'était qu'un morceau d'une structure bien plus grande suspendue au milieu de la cabine qui se prolongeait jusqu'à l'extérieur pour former une autre figure magistrale. Tout comme la métaphore des roses qu'il venait de présenter à AA, chacun des différents niveaux de la figure était à la fois de même nature que les autres, mais aussi fondamentalement unique.

Tandis qu'il continuait à balayer la cabine du regard, Yun Tianming avait été témoin d'un autre phénomène incroyable : la totalité du vaisseau dans lequel il se trouvait paraissait s'être métamorphosée en suivant les contours de la structure, et lui aussi était devenu à moitié transparent. "Transparent" n'était d'ailleurs pas l'adjectif le plus juste, car la cabine demeurait opaque – il voyait encore les parois et le plafond –, mais il pouvait désormais distinguer nettement l'extérieur, comme deux paysages superposés. Et il y en avait en réalité bien plus que deux. Il voyait tout ce qui se trouvait derrière chaque paroi, il voyait chaque recoin du vaisseau, et aussi par quoi il en était séparé. Ayant pris connaissance plus tard de l'existence des espaces de haute dimension, Yun Tianming se demanderait bien sûr s'il n'avait pas simplement connu ce type d'expériences, mais il finit néanmoins par rejeter cette hypothèse. Car toutes les structures lui apparaissaient bien en troisième dimension, simplement, plus rien n'obstruait sa ligne de vision, quand bien même cela aurait dû être le cas. Dans son regard, les scènes se superposaient les unes aux autres.

Yun Tianming avait remarqué que cette structure scintillante à la complexité démesurée "débordait" du vaisseau. Celui-ci était comme enveloppé par elle. Elle ne se prolongeait toutefois pas très loin au-delà de l'appareil, à quelques mètres de distance à peine. La structure épousait celle de la coque. Les lignes courbes et brillantes qui formaient ses contours s'estompaient sous la lueur des étoiles. Il était cependant évident que la structure qui recouvrait le vaisseau ne constituait pas un tout, mais seulement le fragment d'un autre élément plus gigantesque. On aurait cru que le vaisseau, par un moyen inconnu, avait réveillé l'énergie de cette structure étrange et fait scintiller l'une de ses parties.

Au moment même où Cheng Xin avait jeté l'interrupteur, la flotte trisolarienne avait détecté grâce aux ondes gravitationnelles la présence d'un "objet" possédant une masse, quelques millions de kilomètres plus loin.

L'objet se déplaçait selon une trajectoire complexe et irrégulière, et se révélait aussi insaisissable qu'une particule suivant un mouvement brownien. Or dans l'espace, cette manière étrange de se mouvoir prouvait qu'il ne s'agissait pas d'un simple corps céleste. La flotte, en état d'alerte, se prépara pour une manœuvre d'urgence. Néanmoins, les Trisolariens, encore euphorisés par leur victoire, ne purent réagir à temps et l'objet mystérieux paraissait déjà avoir découvert leur existence et fonçait vers les vaisseaux à une vitesse proche de celle de la lumière. En un instant, la structure avait déjà enveloppé les quelques centaines d'appareils de la flotte.

Sur les bâtiments de la première flotte trisolarienne apparurent donc des formes scintillantes, dont l'étrangeté n'avait d'égal que la beauté. Au moment, ou presque, où ces structures inédites entrèrent en contact avec les vaisseaux, elles parurent ajuster leur vitesse et leur trajectoire pour s'adapter à celles des vaisseaux, se retrouvant au repos par rapport à eux.

D'après le rapport d'investigation qui serait établi plus tard, le seul véritable contact avec la structure aurait eu lieu avec l'appareil qui transportait Yun Tianming.

Ou plus précisément, avec Yun Tianming lui-même.

Un moment, il crut qu'il avait réintégré les rêves conçus par les Trisolariens. Mais, très vite, il prit conscience que c'était impossible. D'après ses connaissances des modes de pensée trisolariens, il estimait qu'ils n'auraient jamais pu échafauder une telle scène onirique. La race trisolarienne manquait d'imagination artistique, et les mondes créés jusqu'ici étaient tous inspirés par sa conscience ou son subconscient. Il était très rare qu'y soient adjoints des détails hors de son champ d'expérience. Or cette invraisemblable figure en relief dépassait de loin les facultés d'appréciation artistique trisolariennes, et les limites de l'imagination humaine. Ce ne pouvait être un rêve.

Mais si ce n'était pas un rêve, comment, au-delà de la structure elle-même, Yun Tianming pouvait-il contempler chaque recoin du vaisseau ? Comment les contours illuminés de l'appareil, dont la vue aurait dû être obstruée par les parois, pénétraient-ils dans ses pupilles ? Cela défiait à la fois les lois de la physique et de la biologie… Le cerveau de Yun Tianming était en ébullition.

[car la nature de la lumière est infinie]

Une voix – ou, plus exactement, une pensée – s'exprima soudain dans sa conscience. Yun Tianming était pourtant convaincu que ce n'était pas la sienne, ni non plus celle d'un Trisolarien. Ceux-ci dialoguaient avec lui par le biais de signaux électriques, et il était familier de ce moyen de communication. Non, la manière dont lui était venue cette "idée" était de toute évidence bien différente. Elle semblait avoir émergé de nulle part, comme si elle avait été forgée dans sa propre conscience.

Au moment même où l'idée avait surgi, Yun Tianming fut traversé par une douleur si intense qu'il en eut la respiration coupée. Sa douleur était d'ailleurs moins physique que mentale : une idée violente avait jailli du fond de son inconscient, en entraînant dans son sillage une déferlante d'images et de sensations qui se déversaient dans sa conscience, prêtes à submerger ce qui lui restait de raison : *[naissance de l'univers, rayons du paradis, ciel infini, abysses de la terre… inconnu, mystérieux, effrayant, triste, joyeux…].*

Yun Tianming éprouvait la sensation terrifiante d'être Zeus voyant Athéna sortir en armes de son crâne. Il se prit la tête à deux mains, et ne put réfréner un gémissement de douleur. Il arriva néanmoins à reprendre peu à peu ses esprits, en s'aidant des techniques de concentration développées lors des années de lutte mentale contre les Trisolariens. Il réussit enfin à juguler l'éruption de ces pensées foudroyantes nées de sa conscience, qui se figèrent, puis fondirent pour former un océan de vide.

— Qui est là ? demanda-t-il avec peine.

La réponse lui parvint, sans aucun intervalle de temps :

[je suis l'Esprit]

[ombres des arbres en été, silhouette sombre de la lune, reflet à la surface de l'eau, image de soi dans un miroir…]

À la réception de cette réponse, Yun Tianming éprouva une autre douleur intense, sa conscience chavira, prête à basculer dans les abîmes de son subconscient. Mais au prix de grands efforts, il trouva la force de poser une nouvelle question :

— L'esprit de… quoi ?

[l'Esprit de lumière]

[lumière et ombre, clarté et obscurité, son et silence, gouffre et firmament…]

[l'Esprit de Dieu se meut au-dessus des ténèbres qui couvrent l'abîme…]

[Dieu dit que la lumière soit, et la lumière est…]

[la lumière entre dans l'obscurité, mais l'obscurité ne reconnaît pas la lumière…]

L'avalanche ininterrompue d'images heurtait la surface de la conscience que Yun Tianming tentait tant bien que mal de garder à flot. Quand sa tête fut sur le point de se fendre en deux, il comprit enfin quelle était la source de sa douleur, la voix ne "dialoguait" pas avec lui au sens habituel du terme : elle mobilisait toutes ses ressources cognitives et mémorielles pour exprimer un sens qu'il n'était pas en mesure de comprendre. Chaque vague apportait avec elle une quantité infinie d'informations. À l'image de la structure lumineuse aperçue plus tôt, le moindre mot était d'une complexité infinie : dans chaque signification s'emboîtaient une myriade de significations plus étroites, qui se restructuraient en un tout miniature. Structures logiques, subtiles et denses, dans lesquelles la moindre couche ne pouvait être soustraite sous peine de faire perdre le sens de l'ensemble. Mais compte tenu de ses capacités limitées de compréhension, il n'était donné à Yun Tianming que de saisir l'aspect le plus superficiel du message, et de le convertir selon un système de signes assimilable par un être humain. Les idées restantes débordaient de son esprit et agitaient frénétiquement sa mémoire et son imagination, faisant se lever des ouragans gigantesques d'émotions et de pensées. C'était plus que ce qu'un homme aux capacités cérébrales ordinaires aurait pu supporter. Si Yun Tianming n'avait pas exercé son esprit au cours de sa lutte mentale contre les Trisolariens, il se serait depuis longtemps effondré.

— Êtes-vous… un messager de Dieu ? demanda Yun Tianming, haletant, mais plein de révérence : "Esprit de lumière" – c'est cette expression qui m'y fait penser.

Yun Tianming n'était pas croyant, mais il avait accompagné plusieurs fois sa mère à l'église. Il se souvenait de ce que disait le prêtre : Dieu entendait chaque prière. Il envoyait le Saint-Esprit pour accompagner ses enfants :

“Alors leur apparurent des langues qu’on aurait dites de feu, qui se partageaient, et il s’en posa une sur chacun d’eux.”

Et Dieu dit : *[à moi la vengeance ; c’est moi qui donnerai à chacun ce qu’il mérite]*

Les Trisolariens avaient tiré profit de l’amour et de la bonté des humains pour mieux incendier leur jardin et exterminer ses habitants. Il était temps désormais qu’un Dieu juste advienne et que les extraterrestres maléfiques reçoivent leur terrible châtiment.

L’idée qui surgit ensuite le plongea dans l’euphorie :

[de votre point de vue, oui, je suis l’Esprit de Celui qui règne sur tout]

Mais, très vite, cette illusion s’envola :

[mais le Seigneur est mort, je ne suis qu’un esprit sans vie]

Yun Tianming s’habituait enfin à l’intensité de cet échange, et il redemanda prudemment :

— Alors, selon nos perspectives scientifiques humaines, vous êtes un extraterrestre ?

[non, je suis un esprit] le corrigea patiemment son interlocuteur.

— Qu’entendez-vous exactement par “esprit” ?

Il reçut une réponse, mais dont la signification était impossible à appréhender et à traduire en une langue assimilable. Une nouvelle déferlante d’images assaillit son esprit et il manqua de sombrer dans la folie :

[océans secs, origines des continents, guerres de dragons et de titans, trésors des dieux, chants des pierres…]

Il cria et s’écroula sur le sol.

— Ne me “parlez” pas comme ça, je suis incapable de le supporter, protesta Yun Tianming en bafouillant.

[c'est ma seule manière de communiquer. Dans notre univers, il s'agit du mode d'échange d'informations le plus rudimentaire et le moins efficace, mais l'intelligence dans votre univers s'est détériorée si rapidement que vous n'êtes presque plus en mesure de recevoir des formes de conscience]

Yun Tianming ignorait ce qu'étaient ces “formes de conscience”, mais il ne s'aventura pas à en demander davantage. Cependant, il ne put s'empêcher d'interroger son interlocuteur sur cette expression étrange, “notre univers” :

— Ainsi donc, vous venez d'un autre univers que le nôtre ?

Il reçut une nouvelle “forme de conscience” et il eut l'impression que sa tête allait exploser. Trempé de sueur, il parvint à lâcher dans un murmure désespéré :

— Je ne suis pas en mesure de recevoir autant de vos formes de conscience. Communiquez plutôt avec eux.

Par “eux”, il désignait bien sûr les Trisolariens. Yun Tianming ne voulait pas reproduire les mêmes erreurs qu'autrefois, quand il avait cru pouvoir encaisser les tortures physiques et mentales des Trisolariens. Devant ces “formes de conscience”, il était encore plus vulnérable qu'un enfant. *Allez crever ! C'est déjà foutu pour la Terre, je me fiche de votre univers et de votre Seigneur, allez plutôt faire souffrir ces barbares trisolariens !*

[j'ai essayé, mais leurs capacités mentales sont bien plus limitées que les tiennes, ils ne peuvent recevoir de “formes de conscience”]

— Pourquoi ?

[c'est une race de vermines]

Vermines : ce même terme méprisant utilisé par Yun Tianming pour désigner les Trisolariens, que l'Esprit avait repris à son compte en lui attribuant une étrange forme de conscience. Surpris, Yun Tianming eut une brusque révélation. Il leva la tête, regarda autour de lui et, grâce aux effets singuliers de la structure circulaire, put constater qu'il ne voyait aucune créature correspondant à l'image qu'il se faisait d'"extraterrestres" intelligents. Aucun petit homme vert, aucun lézard géant, aucun poulpe monstrueux, personne.

Se pouvait-il vraiment qu'aucun Trisolarien ne se trouvât à bord du vaisseau ? Était-ce possible ?

Yun Tianming remarqua aussi une particularité qui n'avait pas retenu son attention jusqu'ici : dans le vaisseau ne se trouvait aucun couloir similaire à ceux dont disposaient les vaisseaux terriens. D'ailleurs, outre la cabine dans laquelle il était maintenant, il n'y en avait aucune autre. On n'apercevait qu'un dédale de tubes de tailles différentes : les plus petits, de celle d'une boîte d'allumette, et les plus grands, pas plus larges qu'un tiroir. Entre eux filaient à grande vitesse de petits signaux argentés, pas plus gros que des grains de riz, qui émettaient une lumière étrange.

Des vermines…

Un frisson parcourut Yun Tianming. Il comprit tout.

Ces mini-"signaux" argentés *étaient* les Trisolariens. Leur corps n'était pas plus large que celui d'une fourmi.

Durant les siècles qui avaient suivi l'avènement de la crise trisolarienne, les humains s'étaient appliqués à mener des recherches sur les Trisolariens, et la question de leur apparence physique avait bien sûr été au cœur de leurs investigations. Même s'il n'était pas aisé d'obtenir des informations de première main, il était acquis que l'environnement naturel sur Trisolaris était bien plus rude que sur Terre. On savait également que les Trisolariens étaient capables de se déshydrater et de former ensemble des calculateurs collectifs. Autant de spécificités qui amenaient les experts terriens à tirer la conclusion suivante : les Trisolariens devaient être bien plus petits que les humains. Leur taille était communément estimée à moins de cinquante centimètres, et la plupart des chercheurs imaginaient des créatures de la taille de souris. Certains réalisateurs de films de fiction les représentaient même sous la forme de mantes pourvues de crocs et de griffes aiguisés.

Mais nul n'avait sérieusement considéré l'hypothèse d'une espèce de lilliputiens de quelques millimètres de long car, en vertu du bon sens, on ne pouvait envisager que le cerveau de créatures de la taille de fourmis puisse avoir développé une telle civilisation. Mais les humains s'étaient lourdement trompés. La manière de penser trisolarienne n'avait rien à voir avec le mode individuel de production d'idées propre aux Terriens : la leur reposait essentiellement sur une fusion de la pensée et de son expression, effectuée à très grande vitesse. Il existait chez les Trisolariens un mécanisme collectif de partage et d'échange de pensées, qui leur avait permis de concevoir des machines utilisant l'activité des individus eux-mêmes. Bien qu'individuellement, chaque être fût doté de la capacité de réfléchir de façon autonome, les Trisolariens puisaient généralement dans une base de données commune constituée grâce à ces échanges de pensées, et qui servait de principale ressource pour résoudre les problèmes. Et durant l'acte de symbiose, les Trisolariens se scindaient en plusieurs enfants portant en eux les souvenirs de leurs parents. De fait, les Trisolariens ne perdaient presque pas de temps à acquérir les règles fondamentales de survie. Leurs cerveaux relativement simples suffisaient à maîtriser des souvenirs modularisés.

Cependant, les scientifiques humains ne s'étaient pas trompés sur un point : ces caractéristiques propres aux Trisolariens leur permettaient de survivre à de violentes catastrophes naturelles et de perpétuer leur civilisation sur des millénaires. Néanmoins, limités par la petite taille de leurs cerveaux, les Trisolariens manquaient cruellement d'imagination et de créativité et étaient contraints à un certain conformisme. Leur évolution, lente, dépendait donc de la production d'une pensée collective. Il y avait rarement eu sur Trisolaris d'explosions technologiques semblables à celles qui avaient accompagné toute l'histoire de l'humanité. Même si les Trisolariens parvenaient à quitter leur planète pour un environnement plus propice à leur survie, il y avait fort à croire qu'en dépit de leur technologie et de leur civilisation, ils resteraient encore longtemps un peuple de vermines…

C'était l'une des raisons pour lesquelles les Trisolariens avaient pris le risque de dévoiler leur position en lançant une attaque-surprise contre la Terre pour anéantir l'humanité. Ils savaient que même si les deux races parvenaient à établir une relation d'égal à égal et à mettre fin à l'état de forêt sombre qui régissait leur rapport, ils ne pourraient, malgré leur supériorité technologique actuelle, rivaliser avec leurs adversaires humains sur le long terme. Par ailleurs, l'apparence physique des géants humains était effrayante pour les Trisolariens : un seul geste pouvait suffire aux premiers pour écraser les seconds. Et il n'était pas si simple de compenser cette infériorité par des avantages technologiques.

Les faiblesses des Trisolariens avaient jusqu'ici été parfaitement dissimulées aux Terriens, grâce au fossé social et culturel qui subsistait entre les deux mondes. Comment les humains auraient-ils pu imaginer qu'une race qui avait donné naissance à bien plus de civilisations que la sienne était en réalité bien moins "intelligente" ? C'était aussi l'une des raisons fondamentales qui dissuadait les Trisolariens d'entrer directement en contact avec les humains. Ils craignaient par-dessus tout que leur apparence trahisse leur infériorité intellectuelle. Mais grâce aux mystérieux pouvoirs de l'Esprit, les faiblesses secrètes des Trisolariens avaient été mises à nu : leur niveau intellectuel était trop faible pour communiquer par formes de conscience et les conditions n'étaient pas réunies pour l'organisation d'un échange interactif d'idées fondé sur un mode de communication collective.

Aussi, Yun Tianming était à présent le seul interlocuteur possible de l'Esprit.

— Que sont ces… fils ? demanda Yun Tianming en désignant les structures lumineuses.

L'un de ses doigts venait de toucher accidentellement l'un de ces filaments qui avaient aussitôt produit une lueur intense. Yun Tianming avait sursauté, mais n'avait rien ressenti : les filaments de lumière passaient à travers sa paume, comme si sa main n'était pas un objet physique.

[ma projection dans cet univers]

Yun Tianming s'efforça de comprendre le sens de cette phrase :

— Vous voulez dire que… votre corps n'est pas dans cet univers ? Vous venez d'un autre univers ?

[je viens de l'Éden de l'univers. Ce que tu vois est une projection de l'Éden]

— Le Jardin d'Éden ? Vous voulez parler de celui dont il est fait référence dans la *Bible* ? Est-ce une métaphore ? demanda Yun Tianming.

[je viens de l'Éden de l'univers, le monde primordial et parfait]

Et aussitôt après le surgissement de cette dernière idée, des images symbolisant la perfection firent irruption en lui : une galaxie étincelante, un jardin classique symétrique, une statue de Vénus, le sourire de Mona Lisa, *La Source* d'Ingres… puis un paradis au milieu des fleurs, un palais perché sur un arc-en-ciel et bien d'autres représentations oniriques… De plus en plus d'images éblouissantes et étourdissantes affluaient, ne permettant pourtant d'entrevoir qu'un indice de la véritable perfection. L'Esprit finit par abandonner son intention d'exprimer pleinement l'image de ce “monde parfait”. Il se limita alors à la projection d'une figure géométrique simple : une sphère de cristal suspendue dans l'obscurité. Yun Tianming avait compris : c'était ça, la perfection.

— Et ce monde, où est-il ? demanda impatiemment Yun Tianming, qui avait tout juste entraperçu sa beauté et sa délicatesse.

[détruit]

Et avec cette réponse simple déferlèrent de nombreuses images mettant en scène le bouleversement de ce qu'il avait vu plus tôt : la galaxie fut recouverte par des nuages sombres, le lac du jardin fut défiguré par un vent infernal, le bras de la Vénus se brisa, le sourire de Mona Lisa se déforma en hurlement. Vinrent le sang et le feu, le pillage du palais céleste par les démons de l'enfer, la sphère de cristal vit ses extrémités grignotées par les ténèbres, jusqu'à ne plus devenir qu'une fine feuille d'argent. L'ombre continua son festin, et la feuille devint une ligne, jusqu'à n'être plus rien du tout. Il ne demeura finalement plus qu'un point lumineux argenté. C'est alors que le point se mit brusquement à grandir, envahissant sa conscience. Le point lui-même s'assombrit, puis dans la nuit sombre, des millions de galaxies naquirent, la Voie lactée, puis le Soleil, la Lune, la Terre… Yun Tianming savait que c'était le monde qu'il connaissait.

Il resta sans voix. D'intuition, il avait deviné à la vue des images que l'univers connu n'était qu'un fragment insignifiant d'un monde parfait beaucoup plus grand, le simple vestige d'un univers de nombreuses fois mis en pièces.

Comme plus tard, Guan Yifan et Cheng Xin, Yun Tianming apprenait le secret le plus enfoui de l'univers.

— Qui a détruit ce monde parfait ? demanda Yun Tianming d'une voix rauque.

[l'Occulte]

— L'Occulte ?

L'esprit de Yun Tianming fut de nouveau assailli par une douleur intense. Il comprenait qu'il approchait d'une sphère de connaissances qu'il ne pourrait véritablement appréhender, mais il voulut tout de même en savoir plus :

— Pourquoi a-t-il voulu saccager le Jardin d'Éden ?

[je ne sais pas, l'Occulte est le seul à savoir]

— Pourquoi l'appelle-t-on ainsi ? Est-ce un individu ? Une civilisation ? Ou autre chose encore ? Est-ce que toutes les civilisations de la forêt sombre n'essaient justement pas d'être les plus occultes possibles ?

[au commencement était le monde parfait, il n'existait aucune forêt sombre au sens où tu l'entends, mais une entité intelligente rebelle l'a mise en mouvement… Le monde parfait s'est effondré, et l'entité a fui… elle s'est dissimulée dans cet univers]

L'ensemble des signaux transmis par l'Esprit était si riche que Yun Tianming ne pouvait en décrypter que de minuscules fragments, eux-mêmes constellés de grands vides. C'était tout ce qu'il avait été en mesure de saisir, le reste dépassait son périmètre de compréhension.

— Attends ! fit AA, qui avait un peu de mal à respirer. Tu veux dire que dans notre univers se trouvait… une civilisation venue d'un autre univers ?

Elle ignorait bien sûr ce que Guan Yifan avait révélé à Cheng Xin à bord du *Hunter*, mais elle repensa à la phrase mystérieuse de l'Anneau :

Les poissons qui ont asséché la mer ont disparu.

Elle percevait enfin le sens de cette phrase.

— Je ne sais pas… ou peut-être que je l'ai su… mais j'ai oublié, répondit Yun Tianming, confus.

Yun Tianming avait continué d'interroger l'Esprit :

— Existe-t-il un moyen d'en finir avec l'état de forêt sombre et de rebâtir le monde parfait ? Cette question était plus importante que toutes les autres, il espérait entrevoir un espoir de sauver sa vieille Terre.

La réponse fut simple et puissante :

[oui]

— Lequel ? s'empressa de demander Yun Tianming.

[si l'Occulte est éliminé, je rebâtirai le monde parfait]

— Comment l'éliminer ?

Pour la première fois, l'Esprit garda un instant le silence, puis il "parla" :

[j'ai besoin que tu deviennes Chercheur…]

Et soudain, un torrent de pensées et d'idées s'abattit sur Yun Tianming. Il n'entendit que la première moitié de la "phrase" de l'Esprit, car les images qui affluèrent dans la foulée firent céder la dernière ligne de défense de son cerveau. Il fut noyé sous un océan sans fin de sens, dans l'incapacité de s'agripper à la moindre branche flottante. Il se débattait, mais il n'y avait personne pour venir à sa rescousse. L'Esprit continuait à déverser convulsivement une masse étourdissante d'informations, le laissant sombrer dans un gouffre insondable de pensées et de visions. L'instant qui précéda son évanouissement, Yun Tianming eut l'impression d'avoir une illumination : il lui sembla avoir compris quelque chose mais, trop tard, son cerveau avait activé son mécanisme d'autoprotection. Il perdit connaissance.

— Et après ? demanda AA. Elle était saisie par l'évocation de ce monde parfait à recréer. Peut-être y avait-il une chance de ressusciter le système solaire, la Terre, le monde humain…

Yun Tianming secoua la tête :

— Rien. Quand j'ai repris connaissance, l'Esprit et sa projection n'étaient déjà plus là.

À son réveil, tout autour de lui était revenu à la normale. Le vaisseau naviguait dans l'espace comme avant, sans plus aucune trace de l'Esprit. Selon les données de surveillance fournies par les Trisolariens, les structures en filaments de lumière avaient disparu peu de temps après l'évanouissement de Yun Tianming. Les ondes gravitationnelles avaient détecté que ces figures inconnues avaient abandonné le vaisseau à une vitesse proche de celle de la lumière, et les Trisolariens avaient perdu leur trace à une distance de plusieurs dizaines d'unités astronomiques, là où leur technologie ne pouvait plus les détecter.

Les scientifiques trisolariens firent bientôt la découverte d'un autre phénomène étonnant : lorsqu'ils essayèrent d'étudier le mouvement de la projection de l'Esprit, ils remarquèrent que si l'on déduisait les effets du mouvement des structures astronomiques connues comme la Voie lactée, le Groupe local ou les supergroupes, celui de l'Esprit apparaissait beaucoup plus simple. En d'autres termes, par rapport à tout l'univers – ou du moins à cette région de l'univers – l'Esprit se maintenait au repos dans un référentiel absolu. Son mouvement à une vitesse proche de celle de la lumière était en réalité le résultat du déplacement des vaisseaux trisolariens dans le cosmos. Ce n'était que lorsqu'il avait découvert la présence de la flotte que l'Esprit s'était approché et était entré en contact.

En d'autres termes, lié à l'univers, ou du moins au voisinage immédiat de la flotte, l'Esprit était probablement immobile dans un cadre de référence absolu.

Quelle force phénoménale pouvait annihiler la puissance du mouvement d'une galaxie en demeurant dans un état absolument statique ?

Des recherches ultérieures menées par les Trisolariens montrèrent que l'Esprit n'avait aucune masse, et que le seul effet de masse à avoir pu être détecté par les ondes gravitationnelles avait été généré par un champ de force autour de lui, qui le coupait de son environnement et le maintenait isolé d'un “objet”. Mais ledit objet n'avait presque aucun volume : un simple point. Et c'était à partir de ce point qu'avait été projetée la gigantesque structure lumineuse.

L'Esprit n'avait pas menti, il n'était réellement qu'une projection, il ne possédait aucune substance.

Mais dans tous les cas, les Trisolariens étaient convaincus qu'il s'agissait du produit d'une civilisation divine qui échappait à leur imagination, une civilisation qui n'avait pas donné l'impression d'avoir des intentions belliqueuses et qui avait même essayé de communiquer avec eux. Sans succès toutefois, car aucun Trisolarien n'avait pu dialoguer avec l'Esprit. Au contraire, plus de deux cents membres de la flotte étaient devenus fous ou idiots pour avoir tenté de communiquer avec cette présence.

Leurs semblables avaient été contraints de les déshydrater et de les brûler.

Yun Tianming connut des symptômes similaires : il resta pendant un moment dans un état de démence. Lorsqu'il recouvra enfin ses esprits, plus d'un mois terrestre s'était écoulé. Mais les Trisolariens ne l'avaient pas abandonné : d'après les images de surveillance, Yun Tianming n'avait cessé durant ces nombreux jours de marmonner pour lui-même, inclinant la tête, méditant, ce qui laissait penser que son échange avec l'Esprit avait été prolongé. Les Trisolariens touchés étaient devenus fous dès la réception de la première forme de conscience. Leurs mécanismes mentaux avaient été profondément déboussolés, et en raison de leur physiologie particulière, ils n'avaient pas pu – comme Yun Tianming – se protéger en s'évanouissant.

Les Trisolariens écoutèrent patiemment les délires de Yun Tianming, espérant pouvoir apprendre de sa bouche des informations au sujet de la super-technologie dont avait fait usage la civilisation divine. Mais ils eurent beau interroger Yun Tianming, l'hypnotiser ou le plonger dans un état de sommeil onirique, ils n'obtinrent rien de plus. Yun Tianming retrouva la pleine possession de sa mémoire peu de temps plus tard, mais il avait oublié ce que l'Esprit avait pu lui apprendre. Après des études menées sur son cerveau, les Trisolariens eurent la surprise de constater qu'une part considérable des zones cérébrales encore vierges avaient été remplies par une masse colossale d'informations. Néanmoins, elles restaient indéchiffrables pour les Trisolariens, et elles n'interagissaient pas avec les autres zones de son cortex.

Quant à Yun Tianming, il n'était plus accompagné que par un extrême sentiment de terreur. Bien qu'il ne se souvînt pas réellement du contenu de son échange avec l'Esprit, il était habité par une peur colossale qui l'arrachait chaque nuit à ses rêves.

Au fil du temps, des informations de moindre importance, cachées sous la surface de sa conscience, lui revinrent en mémoire. Un jour, tandis que les Trisolariens narraient à Yun Tianming les prodiges de leurs nouveaux vaisseaux luminiques, Yun Tianming se rappela soudain quelques bribes d'informations que lui avait confiées l'Esprit :

[... la méthode de sécurité la plus fiable... utiliser la vitesse de la lumière... se transformer en trou noir]

Yun Tianming ignorait ce qu'il avait voulu signifier par "se transformer en trou noir", et encore davantage quel était le rapport avec la capacité de voler à la vitesse de la lumière. Mais il savait qu'il en existait un. Après de nombreux jours d'âpres réflexions, peut-être guidé par une force mystérieuse, il perça enfin le secret des champs noirs. Il eut d'abord l'idée d'en informer les Trisolariens. Après tout, il avait besoin de cobayes pour prouver son hypothèse – mais à la condition qu'ils renoncent au projet de l'invasion du système solaire.

C'est catégoriquement impossible, affirma le commandant de la flotte trisolarienne. *Nous n'abandonnerons pas notre plan pour une méthode de déclaration de sécurité. D'autant que vos compatriotes n'ont pas activé la diffusion cosmique, et ils ne peuvent plus le faire. Nous n'éprouvons pas, à cette heure, le besoin de déclarer à l'univers que nous sommes sans danger.*

— Alors tant pis pour vous. Vous n'obtiendrez de moi aucune information provenant de la civilisation divine, fit Yun Tianming en retenant sa colère.

Non, le reprit le commandant. *Yun, nous avons besoin de vos informations. Mais nous ne les échangerons pas contre une planète que nous avons eu tant de mal à obtenir. Cependant, nous pouvons faire quelques concessions. Voyez...*

Il montra à Yun Tianming des images transmises par les intellectrons : le chaos provoqué par l'attaque des gouttelettes, la Terre en proie à l'anarchie, les foules qui mouraient dans les mouvements de panique : écrasées, massacrées, exilées, affamées...

L'une des scènes retint particulièrement l'attention de Yun Tianming : dans la banlieue d'une ville de la côte ouest américaine, une femme ressemblant à Cheng Xin avait été repérée au milieu d'un groupe de réfugiés. Quelqu'un criait : *Look! That bitch! That bitch who betrayed us, who betrayed the whole mankind!* La jeune femme fut encerclée par une populace en furie et reçut une salve de coups de poing et de pied, on lui arracha ses vêtements...

Un homme en sanglots – son compagnon, ou son mari – hurlait : *Please stop! She is not Cheng! She is not! We are Koreans!* Mais ses paroles n'avaient aucun effet. Des hommes ayant perdu toute raison déshabillèrent cette pauvre femme innocente et la violèrent à tour de rôle. Quant aux femmes, elles se jetèrent sur elle, la griffèrent et se mirent à mordre dans sa chair pâle comme si elles appartenaient à une meute de bêtes sauvages, déchirant, morceau après morceau, chaque partie de son corps.

Ce n'est pas Cheng Xin, lui confirmèrent les Trisolariens. *Elle bénéficie toujours de la protection des Nations unies mais la vérité est que la situation va vite se détériorer, et nul ne saurait dire si son sort ne sera pas encore plus tragique que celui de cette femme.*

Yun Tianming serra les poings. Il n'avait pas le choix. Il refusait de voir mourir Cheng Xin. Il finit par céder :

— Bien, je vais vous apprendre la méthode de la déclaration de sécurité. Mais vous devrez demander aux intellectrons de mettre en place des forces de maintien de la paix qui auront pour charge de préserver l'ordre et d'éviter les morts inutiles. Et vous protégerez Cheng Xin et ses amis, dit-il sans force.

C'est ainsi que les Trisolariens prirent connaissance de la déclaration de sécurité la plus fiable possible : baisser la vitesse de la lumière. Ils ignoraient naturellement à ce moment précis que les coordonnées de leurs trois étoiles seraient bientôt révélées à tout l'univers et ne se pressèrent pas pour fabriquer des champs noirs. La réaction de la forêt sombre fut foudroyante : elle survint alors qu'ils venaient à peine d'entrer dans la phase préparatoire.

L'humanité, elle, avait eu davantage de temps, mais elle aussi avait laissé passer sa chance.

Dans un autre rêve effrayant, Yun Tianming se vit devenir ce Chercheur dont avait parlé l'Esprit : il survolait nonchalamment l'univers à la recherche de l'invisible Occulte. Il franchissait des milliards d'étoiles, parcourait chaque bras de galaxie, mais en pure perte. Il finit par rejoindre le centre de la Voie lactée, où se trouvait un noyau d'argent plus brillant que celui de n'importe quelle autre galaxie et autour duquel tournaient des millions d'étoiles sans âge emportées dans une vertigineuse danse gravitationnelle… Au centre du noyau, un trou noir, non visible à l'œil nu, mais dont le gigantesque disque d'accrétion attestait l'existence. Placer le Soleil sur ce disque serait revenu à déposer un brin de poussière sur un vinyle.

Cependant, Yun Tianming découvrit vite que le disque d'accrétion n'était en réalité qu'une plaque sans épaisseur en rotation autour du trou noir. Il s'approcha et put voir à sa surface une immense peinture figurant avec une densité extraordinaire toutes les galaxies de l'univers, chacune avec ses caractéristiques propres. En regardant de plus près, il parvint même à apercevoir des vaisseaux spatiaux aux allures étrangères et des formes de vie extraterrestres antiques et inertes. Tout était représenté avec un niveau de détail saisissant, mais sans vie. Yun Tianming sentit une force le tirailler, comme si elle souhaitait l'aspirer dans la peinture ; il essaya de résister, mais une puissante force d'attraction le tirait pour le faire chuter dans cet infini plan bidimensionnel.

Il se débattit du mieux qu'il pouvait et réussit enfin à se libérer de cet étrange maléfice en s'éloignant de la surface du disque. Mais bientôt, il sombra dans un trou noir plus obscur encore, traversa son horizon des événements et s'enfonça dans les ténèbres… Dans ce noir total, il entrevit pourtant un feu malfaisant dans la lumière duquel était recroquevillé un sorcier portant une cape noire et un chapeau pointu, au sourire sinistre sous son nez arqué. Il dessinait à la plume sur une grande feuille, d'où ne cessaient de s'échapper des trous noirs qui s'enroulaient les uns autour des autres pour alimenter le disque d'accrétion. Il vit le sorcier croquer le Soleil, la

Lune et la Terre. Ce dernier jeta un coup d'œil vers Yun Tianming et dessina son portrait en deux dimensions. Chacun de ses cheveux, chacun de ses poils, et jusqu'à son regard pétrifié furent reproduits avec précision sur la peinture. Puis il fut aspiré par le dessin, rejoignant le reste de la peinture en deux dimensions…

Yun Tianming se réveilla de son rêve en criant.

[ils ont chuté, ils chutent et ils chuteront dans des dimensions inférieures, jusqu'à la fin…]

[cela fait partie de leur plan]

Ces mots prononcés par l'Esprit traversèrent soudain son esprit, comme s'ils surgissaient des profondeurs. Il comprenait la signification de ce rêve.

— Une attaque dimensionnelle ! s'exclama AA dans un frisson.

Les scènes d'horreur de la destruction du système solaire, dont elle avait été le témoin, lui revinrent en mémoire : Neptune et Saturne, transformés en deux yeux immenses, ces cités spatiales aplaties, regorgeant de détails, ces flocons d'azote et d'ammoniac plus grands que la Lune… Le songe de Yun Tianming était devenu réalité. Une réalité plus terrifiante qu'un cauchemar.

Yun Tianming acquiesça avec gravité.

— Mais si tes rêves étaient bien des messages transmis par l'Esprit, cela veut dire que la bidimensionnalisation commencée avec le "post-it" ne s'arrêtera jamais, jusqu'au jour où… AA fut prise d'un nouveau frisson : l'univers tout entier ne sera plus qu'un plan bidimensionnel ?

— C'est encore plus compliqué, la corrigea Yun Tianming dans un soupir, puis il exposa une vérité plus stupéfiante encore : L'Esprit m'a appris que l'univers tel que nous le connaissons est déjà le résultat d'attaques dimensionnelles. L'univers d'origine comportait davantage de dimensions.

— Tu veux dire que… (AA essayait tant bien que mal de comprendre ce que signifiait cette révélation incroyable, mais c'était au-delà de ce qu'elle pouvait imaginer.) Alors, l'univers originel était en quatre dimensions ? Et ces… fragments quadridimensionnels nous donnent une image de ce qu'il était jadis ?

Encore une fois, elle se souvint d'une phrase de l'Anneau :

Quand la mer est asséchée, les poissons se réfugient dans les flaques…

— Non pas en quatre, mais en dix dimensions, déclara platement Yun Tianming. L'univers quadridimensionnel lui-même était le produit de nombreuses chutes dimensionnelles. L'univers décadimensionnel était ce havre de perfection dont parlait l'Esprit. On dit que Pythagore prétendait que dix était le chiffre parfait. Je comprends, à présent.

— Dix dimensions !

La surprise de AA était toutefois moins grande que tantôt. Après tout, pour elle, il n'existait qu'une différence abstraite entre quatre et dix dimensions.

— À vrai dire, les scientifiques humains avaient découvert depuis longtemps que les particules élémentaires possédaient dix dimensions, mais que seules trois d'entre elles étaient complètement déployées, les autres étant coincées dans le microscopique, comme roulées en boule… De nombreuses théories ont été avancées pour expliquer ce phénomène, mais aucune n'avait envisagé qu'il s'agissait ni plus ni moins que du résultat de la destruction progressive de l'univers originel par des espèces intelligentes.

Sous le coup de l'émotion, AA prit une longue inspiration et formula une question plus concrète :

— Alors, l'attaque dimensionnelle contre le système solaire a elle aussi été perpétrée par l'Occulte ?

— Pas nécessairement, répondit Yun Tianming. D'autres civilisations avancées ont, elles aussi, pu fabriquer des armes dimensionnelles pour mener des attaques au sein de la forêt sombre. Mais on peut supposer que la réduction dimensionnelle de l'univers coïncide avec les objectifs de l'Occulte.

— Pour quelle raison souhaiterait-il cela ?

— Je ne sais pas, fit Yun Tianming en poussant un long soupir. C'est peut-être le plus grand secret de l'univers. Te souviens-tu des zones aveugles des intellectrons ?

AA hocha la tête. Les zones aveugles désignaient ces régions mystérieuses disséminées dans l'espace dans lesquelles les intellectrons perdaient toute leur fonctionnalité. En tant qu'astronome de formation, elle en avait forcément entendu parler.

— Selon toi, à quoi ressemblerait l'univers sans ces angles morts ? demanda soudain Yun Tianming.

AA tressaillit. Elle n'était pas femme à aimer les hypothèses fantaisistes, mais cette question en apparence abstraite lui semblait incroyablement tangible. Au début de l'Ère de la Dissuasion, les membres de la communauté scientifique s'étaient beaucoup interrogés sur le caractère universel de l'état de forêt sombre. Une école parmi les plus influentes estimait que toutes les espèces intelligentes ayant atteint un certain niveau de civilisation devaient avoir été en mesure de développer une technologie de communication s'appuyant sur le phénomène de l'intrication quantique, comme les Trisolariens avec leurs intellectrons. Aussi, depuis des milliards d'années, des "intellectrons" avaient dû être envoyés dans chaque recoin de l'univers, de telle sorte qu'on pouvait douter de la dimension secrète inhérente à la théorie de la forêt sombre. Les partisans de ce courant en déduisaient donc que les attaques de la forêt sombre, si craintes des humains comme des Trisolariens, devaient être des phénomènes locaux et largement surévalués.

Mais la découverte plus tardive de zones aveugles partout dans l'univers était venue contredire cette théorie. Un faisceau d'indices tendait à montrer que les zones aveugles étaient bien des produits "artificiels" ayant pour but de rendre l'univers plus opaque. Par conséquent, la communication quantique ne suffisait pas à briser l'état de forêt sombre, qui était probablement omniprésent dans le cosmos.

L'existence des zones aveugles n'était toutefois pas sans poser quelques défis à la théorie classique de la forêt sombre. Le rayon d'influence d'une civilisation capable de créer des zones aveugles dans un périmètre englobant l'ensemble de l'univers était probablement infini, et ladite civilisation n'avait donc pas besoin de disposer des zones aveugles : il lui suffisait de surveiller en permanence le cosmos au moyen de dispositifs semblables aux intellectrons, pour tuer toute civilisation naissante dans l'œuf et asseoir ainsi sa domination sur l'univers.

À moins que les zones eussent un autre objectif.

— Ainsi… c'est donc l'Occulte qui aurait créé toutes les zones aveugles et qui régnerait, en coulisses, sur la forêt sombre ? demanda AA, dont les poils se dressèrent à la simple évocation de cette hypothèse.

— Je l'ignore, répondit Yun Tianming, affligé. Mais ça me semble probable : sans ce super-être – ou cette super-civilisation – s'amusant à dresser des obstacles dans tout l'univers, il n'y aurait peut-être jamais eu de forêt sombre. Mais si tel était le cas, cette civilisation obscure serait la plus monstrueuse qui soit. Après avoir détruit le Jardin d'Éden, l'Occulte prendrait l'univers pour un terrain de jeux… Un Satan à l'échelle cosmique !

Ils discutèrent encore un moment des indices que l'Occulte aurait pu laisser, mais sans parvenir à une meilleure conclusion. Yun Tianming détenait peut-être d'autres informations enfouies dans son cerveau, mais il ne parvenait pas maintenant à se souvenir de la moindre bribe. Le mystère le plus profond de l'univers ne s'était pas encore ouvert à lui.

Après quelques instants, AA demanda à nouveau :

— Alors, pour prévenir l'humanité des attaques dimensionnelles, tu as inventé ces histoires à propos de la princesse Goutte de rosée et du prince Eau profonde ?

— Pas totalement, comme je te l'ai dit, je me suis en partie inspiré de mes rêves. J'ai simplement adapté les contes du mieux que j'ai pu.

— Mais comment est-il possible que les Trisolariens ne se soient doutés de rien ? Les métaphores étaient si évidentes !

— Une fois encore, le manque d'imagination des Trisolariens était leur plus grande faiblesse. S'ils avaient eu connaissance de l'existence des attaques dimensionnelles, ils auraient peut-être su les déceler dans mon récit, mais ils n'en savaient rien. Et puis, les humains eux-mêmes ne sont pas arrivés à percer le sens caché de mes histoires, comment les Trisolariens auraient-ils pu y parvenir ? Après tout, eux non plus n'avaient jamais subi ce type d'attaques.

Yun Tianming n'avait effectivement pas révélé la découverte de ce secret majeur aux Trisolariens. Il ne voyait d'ailleurs pas en quoi dire la vérité sur les dimensions de l'univers pouvait contribuer à réduire l'antagonisme entre les deux mondes. Les Trisolariens avaient bien sondé ce rêve de Yun Tianming, mais il se mêlait à tant d'autres au moins aussi étranges que son importance ne leur apparut pas d'emblée. Ils étaient de toute façon incapables d'en donner une interprétation correcte, et ils n'obtenaient rien de Yun Tianming lui-même.

Mais plus d'un an plus tard, une nouvelle parvint à la flotte : la *Gravité* avait activé la diffusion cosmique d'ondes gravitationnelles. Le plan de conquête de la Terre fut avorté, car la probabilité que les coordonnées des deux mondes aient été dévoilées s'était considérablement accrue. Yun Tianming n'avait dès lors plus à porter le fardeau moral de contribuer à offrir la Terre aux Trisolariens, mais il devait assumer une responsabilité plus lourde encore : il était de son devoir de sauver les humains de l'attaque imminente d'une civilisation plus avancée issue de la forêt sombre.

Quoique l'Esprit fût originaire d'un univers en dix dimensions, sa connaissance de l'univers tridimensionnel était parfaite. Il avait décrit à Yun Tianming sept attaques possibles pouvant survenir de la forêt sombre. La bidimensionnalisation n'en était qu'une parmi les plus redoutables. Cela faisait un an que Yun Tianming avait été en contact avec l'Esprit, et les souvenirs de leurs échanges lui revenaient peu à peu. Les Trisolariens trépignaient d'impatience d'obtenir ces précieux renseignements pour pouvoir se préserver des offensives de la forêt sombre. Yun Tianming les renseigna sur les six autres attaques possibles, mais garda secrète celle qui était relative à la réduction dimensionnelle. Il avait l'intuition que c'était celle-ci qui frapperait le système solaire. Il savait en même temps que s'il fournissait cette information aux Trisolariens, ces derniers ne diraient rien aux humains et empêcheraient Yun Tianming d'entrer en contact avec leurs représentants.

En échange de l'information concernant les six types d'attaques, Yun Tianming parvint toutefois à négocier une rencontre à distance avec Cheng Xin. Lors de cette entrevue, il prit le soin de mélanger les images de ses rêves avec d'autres histoires pour créer trois contes. Il dissimula subtilement les révélations ayant trait aux champs noirs et la propulsion par courbure, au contraire de celle portant sur l'attaque dimensionnelle, métaphore la plus évidente des contes, qui dépassait le domaine de connaissance et de compréhension des Trisolariens, si bien que ceux-ci n'y virent que du feu.

— Mais si tes prévisions s'étaient révélées fausses à ce moment, si la civilisation supérieure avait fait usage d'un autre type d'agression ? demanda AA.

— Les deux n'étaient pas incompatibles. Les vaisseaux luminiques auraient été en mesure d'échapper aussi bien aux attaques dimensionnelles qu'à tout autre type d'attaque. Je ne pouvais pas trop en dire. Il m'a fallu faire des choix.

— J'ai encore une question… Lorsque Cheng Xin et toi vous êtes vus, tu as prétendu que vous vous connaissiez depuis l'enfance, que vous vous racontiez des histoires. Si les Trisolariens étaient allés explorer tes souvenirs, n'auraient-ils pas découvert tes mensonges ?

Il y avait quelque chose d'autre derrière la question de AA. Elle n'avait pas encore osé remuer trop profondément les souvenirs de Yun Tianming. Mais elle s'était tout de même lancée, moins pour elle que pour…

Yun Tianming leva les yeux dans le ciel noir, sondant un passé déjà évanoui dans le lointain, un passé qui paraissait appartenir à un autre, mort depuis longtemps. Il murmura enfin :

— Ce… n'était pas exactement un mensonge. J'ai… vraiment connu une fille comme ça.

Enfant, Yun Tianming avait en effet vu surgir dans sa vie une jeune fille de trois ans sa cadette, une cousine de ses voisins. Il l'avait rencontrée par hasard un été, alors qu'elle était venue passer plusieurs semaines dans sa famille de la ville. Durant le peu de temps passé ensemble, il avait eu le temps de lui raconter tout plein d'histoires qu'il avait lues dans des livres : celle de la guerre de Troie, du trésor du temple de Salomon, des chevaliers de la Table ronde, du marchand de Venise… des récits tirés de livres compliqués que ses parents, ne jurant que par la culture classique, lui imposaient de lire. En échange, la petite fille lui racontait des histoires plus légères qu'elle inventait elle-même : celles du prince qui n'était pas sage, de la princesse elfe, ou du Joyeux cochon, des intrigues souvent décousues, qui tenaient rarement la route. Mais Yun Tianming l'écoutait avec passion. Il avait peu d'amis et ses parents, si englués dans leur conservatisme, ne le laissaient pas jouer avec les enfants issus des "petites familles" du quartier. Il était déjà au collège, et c'était une période "dangereuse". Mais la crise couvait déjà dans sa famille, ses parents étaient en instance de séparation et ils n'avaient guère l'esprit à surveiller leur fils.

Les deux enfants n'avaient passé ensemble qu'un mois à peine. Une fois les vacances terminées, la fille était rentrée chez ses parents. Ils s'étaient juré de se revoir l'été suivant. Mais peu de temps après, le divorce de ses parents fut acté, et Yun Tianming quitta le domicile familial avec son père. Il ne revit plus jamais cette petite sœur de cœur et s'enlisa encore plus profondément dans la solitude. La poussière du temps avait enseveli ces souvenirs, et ils ne furent que rarement exhumés lors des années qui suivirent.

Cependant, la gamine avait réussi à apporter un peu de chaleur dans la vie de Yun Tianming. Et c'était à une de ses histoires qu'il devait ses trois contes.

— Il était une fois un prince nommé Maléfique qui voulait la mort d'une princesse très belle appelée Rosée du matin. Le méchant prince utilisa un jour la magie noire pour faire tomber des météorites… Mais une fée venue du ciel protégea la princesse en plaçant un parapluie de nuages juste au-dessus de sa tête…

“Après quoi, la fée et la princesse, et puis aussi le capitaine des gardes, partirent sur l’île de Sans-souci où ils rencontrèrent le prince Haute-montagne qui pouvait changer de taille comme il voulait : il était parfois aussi grand qu’une colline et d’autres fois aussi petit qu’un grain de sable…

“Le prince Haute-montagne tua le prince Maléfique. La princesse Rosée du matin épousa le capitaine des gardes et ils vécurent heureux jusqu’à la fin de leur vie. De leur côté, la fée et le prince Haute-montagne quittèrent le royaume et partirent vivre sur l’île de Sans-souci…

Yun Tianming avait encore un souvenir – quoique vague – de l’expression à la fois enfantine et grave de la petite fille quand elle lui avait raconté son histoire. Il se rappelait lui avoir demandé :

— Pourquoi est-ce que ce n’est pas plutôt le prince Haute-montagne qui a épousé la princesse ?

— Eh, mais tu n’as rien écouté ! s’était agacée la gamine. Le prince Haute-montagne est le grand frère de la princesse, comment veux-tu qu’ils se marient ? C’est pour ça ! Il faut que la princesse soit amoureuse du capitaine des gardes, et le prince, de la fée…

À vrai dire, cette gamine espiègle n’avait pas grand-chose en commun avec Cheng Xin, mais quand il fit la connaissance de cette dernière à l’université, il ne put s’empêcher de s’imaginer qu’il l’avait déjà rencontrée enfant, et qu’ils avaient simplement perdu contact. Il se racontait que la gamine et Cheng Xin étaient la même personne. Les Trisolariens ne possédaient pas la subtilité leur permettant de distinguer les souvenirs réels des souvenirs fantasmés, et Yun Tianming tenta d’entretenir cette confusion, laissant croire que Cheng Xin et lui se connaissaient depuis longtemps. Ils ne se rendirent pas compte que Yun Tianming façonnait sa propre mémoire.

— Et cette petite fille… tu… ne l'as jamais revue depuis ? demanda AA, d'une voix tremblante.

— Non. Le monde est si grand. Comment aurais-je pu la retrouver ? J'ai même oublié son nom, je me souviens seulement que sa famille l'appelait Weiwei… AA, qu'est-ce que tu as ?

Yun Tianming avait remarqué qu'elle n'était plus dans son état normal, ses yeux étaient mouillés de larmes, son souffle était court. Elle le fixait avec un regard étrange.

Elle eut un sourire triste.

— Alors tu as même oublié son nom ? Ça, je peux te le dire, le vrai nom de Weiwei était… Ai Xiaowei.

Yun Tianming croyait qu'après avoir compris l'énigme des dix dimensions de l'univers, plus rien dans cet univers en trois dimensions ne le surprendrait jamais. Mais il s'était trompé : il était des secrets plus incroyables que les plus grands mystères du cosmos et qui prenaient source dans le passé, la chair, le sang et les émotions d'un être.

À cet instant, c'était le blanc total dans l'esprit de Yun Tianming. Il n'avait jamais imaginé que la gamine qu'il avait connue enfant puisse avoir un quelconque lien avec 艾AA, née deux siècles plus tard.

AA avait dit juste : la fille s'appelait bel et bien Ai Xiaowei. Il n'avait pas réellement oublié ce nom, mais n'avait jamais eu la force de retourner puiser si loin dans sa mémoire. Inconsciemment, son esprit refusait de briser l'association absurde entre la petite fille et Cheng Xin.

Mais comment AA pouvait-elle le savoir ? Yun Tianming la regarda et se souvint du sentiment familier qu'il avait éprouvé la première fois qu'il l'avait rencontrée. Était-ce réellement un hasard, y avait-il autre chose ? Sur son visage, il crut commencer à reconnaître quelques traits de celui de la petite Weiwei. Mais elle n'avait que onze ans à l'époque : quand bien même elles auraient été une seule et même personne, il aurait été incapable de reconnaître son apparence.

D'autant qu'il avait la certitude qu'elle n'était pas une femme de l'Ère commune. S'il n'avait jamais pris le soin d'examiner son passé attentivement, il pouvait déterminer d'après son tempérament, ses manies et sa manière de parler qu'elle venait d'une époque de deux siècles plus jeune que la sienne. Tout cela ne pouvait être feint. Il l'avait observée depuis tant d'années, ici sur Saphir, mais aussi grâce aux intellectrons. Il était sûr de lui.

À moins d'avoir été hibernée à onze ans. Mais c'étaient alors… les années 1990 de l'Ère commune, et cette technologie n'existait pas encore !

L'esprit de Yun Tianming était maintenant assailli de millions de pensées, mais aucune à laquelle il pouvait s'accrocher. Il voulut interroger AA, mais à peine eut-il ouvert la bouche qu'il se mit à bégayer :

— Tu… tu… comment…

— Ne me pose pas de question, laisse-moi parler, d'accord ? (Elle mit tendrement un doigt sur ses lèvres.) Tianming, il y a quelque chose que je voulais te dire depuis longtemps, très longtemps. Mais je ne savais pas par où commencer. Tianming, tu n'as pas à porter le fardeau de la destruction de l'humanité. La vraie criminelle dans toute cette histoire, ce n'est ni Cheng Xin ni toi. C'est moi.

— Qu'est-ce que tu racontes ?

— Pendant tout ce temps, j'ai tenu un rôle bien plus crucial que ce que tu as pu croire. Mais pour comprendre, il faut remonter à l'Ère commune. Entre Cheng Xin et toi, il y avait une troisième personne. C'était elle, la vraie dissimulée, la véritable Occulte.

"Elle, c'est Ai Xiaowei, Weiwei, lâcha faiblement AA. (Ses paroles semblaient avoir été répétées des milliers de fois dans sa tête.) Il était une fois une petite fille qui aimait les contes de fées et inventer des histoires. Un été, elle alla passer une partie de ses vacances chez une tante qui habitait dans une autre ville. La famille de sa tante vivait dans un immeuble au milieu d'un grand complexe de bâtiments de la même taille. Au début de son séjour, elle avait du mal à se repérer et elle entra un jour par erreur dans un immeuble voisin. Ce fut un garçon inconnu, un peu plus âgé qu'elle, qui lui ouvrit la porte. Elle comprit alors qu'elle s'était perdue. Affolée, elle se mit à pleurer. Le garçon l'invita dans son salon et lui offrit de la glace. Petit à petit, ses sanglots cessèrent.

Yun Tianming se revit accueillir la jeune fille. Il ne put s'empêcher de sourire. Mais la chaleur de ses souvenirs fut vite balayée par l'intensité de son désir de découvrir la vérité.

— Le garçon lui proposa de l'aider à retrouver l'immeuble de sa tante, mais Weiwei n'arrivait pas à dire précisément où elle habitait. Elle savait simplement que c'était dans un de ces bâtiments. Ils tentèrent plusieurs immeubles, sonnèrent à de nombreux appartements, mais ou bien ceux-ci étaient inoccupés, ou bien ce n'étaient pas les bons. Le garçon, ne sachant trop que faire, emmena la fille dans un jardin, au pied d'une des tours, et ils attendirent que sa famille veuille bien venir la chercher.

"Ils restèrent assis là pendant des heures. Comme ils s'ennuyaient, le garçon commença à raconter des histoires à Weiwei. Et elle, elle lui raconta celles qu'elle avait inventées. Alors qu'ils s'amusaient de plus en plus, la famille de Weiwei finit par la retrouver et la ramener chez elle.

À ces mots, AA marqua une pause et demanda :

— Tianming, tu te souviens de cette histoire que Weiwei n'a pas eu le temps de terminer ?

Yun Tianming secoua la tête. Il avait le souvenir d'une intrigue grossière, mais il n'aurait pas été en mesure d'en donner plus de détails.

— L'histoire avait pour titre "Une étoile comme cadeau", elle racontait les aventures d'une princesse qui sort visiter son royaume. Celle-ci rencontre un jeune garçon étrange, qui affirme vouloir lui offrir une étoile. Elle refuse de le croire et demande même à ses gardes de l'écarter de son chemin. Après bien d'autres péripéties, la marâtre de la princesse ordonne de la faire tuer. Celle-ci s'échappe du palais, tandis que la marâtre lance une troupe de soldats à sa poursuite. Sans issue, la princesse voit soudain une échelle de corde qui semble descendre droit de l'étoile offerte par le garçon. Elle grimpe le long de l'échelle, de plus en plus haut. La marâtre la suit à son tour sur l'échelle. Arrivée au sommet, la princesse attrape une main qui l'aide à se hisser sur l'étoile : celle du jeune garçon. Ils coupent l'échelle et la marâtre et les soldats sont précipités dans le vide. Le jeune garçon et la princesse vivent alors heureux sur l'étoile, jusqu'à la fin des temps.

Quelques bribes de souvenir commencèrent à remonter des profondeurs de la mémoire de Yun Tianming. Il se remémora cette histoire, et toutes les autres. Au cours de ses rêves "millénaires" à bord du vaisseau trisolarien, ce récit simple et candide lui était apparu bien des fois et sous bien des formes différentes. Il avait toujours cru que c'était la réminiscence du cadeau adressé à Cheng Xin. Mais était-ce l'inverse ? L'étoile qu'il avait voulu offrir à Cheng Xin trouvait-elle sa source dans le conte de Weiwei ? Cette histoire s'était-elle enfouie dans sa conscience sans qu'il n'en sache rien ?

— Après ce jour, la petite Weiwei est souvent revenue te voir. Pour elle aussi, cet été a compté parmi ses plus beaux souvenirs d'enfance… Peut-être te souviens-tu qu'elle et toi vous étiez donné rendez-vous l'été suivant. Mais le moment venu, quand elle était retournée dans la ville, tu avais déjà déménagé, et vous n'avez plus jamais eu de nouvelles l'un de l'autre.

Il ne restait à présent plus de trace de la nature espiègle et taquine de AA. Sa voix était calme, froide. Une brise vint caresser leurs âmes, aussi fraîche et triste qu'un vent nocturne sur Terre. Yun Tianming sentit ses yeux se mouiller.

— Votre amitié s'était estompée, inévitablement. Dix ans plus tard, Weiwei était devenue une femme, elle avait rejoint l'université et travaillait pour payer ses études. Il se trouve que le campus de son école se situait dans ta ville. Elle ne t'a jamais revu, bien sûr, mais les souvenirs de cet été passé ensemble l'habitaient encore. Elle se demandait quelquefois où était parti ce garçon. S'était-il marié ? Mais ce n'était rien d'autre que de la curiosité, elle ne tenait pas plus que ça à connaître la réponse.

"C'est à cette époque que vous vous êtes revus, dans des circonstances inattendues.

— Que nous nous sommes revus ?

Yun Tianming était abasourdi. Il ne se souvenait pas avoir recroisé Ai Xiaowei à l'âge adulte. Cependant, plus il regardait la figure douce et triste de AA, plus cette impression vague de familiarité s'intensifiait. Et tout à coup, des tréfonds de sa mémoire surgit une scène encore confuse.

— AA, je... je t'avais vue ! À l'Ère commune... je t'avais déjà vue, j'en suis sûr !

Tout se précipitait dans son esprit, il fouillait dans ses souvenirs. Le lycée, l'université, l'entreprise, l'hôpital... Avant de quitter la Terre, il menait une vie assez morne et les occasions de rencontrer des femmes de son âge étaient limitées. Mais il ne parvenait pas à se rappeler où il aurait pu croiser AA. Il était pourtant sûr de l'avoir déjà croisée. Était-ce une étudiante assise en face de lui à la bibliothèque ? Une jeune cadre croisée dans la cage d'ascenseur à la sortie du travail ? Une fille habitant le même dortoir universitaire ? Des visages se succédaient à la vitesse de l'éclair dans sa tête, mais aucun ne correspondait. Mais il y avait cette trace... cette image translucide. Quand était-ce ? Où ? Il ne pouvait se raccrocher à aucun espace-temps.

AA esquissa un sourire navré.

— Je croyais tout de même que tu t'en rappellerais un peu. Ce jour-là a eu une telle importance dans ta vie. Ce jour-là... (Elle pointa la direction du couchant.) Tu as acheté cette étoile.

Ce jour-là !

Les souvenirs qui sommeillaient dans son cerveau se réveillèrent en sursaut, et avec une telle clarté que tout paraissait s'être déroulé la veille : il avait reçu un message de Hu Wen et avait demandé au docteur Zhang la permission de sortir de l'hôpital. Il était monté dans un taxi pour se rendre au bureau pékinois de l'Unesco. Il était entré dans le bureau de la commission en charge du programme Stellaris, dont il avait rencontré la directrice étrangère. Puis le docteur He...

Y avait-il quelqu'un d'autre ? Qui ? Au moment même où il avait passé la porte du bureau... Yun Tianming prit une respiration profonde et pointa AA du doigt en bégayant :

— L'hôtesse qui m'a accueilli dans le bureau, c'était toi ! Mais comment... comment as-tu pu...

— Ce n'était pas moi, fit AA en secouant la tête. C'était ton amie d'enfance, Ai Xiaowei, mon... ancienne moi.

Yun Tianming ne comprenait pas ce qu'elle voulait signifier par "ancienne moi". Il s'efforça de se souvenir de cette rencontre. Ce jour-là, une jeune femme enjouée était accourue et lui avait servi du thé, et tandis qu'il discutait avec la directrice, elle l'avait couvé d'un regard tantôt curieux, tantôt admiratif. Mais Yun Tianming ne parvenait pas à se remémorer davantage de détails. Son exceptionnelle beauté aurait dû lui laisser un souvenir impérissable, mais il était alors en phase terminale, au seuil de la mort, et son humeur était sinistre. Par ailleurs, toutes ses pensées étaient tournées vers Cheng Xin, et il était comme immunisé contre toutes les autres jeunes femmes, si séduisantes fussent-elles. Il l'avait ensuite oubliée, et n'aurait jamais imaginé un seul instant que AA puisse avoir un lien avec elle.

— Tu ne te souviens pas de grand-chose, hein ? fit AA en riant. Pour toi, cette jeune fille n'a fait que passer, cette rencontre n'a été qu'un frôlement d'épaule sur ta route. Mais ton apparition ce jour-là a changé sa vie.

“Ai Xiaowei travaillait en effet dans le bureau du programme Stellaris. Elle ne t'a pas reconnu dès le premier coup d'œil. Quand tu as exprimé ton souhait d'acheter une étoile, elle a d'abord cru que tu n'étais qu'un de ces fils de riches qui ne sait pas quoi faire de sa fortune. Elle t'a accueilli avec un enthousiasme feint, en se moquant de toi à l'intérieur d'elle-même. Puis, quand tu as raconté au docteur He que tu voulais offrir cette étoile à une femme, elle a repensé à l'histoire qu'elle avait inventée et ton visage lui est apparu plus familier. Tu refusais de donner ton identité, et elle ne savait qu'une chose : tu désirais offrir une étoile à une nommée Cheng Xin. Quand Ai Xiaowei a enfin rassemblé son courage, prête à te poser directement la question, le docteur He et toi étiez déjà sortis voir l'étoile, en périphérie de la ville. C'était un adieu final.

“Weiwei a pourtant réussi à remettre la main sur les documents que tu avais laissés. Elle a appris ton nom et elle a pu s'assurer qu'elle ne s'était pas trompée. Elle a d'abord cru que tu étais devenu richissime et n'a pas souhaité intervenir dans ta vie. Mais le lendemain, en discutant avec le docteur He, ce dernier lui a confié être persuadé que tu avais une maladie grave et que tes jours étaient comptés. Ai Xiaowei a été si émue qu'elle a tout déployé pour arriver à retrouver ton adresse et savoir ce que tu étais devenu. Elle ne connaissait néanmoins rien d'autre que ton nom. Elle a fini par utiliser une plate-forme en ligne… "Facelook", je crois, et grâce à une recherche par nom – par chance, le tien est assez rare – elle a réussi à trouver ton compte.

— Facebook, tu veux dire ?

— Peut-être, dit AA en hochant la tête. J'ai oublié. À quoi servait la plateforme ?

— C'était un réseau social… expliqua Yun Tianming, mais pour autant qu'il se rappelait, il n'avait jamais créé de compte. Ou tout au plus une simple page de profil, qui ne mentionnait que des informations de base. Il n'y avait jamais rien publié, et n'avait pas dû s'y connecter plus d'une fois.

— C'est ça. Tu avais un seul contact… Hu Wen, je crois. Un entrepreneur, qui avait été avec toi au lycée. Un garçon intelligent, qui avait un grand nombre d'amis sur Facebook, lui. Après deux ou trois jours, Weiwei a réussi à nouer le contact avec Hu Wen, et elle a obtenu tes coordonnées. Elle a foncé à l'hôpital, mais elle a appris que tu avais déjà été emmené par une certaine Cheng Xin. La version officielle était que vous étiez partis aux États-Unis pour te faire soigner.

"Weiwei a cru qu'il existait une magnifique histoire d'amour entre vous deux, elle ne s'était pas doutée de la vérité… Mais elle a été profondément émue par ton incorrigible romantisme. C'est peut-être à compter de ce jour qu'elle est… tombée amoureuse. Elle s'est juré de te retrouver. Elle ne comprenait pas vraiment le sens de ce qu'elle cherchait, elle savait juste qu'elle voulait te revoir. Comment aurait-elle pu imaginer que tu avais été envoyé dans l'espace…

“La suite de sa vie a été une tragédie. Elle t'a cherché pendant trois ou quatre ans. Elle a perdu son emploi et est partie aux États-Unis à la recherche de Cheng Xin, mais celle-ci était déjà en hibernation, et Weiwei n'a rien pu apprendre de plus. Elle a fini par découvrir – je ne sais par qui – que toi aussi tu hibernais. Weiwei, elle, n'avait pas les moyens d'aller dans le futur. Elle a fini par laisser tomber.

“Elle s'est mise à travailler pour des sites de vente en ligne et a gagné un peu d'argent. Elle a rencontré un homme qui avait l'air sérieux. Il était fauché mais presque aussi romantique que toi. Il l'a séduite et elle a accepté de l'épouser. Ils ont passé ensemble quelques belles années de bonheur. Mais un jour, l'homme lui a appris qu'il était en phase terminale. Elle a bien sûr repensé à ce qui t'était arrivé, et elle a dilapidé toutes ses économies pour faire soigner son époux. Mais tout s'est avéré n'être qu'une filouterie savamment construite : l'homme lui a dérobé son argent et a disparu sans laisser de trace. Si elle ne t'avait pas connu, Weiwei ne serait probablement jamais tombé aussi facilement dans le panneau.

Yun Tianming soupira de tristesse. Puis la voix de AA se fit encore plus grave :

— Et le pire était à venir : Weiwei a voulu repartir de l'avant mais elle a découvert que le salaud lui avait refilé le Sida ! Elle a tenu comme elle pouvait pendant quelques années avant de mourir.

Yun Tianming lâcha un cri de surprise. Il était terrifié d'apprendre que la vie de son amie d'enfance avait été aussi misérable. Il repensa à cette fille comme un rayon de soleil quand il avait poussé la porte du bureau du programme Stellaris. Quelque chose avait peut-être dû faire tilt dans son cerveau, mais il ne s'était pas douté du passé heureux qu'ils avaient en commun ni du futur incertain qui les attendait.

— Elle était consciente que sa vie était ruinée, mais elle refusait de l'accepter, elle ne voulait pas se résigner ! raconta AA d'une voix envahie par l'émotion ; sans qu'elle ne s'en rende compte, ses yeux s'étaient emplis de larmes.

“Elle n'avait même pas trente ans quand elle est morte. Elle n'avait pas d'enfants. Elle a vendu le peu de patrimoine qu'elle avait et a fait don de quelques cellules souches à une banque génétique. Elle se disait qu'elle pourrait se voir donner une nouvelle chance, un jour, dans le futur. Beaucoup de ses contemporains entretenaient le même fantasme, et il se trouvait dans les banques génétiques du monde entier des millions de cellules ayant appartenu à de pauvres rêveurs. Mais la Grande Crise et le Grand Ravin sont passés par là et on a oublié les donneurs. Naturellement, personne n'a pris l'initiative de les cloner. La plupart des cellules souches ont été détruites, pour diverses raisons. Celles d'Ai Xiaowei ont eu beaucoup de chance d'être préservées.

“En vertu de l’accord initial, ses gènes ne pouvaient être conservés que durant deux cents ans et si, d’ici là, personne n’était venu payer un clonage, la banque s’en débarrassait. Deux siècles plus tard, à peu près au milieu de l’Ère de la Dissuasion, quand la vie humaine a regagné de la valeur, l’humanisme a refleuri au sein des sociétés. Des organisations de défense des gènes se sont créées, reconnaissant chaque cellule en attente de clonage comme un être vivant en devenir, ce qui, pour cette raison, lui conférait le droit de vivre. Des fonds ont été levés pour permettre de lancer des processus de clonage. Mais les ressources étant limitées, une sélection des gènes a dû s’opérer. Au maximum deux individus sur cent auraient la chance d’être clonés. On m’a choisie – peut-être parce que j’avais été une jolie fille. C’est comme ça que deux cents ans plus tard, j’ai pu reprendre le rêve commencé par mon “ancienne moi”…

— Pourquoi parles-tu d’“ancienne moi” ?

— C’est comme ça que nous désignons les souches, nous, les clones, expliqua AA. Si les donneurs sont encore vivants de notre temps, nous les appelons “parents” mais, une fois morts, nous préférons le terme “ancien moi”. C’est une manière de trouver une prise au temps, pour nous qui ne sommes pas nés d’une mère et d’un père. Mon ancienne moi m’a laissé une très longue lettre dans laquelle elle racontait tout ce qu’elle avait vécu. Elle me conjurait de ne pas être aussi idiote, de mener une vie plus tranquille… J’ai alors appris votre rencontre à l’Ère commune, et je connaissais par conséquent l’existence de l’étoile DX3906 depuis mes premiers jours. Ce n’est pas un hasard si j’ai choisi l'étude de cet astre comme sujet de thèse pour mon doctorat…

AA se tut un moment : la suite devait être encore plus douloureuse à dire.

La roue du samsara les avait pris dans son mouvement. Ils se retrouvaient maintenant ensemble. Ce qu'ils croyaient n'être qu'une rencontre fortuite était en réalité le fruit d'un destin tracé d'avance. On pouvait entendre en cet instant les cœurs battants de deux êtres.

Pour relâcher la tension qui s'instaurait, AA finit par sourire, avec légèreté.

— Tianming, ne te trompe pas. Quand je parle d'"ancienne moi", ce n'est qu'une expression, je ne suis pas Ai Xiaowei, je ne suis pas aussi naïve. Je voulais simplement que tu saches que toi non plus, tu n'as jamais été seul. Pendant toutes ces années où tu as été isolé, tu vivais encore dans le cœur d'une femme. Quand ton cerveau a été congelé et envoyé dans l'espace, quelqu'un sur Terre te cherchait encore sans relâche.

Il ne lui manquait qu'une phrase à dire :

— Et ce quelqu'un, ce n'était pas Cheng Xin.

Yun Tianming resta longuement silencieux, puis il finit par affirmer doucement :

— Elle a été mon Antoinette*.

Un moment passa. AA prit une longue inspiration et continua son récit :

* L'auteur fait ici référence au personnage d'Antoinette dans *Jean-Christophe*, de Romain Rolland. *(N.d.T.)*

— En réalité, c'est moi qui suis à l'origine du réveil de Cheng Xin.

"Après avoir appris qu'elle avait été hibernée durant l'Ère commune, je me suis efforcée de chercher ce qu'elle avait pu devenir. J'ai découvert cette année-là que Cheng Xin dormait encore. Ce n'était alors qu'une citoyenne ordinaire, et personne n'avait prévu de la réveiller avant longtemps. J'ai pourtant insisté pour qu'elle sorte d'hibernation. Je voulais voir celle que tu avais tant aimée, et que mon ancienne moi n'avait jamais rencontrée. C'est cette année-là où, dans le cadre de mes recherches de doctorat, j'ai fait la découverte des deux planètes du système de DX3906, Calcédoine et Saphir, où nous nous trouvons aujourd'hui tous deux. Ça n'a pas fait beaucoup de vagues à l'époque, parce qu'on décelait des dizaines de systèmes avec des exoplanètes de ce genre tous les ans, et personne n'y accordait vraiment d'attention... Mais j'ai utilisé l'événement : j'ai pris contact avec un ami journaliste qui m'a aidée à déterrer l'histoire de cette jeune femme qui avait reçu plus de trois siècles plus tôt une étoile en cadeau. Il a fait plusieurs reportages, tirant sur la corde sentimentale. Ses articles ont commencé à susciter l'intérêt de la population et du gouvernement. C'est comme ça que, grâce à mes efforts, Cheng Xin a été réveillée. Je me suis débrouillée pour l'approcher dès son réveil. Je voulais voir quel genre de femme elle était. Et nous sommes tout de suite devenues amies... Je ne savais pas que le mal était déjà fait, que Cheng Xin deviendrait si vite une célébrité dans le monde entier, et qu'on lui confierait la mission de porte-épée.

Le visage de Yun Tianming pâlit. Jamais il n'aurait pu croire que AA fût à l'origine de tout.

— Tu as le droit de m'en vouloir, Tianming. J'ai péché par curiosité, mais je n'aurais jamais cru que les choses évolueraient de cette manière, lâcha-t-elle avec amertume.

Yun Tianming garda le silence. Il peinait à réprimer la question qui montait en lui : *et si AA n'avait pas réveillé Cheng Xin, ou bien seulement quelques années plus tard, que serait-il advenu ?*

Une autre femme aurait peut-être été nommée porte-épée, mais Thomas Wade aurait alors réussi son coup. La Terre aurait-elle été détruite ? Cheng Xin aurait-elle pu couler des jours paisibles sur Terre ? Ou bien…

— Ça faisait trop longtemps que j'enfouissais cette histoire en moi. La personne qui est la plus à blâmer pour la disparition de la Terre, ce n'est ni Cheng Xin, ni toi, mais moi. Combien de fois ai-je consolé Cheng Xin ? Mais c'était moi que je consolais… Si la curiosité ne m'avait pas poussée à la réveiller, rien de tout ça ne serait jamais arrivé.

Yun Tianming ferma les yeux. Son visage était grave, il paraissait vouloir faire émerger un souvenir précis. AA blêmit et reprit :

— Mais si tu dois blâmer quelqu'un, c'est moi. Il ne faut pas en vouloir à Ai Xiaowei, elle n'y est pour rien. Elle voulait simplement te dire…

— Non, l'interrompit Yun Tianming sur un ton décidé : AA, je ne te blâmerai jamais. Je crois que même si une autre femme avait été choisie, et que Wade avait voulu tirer sur elle à bout portant, je n'aurais pas pu m'empêcher de la sauver.

“AA, toute cause a une conséquence, mais les causes isolées ne doivent pas être tenues seules responsables de ces conséquences. La chaîne de causalité est infinie. Personne ne prend une décision de manière absolument indépendante : chaque décision prise est, à un degré ou un autre, influencée et modifiée par celles d'autres personnes. Cheng Xin a été la porte-épée choisie par l'humanité. Cette décision a été celle des hommes, et les valeurs qu'elle portait représentaient celles des hommes. À plus petite échelle, si Cheng Xin a effectué son choix, c'est parce que tu l'as réveillée, or si tu l'as réveillée, c'est à cause de moi, et c'est à cause de Cheng Xin que j'ai été envoyé dans l'espace, tandis que Cheng Xin s'est fait hiberner à cause de moi… Et celui qui a battu la mesure, c'est celui-là même qui a tenté de tuer Cheng Xin – Wade. C'est un chaos interminable.

“Si on remonte encore plus loin, ce sont peut-être Ye Wenjie, Luo Ji, Zhang Beihai et tous les autres qui ont bouleversé l'histoire. Sans leurs choix, qui sait, l'issue aurait aussi été différente. Mais essayons de nous libérer de cette chaîne infinie. Nous connaissons la conséquence de ces choix : l'humanité s'est éteinte… ou plutôt non, l'humanité ne s'est pas totalement éteinte. D'après ce Guan Yifan dont tu m'as parlé, une civilisation née dans les vaisseaux interstellaires aurait ouvert une nouvelle voie et créé un nouvel âge dans la galaxie. La réalité que personne ne peut changer, c'est la disparition de la Terre et de Trisolaris.

— Oui, malheureusement, ça, c'est inévitable.

— Mais ce n'est pas tout ! (Yun Tianming se laissait aller.) La Terre et le Soleil n'étaient peut-être que le début ! Si dans mille ou dix mille ans, ou davantage encore, on regarde en arrière pour observer la Terre détruite, peut-être dira-t-on que ce n'était qu'une autre Constantinople. Tu sais ce qui est arrivé à Constantinople ?

AA hocha la tête puis se rétracta, confuse :

— Vaguement, mais je ne suis plus très sûre de ce que j'ai lu…

— Je connaissais peu cet épisode de l'histoire moi aussi, mais lors de mon séjour à bord du vaisseau trisolarien, j'ai eu tout loisir de lire et réfléchir au destin de l'humanité. En 1453, il y a plus de douze siècles, la forteresse de Constantinople a été attaquée et conquise par l'armée de l'Empire ottoman, marquant la fin de l'Empire romain d'Orient – l'Empire byzantin. La tête de pont de la civilisation occidentale était tombée, et cette dernière s'est mise à trembler devant les Turcs. Et pourtant, l'Europe s'est rapidement relevée de cette tragédie et a entamé une course folle qui l'a menée jusqu'au début de la civilisation moderne. Les savants byzantins se sont réfugiés en Europe de l'Ouest, apportant dans leurs bagages la richesse de la civilisation gréco-romaine, participant au lancement de la Renaissance. Dans le même temps, tandis que les Ottomans bloquaient les routes qui menaient en Asie, les Européens ont dû chercher de nouvelles voies pour rejoindre la Chine et les Indes, et c'est ainsi qu'a débuté l'époque des grandes explorations… En à peine un siècle, Espagnols, Portugais, Néerlandais et Britanniques avaient déjà fait le tour du monde, exportant leur civilisation, bâtissant des merveilles que les Européens du Moyen Âge et de l'Antiquité n'avaient même pas osé imaginer… Qui peut dire aujourd'hui si la destruction du système solaire ne marquera pas le début d'une ère galactique bien plus prospère ?

Les yeux de AA s'illuminèrent. Ils se mirent à imaginer avec passion l'avenir de l'humanité. Peut-être les humains coloniseraient-ils un système après l'autre, jusqu'à occuper la galaxie entière, où ils feraient naître de nouvelles républiques, de nouveaux empires, de nouvelles fédérations. Peut-être établiraient-ils une flotte de milliards de super-vaisseaux spatiaux pour parcourir tout l'univers, sans jamais jeter l'ancre. Peut-être leurs civilisations atteindraient-elles un paradis cosmique, d'où ils pourraient dompter le temps et réécrire l'histoire…

Yun Tianming finit par revenir à la réalité et lâcha avec un sourire forcé :

— Mais ce ne sont que des fantasmes absurdes. À quoi bon rêver d'ère galactique alors que nous ne quitterons probablement jamais ce champ noir ? Et même si cette ère devait exister un jour, nous serions réduits en poussière avant même son avènement.

“Mais, je te remercie, AA. (Yun Tianming la couva d'un regard ardent.) Merci de m'avoir libéré des chaînes du passé. Mes sentiments pour Cheng Xin étaient un fardeau, de même que mon sentiment de culpabilité envers l'humanité. J'ai la conscience tranquille désormais. Nous n'aurons plus à assumer de telles responsabilités, ni toi, ni moi. Profitons du bonheur présent et de celui à venir, tu veux bien ?

AA se mit à rire, des larmes couraient sur ses joues. Tous deux s'enlacèrent longuement. Ce n'était bien sûr pas la première fois, mais jamais leurs cœurs n'avaient été si proches qu'aujourd'hui.

Il s'écoula un certain temps, avant que AA ne murmure à l'oreille de Yun Tianming :

— La dernière chose demandée par Xiaowei dans sa lettre, c'était de te transmettre un message si jamais j'avais la chance de te voir dans le futur.

Un point final allait être ajouté à cette lettre vieille de sept cents ans. Le cœur de Yun Tianming palpita de nouveau.

— Elle m'a demandé de te dire qu'elle te souhaitait de vivre heureux.

Yun Tianming n'ajouta rien, mais AA sentit des gouttes perler sur ses épaules nues.

— Et c'est ce que nous ferons, AA. Nous vivrons heureux, finit par dire Yun Tianming.

La nuit ne durait pas longtemps sur Saphir. Bientôt, l'horizon se teinta d'un rose vif qui illumina ces deux êtres ayant connu toutes les vicissitudes du monde et qui ne goûtaient qu'à présent à la saveur de l'amour. Comme réveillée par la lumière, la flore saphirienne étira ses rames et se tourna vers l'est. Débuta alors la symphonie de l'aube, simple mais douce, comme un hymne à la vie et à l'amour.

Yun Tianming et AA, encore blottis l'un contre l'autre, ne remarquèrent pas entre les étoiles qui s'estompaient ce petit point de lumière mouvant lui aussi submergé par les rayons de l'aurore. Dans ce vaisseau se déplaçant en vitesse luminique basse, il ne s'était pas écoulé une seule seconde. Cheng Xin et Guan Yifan ne s'étaient pas encore remis du choc de la dispersion des lignes de mort. Guan Yifan étreignait la tête de Cheng Xin, leurs visages étaient collés l'un à l'autre. Ils étaient comme cette bouteille à la dérive de l'adolescent tibétain, emportés par le courant impitoyable du temps, sans savoir où ils finiraient par échouer.

Deux couples d'amants séparés par l'amont et l'aval du temps, tantôt proches, tantôt éloignés, et sans doute destinés à ne jamais se revoir.

Sans doute.

II

LA CONVERSATION
DE LA CÉRÉMONIE DU THÉ

An 63 de l'Ère de Saphir. Notre étoile

Une nouvelle fois le crépuscule. Le soleil déjà pâlissant enveloppait la moitié de la chaîne de montagnes. La symphonie de la vie sur Saphir se poursuivait, invariablement, identique à ce crépuscule, soixante et une années plus tôt (soit quarante années terrestres), lors duquel tant de secrets avaient été échangés.

艾AA, les cheveux blancs, était enroulée dans une natte de paille. Un sourire paisible flottait sur son visage raviné de rides. Allongée, immobile, elle occupait la partie gauche d'une grande fosse. La moitié droite était vide. Un vieillard cabossé était assis au bord, plongé dans ses pensées.

Après tant d'années passées à ses côtés, sa compagne s'était libérée ce matin des entraves du monde et avait sombré dans un sommeil éternel. Et il était sur le point de la rejoindre.

Il se rappela la première fois qu'il l'avait vue, il y a bien longtemps. Il se rappela aussi leur première étreinte sur cette planète inconnue, leur longue conversation de cette nuit-là, les années de joie et de peine, ces mots qu'ils avaient sculptés dans la pierre :

Nous avons vécu une vie heureuse…

Il se rappela cette bénédiction formulée par une autre femme, à une époque immémoriale, avant même le début de l'histoire.

Ai-je eu une vie heureuse ?

Une enfance et une adolescence solitaires, des journées d'angoisse passées dans un hôpital, un cerveau envoyé seul et en désespoir de cause dans les abysses de l'espace, puis des décennies de tourments et de souffrances au sein de la flotte trisolarienne, entrecoupées de rêves millénaires et, pour finir, grâce à cette "bague" incroyable, son évasion de sa prison spatiale et son arrivée sur l'étoile où il avait donné rendez-vous à Cheng Xin.

C'était pourtant une autre femme qu'il avait retrouvée ici. Elle et lui avaient pris connaissance du destin qui les avait toujours liés. Il en était tombé amoureux et avait passé le restant de sa vie auprès d'elle.

D'un point de vue matériel, il n'aurait pu qualifier ces dernières décennies d'"heureuses". Les deux premières années, la vie avait été relativement agréable mais la troisième année, la bague avait disparu.

Cet "objet" n'avait aucune substance, c'était un anneau fait de fibres minuscules qui, comme le petit univers, lui avait été offert par l'Esprit.

[trouve l'Occulte, utilise-la contre lui… elle t'aidera…]

Après s'être réveillé de son dernier rêve insufflé par l'Esprit, il était parvenu à saisir une partie de la forme de conscience qui lui avait été transmise. Et peut-être parce que sa conscience éveillée l'avait appelé, une "bague" était soudain apparue à son doigt. Elle émettait un étrange éclat argenté, comme une miniaturisation de l'Esprit.

Il lui avait fallu plusieurs jours pour recomposer les fragments de ses souvenirs et se rappeler le fonctionnement de la bague. Celle-ci était activée par sa conscience et possédait des fonctions extraordinaires, parmi lesquelles ouvrir la porte d'un micro-univers, analyser et contrôler les systèmes informatiques d'un vaisseau, modifier automatiquement les fonctionnalités d'un appareil et contrôler ses trajectoires ou encore convertir de l'énergie pure pour produire des petits objets. Et il n'en connaissait certainement qu'une infime partie. Il savait toutefois que pour jouir pleinement de toutes les ressources de la bague, il fallait l'associer à des formes de conscience, ce que ses capacités mentales ne lui permettaient pas.

Il ne comprenait pas pourquoi l'Esprit lui avait fait don d'un objet aussi extraordinaire. Certes, l'Esprit lui-même n'était peut-être qu'un artefact intelligent dont la mission était d'en découdre avec le mystérieux Occulte. Mais pourquoi croyait-il Yun Tianming capable de mener cette mission à bien ? Ce n'était qu'un homme quelconque, dont la position et l'influence dans l'univers étaient équivalentes à celles d'un grain de poussière. Pourquoi lui confier la tâche de lutter contre une entité aussi puissante et malveillante que l'Occulte ? C'était une histoire à dormir debout.

Il se souvint peu à peu qu'à aucun moment dans sa semi-conscience – ou sa semi-folie – il n'avait répondu favorablement à la requête de l'Esprit. Et même dans un état second, il n'avait pas souvenir d'avoir cru, ne serait-ce qu'un instant, avoir le pouvoir de combattre une entité aussi sombre et redoutable. Le dialogue qu'il avait eu avec l'Esprit lui revint en mémoire :

— Pourquoi me raconter tout ça ? Je n'ai absolument pas envie de devenir je ne sais quel Chercheur…

[plus de temps… je suis de plus en plus faible, cet univers est trop vaste, et quand je t'aurai quitté, je ne sais pas combien de temps je devrai encore chercher un sujet convenable]

— Mais je ne conviens pas du tout ! Impossible, je ne suis pas d'accord…

[je n'ai pas besoin de ton accord]

— Je ne comprends pas…

[plus tard, tu comprendras]

Mais il n'avait jamais compris cette phrase. Un temps, il avait cru que l'Esprit avait sondé les profondeurs de sa conscience et acquis la certitude que tôt ou tard, il accepterait la mission. Quand il avait réussi à fausser compagnie aux Trisolariens en prenant les commandes du vaisseau où il était retenu, se sentant redevable, il avait fait preuve de sentiments nobles et s'était promis d'éliminer ce Satan cosmique. Mais en fin de compte, il était aujourd'hui prisonnier d'un champ noir sur cette petite planète et il avait perdu toute volonté de lutter. Il n'aspirait dès lors plus qu'à passer le restant de sa vie avec sa compagne.

Peut-être cette résignation était-elle liée à la disparition soudaine de la bague à son doigt. Emprisonné dans un champ noir, le système avait-il généré une atténuation de l'énergie de la bague ? Il repensa à la formule d'équivalence entre la masse et l'énergie rendue si célèbre par Einstein : $E = mc^2$. Si la vitesse de la lumière était tombée à quelques dizaines de milliers de mètres par seconde, l'énergie ne devait-elle pas décliner à son tour ? Yun Tianming n'était pas un grand physicien, et il était dans l'impossibilité de tirer une conclusion définitive. Dans ce monde étrange à vitesse luminique basse, tout pouvait arriver, jusqu'à des phénomènes que l'omniscient Esprit lui-même n'aurait pu prédire.

C'était peut-être en conséquence de cet effet qu'avant même la disparition de la "bague", l'énergie du vaisseau s'était épuisée. Et l'objet une fois évanoui, ils n'avaient plus été en mesure d'utiliser la moindre technologie avancée. AA et lui n'avaient eu d'autre choix que d'apprendre à travailler la terre et à tisser, entre autres choses, vivant primitivement, à la manière des hommes de l'Antiquité.

La seule solution pour ne pas mourir de vieillesse aurait été pour eux d'entrer dans le micro-univers, seule voie de sortie possible. Une voie qu'ils avaient pourtant choisi de condamner.

Les soupçons entretenus bien plus tard par Cheng Xin, une fois arrivée sur Saphir, se révélèrent en partie fondés : AA avait dès le début refusé de pénétrer dans le petit univers. Quand elle eut écouté le récit de Yun Tianming, le micro-univers ne lui avait plus semblé être une faveur, mais une malédiction qui les enverrait dans la tombe. Elle refusait de franchir des milliards d'années pour avoir le simple plaisir d'assister à la fin de cet univers. Elle disait que s'ils entraient, Yun Tianming finirait par accepter la mission de l'Esprit. Il traverserait alors les âges et se rendrait dans un futur distant de milliards d'années pour un dernier duel avec l'Occulte, au nom de la sauvegarde de la tridimensionnalité de l'univers. Elle refusait catégoriquement de laisser entrer son compagnon. Elle ne voulait pas le voir écrasé par le poids d'une responsabilité qu'il était incapable d'assumer.

Et, de son côté, Yun Tianming n'avait aucune envie d'abandonner AA. Ils restèrent campés sur leurs positions le restant de leur existence.

Plus tard, même si AA avait voulu entrer dans le micro-univers, cela ne lui aurait plus été possible car, après la disparition soudaine de la bague, Yun Tianming ne pouvait plus en modifier les droits d'accès. Cette autorisation ne concernait en effet que Cheng Xin et lui. AA était condamnée à ne jamais pouvoir y entrer.

Il avait peut-être la possibilité de changer les droits d'accès une fois à l'intérieur, mais il n'osait pas franchir le pas. Il savait que le temps s'y écoulait indépendamment de l'univers extérieur, et que même s'il en ressortait aussitôt, des milliards d'années auraient pu s'écouler dans le grand univers. Il existait un risque que AA, l'attendant devant la porte, ne le vît plus jamais revenir de son vivant et fût réduite en cendres à son retour.

Ce dernier ne pouvait supporter de quitter AA, et il craignait encore davantage l'idée de se retrouver seul. Il préférait rester dans ce monde et vieillir avec sa compagne.

Au cours de leur troisième année de vie commune, AA était tombée enceinte, mais sans la protection de la bague, et au vu de la rudesse de l'environnement de Saphir, les conditions n'étaient pas réunies pour que sa grossesse se déroule normalement et elle avait fait une fausse couche au bout de deux mois à peine. Elle avait perdu tant de sang qu'elle avait bien failli y laisser la vie. Peut-être trop marquée par cette expérience, elle n'était jamais retombée enceinte.

Mais c'était sans doute un mal pour un bien. Yun Tianming était conscient que même s'ils avaient réussi à avoir des enfants, sans la protection de la haute technologie de la bague, leur descendance ne se serait pas perpétuée longtemps sur cette planète sauvage. Et comment se seraient-ils multipliés ? Des relations nécessairement incestueuses auraient donné naissance à des idiots ou à des fous. Puis après deux ou trois générations, tout semblant de civilisation aurait disparu, laissant place à des êtres nus, sales et baveux aux cheveux hirsutes, vivant et se battant dans la neige ou au cœur de la forêt comme de vulgaires bêtes sauvages… Rien qu'en y pensant, Yun Tianming en avait la chair de poule.

Par ailleurs, il avait appris indirectement qu'à des centaines d'années-lumière de là, au sein de mondes colonisés, des congénères entretenaient le flambeau et faisaient s'épanouir la civilisation humaine de l'Ère de la Galaxie. Au moins ne serait-il pas tenu responsable de l'extinction de son espèce.

Aussi, AA et Yun Tianming seraient tout l'un pour l'autre, et ce jusqu'à la fin.

Avaient-ils été heureux ? Matériellement, leur existence n'avait pas été fruste et rustique, mais le plus dur avait certainement été d'affronter la pire de leur angoisse : ils tremblaient sans cesse à l'idée de perdre l'autre. Si cela devait arriver, ils se retrouveraient seuls. Ils se serraient l'un contre l'autre dans leur sommeil, se levaient ensemble et paniquaient dès qu'ils se perdaient de vue, même un seul instant. À la première fièvre de l'un, l'autre avait les nerfs à vif. Pour eux, la passion amoureuse ne s'était pas éteinte au bout de sept ans, comme le disait le proverbe : ils regardaient chaque jour avec la même intensité le visage de l'autre, même quand ceux-ci se furent recouverts de rides et surmontés de cheveux blancs, car ils savaient que ce qu'ils contemplaient était l'unique autre représentant de l'espèce humaine. Chaque nouvelle journée qui s'achevait pouvait avoir été la dernière et, à cette pensée, ils étaient saisis de chagrin… Mais ce désespoir alimentait aussi une tendresse suprême. Et nulle part ailleurs on n'aurait pu voir entre deux êtres un amour et une sollicitude comparables.

Oui, ils avaient été heureux.

Mais ce jour-là avait fini par arriver. La vieille AA s'était endormie la veille au soir dans ses bras, mais ne s'était pas réveillée le matin. Elle était partie en douceur, un sourire au bord des lèvres. Il n'avait ressenti aucune tristesse, il savait qu'il la rejoindrait vite.

Yun Tianming avait le sentiment que plus rien ne le rattachait au monde. Il aurait dû mourir depuis longtemps déjà, sept siècles plus tôt, sur une table d'opération. On lui avait octroyé sept cents ans de plus, certainement plus que quiconque, à l'exception de Cheng Xin. L'unique être qui l'avait jamais aimé était parti. Rien d'autre ne le retenait.

L'idée l'avait traversé de se rendre dans le micro-univers, simplement pour jeter un œil, pour voir à quoi ressemblait cet insolite paradis hors du monde. Mais il avait alors éprouvé la peur que ressent tout vieillard. Il craignait d'être séparé à jamais, dans le temps comme dans l'espace, de son être aimé. Attendre la fin du monde et mourir seul, sans même le cadavre de sa femme à ses côtés ? Il était à présent un vieil homme physiquement affaibli, et il pouvait s'éteindre à tout instant. Qu'irait-il faire dans le petit univers ? Il voulait simplement partir en paix. Il n'avait pas envie d'en apprendre davantage, ce qu'il savait était déjà bien suffisant.

Il savait de quoi serait fait l'avenir de l'univers. Les milliards de galaxies se transformeraient en une magnifique bobine, qui deviendrait elle-même une ligne sans fin, qui rétrécirait enfin en un point unique qui s'évanouirait dans les ténèbres. Puis les ténèbres elles-mêmes s'effaceraient. Ce qui symbolisait la "fin", c'était l'image de l'absence.

Il avait vu ce futur : pas de mort thermique, pas d'effondrement terminal, encore moins de nouveau Big Bang. L'univers serait réduit au néant, il s'évanouirait dans le vide. C'était là que reposait le véritable sens des chutes dimensionnelles : chaque réduction de dimension entraînait la perte d'une quantité incommensurable de matière et d'énergie, jusqu'à ce qu'il n'y ait plus rien.

*Néant des néants, et tout est néant**.

Il se rappela ce poème lu il y a très, très longtemps, quand il était encore à l'université :

C'est ainsi que finit le monde
*Pas sur un boom mais sur un murmure***.

Mais quel rôle avait-il encore à jouer ? Dans quelques heures, lui aussi serait rendu au néant, et personne ne murmurerait pour lui.

* Ecclésiaste, 12 : 8. Contrairement aux traductions chinoises existantes, le terme hébreu *hebel* (vide, néant) est plus couramment rendu par "vanité" par les exégètes français. *(N.d.T.)*

** Vers tirés de "The Hollow Men", célèbre poème de T. S. Eliot : *"This is the way the world ends / Not with a bang but a whimper."* La traduction donnée ici en français est celle de Pierre Leyris. *(N.d.T.)*

*Puisque tout à l'origine était néant, d'où vient la poussière du monde** ?

Yun Tianming avait passé l'après-midi à creuser une grande fosse dans laquelle il s'inhumerait avec AA. En raison de son grand âge, il était rapidement à court de respiration et trempé de sueur, et devait s'obliger à prendre des pauses. Il aurait tout aussi bien pu se laisser tomber de fatigue et mourir à même le sol mais, respectueux des traditions humaines, il voulait une sépulture souterraine, et devenir un nutriment comme un autre pour les insectes de Saphir.

Le soleil se couchait, et la nuit commençait à tomber sur l'horizon. Les derniers rayons s'éteignaient enfin. L'heure était venue.

Une mèche de cheveux de AA dans la main gauche, Yun Tianming se recroquevilla dans la fosse à côté de sa compagne puis, de son autre main, s'efforça de faire tomber le plus de terre sur leurs corps pour les recouvrir. Pour finir, il attrapa en chancelant un morceau de fer rouillé qu'il avait arraché à leur vieux vaisseau.

Il leva les yeux vers le ciel de Saphir. Quelques étoiles froides venaient de poindre, parmi lesquelles se trouvait bien sûr le Soleil, pourtant déjà éteint, à trois cents années-lumière de là. Plus jeune, il n'aurait jamais cru qu'il assisterait de ses propres yeux à la mort de cet astre éternel.

Il aperçut dans le firmament un point de lumière argentée qui scintillait. Il savait que c'était le *Hunter*,

* Vers extrait de "L'hymne au Bodhi", composé par Huineng (638-713), sixième patriarche du bouddhisme Chan en Chine. *(N.d.T.)*

l'appareil à bord duquel se trouvaient en ce moment même Cheng Xin et Guan Yifan. Ces quarante dernières années, il l'avait souvent vu tourner autour de Saphir à une vitesse luminique basse. Quatre décennies s'étaient écoulées, mais pour ses deux passagers, cela n'avait duré que quelques minutes, ou quelques secondes.

Mais un jour viendrait où ils atterriraient enfin sur Saphir. Ils découvriraient alors le micro-univers que AA et lui avaient laissé. *Pénétreront-ils à l'intérieur pour rejoindre la fin de l'univers ? Décideront-ils, comme AA et moi, de passer le restant de leur vie côte à côte ?*

Peu importe ce qui adviendrait, les os de AA et de Yun Tianming seraient devenus poussière. Yun Tianming espérait que Cheng Xin et Guan Yifan pourraient voir les mots qu'ils avaient sculptés dans la roche.

Il était l'heure. Il perfora son artère carotide avec le morceau de métal. Du sang se mit aussitôt à jaillir, répandant sa vie dans la terre de Saphir en flots bouillonnants. AA et lui feraient éternellement un avec la planète.

Avant de perdre conscience, Yun Tianming décocha un sourire au ciel. Il se sentait léger, paisible. Il s'adressa une dernière fois à celle qu'il avait tant aimée et qui ne l'entendrait jamais :

— Je te souhaite d'être heureuse.

Tout était achevé.

Néant des néants, et tout est néant.

Au commencement, il n'y avait que le néant. Et le néant et lui ne faisaient qu'un. Mais au cœur du néant résonna une voix, vestige de souvenirs lointains, tout d'abord incertaine, puis peu à peu plus limpide :

*… ni la chair ni le sang ne peuvent hériter le royaume de Dieu, et la corruption n'héritera pas de l'incorruptibilité. Voici un mystère que je vous révèle : nous ne nous endormirons pas tous, mais tous nous serons changés, en un instant, en un clin d'œil, au son de la dernière trompette, car la trompette retentira et les morts ressusciteront incorruptibles, et nous, nous serons changés. Car il faut que ce corps corruptible revête l'incorruptibilité, et que ce corps mortel revête l'immortalité**…

Il lui semblait avoir déjà entendu ça, peut-être lors d'un sermon du prêtre de l'église où sa mère l'emmenait quand il était enfant. Le monologue monotone et fade du vieil homme avait dû l'endormir. Combien de temps avait-il dormi ? Une demi-heure ? Pourquoi sa mère ne l'avait-elle pas réveillé ?

Et la lumière fut. Le néant informe se changea en obscurité palpable, laquelle fut troublée, ébranlée par la lumière, se faisant moins épaisse. Toujours aux prises avec le maelström de sa conscience, l'homme sentit qu'une lueur filtrait à travers ses paupières, comme s'il était arrosé par une source de lumière.

Il ouvrit les yeux. Les derniers chatoiements de ses rêves s'étaient estompés. L'homme découvrit qu'il était allongé au fond d'une fosse et, sous l'étrange pénombre du ciel, l'éclat fragmenté des étoiles pénétrait à travers le voile de ses yeux.

Mais il sentait que la lumière ne procédait pas des étoiles. Elle venait d'à côté de lui.

* Première épître de Saint Paul aux Corinthiens, chapitre 15. *(N.d.T.)*

L'homme leva un bras et entrevit l'éclat scintillant d'un anneau translucide sur son annulaire gauche.

Et dans l'anneau, d'autres anneaux, imbriqués les uns dans les autres, sans fin…

Il ne ressentait cependant aucun poids. La présence de l'anneau était spectrale, elle n'avait aucune substance.

Il se rappelait enfin. La bague. Il vivait de nouveau.

L'homme se souvint de tout. Ce n'était pas l'église de son enfance, mais une autre planète, un autre espace-temps. Fluctuation du monde, permanence des choses, métamorphose des hommes.

La bague illuminait déjà la moitié de son corps nu. Il était envahi d'une sensation étrange. Il leva légèrement la tête, observa son corps et resta interdit.

Une peau ferme, des cheveux noirs, des pectoraux musclés… et une grande vitalité qui paraissait émaner de l'intérieur de lui. L'homme remarqua qu'il était plus jeune, en meilleure santé et plus fringant qu'il ne l'avait jamais été. Il étendit ses jambes hors de la terre fangeuse dont il était recouvert. La vigueur de ses muscles lui donna le sentiment d'être devenu un athlète olympique de l'Antiquité.

L'homme s'empressa de tourner la tête, saisi d'angoisse : une vieillarde aux cheveux blancs était allongée là, à moitié recouverte de terre. Qui aurait pu croire qu'elle avait été son épouse ? Et qu'avant de sombrer dans le sommeil, ils étaient aussi vieux l'un que l'autre ?

L'homme sembla se souvenir de quelque chose et se tâta la gorge, mais ne remarqua aucune blessure ni aucune cicatrice sur sa peau lisse.

Comment ? Rien ?

L'homme pressa son cou. Il ne trouva pas le pouls. Il porta sa main à sa poitrine, affolé. Son cœur ne battait pas.

L'homme eut une envie furieuse de respirer à grandes goulées, mais il remarqua qu'il n'avait aucun air à inspirer. Il se toucha le front. Il était aussi glacé que la roche de cette planète étrangère.

Il bondit pour se relever et fit quelques pas. Ses fonctions motrices étaient normales. Mais tout était peut-être justement trop normal : chacun de ses mouvements – un bras tendu, un pied levé – était d'une fluidité et d'une vigueur extrêmes. Jamais depuis sa longue maladie son corps ne lui avait si bien obéi.

Encore une fois, il eut une réminiscence et se précipita à toute vitesse vers un petit lac, à une centaine de mètres de là, comme s'il se soumettait à un ordre émis par son propre cerveau. L'ampleur de sa course était telle qu'on aurait cru un guépard. Il fila le long de l'herbe bleue et termina par un sprint avec lequel même un athlète entraîné n'aurait pu rivaliser. Il arriva sur les berges du lac en quelques secondes à peine. Sous la douce clarté de la bague, les eaux jaune pâle du lac lui offrirent un reflet de son visage.

Il avait de nouveau dix-huit ans.

Non, pas exactement, car à l'âge de dix-huit ans, son visage n'était pas aussi déterminé, et son corps pas aussi robuste. Il était un Apollon, un éphèbe auréolé d'un éclat divin.

L'homme resta figé un long moment, puis éclata d'un rire sonore, il rit jusqu'aux larmes – dont il était pourtant dépourvu désormais.

Il aurait dû se douter depuis le début que l'Esprit ne ferait pas aussi facilement l'impasse sur son "investissement". L'Esprit lui offrait simplement un bref répit pour dire adieu à son monde. Il voulait la guerre, et celle-ci se comptait probablement en centaines de millions d'années, de sorte que les décennies qui s'étaient écoulées étaient proprement insignifiantes. L'Esprit avait patienté jusqu'à la "mort" de l'homme pour le remodeler et lui offrir un corps increvable, capable de mener au mieux la mission qu'il lui avait confiée.

Il était indestructible.

Et dorénavant doué de la vie éternelle, il se rappelait avec clarté ce que l'Esprit attendait de lui. Il était disposé à obéir. Il ne souffrait désormais plus d'aucune hésitation. Il n'éprouvait ni peur ni embarras. Il était prêt à consacrer de plein gré son existence à cette cause en soi inconcevable.

Sa résolution n'était toutefois pas le fruit d'une soumission forcée ou d'une décision de son libre arbitre. Il était conscient du "poinçonnage mental" effectué par l'Esprit. Certes, il obéissait aux ordres, mais il était convaincu de leur bien-fondé.

Il n'avait pas perdu pour autant conscience du monde et de soi, il était toujours *lui*. Il comprenait à présent le véritable sens de ce qu'avait affirmé l'Esprit :

[je n'ai pas besoin de ton accord]

Et en effet, l'Esprit n'avait pas eu besoin de son accord, car il avait lui-même généré cet accord.

L'une après l'autre, des vérités s'éveillaient au fond de Yun Tianming, il comprenait toutes les chaînes de causalité. Le processus était irrépressible. Il savait qu'il deviendrait l'esclave fidèle de l'Esprit. Il accomplirait avec dévotion sa titanesque et imprévisible mission.

Il songea soudain à cette phrase épouvantable jadis entendue quelque part : *Si tu ne peux résister à ton violeur, alors ferme les yeux, et jouis.*

Un sourire de mépris se dessina sur ses lèvres. Il se releva et franchit la plaine bleue en contrevent. Très vite, il remarqua le grand rocher sur lequel il était gravé : "Nous avons vécu une vie heureuse…" C'étaient les mots que sa compagne et lui avaient sculptés, non sans peine, à l'adresse de ceux qui ne reviendraient que des millions d'années plus tard.

Il prenait désormais conscience qu'il avait commis une grave erreur : le passé – tout le passé – n'avait été qu'un court prélude. Sa véritable existence ne faisait que commencer. En comparaison de ce qui allait bientôt advenir, les quarante dernières années, et même les millénaires passés en rêve, n'avaient été que de simples soupirs.

À côté du rocher flottait un cadre rectangulaire doré, mesurant la taille d'un homme. Il semblait vide. L'homme savait pourtant ce qui se trouvait à l'intérieur : un nouveau monde. Lorsqu'il serait entré, il quitterait à jamais cette planète bleue sur laquelle il était demeuré des décennies.

Combien de mondes avait-il déjà quittés ? Celui de la Terre à l'Ère commune, ceux des rêves où il avait eu l'impression de passer des vies entières, celui de la flotte trisolarienne… En abandonner un nouveau lui importait peu.

Après tout, le temps avait recommencé.

L'homme, inondé de silence, resta debout, immobile. Il avait envie d'entrer, mais il hésitait. Il effleura la mèche de cheveux qu'il tenait encore dans sa main gauche. Des souvenirs ressurgirent. Il se retourna et courut jusqu'à la tombe où il avait voulu s'enterrer. Il observa un instant la vieillarde allongée et voulut pleurer, mais il n'y avait dans ce nouveau corps aucune larme à verser. Renonçant, il ferma les yeux et recouvrit la fosse de terre. Le visage ridé de son épouse était enseveli à jamais.

Il éleva un monticule et plaça autour quelques pierres de façon régulière, comme s'il voulait retrouver l'emplacement de la tombe dans l'avenir. Il n'ignorait pourtant pas qu'il ne reviendrait sans doute jamais. Il se rendait dans un autre univers.

AA, je te quitte, mais je sais que tu seras toujours à mes côtés, s'adressa-t-il intérieurement à la femme qui avait été la compagne de toutes ses souffrances. Mais il attendit encore un peu. Il resta figé un long moment. Jusqu'à ce que l'horizon blanchisse, qu'un nouveau jour commence. C'est alors seulement qu'il fit demi-tour et rejoignit le cadre doré.

Il n'hésita pas une seconde fois et en franchit sans attendre le seuil. Sa silhouette entière disparut dans un néant informe.

Et c'est ainsi que Yun Tianming pénétra pour la première fois dans le micro-Univers 647.

Hors du temps, notre univers

Dans cet univers, le ciel et la terre n'étaient pas encore désunis, la lumière et l'obscurité n'étaient pas disjointes. Le chaos régnait encore, et le temps lui-même n'avait pas commencé.

Perché sur les rives du monde, Yun Tianming regarda en direction de la "porte" qu'il venait de franchir, mais il eut la surprise de découvrir qu'elle avait disparu. Il flottait dans les airs, enveloppé par une brume grisâtre, comme s'il avait rejoint un espace virtuel où plus rien n'avait d'existence. Devant lui, derrière, à sa gauche, à sa droite, il ne voyait aucune profondeur. Il se mit à douter de sa propre présence physique.

Mais bientôt, une voix retentit dans l'espace vide, à moins que ce ne fût dans son cerveau – il n'était pas sûr de pouvoir distinguer les deux :

— Chercheur Yun Tianming, bienvenue dans l'Univers 647. Je suis l'administrateur de cet univers.

La voix était raide et paisible, parfaitement neutre, de sorte qu'on n'aurait pu déterminer si c'était celle d'une femme ou d'un homme.

647. Ce nombre arracha à Yun Tianming un sourire amer. Comme il s'en était douté, il n'avait pas été le seul sujet choisi par l'Esprit. Après des milliards d'années dans cet univers multidimensionnel, l'Esprit avait dû approcher des millions de civilisations et, écartant les créatures comme les Trisolariens dont la structure neuronale n'était pas propice à la réception de formes de conscience, il avait certainement trouvé de nombreuses entités semblables à Yun Tianming, et certainement d'autres, bien plus réceptives.

Qu'était-il arrivé à l'Univers 646 ? On pouvait facilement l'imaginer : son prédécesseur avait sans doute échoué, ou du moins il n'avait pas encore présenté de signes évidents de réussite.

La voix continua de résonner :

— J'ai pris connaissance des informations de base vous concernant. En tant que maître de l'Univers 647 et disposant du niveau d'autorisation le plus élevé, il vous est possible de définir la configuration fondamentale de ce monde.

— Sa configuration ? demanda Yun Tianming, étonné.

Il avait perdu l'habitude de dialoguer avec quelqu'un – ou quelque chose – d'autre que sa compagne.

— Sa dimension, ses constantes physiques, la distribution de la matière, la composition des éléments fondamentaux, etc. Notez cependant que l'énergie nécessaire à l'initialisation du micro-univers est limitée. Vous ne pourrez par ailleurs définir qu'une seule fois ces paramètres, il ne sera plus possible de les modifier après coup. Si vous choisissez de configurer l'Univers 647 avec une dimension inférieure à la troisième, votre corps risque d'être immédiatement réduit par un effet de marée dimensionnelle. Votre constitution physique a certes été altérée, mais ce processus entraînera tout de même votre mort. À six dimensions ou au-delà, la forme géométrique de l'univers sera inférieure à l'espace nécessaire à l'évolution de votre corps, et vous serez écrasé, jusqu'à finir en fragment de haute dimension. Je vous recommande donc de privilégier une dimension comprise entre trois et cinq, expliqua patiemment la voix.

Yun Tianming n'aurait jamais imaginé qu'on lui offrirait un jour la possibilité de paramétrer jusqu'aux dimensions mêmes d'un univers ! Quelle entité pouvait être capable de bouleverser ainsi les lois de la physique ? Il comprit que celui qui se faisait appeler "l'Esprit" et se disait originaire de la dixième dimension avait dû trouver refuge dans l'un de ces micro-univers, d'où il se projetait dans le grand univers tridimensionnel. C'était selon toute vraisemblance la raison pour laquelle il n'avait pas subi les effets de la réduction dimensionnelle et qu'il pouvait rester parfaitement statique.

À quoi pouvait ressembler un monde en dix dimensions, hors de l'univers ?

Yun Tianming rassembla ses pensées et dit enfin :

— Le mieux est de créer un univers tridimensionnel, avec une gravité de 1 *g*, la même que sur Terre… Ah, est-il possible d'ajouter des créatures vivantes ?

— Seulement celles qui figurent dans la base de données disponible. Je peux aménager un écosystème, mais il sera soumis aux limites propres à ce monde.

— Parfait. Alors il faudra un ciel, une terre, un soleil, une maison, un champ… et quelques arbres aussi, comme dans un village de campagne terrestre. Voyez-vous à quoi ressemble un village ?

— Oui, répondit la voix.

En un clin d'œil, Yun Tianming se vit chuter et atterrir sur la terre ferme. Au-dessus de sa tête, un ciel avait fait son apparition, dans lequel un soleil parsemait sereinement ses rayons sur le sol. Au loin se dressaient quelques maisons blanches. Autour d'elles, quelques arbres secouaient leurs feuilles dans la brise, tandis que les ombres de leurs ramages s'étendaient sur les toits.

— Quelle rapidité ! souffla Yun Tianming, admiratif.

— Ce n'est rien d'autre que la vitesse normale de l'univers.

La réponse avait fusé, lourde d'un sens que Yun Tianming ne comprendrait que plus tard.

Yun Tianming porta son regard dans le lointain. Il se vit lui-même, à l'horizon. Il comprit aussitôt que c'était son reflet. Et tout autour, ces reflets se multipliaient, semblant se prolonger à l'infini.

— L'Univers 647 n'est pas grand. Imaginez un cube, dont chaque côté mesure un kilomètre de long. Il est complètement clos. Sa structure est celle d'une sphère tridimensionnelle, ce qui signifie que peu importe la direction dans laquelle vous marchez, vous serez revenu à votre point de départ au bout d'un kilomètre.

— Alors, c'est… vraiment un univers ! s'exclama Yun Tianming.

— Bien sûr ! Pour faciliter nos interactions, j'apparaîtrai sous forme humaine. Vous pouvez à présent configurer les propriétés anthropomorphiques que vous souhaitez me voir attribuer : apparence, voix, caractère, nom…

— Comment ?

Yun Tianming repensait à ces jeux dans lesquels il était possible de définir les caractéristiques de son personnage. Il ne savait pas qui il allait choisir.

Mais l'autre répondit :

— Contentez-vous de "penser" à quelqu'un.

— Bien. (Yun Tianming se détendit.) Après tant de décennies de solitude, je vais enfin voir "quelqu'un" d'autre.

Il hésita un instant. Il n'avait pas envie que cet administrateur artificiel prenne l'apparence de Cheng Xin ou de AA. Mais il n'avait pas beaucoup d'autres amis… Il y avait néanmoins une personne qui lui était familière, une personne en partie née de son imagination. Il imagina alors la figure de l'"administrateur" avec les traits de cet autre être non humain.

— Ran Asa… Je veux dire, Intellectra !

— Êtes-vous sûr ?

— Eh bien… (Yun Tianming tergiversa.) Maintenant que j'y pense…

— Ce ne sera pas nécessaire, l'interrompit la voix. Je viens de sonder votre activité mentale. Vous êtes sûr de vous.

Sans même avoir eu le temps de protester, Yun Tianming vit s'ouvrir la porte de l'une des maisons blanches. Une silhouette gracieuse en sortit, de longs cheveux tombant sur ses épaules. Dès le premier de ses pas transpirèrent de son être un raffinement et un charme infinis. C'était bien cette androïde lunatique, tantôt coquette et tantôt implacable – Intellectra.

Elle lui adressa un sourire sympathique. En un bond gracieux, elle franchit la petite volée de terre pour le rejoindre. Elle s'inclina profondément, à la japonaise. Il fallut un certain temps et plusieurs efforts à Yun Tianming pour détourner son regard du corps de l'androïde.

— Pourquoi… pourquoi n'es-tu pas habillée ?

— Je suis telle que vous venez de m'imaginer ! lança-t-elle d'une voix féline.

Un long moment passa. Yun Tianming était assis dans le salon, avisant la pièce d'un regard curieux. Sur le tatami opposé était agenouillée Intellectra, vêtue d'un splendide kimono, qui préparait avec grâce du thé pour Yun Tianming. Ce dernier crut un instant être retourné à l'Ère de la Dissuasion, lors de la première rencontre entre Cheng Xin et Intellectra. Ce jour-là, il avait lui aussi assisté à distance à la cérémonie du thé menée par l'androïde.

— Votre nouveau corps vient tout juste d'être activé, il ne vous est pas encore possible d'échanger par formes de conscience. Nous dialoguerons donc pour l'heure en langage humain, je vous prie de me pardonner, glissa Intellectra avec déférence.

— Tu n'es pas la vraie Intellectra, balbutia Yun Tianming, qui émergeait peu à peu de ses souvenirs.

— Vous vous en doutiez, rétorqua Intellectra, avec un sourire aussi insondable que celui de Mona Lisa.

— Mais tu as l'air identique à l'autre.

— Rien de surprenant à ça. Le module intelligent que vous appelez "bague" a collecté toutes les données récoltées à bord du vaisseau trisolarien où vous vous trouviez. Quand le Seigneur a établi pour la première fois le contact avec vous, toutes les informations stockées au sein de la flotte, y compris celles qui concernaient Intellectra, ont été scannées. Par conséquent, je suis en quelque sorte une réplique parfaite d'Intellectra, à ceci près que je suis supérieurement intelligente et que mes paramètres de base sont différents. Êtes-vous satisfait ? sourit-elle encore.

— Alors, vous avez aussi récolté des informations concernant la Terre ? s'enthousiasma Yun Tianming.

— Naturellement, ce n'était qu'une bagatelle pour le Seigneur. Prenez par exemple ces graines originaires de la Terre qui ont été interceptées avec votre cerveau : nous disposons ici de l'intégralité de leur code génétique.

Intellectra tendit un bras agile pour désigner l'un des coins de la pièce : il s'y trouvait en effet un sac de graines. Yun Tianming comprenait à présent comment ce petit univers pouvait être si semblable à un paysage champêtre terrestre. Ce n'était ni une illusion, ni une maquette, mais un véritable hameau de campagne dont la flore avait été recréée à partir des informations génétiques de plantes terrestres.

Yun Tianming était agréablement surpris, il connaissait le degré de connaissance trisolarienne du monde terrestre : il en déduisait que ce micro-univers contenait toutes les informations connues des Terriens et des Trisolariens. *Quand Cheng Xin et son compagnon entreront ici, ils ne manqueront de rien…*

Mais cela ne le regardait déjà plus. Il n'était désormais qu'un outil.

— Ce Seigneur dont tu parles, c'est… l'Esprit ?

Il se souvint que celui-ci s'était désigné "Seigneur de l'univers".

— Oui, l'Esprit est celui du Seigneur. Mais pour nous, il est le Seigneur tout court.

— Bien, peu importe comment nous l'appelons. Quelle est la relation que tu entretiens avec cet Esprit-Seigneur ?

— Je ne suis qu'un programme créé par le Seigneur. J'ai pour fonction de vous servir, Maître, dit-elle en tendant son thé fraîchement préparé à Yun Tianming. Il m'est donc possible de m'exprimer dans votre langue, tandis que le Seigneur doit utiliser les formes de conscience.

— Les formes de conscience… elles ont bien failli me tuer.

Yun Tianming ne s'était pas encore totalement remis de son choc.

— C'est une chose courante. La plupart des créatures de l'univers ne supportent pas les formes de conscience, ce qui est un bon marqueur des limites de leur potentiel intellectuel. Elles ne peuvent pas s'élever davantage. C'est pourquoi le degré de tolérance aux formes de conscience est un seuil à partir duquel le Seigneur choisit ses Chercheurs.

— Les Chercheurs ?

— C'est sous cette dénomination que nous désignons les formes de vie qui se voient confier la mission d'enquêter sur l'Occulte.

— Je vois. Combien y a-t-il de Chercheurs ?

— Il y en a eu beaucoup dans le passé, mais ils se font rares aujourd'hui. Vous serez probablement le dernier. L'Univers 647 est sans doute l'ultime micro-univers qui sera utilisé dans ce but. Vous avez de la chance.

— Pour quelle raison le Seigneur m'accorde-t-il ce micro-univers ? demanda Yun Tianming, la tasse de thé entre les mains.

— Pour vous affranchir des limites de la vitesse de la lumière, afin d'explorer chaque recoin de l'univers et de traquer l'Occulte.

Yun Tianming s'était attendu à cette réponse. Il imaginait bien que le Seigneur ne lui offrait pas ce havre de paix pastoral pour passer ses vieux jours. Mais il continuait à être abasourdi par la force presque divine qui contrôlait l'Esprit et qui l'avait envoyé ici.

— Et qu'en est-il du temps ? Est-il possible de voyager dans le passé du grand univers ? demanda Yun Tianming, plein d'espoir : tant d'erreurs pourraient être évitées et tant de vies ressuscitées si seulement il pouvait faire marche arrière.

— Le temps s'écoule de façon indépendante dans le micro-univers, sans aucun lien avec le grand. Mais à partir du moment où vous êtes entré ici, a été établi un point de référence absolu. Il vous sera impossible de remonter au-delà de ce point temporel. Vous pourrez néanmoins vous rendre dans n'importe lequel des points temporels postérieurs à celui-ci. Si vous me le permettez, je vous conseillerais cependant de ne pas aller trop loin. Si jamais le grand univers devait entrer dans une ère bidimensionnelle, votre corps serait lui aussi réduit en deux dimensions et donc complètement détruit.

— Et les six cent quarante-six autres micro-univers ? s'étonna-t-il en regardant les feuilles de thé qui baignaient au fond de sa tasse. Il avait du mal à croire qu'il était en train de discuter des plus grandes énigmes de l'univers dans un salon, en train de boire du thé avec un programme artificiel.

— Je suis désolée, je ne sais pas, répondit Intellectra en souriant. Un micro-univers ne peut glaner aucune information sur un autre micro-univers. La seule chose que je sais, c'est que la plupart des Chercheurs de ces six cent quarante-six micro-univers sont retournés dans le grand, pour accomplir la mission du Seigneur. Malheureusement, la plupart ont été anéantis, et aucun d'entre eux n'a réussi jusqu'à présent.

— Ces Chercheurs sont donc morts ?

— La majorité des micro-univers datent en réalité d'époques de plus haute dimension et, selon toute logique, leurs maîtres sont incapables d'agir dans un univers tridimensionnel. Seuls dix-neuf micro-univers ont été créés dans l'univers en trois dimensions. Très peu sont encore actifs, j'ignore ce qui leur est arrivé.

— Est-ce que d'autres comme moi... je veux dire, d'autres Terriens, sont devenus Chercheurs ? demanda Yun Tianming avec curiosité. Il mourait d'envie de savoir s'il était le seul de son espèce.

— Pas à ma connaissance. Mais il arrive qu'un Chercheur sur le point de disparaître transfère sa mission à une autre entité intelligente avec qui il est entré en contact. Il a donc pu exister des Chercheurs terriens. Mais je pense que la probabilité est quasi nulle.

Déçu, Yun Tianming but une gorgée de thé et demanda encore :

— Alors pourquoi moi ?

— Il est exact que vous n'êtes pas vraiment le candidat idéal. Mais nous n'avons plus le temps. Le Seigneur ne cesse de s'affaiblir, et le monde tridimensionnel est le dernier dans lequel la projection du Seigneur est encore efficace. Lorsque l'univers chutera en deux dimensions, le Seigneur pourra toujours se projeter, mais cette projection n'aura plus aucune intelligence et elle ne pourra pas contrarier les plans de l'Occulte. L'univers sera perdu.

— Si je comprends bien, les pouvoirs du Seigneur ne sont donc pas illimités… ?

Intellectra ne releva pas la pointe d'ironie dans sa question, et continua à s'expliquer avec le plus grand sérieux :

— Ses pouvoirs sont assez puissants pour créer un univers, mais le Seigneur ne représente qu'un résidu d'intelligence procédant de l'univers parfait en dix dimensions. Après l'anéantissement de cet univers, le Seigneur a réussi à s'abriter dans un micro-univers et il se projette dans des univers aux dimensions de plus en plus basses pour chercher des entités intelligentes avec qui communiquer par formes de conscience. Sans exécutant convenable, ses pouvoirs ne peuvent être pleinement déployés.

— Alors le Seigneur se trouve en ce moment même dans un micro-univers ? Qu'est-ce qu'un micro-univers, au juste ?

— Un fragment de l'univers décadimensionnel. Tous les micro-univers sont des morceaux qui se sont détachés de l'univers primordial.

— Comment… est-ce possible ? demanda Yun Tianming avec étonnement.

— Il n'y a pas d'origine mystérieuse aux micro-univers : ce ne sont ni plus ni moins que des petites quantités de matière, dont l'isolement du grand univers nécessite cependant une énergie considérable, aussi immense que celle permettant la création d'un univers. L'isolement requiert aussi un déploiement dimensionnel absolu. Il n'y a en effet qu'à l'ère de l'univers décadimensionnel que les conditions d'énergie et de dimensions étaient réunies pour la formation de ce type de micro-univers indépendants du grand. Théoriquement, aucune autre civilisation n'a jamais pu créer le moindre micro-univers autonome après la chute dimensionnelle de l'univers primordial.

Yun Tianming but une autre gorgée de thé et hocha la tête, pensif : il était en effet improbable que ces créations incroyables puissent exister partout. Si chaque civilisation atteignant un certain seuil de développement était en mesure de créer ses propres micro-univers, le grand univers ne serait plus qu'un gigantesque gâteau partagé entre quelques civilisations supérieures.

— L'existence du Seigneur a-t-elle pour but de restaurer cet univers parfait en dix dimensions ?

— Je crois que vous le savez, Maître, lui répondit respectueusement Intellectra en s'inclinant, ce qui sous-entendait : “Ne devriez-vous pas, vous aussi, être dévoué à cette noble cause ?”

— Certes, mais je n'en sais pas encore assez. Si je dois travailler pour le Seigneur, il faut que je sois au courant de tout. Pourquoi chercher l'Occulte ? Quel rapport y a-t-il entre cette mission et la restauration de l'univers en dix dimensions ?

Intellectra se redressa. Sa mine était plus grave.

— C'est précisément la raison pour laquelle nous avons besoin de vous. L'Occulte est l'unique ennemi du Seigneur. Le Seigneur ne se préoccupe d'aucune autre intelligence, d'aucune autre civilisation de cet univers. Le

Seigneur pourrait en réalité déclencher à tout moment l'inversion dimensionnelle de l'univers, mais l'Occulte l'inquiète. Lui aussi provient de la dixième dimension, lui seul peut contester le pouvoir du Seigneur et empêcher l'inversion.

Yun Tianming demanda à Intellectra d'expliquer ce qu'était l'"inversion dimensionnelle". Elle lui semblait être la clef de tout.

— D'un point de vue macroscopique, l'univers est actuellement dans un état tridimensionnel. Les autres dimensions existent encore, mais elles sont confinées dans le microscopique, du fait de la structure fondamentale de la matière dans l'univers en trois dimensions. L'inversion dimensionnelle consiste à se servir du phénomène de désintégration du vide afin de disloquer la matière telle qu'elle est constituée au niveau le plus basique, de façon que, conformément à leur nature, les particules élémentaires synthétisent de nouvelles structures de haute dimensionnalité qui participeront à la reconstruction du monde décadimensionnel.

Intellectra reposa délicatement le couvercle sur la théière. C'était comme si ce qu'elle venait d'annoncer était une simple bagatelle.

Yun Tianming mesurait pourtant l'impact derrière ces quelques mots : vue depuis la perspective d'un univers en basse dimension, une inversion dimensionnelle supposait un anéantissement total. En dehors des particules élémentaires, rien ne survivrait. Cette puissance destructrice le fit frissonner.

— Ce que compte en réalité faire le Seigneur est tout simplement d'éliminer les altérations artificielles de la

Nature et de la rendre à son état premier, expliqua Intellectra d'un air toujours détaché, malgré l'émoi de Yun Tianming.

— C'est-à-dire que l'inversion dimensionnelle pourrait restaurer… le système solaire et la Terre aujourd'hui tels qu'ils étaient avant leur bidimensionnalisation ? demanda Yun Tianming, qui entrapercevait une mince lueur d'espoir.

Celle-ci fut toutefois bientôt éteinte par Intellectra :

— Vous m'en voyez désolée, mais la réponse est non. C'est impossible, sourit Intellectra en secouant la tête, à la manière d'une professeure répondant à un étudiant ayant posé une question stupide. Le système solaire tridimensionnel est lui-même le produit d'une distorsion dimensionnelle : l'inversion peut restaurer l'état originel du monde, c'est-à-dire quand il était en dix dimensions, pas en trois, ni en quatre.

— Si le Seigneur est réellement doté d'un tel pouvoir, pourquoi n'en a-t-il pas fait usage ?

— Ce n'est pas si simple. L'Occulte a dressé des écrans de protection dans tout l'univers, empêchant le Seigneur de déclencher aussi facilement l'inversion, sous peine de révéler sa position.

— Des écrans de protection ? (Une idée surgit soudain dans l'esprit de Yun Tianming.) Attends, tu veux dire que ces écrans dressés par l'Occulte… sont les zones aveugles des intellectrons ?

— En effet, acquiesça Intellectra. Vous autres humains avez émis de nombreuses hypothèses au sujet de ces régions spatiales si singulières, et la plupart étaient complètement hors de propos. Ces zones n'ont pas été bâties pour préserver l'état de "forêt sombre", tel que vous l'appelez. Ce n'est qu'un de ses effets secondaires et, pour tout dire, négligeable. La fonction réelle de ces zones est de détecter les fluctuations énergétiques générées par les vibrations des supercordes produites par le Seigneur. Grâce à elles, dès que le Seigneur aura déclenché l'inversion dimensionnelle de l'univers, l'Occulte pourra prendre connaissance de ses coordonnées et le détruire.

Yun Tianming était sans voix. Le principe de la forêt sombre qui avait été à l'origine de la destruction de son monde et de celui de Trisolaris, et qui semblait présider au destin de l'ensemble des civilisations du cosmos, n'était donc qu'un "effet secondaire" causé par un "champ de mines" installé par l'un des deux adversaires d'une guerre cosmique. Il était bouleversé.

— Mais le Seigneur ne se trouve-t-il pas maintenant dans un micro-univers ? Comment l'Occulte pourrait-il l'attaquer ? s'exclama Yun Tianming, une nouvelle fois confus.

— Là encore, les choses ne sont pas si simples, reprit patiemment Intellectra. Tous les univers, les grands comme les petits, sont situés sur une… super-membrane. (Yun Tianming afficha un regard circonspect.) Veuillez m'excuser, la super-membrane étant la structure ultime de l'existence, il m'est impossible de vous la décrire en détail. Toujours est-il que les micro-univers ne sont jamais très éloignés du grand univers sur la membrane, sans quoi il ne pourrait y avoir aucune projection, ni aucune porte d'entrée. Les civilisations les plus avancées du grand univers peuvent attaquer les micro-univers situés sur la super-membrane, il leur suffit de connaître leur emplacement précis.

— Comment… attaquent-elles ?

— La plupart du temps, en tirant profit des différentiels d'énergie potentielle cosmique. Mais je crains que même en prenant le temps de vous expliquer son fonctionnement, vous ne puissiez pas vraiment comprendre. Sachez toutefois qu'il est nécessaire de convertir la masse d'une galaxie entière en énergie pure pour l'envoyer sur la super-membrane, expliqua Intellectra en avalant gracieusement une petite gorgée de thé, aussi simplement que si elle affirmait que l'eau doit être bouillante pour infuser des feuilles de tisane.

— Une galaxie entière ? Ça représente des dizaines de milliers d'années-lumière, des centaines de milliards d'étoiles qui abritent peut-être des millions de civilisations ? Est-ce de l'ordre de l'hypothèse théorique ?

— Non, ce genre d'attaques a déjà eu lieu, et à de nombreuses reprises. L'Occulte est en capacité de modifier la composition gravitationnelle d'une galaxie entière, en utilisant les forces d'Efremov pour faire en sorte d'accélérer toutes les étoiles à vitesse maximale vers le centre de la galaxie et, par effet King, de créer un trou noir géant qui, à son tour, peut générer une distorsion de l'espace assez puissante pour traverser l'univers. La distorsion projette ensuite cet afflux d'énergie sur la super-membrane, provoquant ainsi une attaque transcosmique. C'est à cause de ce type d'attaques que nous avons accusé de lourdes pertes. Il existait au début douze répliques du Seigneur : sept ont été détruites par l'Occulte avant même la tridimensionnalisation de l'univers. Depuis le début de ce processus, quatre autres ont été éliminées. Il n'en reste à présent qu'une seule.

— Ça signifie donc que l'Occulte a déjà converti quatre galaxies de notre univers actuel en énergie pure ? s'étonna Yun Tianming.

Une nouvelle fois, Intellectra sourit et secoua légèrement la tête, comme si elle se désolait du manque d'imagination de son interlocuteur.

— Pas quatre, des dizaines de milliers. Le taux de réussite d'une attaque transcosmique est très faible. L'énergie de la grande majorité des galaxies se perd. À vrai dire, les scientifiques terriens ont très tôt repéré les traces de ces attaques et les radiations secondaires qu'elles génèrent.

— Comment ça ? Je n'en ai jamais entendu parler, affirma Yun Tianming en avalant une gorgée de thé, songeur.

— Mais si ! Rappelez-vous, à l'Ère commune, des scientifiques humains ont découvert d'étranges objets célestes faisant penser à des étoiles, mais qui libéraient une énorme quantité d'énergie, équivalente à celle d'une galaxie entière, et parfois bien plus ! Ces objets étonnants, les humains les ont appelés "quasars".

Yun Tianming ne put s'empêcher de recracher son thé, qui macula le visage d'Intellectra.

— Pardon… Tu veux dire que les quasars… sont tous…

Yun Tianming perdait ses moyens, il entrevoyait dans quelle sorte de guerre il était entraîné. Si la bidimensionnalisation du système solaire l'avait époustouflé, cet affrontement à l'échelle de l'univers qui se dessinait à mesure des explications d'Intellectra lui apparaissait encore plus terrifiant. En comparaison de la lutte entre ces anciens dieux, la guerre qui avait opposé la Terre à Trisolaris n'avait été qu'un vulgaire combat de fourmis.

Intellectra essuya son visage avec un mouchoir en papier, puis elle continua, toujours sans émotion :

— Il y a des choses plus stupéfiantes encore que les quasars. Des ensembles aux formes étranges, de vieilles galaxies que vos scientifiques n'ont jamais su définir et qu'ils se contentaient donc d'appeler "galaxies irrégulières" : ce ne sont en réalité que des cendres laissées par l'énergie consumée par l'Occulte aux premières heures de l'univers tridimensionnel.

— Je vois... Mais si l'Occulte possède un tel pouvoir, pourquoi tient-il tant à se cacher ? demanda enfin Yun Tianming, qui avait eu besoin de quelques instants de silence avant de se remettre de ces révélations.

— L'Occulte se dissimule quelque part dans le grand univers. Or le Seigneur peut, depuis son micro-univers décadimensionnel, déclencher l'inversion dimensionnelle à partir de n'importe quel point du grand univers – point qui peut englober des aires de plusieurs milliers d'années-lumière. Il lui suffit de choisir le bon emplacement. Face à une telle attaque, aucune des protections disponibles dans le grand univers ne s'avère efficace. L'Occulte n'a d'autre choix que de tenir secret le lieu où il se cache, sans quoi il aurait été éliminé depuis longtemps. À vrai dire, au cours d'une bataille datant des premiers temps de l'univers tridimensionnel, le Seigneur est parvenu à détruire la base de l'Occulte et à initier une inversion partielle. Malheureusement il ignorait l'existence d'une seconde base, à partir de laquelle l'Occulte a pu endiguer l'inversion et éliminer plusieurs répliques du Seigneur. C'est lors de ce combat que s'est dessinée la structure fondamentale de l'univers en trois dimensions : dans la région soumise à l'inversion s'est formé un super-trou noir d'un rayon compris entre cent et trois cents millions d'années-lumière. La zone a vu se produire une distorsion spatiale phénoménale. Tout a été détruit, et toute la matière s'est muée en matière noire. Les régions non encore touchées ont formé une longue structure filiforme, d'où l'aspect actuel des galaxies.

L'une après l'autre, les grandes énigmes de l'astronomie, qui avaient fait naître tant d'hypothèses chez les scientifiques terriens, trouvaient une réponse. Ces vérités faisaient tressaillir Yun Tianming, mais comme un pion sur un échiquier, il ne pouvait rien faire sinon s'efforcer d'aller de l'avant. Aucun retour en arrière n'était possible.

— Si je résume, reprit-il tout en réfléchissant, le Seigneur est actuellement quelque part sur une supermembrane hors de notre univers et si l'Occulte parvient à trouver sa position précise, il sera en mesure de l'anéantir. À l'identique, l'Occulte se cache dans les tréfonds de l'univers, et si le Seigneur arrive à le débusquer, lui aussi sera détruit, c'est bien ça ?

— Oui, fit Intellectra avec un hochement de tête.

— Bien, mais si jamais l'un des deux adversaires se trompe, l'offensive manquée dévoile la position de l'agresseur, et conduit à sa fin. C'est pourquoi tous deux s'en tiennent à présent au *statu quo* ?

— C'est exact, approuva encore une fois Intellectra d'un signe de tête. Il est donc juste de dire que l'état de forêt sombre est universel. Simplement, cette loi existait entre deux ennemis se connaissant parfaitement l'un l'autre avant même de devenir le principe régissant l'existence de centaines de millions de civilisations.

— Bien... je crois que je comprends tout ça, mais qu'ai-je à voir là-dedans ? demanda Yun Tianming avec un rictus sur le visage. Que pourrait bien faire une fourmi au milieu d'un champ de bataille opposant deux immenses armées ?

La réponse d'Intellectra fut instantanée :

— Vous devrez trouver l'Occulte avant le début de la bidimensionnalisation. Le Seigneur lui-même est contraint d'inspecter le grand univers *via* les explorations aléatoires de l'Esprit. Mais celui-ci rencontre des entités vivantes au hasard et ne peut effectuer de sondage actif. Par ailleurs, il ne peut y avoir que neuf projections simultanées de l'Esprit car, au-delà, l'Occulte risquerait de déduire l'emplacement du micro-univers sur la super-membrane. Voilà pourquoi le Seigneur a besoin de créatures intelligentes telles que vous. Maître, votre tâche ne sera pas facile, mais vous disposez d'au moins dix milliards d'années devant vous, car le corps que vous a octroyé le Seigneur vous permettra de vivre aussi longtemps. Et il y a votre "bague". Grâce à cet objet, vous pourrez revenir à tout moment dans l'Univers 647, lui dit Intellectra avec sollicitude.

— Bien. Avez-vous des indices sur l'endroit où pourrait se cacher l'Occulte ?

— Peu. Nous suspectons simplement une mystérieuse communauté d'êtres en lien avec lui. Ses membres se font appeler les "Anéantisseurs".

— Les Anéantisseurs ? répéta Yun Tianming en fronçant les sourcils.

— Oui. C'est ainsi qu'ils se désignent : "Ceux qui veulent retourner au néant." Leur influence n'a cessé de croître ces dernières centaines de millions d'années. Il s'agit peut-être d'une civilisation, ou bien même d'une alliance entre plusieurs civilisations… Le Seigneur ne dispose que de peu d'informations à leur sujet. Nous savons seulement que leur souhait est de réinitialiser l'univers, pour retourner à son Âge édénique.

— Mais… n'est-ce pas précisément ce que souhaite le Seigneur ?

— Si, mais le moyen pour y parvenir est très différent. Les Anéantisseurs considèrent que pour restaurer le paradis décadimensionnel, il faut d'abord réduire à zéro les dimensions de l'univers, avant de redémarrer un nouveau cycle. C'est une pure ineptie. Lorsque l'univers sera tombé à zéro dimension, il n'y aura que la mort, une mort totale et absolue. Soit les Anéantisseurs sont des abrutis qui ignorent tout des principes des hautes dimensions, soit c'est la force de l'Occulte qui se cache derrière eux. Ou bien les deux en même temps.

— Où sont-ils ?

— Nous ignorons d'où ils viennent mais, en quelques centaines de millions d'années, ils ont établi des bases dans de nombreuses galaxies. La plus proche se situe dans l'amas du Canard sauvage et la plus lointaine, dans un système situé à sept milliards d'années-lumière de la planète depuis laquelle vous êtes entré ici. Mais pour les micro-univers, ces distances sont les mêmes. Je vous conseille néanmoins de vous rendre en premier lieu dans l'amas du Canard sauvage, car une activité importante des Anéantisseurs a été observée dans cette zone. C'est aussi une région proche de celle d'où vous êtes originaire, vous vous y sentirez peut-être plus familier.

— Proche ? C'est un bien grand mot… Ah, mais je me souviens maintenant ! s'exclama-t-il tout à coup. Les lignes de mort apparues sur le système de DX3906, ce sont bien ces salauds d'Anéantisseurs qui les ont déployées ?

— Rien dans la base de données dont je dispose ne me permet de l'affirmer, mais si ce sont bien des lignes de mort… cela est fort probable.

— Parfait ! J'ai justement des comptes à leur rendre !

C'était selon toute vraisemblance la faute des Anéantisseurs si AA et lui avaient été emprisonnés pendant des décennies sur Saphir et, en y pensant, une sourde colère montait en lui. Il l'évacua toutefois rapidement :

— Mais je n'ai aucune expérience ! Et l'amas du Canard sauvage est si vaste ! Où commencer mes recherches ?

— Un autre envoyé du Seigneur s'y trouve déjà. Peut-être pourra-t-il vous aider…

— Comment le trouverai-je ? demanda Yun Tianming, dont les yeux s'étaient soudain illuminés.

— C'est précisément ce que le Seigneur souhaite savoir. Selon ses informations, le Chercheur de l'Univers 589 s'est rendu dans cette zone, d'où il nous a laissé quelques indications précieuses. Mais il a disparu et a coupé tout contact avec son micro-univers… C'est une situation rare. C'est pourquoi le Seigneur a besoin que vous le retrouviez. Peut-être détient-il des indices cruciaux sur la localisation de l'Occulte.

— Qui est ce Chercheur de l'Univers 589 ?

— Je n'en suis pas certaine, avoua Intellectra. La consommation d'énergie est telle lorsque des informations sont transmises depuis la super-membrane, que celles qui me parviennent se limitent généralement à l'essentiel. L'Univers 589 compte parmi les rares micro-univers encore actifs. Il a été créé lorsque l'univers était encore en quatre dimensions, à une époque où l'univers tridimensionnel n'existait pas encore... Son propriétaire est peut-être une créature s'étant adaptée au passage dans la troisième dimension, ou bien il a réussi à trouver un héritier. Cet individu a aussi une bague en sa possession. Une fois que vous aurez rejoint l'amas du Canard sauvage, vous parviendrez à décrypter les informations laissées par le Chercheur de l'Univers 589 et même à le contacter par l'intermédiaire de la bague. Vous ne saurez probablement qu'une fois sur place ce qui s'est réellement passé. Quand envisagez-vous de partir ?

— Un instant... Nous avons encore le temps d'organiser mon départ. J'ai une autre question : quand cette guerre a-t-elle commencé ? Et pourquoi l'Occulte a-t-il voulu réduire les dimensions de l'univers et anéantir le monde parfait ?

— Le Seigneur lui-même l'ignore, répondit Intellectra en secouant la tête. Mais je pourrai peut-être vous transmettre les informations dont nous disposons *via* des formes de conscience. Qui sait, peut-être y trouverez-vous des réponses.

Voyant l'expression de surprise de Yun Tianming, Intellectra poursuivit son explication :

— Ne craignez rien. Le Seigneur a fait subir des modifications à votre corps et à votre cerveau. Elles vous permettront de recevoir des formes de conscience basiques. Votre esprit ne risquera pas de s'effondrer.

La curiosité brûlait Yun Tianming de l'intérieur. Il mordilla ses lèvres en hochant la tête. Intellectra lui sourit, puis elle se releva, marcha jusqu'à lui et s'inclina en disant :

— Je vous prie de m'excuser par avance.

Puis elle posa ses mains sur les épaules de Yun Tianming et le fixa longuement dans les yeux. Yun Tianming se sentit aspiré par l'intensité de ce regard. Il avait l'impression de contempler deux tourbillons invisibles, prêts à l'engloutir. En un instant, il se retrouva enveloppé par un torrent infini d'images et d'idées.

Recevoir des formes de conscience comptait sans doute parmi les expériences les plus spectaculaires de tout le cosmos. Yun Tianming sentit affluer vers lui une masse d'informations comme une mer en furie dont les vagues grossissantes paraissaient vouloir le submerger. Mais contrairement aux fois précédentes, il eut cette fois-ci l'impression qu'une force essayait de l'extirper hors de cette mer. Un rayon de soleil illuminait ses pensées. Tout devint brutalement clair : les idées, les figures, les images se virent attribuer un sens unique. Désormais, quelque chose les liait les unes aux autres : comme si elles composaient une suite logique ou un enchaînement d'unités grammaticales. Elles se superposaient en une forme unifiée qui contenait des millions d'idées. À la différence de ses dernières expériences de réception de formes de conscience lors desquelles Yun Tianming n'avait pu saisir que des contours flous, tout cette fois était limpide, du haut vers le bas, de l'intérieur vers l'extérieur.

Il vit la genèse de l'univers. Au commencement était un point, d'où se mit à proliférer une infinité de matière et d'énergie. Ou plutôt non – la matière *était* l'énergie, rien ne permettait de les distinguer. En une fraction de temps surgit l'univers en dix dimensions. Yun Tianming le voyait de ses propres yeux.

Aucun adjectif dans aucune langue n'aurait pu décrire la perfection de ce monde. Libérée des entraves du temps, la lumière se déplaçait d'un bout à l'autre de l'univers à une vitesse illimitée. Et tous les autres phénomènes de l'univers eux aussi étaient affranchis des contraintes de la vitesse. Dans chaque recoin de l'univers, d'un claquement de doigts, naissaient des millions de formes de vie. Et, en raison de la vitesse infinie de la lumière, elles établissaient des liens entre elles qui en faisaient un organisme total et unique, une seule entité intelligente. Surgit alors la civilisation et, après elle, la science, la culture, l'art… et aussitôt, tout atteignit l'état de perfection absolue.

Yun Tianming comprenait maintenant ce qu'Intellectra avait voulu dire par "vitesse normale de l'univers".

La voix douce de cette dernière résonna au cœur de cet univers extraordinaire, comme si elle venait parachever le surgissement des formes de conscience :

— L'univers décadimensionnel était un monde de pure lumière, fondé sur l'échange d'énergie entre photons. Les particules et les antiparticules étaient créées par les photons et, de leur annihilation mutuelle, naissaient de nouveaux photons. Tout se déroulait donc à la vitesse de la lumière, et cette dernière ne connaissait aucune limite. Le plus époustouflant était qu'en raison de l'annihilation des particules et des antiparticules, la quantité totale d'énergie dans l'univers était nulle, d'où un incroyable état de symétrie qui avait constitué le fondement de l'émergence de l'intelligence dans l'univers primordial.

"Matière, vie, intelligence, civilisation… Tous ne formaient qu'un dans l'univers décadimensionnel. Toute matière portait la vie, toute vie portait l'intelligence, et toutes les formes d'intelligence composaient une seule et même civilisation harmonieuse. Davantage qu'un espace vide parsemé d'étoiles solitaires, comme dans l'univers actuel, l'univers primordial était un organisme vivant, dans lequel toutes les formes de vie étaient intriquées et où chaque entité intelligente participait au fonctionnement d'une intelligence supérieure. Ce qui est aujourd'hui connu comme l'état de forêt sombre serait apparu inconcevable pour cette trinité de matière, de vie et d'intelligence.

Yun Tianming fut saisi de frissons. Voilà quelle était la nature du Seigneur : il était l'incarnation vivante de l'univers décadimensionnel !

— Le Seigneur ne possède pas d'enveloppe corporelle individuelle, comme chez les humains, il est la somme d'une infinité de consciences. Toutes les consciences organiques qui le composent partagent entre elles l'intégralité de l'univers et forment en même temps une totalité présentant une personnalité unique. C'est un état d'existence inimaginable pour les humains : la fusion de l'existence individuelle avec l'harmonie cosmique, à l'image de la structure géométrique de l'Esprit tel qu'il vous est apparu, expliqua Intellectra.

Yun Tianming comprenait seulement maintenant l'intensité et l'urgence du désir du Seigneur dans sa quête de restauration de l'univers parfait. Comment, après avoir vécu cet organisme-monde infini, pouvait-il accepter la solitude et la brutalité de l'univers tridimensionnel ? Il comprenait d'autant moins pourquoi ce maléfique Occulte avait voulu rompre l'harmonie d'un monde aussi merveilleux. Pourquoi tant de folie, de barbarie et de violence ?

C'est alors qu'il fut témoin de la grande destruction.

Dans un des plis de ce monde s'éteignit une faible lueur de vie, provoquant l'apparition d'une tache d'obscurité, comme une immense feuille blanche sur laquelle aurait perlé une goutte d'encre noire. Ce qui n'était à l'origine qu'une souillure insignifiante s'étendit de tous côtés à la vitesse de la lumière, et celle-ci étant infinie, les ténèbres recouvrirent tout. Instantanément, l'univers en dix dimensions fut plongé dans le noir.

Malgré la nature immédiate de la destruction, Yun Tianming put distinguer clairement cette séquence, l'avant et l'après, des détails que lui permettaient d'observer les formes de conscience. C'était un bouleversement impossible à dépeindre dans une langue du monde tridimensionnel. S'il fallait vraiment trouver une métaphore, c'était comme si le monde entier avait été un motif en relief composé par d'innombrables dominos et que tous ceux-là s'étaient effondrés d'un seul coup, laissant malgré tout apercevoir le motif original, sous une structure néanmoins très différente. Le motif s'était instantanément "aplani".

L'univers avait perdu une dimension. Un enfant rebelle du jardin primordial avait tué la mère qui lui avait donné la vie.

— Quelque part dans les tréfonds de la polyconscience du Seigneur, une entité a soudain déclenché une révolte et précipité la chute de tout l'univers dans une dimension plus basse. Le Seigneur ne comprenait pas. Le fœtus déchirait tout à coup l'utérus. Comment la mère aurait-elle pu s'y préparer ? L'Occulte a remporté une victoire facile, continua Intellectra, la voix teintée d'indignation.

À l'ultime instant de la réduction dimensionnelle se produisirent des bouleversements majeurs, comme si certains des rescapés du jardin primordial avaient décidé de résister. Là où l'obscurité rencontrait la lumière surgirent des rayons éblouissants. À côté de cette splendeur inouïe, toutes les étoiles de la Voie lactée auraient paru aussi pâles qu'une bougie sous les rayons du soleil. Bien entendu, Yun Tianming n'était pas en mesure de saisir la forme et la signification de cette guerre qui prenait place.

Tandis que s'achevait cette bataille ultime de l'univers décadimensionnel, Yun Tianming reçut une forme de conscience émise par l'Occulte, un hurlement éperdu qui jaillissait du champ de bataille :

[l'univers est trop petit ! Nous avons besoin d'un plus grand univers !]

Yun Tianming ne comprenait pas ce qu'il signifiait. Pourquoi un univers en neuf dimensions aurait été plus grand qu'un univers en dix ?

Entre les éclairs fulgurants des combats, il vit de minuscules fragments quitter l'organisme unique et s'envoler vers un lointain qu'il ne pouvait encore percevoir. Il savait que c'était le Seigneur, accompagné de ce qui deviendrait plus tard ses micro-univers.

— Le Seigneur a essayé de freiner la chute dimensionnelle, mais il était déjà trop tard. Il ne lui restait qu'une seule solution : permettre à de petits morceaux du grand Tout de se constituer en univers indépendants où il entretiendrait ses dernières flammes d'espoir. Par chance, chaque fragment a pu conserver l'intégralité des informations de l'univers primordial.

Yun Tianming y voyait à présent plus clair : celui qu'Intellectra appelait "le Seigneur" était l'âme de l'univers en dix dimensions – ou bien le dernier fragment de cette âme. Voilà pourquoi il tenait tant à déclencher une inversion dimensionnelle : en restaurant le paradis perdu, le Seigneur se restaurait lui-même.

L'univers en neuf dimensions fit son apparition dans la forme de conscience. Il ne semblait être qu'un univers décadimensionnel dévasté, un œuf qu'on aurait brisé en morceaux. Comme après la mort du géant Pangu dont la dépouille engendra les montagnes, les fleuves, le Soleil et la Lune, l'univers en neuf dimensions procédait du cadavre de l'univers précédent. Il n'était déjà plus vivant. Il était le champ de bataille d'une infinité d'organismes luttant les uns contre les autres. Oui, un champ de bataille. Et si on avait dû le décrire, on aurait dit que ce nouvel univers était une cité en ruines, une citadelle défigurée par la guerre.

— L'histoire de l'univers en neuf dimensions est le prolongement de l'univers décadimensionnel. À la différence des réductions dimensionnelles qui auraient lieu entre univers de plus basse dimension, les formes de vie existant dans l'univers primordial n'étaient pas mortes lors du passage en neuf dimensions. Elles s'étaient morcelées pour devenir d'innombrables civilisations mais, chez la plupart, les souvenirs de l'univers précédent étaient intacts. Cette majorité a tenté de s'unir pour restaurer l'univers en dix dimensions. Toutefois, une minorité d'entre elles, séduites par l'Occulte, ont décidé de rallier sa bannière, expliqua Intellectra par l'intermédiaire d'une forme de conscience.

Séduites par l'Occulte ? Comment ça ? Yun Tianming ne comprenait pas.

Il remarqua que dans l'univers en neuf dimensions, même si la vitesse de la lumière était toujours incroyablement rapide et que celle-ci pouvait parcourir l'univers d'un bout à l'autre en une fraction de seconde, elle n'était déjà plus illimitée. Les batailles ne pouvaient plus se conclure de manière instantanée : elles devaient désormais expérimenter des processus complexes. Des tentatives d'inversion et de réduction dimensionnelle avaient régulièrement lieu en même temps, ce qui générait une variété d'effets imprévisibles. L'univers entier changeait constamment de forme, à la manière d'un morceau de pâte à modeler traversé de rayons fantastiques. Enfin, après un éclat d'une indescriptible intensité, la lumière de l'univers s'évanouit complètement.

— Durant cette période a commencé à se produire un phénomène dont vos astronomes avaient fait l'hypothèse : une annihilation de particules et d'antiparticules. En raison de la destruction de l'équilibre fondamental de l'univers et de la diminution de la vitesse de la lumière, toutes les antiparticules et la quasi-totalité des particules ont été annihilées. Il n'est plus resté qu'un milliardième du nombre de particules du paradis primordial. L'énorme énergie libérée par ce bouleversement dimensionnel a alors entraîné l'expansion rapide de l'univers.

— Pourquoi les particules étaient-elles plus nombreuses que les antiparticules ? Et pourquoi n'ont-elles pas toutes été annihilées ? demanda Yun Tianming, qui avait de vagues souvenirs de ce problème d'astronomie.

— Après la réduction dimensionnelle, la symétrie de l'univers s'est retrouvée brisée. Les antiparticules, en quantité colossale, ont subi l'effet de la disparition d'une dimension et se sont désintégrées sans contrepartie, ce qui a été interprété par vous autres humains comme l'irruption d'un phénomène étrange que vous avez appelé "violation de charge-parité", expliqua Intellectra.

Avec l'annihilation des antiparticules survint une nouvelle et terrible chute dimensionnelle. Les ténèbres tombèrent sur l'univers et, au milieu des gémissements de détresse de millions de civilisations, l'univers, comme un ballon de baudruche se dégonflant à toute vitesse, perdit encore une dimension. Bientôt, l'univers en neuf dimensions passa à huit.

Cet univers en huit dimensions se présentait sous un aspect mystérieux. C'était un monde sphérique sans contours, traversé en son sein par une myriade de tunnels et de galeries – toutes en huit dimensions, bien sûr. Pour prendre une métaphore tridimensionnelle, l'univers était comme un bloc de tofu congelé percé de trous. Dans chaque galerie, des civilisations à dimension réduite s'éveillaient lentement, et commençait alors entre elles une lutte à la vie à la mort. Bien que la vitesse de la lumière dans l'univers en huit dimensions eût déjà été singulièrement réduite, les batailles se déroulaient toujours à une vitesse ahurissante et quelques instants suffisaient parfois à forer une galerie longue de quelques dizaines de milliers d'années-lumière ; ou bien c'était un autre tunnel, de la taille de plusieurs galaxies, qui se retrouvait condamné par l'écroulement de corps solides. Tout ceci était naturellement ce que Yun Tianming était capable d'imaginer, car il lui était impossible de mesurer l'univers en huit dimensions à l'aide de standards applicables à l'univers tridimensionnel.

Et au fur et à mesure que la guerre battait son plein, l'univers chuta irrémédiablement dans la septième dimension, qui se révéla être bien plus simple que la huitième. Il s'agissait d'une interminable surface en six dimensions, elle-même scindée en deux : d'un côté, un monde solide, de l'autre, un espace vide. Toutes les civilisations de l'univers se répartirent sur cette surface et s'étendirent sur plusieurs centaines de millions d'années-lumière. Mais la structure de cette surface était des dizaines de milliers de fois plus complexe que l'espace tridimensionnel. Comme les autres univers avant lui, celui en sept dimensions ne put échapper, dès son surgissement, à une guerre entre civilisations. Et parmi celles-ci, peu avaient connu l'époque de l'univers décadimensionnel. Ces nouvelles civilisations régnaient déjà en maîtres. C'est à ce moment-là que la loi de la forêt sombre commença à produire ses effets. Chaque civilisation était engluée dans la guerre, tandis que des armes dimensionnelles étaient déjà universellement utilisées dans tout le cosmos. Une nouvelle réduction dimensionnelle eut lieu.

— Les univers en neuvième, huitième et septième dimensions étaient des héritiers directs de l'univers primordial : les deux camps qui s'étaient formés aux premiers temps du monde ont continué à se battre dans ces trois univers. Cependant, à chaque réduction dimensionnelle, le Seigneur s'affaiblissait. L'Occulte aussi, bien sûr, mais, de manière générale, c'était lui qui était gagnant. Car son objectif consistait précisément à diminuer les dimensions de l'univers. Il s'était préparé à cela depuis le début : même sans pouvoir faire usage lui-même d'une attaque dimensionnelle, il savait que la guerre se prolongerait quoi qu'il arrive dans le prochain univers, dit Intellectra.

Dans l'univers en six dimensions, on ne trouvait déjà presque plus aucune trace des civilisations antiques. Ce fut peut-être l'univers à la forme la plus singulière : un océan d'énergie colossale sur lequel flottaient des milliards d'îles de matière noire – des îles, au sens de la sixième dimension, cela va de soi. Chaque île était grande de plusieurs millions d'années-lumière et pouvait accueillir un univers indépendant, tandis qu'une distance de plusieurs millions d'années-lumière les séparait l'une de l'autre. L'océan d'énergie et les îles de matière noire virent croître nombre de civilisations étranges, qui prenaient à leur tour part à la guerre, avec un héroïsme et une beauté qui auraient fait ombrage à un roman de fantasy. Des phénix de feu s'envolaient au-dessus de l'océan d'énergie, des dragons d'obscurité tournoyaient dans les profondeurs des îles, appelés à planer un jour au-dessus de royaumes en fleurs… Les victoires de ces civilisations étaient aussi admirables que la puissance des dieux, et leur anéantissement aussi tragique qu'un chant du cygne.

Il y eut une nouvelle réduction dimensionnelle. L'univers sombra dans la cinquième dimension.

Les univers en cinq et quatre dimensions ne furent pas si différents de l'univers tridimensionnel. En dehors de leur dimension, leur structure fondamentale était similaire : un espace sombre éclairé par endroits par des étincelles d'énergie, que l'attraction gravitationnelle ordonnait en systèmes. La vitesse de la lumière et toutes les autres vitesses ralentissaient progressivement. Désormais, se déplacer d'un bout à l'autre du cosmos ne se comptait plus en minutes ou en jours, mais en millions d'années. Ces distances insurmontables créèrent de fait des barrières permanentes entre les civilisations. À cause de l'Occulte, la forêt sombre s'étendit dans tout l'univers. Les civilisations se cachaient désormais dans le noir et les plus mûres d'entre elles, tremblant d'être foudroyées par un ennemi plus puissant, se préparaient à dégainer leurs fusils à tout instant pour abattre le premier adversaire qui révélerait sa présence.

Ces deux belligérants antiques qu'étaient le Seigneur et l'Occulte ne faisaient pas exception. Les deux premiers et authentiques adversaires de cette partie de bataille cosmique se dissimulaient eux aussi et fouillaient l'univers en silence pour trouver une trace de leur ennemi et lui porter un coup fatal.

L'un après l'autre, les univers naissaient et mouraient et, avec eux, les civilisations. Et tandis que le temps s'égrenait, une minuscule vermine nommée Yun Tianming observait.

Au bout d'un certain temps, Yun Tianming détourna son regard des yeux d'Intellectra. Malgré son corps de demi-dieu, et une tolérance bien meilleure aux formes de conscience, il était si faible qu'il n'arrivait pas à prononcer un mot. Sa fatigue n'était pas physique, mais mentale.

— Qu'a voulu dire l'Occulte en hurlant que l'univers était trop petit ? balbutia Yun Tianming, sans force.

Intellectra secoua la tête, perplexe elle aussi.

— Le Seigneur lui-même ne le sait pas. Mais il ne vous est pas nécessaire de le comprendre. Ce qui compte, c'est de remplir votre mission. Il est vain de vouloir justifier les actes commis par l'Occulte. Il n'a aucune raison…

— Aucune raison… répéta Yun Tianming.

Celui qui avait détruit un monde aussi parfait devait être un fou, et son crime était inqualifiable.

Yun Tianming sortit de la petite maison. Au loin, il vit la "porte" du micro-univers – ce cadre rectangulaire aux contours en pointillé. Il se dirigea vers elle, suivi par une Intellectra silencieuse. Arrivé à hauteur du cadre, Yun Tianming se retourna.

— Combien de temps s'est écoulé dans le grand univers ?

— Le temps de l'Univers 647 s'écoule indépendamment de celui du grand univers. En un sens, le temps dans le grand univers est resté figé à l'instant où vous l'avez quitté pour entrer ici. Nous pouvons cependant l'ajuster en nous appuyant sur différentes échelles. Mais comme je vous l'ai déjà dit, il vaut mieux ne pas se rendre trop loin dans le futur, car l'univers aura peut-être été entièrement bidimensionnalisé. Il nous reste peu de temps.

— Combien, environ ?

— Pas plus de quinze milliards d'années, selon les standards terriens.

Yun Tianming ne put se retenir de pouffer. Cette échelle temporelle lui paraissait tellement absurde… Et dire que la veille, il était persuadé d'avoir transgressé les lois du temps en parvenant à vivre, de façon intermittente, plus de sept cents ans…

Il avait passé plusieurs milliers d'années dans des rêves, mais cette durée était insignifiante au regard de celle qui l'attendait. C'était un cauchemar qui s'étalerait pendant des milliards d'années, et dont il ne s'éveillerait jamais.

En essayant de se figurer cet avenir incertain dans l'espace obscur, il se sentit soudain défaillir. Il avait envie de la revoir. Il s'était pourtant juré de ne pas se montrer fragile devant cette femme, dont il gardait le souvenir d'une jeunesse intemporelle. Mais les choses avaient changé. Il voulait être auprès d'elle, quoi qu'il arrive.

— Puis-je attendre encore un peu ? Je voudrais attendre… qu'ils entrent dans ce micro-univers. J'ai des choses à leur dire.

Intellectra savait pertinemment de qui il parlait.

— Peu importe, dit-elle. Il ne vous sera pas nécessaire d'attendre longtemps. Une centaine de millions d'années, tout au plus. Si vous le souhaitez, restez ici encore quelques années. Vous pouvez également ajuster la vitesse de l'écoulement du temps, et vous les reverrez très vite.

Yun Tianming acquiesça, mais sa ferveur retomba vite : il se trouva pitoyable. Il avait passé des décennies auprès d'une femme et, quelques jours seulement après sa mort, voilà qu'il était prêt à se jeter dans les bras d'une autre. Que pouvait-il aujourd'hui attendre de celle qu'il avait tant désirée jadis ? Que s'était-il d'ailleurs passé entre Cheng Xin et Guan Yifan ? Peut-être serait-il de trop…

Cheng Xin est-elle vraiment l'amour de ma vie ? Ou est-ce AA, ou bien cette Ai Xiaowei, disparue il y a si longtemps ?

Yun Tianming secoua la tête, déconcerté. Ces questions stupides n'auraient pas dû le tourmenter. Il aurait pu couler des jours tranquilles sur Saphir, aux côtés de Cheng Xin. C'était la dispersion des lignes de mort qui avait tout bouleversé. C'était ce phénomène qui avait provoqué la réduction de la vitesse de la lumière et avait conduit à leur séparation par le temps. Cheng Xin et lui ne pouvaient dès lors plus que s'imaginer en amont et en aval du temps, destinés à ne jamais se revoir. Les choses auraient été fondamentalement différentes dans un univers décadimensionnel à la vitesse luminique infinie…

Justement !

Une idée traversa le cerveau encore embrouillé de Yun Tianming, qui retrouva aussitôt ses esprits. C'était si évident qu'il n'avait même pas pris la peine d'y penser jusqu'ici.

— Depuis combien de temps l'univers tridimensionnel existe-t-il ? demanda-t-il en se tournant vers Intellectra, les yeux brillants.

— Selon votre système de calcul, environ 13,94 milliards d'années, répondit rapidement Intellectra, sans tout à fait savoir où voulait en venir son interlocuteur.

— Et qu'en a-t-il été de l'univers en quatre dimensions ?

— Un million d'années, environ.

— En cinq dimensions ?

— Cent trente et une années.

— En six ?

— Neuf jours et onze heures.

— En sept ?

— Deux minutes et trois secondes.

— En huit ?

— Douze millisecondes.

— En neuf ?

— Trente et une nanosecondes.

S'efforçant de ne pas se laisser déborder par l'émotion, Yun Tianming posa la dernière question :

— Et l'univers en dix dimensions ?

Intellectra resta étrangement silencieuse un moment, avant de lâcher :

— Il n'y a pas besoin de temps dans un univers décadimensionnel. Il est éternel.

— J'aurais dû m'en douter, murmura Yun Tianming. Une vitesse infinie, une efficacité infinie. Tout était fini avant d'avoir commencé, tout, instantanément, couronné de succès, sans aucun intervalle… Un monde capable de se passer du temps.

“Pas de temps, pas de mouvement, pas de changement, pas de processus… Un monde où le début est la fin ! Où l'instant est l'éternité ! Où la vie est inerte. Une superposition sans fin de formes organiques… Un monde mort !

— Je ne vous comprends pas, dit Intellectra. Un monde parfait n'a pas besoin de temps ! Le temps n'est qu'un… fâcheux atermoiement.

— Tu es l'esclave du Seigneur, rétorqua Yun Tianming. Comme lui, le temps est pour toi un angle mort. Tu ne vis pas dans le temps, tu ne pourras jamais le voir tel qu'il est. Laisse-moi te raconter un mythe de la Terre.

— Je connais tous les mythes terrestres, fit Intellectra d'un ton dédaigneux.

— Peut-être, mais connais-tu vraiment leur sens ? Tu aurais sinon compris dès le début la motivation qui animait l'Occulte. Ainsi commence le mythe grec de la création du monde : Ouranos, dieu du Ciel, et Gaïa, déesse de la Terre, s'unirent pour donner naissance à tous les dieux. Mais Ouranos haïssait ses enfants et les tenait enfermés dans l'utérus de Gaïa, qu'il bloquait avec son phallus, de telle manière que Ciel et Terre se maintiennent ainsi dans une fusion perpétuelle. Gaïa, étouffée par la pression permanente d'Ouranos, offrit un jour à ses enfants une occasion d'éliminer leur père. Ce fut leur fils, Chronos, qui trancha le sexe d'Ouranos, libérant Gaïa de son emprise. Le Ciel et la Terre furent ainsi séparés, les dieux naquirent, ainsi que toutes les créatures du cosmos.

"Cette histoire un peu vulgaire a été racontée par le poète Hésiode dans son œuvre *La Théogonie*, qui date du VIIIe siècle avant l'Ère commune.

Intellectra pinça les lèvres et eut une moue de dégoût.

— Quel est le rapport avec l'univers primordial ?

— Vous devriez le savoir, vous qui savez tout de la civilisation terrestre. En grec, Chronos signifie "temps". C'est une métaphore sous-entendant que le temps marque le commencement du monde. L'Occulte avait besoin du temps, car un univers sans temps est bien trop petit.

Cela lui était si insupportable qu'il a décidé de réduire les dimensions du cosmos. À chaque nouvelle chute dimensionnelle, le temps s'allonge de façon exponentielle. L'Occulte n'est pas fou, ce n'est pas un barbare malfaisant, il réclame simplement… un peu de temps.

“Ainsi, pour l'Occulte, perdre une dimension, c'est créer du temps. Chaque dimension réduite est donc compensée par du temps en plus. L'Occulte – ou bien une partie de lui-même – s'est en quelque sorte lui aussi transféré dans le temps. C'est là que réside le sens véritable des chutes dimensionnelles. Sans elles, pas de temps !

— Votre développement est cohérent, en effet. Nous nous sommes aussi rendu compte que l'existence du temps est un effet compensatoire de la réduction de la vitesse de la lumière, approuva Intellectra, qui paraissait plongée dans ses réflexions.

— Tout comme Chronos a séparé le Ciel et la Terre, le temps a disloqué l'univers décadimensionnel et brisé le grand organisme primaire, figé et éternel. À partir de ce moment-là, toutes les civilisations se sont vues contraintes d'évoluer dans les limites de l'espace et du temps, et le monde a commencé à être dominé par l'incertitude. Avec le temps sont venus l'espoir, le désir, l'attente, la surprise, la mémoire, l'oubli… et la liberté.

— Ça n'a aucun sens, protesta une Intellectra renfrognée. Aucune existence n'est plus absolue qu'une existence éternelle.

— Ce n'était pas l'avis de l'Occulte : dans cet univers en dix dimensions, gelé à jamais, il suffoquait. Et dans l'univers suivant, en neuf dimensions, de plus en plus d'entités intelligentes, désormais morcelées, se sont reconnues en lui, et ont choisi son camp. Elles ont préféré risquer la mort pour obtenir le temps. Et, progressivement, elles en ont demandé plus. C'est aussi la raison de l'échec du Seigneur, n'est-ce pas ? En dehors du Seigneur, toute forme de vie a besoin de temps.

— Mais d'après ce que je sais, le temps est aussi la première source de malheur des humains. Sans le temps, Cheng Xin et vous n'auriez jamais été séparés, riposta Intellectra.

Yun Tianming sourit avec mélancolie.

— Mais il n'y aurait pas eu d'instant de bonheur non plus. Sans temps, il n'y aurait pas eu ce fragment de vie pendant lequel Weiwei et moi avons échangé nos histoires, ni cette heure passée auprès de Cheng Xin sur les berges du lac, ni ces rêves merveilleux qui m'ont paru durer des millénaires, ni ces quarante années partagées avec AA… Sans temps, je n'aurais peut-être même pas conscience de moi-même.

— Des illusions, rien de plus, se défendit Intellectra, en lui adressant un geste de tête désapprobateur. Et quand bien même, ces formes de vie n'ont-elles pas obtenu ce qu'elles désiraient dès l'univers en neuf dimensions ? Pourquoi se sont-elles acharnées à prolonger la réduction dimensionnelle ?

— Je ne peux proposer qu'une simple hypothèse, commença Yun Tianming, dont l'esprit était incroyablement clair et alerte depuis sa résurrection. L'Occulte a utilisé les chutes dimensionnelles pour créer le temps, mais il s'est aussi fait engloutir par lui. Il a ouvert la boîte de Pandore. Il ne pouvait plus regarder en arrière. Dans le temps, tout a une vie, mais tout a aussi une fin. Il ne pouvait plus se contenter de quelques secondes, de quelques jours, ni même de quelques années, il ne voulait pas mourir avec le temps, il voulait vivre à jamais. Alors il n'a eu de cesse de réduire les dimensions de l'univers. C'était non seulement son moyen d'échapper à la poursuite des Chercheurs, mais aussi de gagner du temps. Après lui, d'autres civilisations se sont à leur tour prises au jeu. L'univers est devenu une forêt sombre, et les attaques dimensionnelles, des armes de combat. Chaque civilisation, pour prolonger la durée de son existence, s'est mise à chercher le moyen de réduire les dimensions de l'univers… Le jeu s'est poursuivi, de sorte que le temps de chaque nouvel univers était des centaines de milliers de fois plus long que celui du précédent. Le prix à payer était la perte d'une précieuse dimension… Et lorsque l'univers aura sombré dans la dimension zéro, il ne restera qu'un espace vide, simplement rempli de temps… (Un frisson parcourut Yun Tianming.) Une nouvelle fois, un monde mort.

Aux deux extrémités de la forêt sombre : la mort comme perfection et la mort comme néant. La vie ne pouvait exister qu'au sein de la cruelle et de la brutale forêt sombre. La mort était la condition nécessaire à l'existence de la vie.

— C'est justement la raison pour laquelle il faut aider le Seigneur à arrêter l'Occulte ! s'exclama Intellectra, profitant du flottement de Yun Tianming. L'Occulte a sombré dans la folie ! Vous voyez, il est prêt à sacrifier l'univers sur l'autel du temps ! Lorsque celui-ci sombrera dans la dimension zéro, plus rien ne pourra être fait. Le moment venu, il n'y aura ni vie, ni intelligence, de quelque forme que ce soit. Et même si quelque chose existait encore, il serait prisonnier d'un temps infini. Des milliards et des milliards d'années ne représentent pas même une seconde de cette peine perpétuelle !

— Mais si le Seigneur se trouve en dehors de l'univers, pourquoi ne pourrait-il pas enclencher depuis son micro-univers l'inversion dimensionnelle d'un univers tombé à zéro dimension ? À ce stade, l'Occulte aura été détruit, et rien ne pourra plus mettre au défi la puissance du Seigneur.

— Sur ce point, vous vous trompez. Un univers sans dimension ne peut pas être retrouvé sur la super-membrane. C'est la loi d'évaporation cosmique : un phénomène qui se produit régulièrement sur la super-membrane. Peut-être même que c'est la conséquence de l'action des adorateurs du temps. Vous devez nous aider. Il faut, une fois pour toutes, mettre un terme aux activités de l'Occulte dans cet univers tridimensionnel.

Yun Tianming secoua la tête.

— Il me faut une raison suffisante. Dans le cas contraire, je ne vois pas pourquoi j'engagerai de tels efforts à défendre une mort contre une autre.

— Vous n'avez pas besoin de raison, Maître. Le Seigneur a déjà introduit sa volonté dans votre conscience, vous n'aurez qu'à vous conformer à ses intentions, répondit Intellectra, étonnée de cette exigence.

— Bien sûr, le "poinçonnage mental"…

Une expression de douleur s'afficha sur le visage de Yun Tianming. Il se prit la tête entre les mains, comme s'il voulait se concentrer sur quelque chose. Intellectra savait que le Seigneur était en train de le forcer à obéir, et elle ne l'interrompit pas. Elle attendait patiemment que son interlocuteur s'avoue vaincu. Mais après un bref instant, Yun Tianming releva la tête.

— Le "poinçonnage mental" du Seigneur n'a aucune emprise sur moi. À partir de maintenant, je ne suis plus sous son contrôle.

Intellectra, stupéfaite, sursauta et laissa transparaître un regard angoissé.

— Ce… comment est-ce possible ? Jamais aucune créature n'a pu se soustraire au façonnage de conscience du Seigneur… Pourquoi ?

— Je vais te dire pourquoi ! Les formes de conscience produites par le Seigneur ont recours à la raison pour exercer leur contrôle. En d'autres termes, elles reposent sur une base conceptuelle prétendue exacte et indiscutable. Mais si l'on y observe une faille, le contrôle se relâche, complètement. Le Seigneur est parfait, il ne s'est jamais trompé, et il a donc légitimement toute confiance dans cette méthode. Mais aujourd'hui, il a commis une erreur fatale, en ignorant la signification profonde du temps et les défauts propres à l'univers décadimensionnel. Ce monde était loin d'être idéal. Il m'a donné l'ordre de restaurer un monde parfait, or je sais désormais qu'un tel monde n'existe pas et, par conséquent, son commandement est caduc. Je viens à l'instant de l'effacer de mes pensées. À partir de maintenant, je n'obéis plus à aucun pouvoir.

Intellectra resta sans voix. Elle regarda Yun Tianming avec une expression étrange. Ce dernier recula instinctivement d'un pas, craignant qu'elle ne réagisse de façon incontrôlée.

Mais Intellectra finit par lui adresser un sourire d'impuissance :

— Ne vous inquiétez pas, Maître, je ne tenterai rien contre vous. Le Seigneur n'avait pas prévu que vous refuseriez de lui obéir, mais ma raison d'être n'a pas changé : je continuerai à vous servir. Vous êtes particulier, Maître : vous êtes loin d'être le bénéficiaire le plus intelligent de l'Univers 647, mais vous êtes le seul à avoir réussi à résister à l'autorité du Seigneur, ce qui est extraordinaire.

— Le mérite en revient aux Trisolariens. Ces dizaines d'années pendant lesquelles mon cerveau et mes nerfs ont subi leurs tortures m'ont beaucoup appris. Même étouffé par les formes de conscience du Seigneur, j'ai réussi à préserver une boîte noire où je pouvais conserver une indépendance de pensée. Sans cette expérience au sein de la flotte trisolarienne, j'aurais probablement été aspiré par sa volonté et je serais devenu son fidèle instrument.

— En effet, c'est la première fois que je suis témoin d'une telle résistance. Au vu des circonstances, il me faut effectuer quelques calculs pour chercher une raison qui pourrait vous convaincre de nous aider.

Intellectra ferma les yeux et resta longuement silencieuse, comme si elle était entrée en méditation bouddhiste. Yun Tianming attendit paisiblement, observant leurs deux silhouettes à l'horizon, tandis que les rayons du soleil illuminaient cet étrange duo. Intellectra rouvrit des yeux brillants.

— J'ai terminé mes calculs. Oui. Je peux vous fournir une raison.

Yun Tianming la regarda, dubitatif.

— Vous m'avez demandé tout à l'heure si l'inversion dimensionnelle pouvait restaurer le système solaire et la Terre, c'est bien ça ?

— Oui, mais vous avez assuré que c'était impossible.

— Je ne vous ai en réalité donné qu'une partie de la réponse. Voici la réponse complète : il est impossible de restaurer uniquement le système solaire et la Terre. Cependant, si tout est restauré, votre système, votre pays… pourront renaître.

Les yeux de Yun Tianming s'illuminèrent, il demanda sans perdre une seconde :

— Comment ça, si "tout est restauré" ?

— L'inversion dimensionnelle, commença Intellectra en détachant bien les syllabes, consiste à ramener chaque particule élémentaire à son état initial, de telle sorte qu'en suivant leur nature, elles libèrent les dimensions enroulées dans le microscopique pour rebâtir l'univers décadimensionnel. Et même si le Seigneur ne peut pas librement décider ce qui adviendra après l'inversion, une fois la restauration accomplie, le monde sera rendu à sa forme originelle, totale, absolue et indivisible.

Yun Tianming tentait tant bien que mal de saisir le sens de ses paroles.

— Même en l'absence de temps, l'univers décadimensionnel est régi par les lois de la Nature et toute chose est soumise au strict principe de causalité. Si tout est rendu à l'état primordial, tout recommencera à l'identique, sans le moindre changement, continua Intellectra.

— Mon Dieu, lâcha Yun Tianming qui entrevoyait soudain ce qu'elle voulait dire. Mais alors…

— Oui. À l'instant précis où l'organisme-monde de l'univers primordial se reformera, l'Occulte lancera son action de rébellion. L'univers chutera pareillement dans la neuvième dimension puis, déchiré par la guerre, il passera en huitième dimension, en septième, en sixième… jusqu'à redevenir l'univers que vous connaissez.

“Votre Voie lactée se reformera, votre Soleil reverra le jour dans ce coin de la galaxie, la Terre et les autres planètes réapparaîtront et seront illuminées par les mêmes rayons solaires qu'autrefois. Sur Terre, les premières formes de vie naîtront dans les océans primitifs, le même jour qu'il y a quatre milliards d'années. Et après une lente évolution, elles laisseront place à des organismes multicellulaires. Les reptiles domineront la planète et la race des dinosaures s'éteindra après l'arrivée d'une météorite. Un primate insignifiant descendra de son arbre et bâtira des civilisations, des pays, des religions, des sciences… Votre patrie, de même que toutes celles de la Terre, renaîtra, vos vieux rois et vos empereurs régneront à nouveau sur ce tout ce qui est sous le Ciel, les guerres et les soulèvements se succéderont, les poètes déclameront les mêmes vers, les scientifiques sueront sang et eau pour trouver des réponses aux mêmes énigmes, Ye Wenjie réitérera son invitation aux Trisolariens, Luo Ji énoncera une nouvelle fois les principes de la forêt sombre, Cheng Xin redeviendra porte-épée… Et naturellement, vous naîtrez le même jour, à la même heure, à la même minute, à la même seconde, en sortant du même utérus. Tout… sera rejoué.

— Tout… sera rejoué ? répéta Yun Tianming dans un murmure.

Cette idée simple, mais invraisemblable, le bouleversa.

— Oui, tout se répétera à l'identique, au plus petit détail près. Quand vous rencontrerez Cheng Xin et Ai Xiaowei pour la seconde fois, elles seront vêtues des mêmes habits, vous échangerez les mêmes paroles. La même brise balayera les cheveux de Cheng Xin, la même bruine tombera sur vos corps ; le jour où vous aurez prévu de partir en paix, Cheng Xin vous en empêchera, au même moment, pas une minute de plus ni de moins ; encore une fois, vous traverserez les mêmes contrées oniriques, vous sauverez Cheng Xin du même pistolet de Wade, vous rencontrerez à nouveau le même Esprit du Seigneur, vous rejoindrez une nouvelle fois Saphir, vous aimerez AA, et vous ferez l'amour dans les mêmes positions… Et pour finir, deux milliards, ou peut-être dix milliards d'années plus tard – qui peut le savoir – vous et moi nous tiendrons ici, où nous nous dirons les mêmes choses. Bien sûr, ni vous ni moi ne nous souviendrons alors de rien.

— Ce… cela paraît tellement difficile à croire.

— C'est le résultat de mes calculs.

— Mais quel sens cela aurait-il de tout répéter ?

— Quel sens ? Je suis incapable de répondre à cette question mais si tout était rejoué une seconde fois, cela signifierait qu'il y avait eu du sens la première fois, et qu'il y en aurait de nouveau la deuxième.

— Alors voilà quel est l'objectif du Seigneur ? La répétition infinie de la même mécanique cosmique ? Plus de dix milliards d'années de chutes dimensionnelles pour un fragment d'instant en dix dimensions ? Puis, encore une fois, tout briser ?

— Vous oubliez que pour le Seigneur, le temps n'existe pas. De son point de vue, il n'y a pas de différence entre un univers décadimensionnel éternel et la réduction sans fin des dimensions de cet univers. L'instant vaut éternité.

— Ha ha ha ! (Yun Tianming partit d'un grand éclat de rire nerveux.) Et moi qui croyais que l'Occulte était fou ! Mais votre Seigneur l'est bien davantage ! La fin de l'univers n'est donc pas le néant, mais une pellicule projetée en boucle. Cependant, reprit-il en s'arrêtant brusquement de rire car il venait de songer à une hypothèse terrifiante : si tout peut être répété, sans la moindre différence, qui peut savoir si ça n'est pas déjà arrivé un grand nombre de fois ? Peut-être ne sommes-nous pas notre première version ?

Il scruta sa silhouette et celle d'Intellectra à l'horizon. Cet autre *lui* plongeait son regard dans un autre, encore plus lointain, et la silhouette qui s'y trouvait faisait de même… sans trêve. Tous ceux-là étaient *lui*. Ce phénomène était la représentation vivante de la théorie d'Intellectra.

— C'est très probable, répondit Intellectra, avec calme.

— Et toi, ou bien le Seigneur, ne le savez pas ?

— Vous oubliez qu'après une inversion dimensionnelle, le Seigneur lui-même entre dans un nouveau cycle. Il ne garde aucun souvenir de l'univers précédent.

— Alors, nous y sommes. Tout recommencer, c'est la raison que tu me donnes ?

— Oui.

— Je te donne donc ma réponse : non ! Je refuse catégoriquement ! Il y a très longtemps, je regardais à la télévision une série d'animation un peu loufoque, *Août sans fin*, dont le contenu de chaque épisode était presque identique : une jeune fille, à peu près aussi cinglée que le Seigneur, contrôlait le monde entier et forçait la population à effectuer chaque jour les mêmes tâches, sans pouvoir en garder aucun souvenir. Les mêmes aventures se répétaient sans fin et se prolongeaient parfois sur sept ou huit épisodes, à tel point que j'avais parfois envie de jeter mon écran par la fenêtre. Crois-tu vraiment que je voudrais voir le monde connaître un destin aussi absurde ?

— Ce ne sera qu'une similarité superficielle, rétorqua Intellectra toujours calme, malgré la nervosité de Yun Tianming. Si l'univers était une série d'animation, il n'y aurait aucun spectateur tenté de jeter la machine par la fenêtre, et encore moins vous ou moi. Car nous serions des personnages de la série, et nous n'aurions pas le souvenir de revivre sans fin les mêmes expériences : elles nous apparaîtraient chaque fois comme inédites et uniques. Rappelez-vous ce que je viens de dire : s'il y a eu du sens la première fois, il y en aura la deuxième.

Yun Tianming s'apaisait peu à peu. Il commençait à digérer les paroles d'Intellectra, et dut bien reconnaître que ses arguments étaient fondés.

La répétition n'était insupportable que si la mémoire générait une sensation de déjà-vu mais, sans mémoire, rien n'apparaîtrait en réalité comme une expérience vécue. Des générations et des générations de bactéries, d'insectes et de bien d'autres espèces en bas de l'échelle de l'évolution expérimentaient la même vie que leurs ancêtres, sans que ne se produise aucun changement. Et pourtant, pour eux, la vie n'en était pas moins vide de sens. Celui dont l'existence a été riche et pleine refuserait-il vraiment de repartir pour un tour, sans rien changer ? La naissance, les premiers pas, les premiers mots, l'entrée à l'école, le premier baiser… Tout cela avait du sens !

Et pour lui ? Il fut un temps où il considérait que sa vie était sans intérêt, il se voyait comme un criminel indigne de rédemption, il avait tant de fois voulu mourir… Mais après avoir vécu tant d'expériences, pouvait-il vraiment affirmer que sa vie avait été insipide ? N'avait-il pas envie de tout revivre, une deuxième fois ? N'avait-il pas envie de revoir Ai Xiaowei frapper timidement à sa porte ? N'avait-il pas envie de se rasseoir au bord du lac avec Cheng Xin en lançant des coups d'œil furtifs vers elle ? N'avait-il pas envie d'éprouver une nouvelle fois l'excitation d'acheter en cachette un DVD de Ran Asakawa ? N'avait-il pas envie de déambuler encore dans ses merveilleux rêves millénaires ? N'avait-il pas envie de revivre cette première nuit sur Saphir, où il déposa sur les lèvres de AA un baiser douloureux mais ardent ? Si, bien sûr que si ! Comme le Seigneur, peu importaient les milliards d'années d'attente, il ne craignait pas de revivre les souffrances et les tortures qu'il avait subies, tant qu'il pourrait à nouveau s'enivrer de ces instants sublimes. Il était prêt à tout pour revivre une fois, deux fois, trois fois, à s'abîmer dans un cycle de mille et une réincarnations identiques.

Il savait que, comme lui, toute la civilisation humaine et toutes les formes de vie terrestres nées dans le péché originel étaient prêtes à tout revivre.

— C'est vrai, finit par dire Yun Tianming. C'est une bonne raison. Une sacrée bonne raison !

Après quelque temps, Yun Tianming quitterait le micro-univers et retournerait dans le vaste espace-temps d'où il était originaire. Il ferait la rencontre de chercheurs inconnus, et survolerait l'espace sur des centaines de millions d'années-lumière, tel un spectre planant au-dessus de la forêt sombre. Il rendrait visite à des civilisations cachées et poursuivrait sans relâche sa mission étrange : débusquer l'Occulte au cœur des civilisations les plus secrètes.

Avant de partir, Yun Tianming demanda à Intellectra d'ajouter Guan Yifan sur la liste des individus autorisés à accéder au micro-univers. Il se disait que Cheng Xin et lui finiraient sans doute par y entrer, même si lui ne serait peut-être déjà plus de ce monde. Il fit promettre à Intellectra de ne rien leur dire, de leur cacher qu'il était déjà venu ici. Elle devrait par ailleurs se comporter comme l'Intellectra que Cheng Xin avait connue sur Terre. Il ne voulait pas que le lieu soit hanté par sa présence.

— Rendons à Dieu ce qui est à Dieu, et à César ce qui est à César. Je laisserai à Guan Yifan ce qui lui revient… Moi, je n'ai plus rien.

Toutefois, il finit par tendre la mèche de cheveux de AA à Intellectra.

— Si jamais je reviens avant la destruction du grand univers, pourras-tu la cloner ? Je ne veux pas attendre que l'univers s'achève avant de la revoir.

— C'est un procédé technologique très simple, je peux le faire dès à présent.

— Non. Il vaut mieux attendre mon retour. Son clone, ce ne sera plus vraiment… "elle"… Je ne sais pas comment je devrai l'appeler… 艾 quelque chose.

Il ignorait pourquoi, mais il avait la sensation que cette femme, dont le destin était lié au sien depuis au moins deux existences, reviendrait un jour auprès de lui, sous une forme ou une autre. *L'univers est grand, la vie l'est encore plus, nous nous reverrons, peut-être…*

— J'y pense, pourquoi ne viendrais-tu pas avec moi ? demanda Yun Tianming.

Il ignorait tout du travail qui l'attendait et il estimait que la présence d'Intellectra à ses côtés pourrait lui être d'une aide précieuse.

— Maître, vous oubliez que j'ai pour unique fonction d'être l'administratrice de l'Univers 647. Je ne peux pas en sortir, ou bien le micro-univers s'effondrerait, expliqua Intellectra. Mais trouvez le Chercheur de l'Univers 589, il vous aidera.

Yun Tianming hocha la tête. Il contempla une dernière fois ce monde pastoral, dont il n'avait guère eu le temps de profiter, puis il se retourna. Sa silhouette disparut derrière le cadre aux contours pointillés. Il entra dans un étincelant amas stellaire, à six mille années-lumière de là. Yun Tianming n'avait déjà plus besoin d'appareil pour se déplacer, il était lui-même son propre vaisseau. Au-delà de son apparence, son corps n'avait plus rien de commun avec celui d'un être humain. Si sa mémoire et sa volonté étaient encore humaines, il était pour le reste de la même espèce qu'Intellectra : une créature mécanique façonnée à partir d'une condensation d'énergie pure. Comme un humain, il était constitué de cellules, mais chacune de ces cellules était une nanomachine aussi complexe qu'un ordinateur… Il était capable de se projeter à une vitesse de trois cent mille kilomètres par seconde dans l'univers, en activant sur lui-même la propulsion par courbure.

Le temps se figea dans le micro-univers. Les ténèbres engloutirent tout. Intellectra s'assit calmement dans la maison blanche, attendant que la bague de Yun Tianming lui envoie un signal, lorsqu'il voudrait revenir dans cet univers et faire appel à ses services.

Après un fragment de temps qui n'en était pas un, il y eut un signal, mais ce n'était pas Yun Tianming.

Intellectra ouvrit les yeux. Elle sut immédiatement que dehors, dans le grand univers, dix-huit millions neuf cent mille années s'étaient écoulées.

Yun Tianming n'était pas rentré. Elle allait accueillir aujourd'hui les deux autres détenteurs des droits d'accès à l'Univers 647.

Même incapable d'apprécier l'écoulement du temps, Intellectra n'ignorait pas ce que signifiaient dix-huit millions d'années pour des êtres humains.

Yun Tianming avait peut-être déjà été réduit en morceaux ou en poussière, et ne reviendrait plus. Après tout, malgré tous les perfectionnements apportés à son corps, il ne pouvait pas résister contre tous les phénomènes et objets du cosmos : trous noirs, quasars ou étoiles à neutrons ; ou bien il vagabondait encore, s'évertuant à dénicher une trace de l'Occulte ; ou alors, il avait délaissé sa mission et trouvé un havre tranquille, quelque part dans l'univers, où il coulait des jours paisibles…

En tant que robot programmé pour suivre les procédures établies, Intellectra ne ressentait ni déception, ni inquiétude, ni peur, ni curiosité, ni même tristesse en imaginant la disparition probable de Yun Tianming. Pour elle, ces sentiments n'étaient pas nécessaires. Ce qui lui importait, c'était uniquement de remplir sa tâche selon les paramètres définis par son maître.

Elle sortit de la maison, traversa le champ cultivé et arriva jusque sous ce grand arbre où elle venait juste – ou bien dix-huit millions neuf cent mille années plus tôt – de discuter avec Yun Tianming.

Elle s'inclina respectueusement devant le couple qui venait d'entrer dans l'Univers 647 et, relevant la tête, elle sourit à la femme.

— L'univers est grand, la vie l'est encore plus. Je t'avais dit que nous nous reverrions.

III

LA COROLLE CÉLESTE

Grain de temps 1325436564.
Nuage stellaire des Pinceurs d'étoiles

Le Chanteur n'aurait jamais imaginé pouvoir être un jour convoqué par la Reine.

Certes, après des centaines de millions de grains de temps, il était déjà devenu l'Ancien de la graine. Mais pour la Reine, il n'était qu'un insignifiant Airin de quatrième zone. Il était un Ancien de rang inférieur parmi des milliers, à la différence près qu'il aimait peut-être chanter plus que n'importe quel autre. Il ignorait pourquoi la Reine voulait le rencontrer. Avait-elle eu connaissance de sa mort imminente ?

Sur des millions d'unités de structure autour de lui, des mondes innombrables avaient été conquis par les descendants des Pinceurs d'étoiles. Comment avaient-ils proliféré aussi rapidement, et comment avaient-ils vaincu les insectes matriciels, il n'en avait aucune idée. Ces petits Pinceurs d'étoiles avaient jadis eu le culot de dévoiler leur position, mais aucune entité de faible entropie n'avait osé les assainir. Ils semblaient être aujourd'hui en mesure de se défendre contre les points de masse et les feuilles bivectorielles, et si le Chanteur ignorait leur capacité à se défendre contre des armes plus puissantes, ils étaient capables de traquer leurs agresseurs jusqu'à leur planète-mère. Le Chanteur avait dans le passé vu de ses yeux trois ou quatre assainisseurs être ainsi éliminés.

Avec les Pinceurs d'étoiles, la vieille devise des assainisseurs avait changé : non plus "bien se dissimuler et bien assainir", mais "bien se dissimuler et cesser d'assainir".

Mais le Chanteur était convaincu qu'ils ne pourraient le remarquer, lui. La graine traversait les mondes à la vitesse absolue et comme si elle était porteuse d'un spectre mortel, elle jetait de temps à autre des lentilles de lumière et des sphères d'antirotation contre lesquels les Pinceurs d'étoiles ne pouvaient pas lutter. Le Chanteur ne se réjouissait pas particulièrement de l'assainissement progressif de leur monde. Il y avait déjà eu dans le passé de nombreux néo-parvenus parmi les entités de faible entropie, mais ils s'évaporaient généralement après quelques centaines de millions de grains de temps, soit parce qu'ils étaient détruits, soit parce qu'ils finissaient par se perdre dans les profondeurs des abysses stellaires. Les petits Pinceurs d'étoiles ne feraient pas exception.

Tout avait une fin, seul le monde-mère était éternel.

Il en avait toujours été ainsi. L'arrogant monde des marges avait attaqué le monde-mère, fermement persuadé qu'il pourrait prendre sa place, mais lui aussi avait fini par voler en éclats, pulvérisé par la puissance du monde-mère.

On racontait que le monde-mère avait été façonné par le Dieu de la Création en personne. Il avait hérité des pouvoirs des dieux de l'ancien monde, et était en charge du sort de l'univers. Tous étaient jadis convaincus que ce n'était qu'une légende mais, après la destruction du monde des marges, on comprit que ce n'était peut-être pas qu'une histoire. Il existait bel et bien des forces terrifiantes au sein du monde-mère capables de faire s'embraser des rivières d'étoiles.

Alors, pourquoi dès lors craindre ces négligeables petits Pinceurs d'étoiles ?

Le Chanteur avait déjà assaini plus de quatre cents étoiles ayant été occupées par les Pinceurs. Il savait que dans ce nuage stellaire, beaucoup d'autres entités de faible entropie étaient mortes ou avaient été réduites au silence. Il était le seul assainisseur à continuer à éliminer les petits Pinceurs d'étoiles. Il en éprouvait parfois une certaine fierté, et reprenait ce vieux chant :

Je suis le dernier assainisseur
Je balaie les arènes du monde
Offrandes aux pieds de mon amour
Et quand tous les mondes auront été assainis
Mon amour ne se cachera plus
Elle sortira de son cocon nuptial et deviendra ma fiancée

Et pourtant, de façon inattendue, les petits Pinceurs d'étoiles avaient fini par localiser sa graine et avaient envoyé des vers stellaires pour la dévorer. Pour immobiliser la graine, les vers avaient lancé sur elle un anneau de contrainte. Un outil rudimentaire : la graine avait eu tôt fait de rompre l'anneau mais, bientôt, des milliers d'autres anneaux de contrainte avaient fondu frénétiquement sur la graine, utilisant l'équivalent de l'énergie de plusieurs centaines d'étoiles. En vain. La graine avait brisé les anneaux aussi facilement qu'on aurait déchiré la peau délicate des lutins de lumière.

Après s'être débarrassée des anneaux, la graine avait voulu éliminer ces piteux vers stellaires mais, effrayés, ils s'étaient dispersés à toute vitesse. *Quelle rapidité !* avait reconnu le Chanteur.

Au moment où, sûr de sa victoire, le Chanteur avait souhaité quitter la zone, une sirène avait retenti. Le noyau de la graine avait détecté la perte de capsule d'une feuille bivectorielle, qui commençait à bidimensionnaliser l'espace tout autour.

Le Chanteur avait aussitôt donné l'ordre à la graine de ficher le camp, mais il était déjà trop tard. Il avait alors compris que les petits Pinceurs d'étoiles avaient profité de l'immense quantité d'énergie libérée par les anneaux de contrainte pour dissimuler la réaction de la feuille bivectorielle. Ils avaient endormi sa vigilance. La feuille était maintenant trop proche pour que la graine ait le temps d'accélérer à la vitesse absolue. Elle serait avalée.

Les rusés petits chasseurs. Mais ils se trompent s'ils croient pouvoir se débarrasser de moi aussi facilement.

En colère, le Chanteur avait pensé ordonner au noyau de recapsuler la feuille bivectorielle, ce qui était simple, en principe. Mais la feuille créée par les petits Pinceurs d'étoiles était de piètre qualité : elle était si irrégulière qu'elle ne s'encapsulait pas correctement. En outre, la zone bidimensionnalisée s'étendait déjà sur une vaste surface, et l'énergie de la graine n'aurait pas suffi. Le noyau fonctionnait à pleine puissance et était parvenu à contenir provisoirement l'action de la feuille en créant un champ de force. Mais la graine continuait à être attirée par la feuille. Elle ne pouvait se déplacer, ne serait-ce qu'un peu, ou la feuille percerait la protection du champ de force et réduirait la graine en deux dimensions.

La graine avait pu retenir quelques instants la feuille, mais l'action du champ de force pompait une grande partie de son énergie. Le noyau avait indiqué qu'il ne pourrait plus tenir qu'un dixième de grain de temps supplémentaire. Le Chanteur avait bien cru voir arriver sa fin : il serait entraîné par la feuille et deviendrait une galette sans épaisseur dans un espace maudit, où la moindre note de musique ne saurait demeurer.

Il se lamentait maintenant que le monde-mère n'ait pas pris l'initiative de se bidimensionnaliser plus tôt, mais il n'avait pas grand-chose à regretter. Il était vieux, et il n'aurait de toute façon pas vécu bien davantage. Et d'ailleurs, aurait-il vraiment accepté de rejoindre un monde dont la simple évocation suffisait à le répugner ? Il était déjà bien assez douloureux de mourir dans cet univers tridimensionnel familier.

Ici, au moins, il pouvait entonner une dernière chanson d'amour…

Le Chanteur avait réglé son organe vibratoire, puis cherché une ballade ancienne convenant à la situation. Au moment même où il s'apprêtait à chanter, il avait reçu une convocation de la Reine.

L'appel de la Reine n'avait pas été passé par l'intermédiaire du système d'avertissement du noyau. Elle avait directement activé le grand œil pour scruter le Chanteur à l'intérieur de la graine. C'était un de ses privilèges : elle pouvait entrer dans toutes les graines par l'intermédiaire de leur grand œil. Naturellement, il y avait autant de graines que d'œufs d'insectes matriciels, et le Chanteur n'aurait jamais imaginé que la Reine puisse s'intéresser à une graine aussi anodine que la sienne, à quatre milliards d'unités de structure du royaume. Même si sa graine venait à sombrer corps et âme dans ce nuage stellaire, cela ne signifiait rien pour la Reine. Le Chanteur ne valait même pas un brin de poussière sur l'autel sacré du Palais aux mille dimensions car, au moins, la Reine côtoyait cette poussière.

Le Chanteur n'était pas sans ignorer qu'il fallait utiliser le grand œil avec la plus grande précaution. C'était le seul outil qui n'était pas soumis aux limites de la vitesse absolue. Le grand œil permettait de faire communiquer instantanément deux points, quelle que soit leur distance. D'autres entités de faible entropie pouvaient fabriquer ce type d'outil mais les grands yeux étaient les seuls à être capables de voir à travers les rideaux inconnus. C'était une faveur accordée par les dieux de l'ancien monde. Mais si l'on en croyait les vieux chants, il ne fallait pas user outre mesure des grands yeux, car on s'exposait au risque d'être découvert par la Déesse de la Mort en exil, dont le dessein était de détruire le monde. D'ordinaire, l'utilisation des grands yeux était l'apanage des ministres ou des membres de la cour royale, ou lorsqu'il fallait mener l'interrogatoire de grands criminels.

Et, de toute évidence, le Chanteur n'appartenait à aucune de ces catégories.

Pourtant, la Reine l'avait pris au dépourvu en apparaissant à travers le grand œil. Devant la présence de la lumière suprême, le Chanteur se prostra immédiatement, les yeux baissés, puis il balbutia les formules protocolaires.

C'était la deuxième fois de sa vie qu'il rencontrait la Reine.

Lorsqu'il était enfant, le Chanteur avait aperçu une fois passer le char royal dans le ciel du monde-mère. Il se tenait alors au sommet d'un arbre mégalithique et avait contemplé la Reine, de loin. Son visage était d'une beauté telle qu'il n'avait pu le regarder de face. Il était plus beau que celui de toutes les Douces qui lui avait été donné de voir. Mais elle était la Reine, la Vierge Éternelle, et elle ne pouvait être comparée à aucune autre Douce. Jamais son cœur ne connaîtrait de passion plus intense que ce jour-là, ce n'était pas ce genre de désir qu'un Airin peut d'ordinaire éprouver pour une Douce, c'était un amour spirituel, aussi pur que le regard d'une baleine des abysses sur un nuage stellaire. Comme les poètes d'autrefois, il avait déguisé son amour profond pour la Reine dans de belles et mélancoliques chansons.

Bien sûr, la Reine avait franchi le ciel à toute allure. Elle ne lui avait prêté aucune attention, et il ne l'avait plus jamais croisée. Mais aujourd'hui, après une quantité indéterminable de grains de temps, au moment où le Chanteur était à l'article de la mort, la Reine offrait à voir le même visage qu'elle offrirait encore sans doute jusqu'à la fin des temps.

— Ancien, es-tu celui qu'on appelle le Chanteur ? demanda la Reine, avec une voix d'une fraîcheur et d'une douceur indescriptibles.

Quel bonheur ce serait d'entendre chanter la Reine, ne put s'empêcher de penser ce dernier. Il s'efforça toutefois de réprimer ce fantasme. Il ne voulait pas que la Reine détecte la moindre marque d'insolence émaner de son corps mental.

— Je suis votre simple serviteur, ma Reine, répondit le Chanteur en tremblant.

— Rejoins immédiatement le Palais aux mille dimensions, j'ai des questions à te poser.

— À vos ordres, ma Reine.

Le Chanteur était troublé, mais il n'osa pas interroger la Reine. Sans perdre un instant, il activa l'appendice magnétique et initia une connexion de longue distance. Les canaux de communication avec le monde-mère étaient ouverts, et il parvint sans peine à établir le contact. Le Chanteur éteignit la majorité des senseurs autour de lui et se laissa envahir par une sensation merveilleuse, celle de flotter au gré d'une mélodie impalpable.

La gravité du monde-mère, qu'il n'avait plus éprouvée depuis longtemps, le tira de cette rêverie. Il remarqua qu'il s'était incarné dans un corps jeune, et sentit un regain d'énergie. Il réunit son courage et releva la tête pour sonder l'espace autour de lui. Son corps mental avait traversé le grand œil et voyagé des milliards d'unités de structure pour rejoindre le Palais aux mille dimensions, sous le Gouffre des étoiles. Il avait l'impression d'être réellement de retour sur le monde-mère. *Merveilleux*, pensa-t-il dans un souffle d'admiration, puis il examina l'endroit avec curiosité. Du temps où il était encore sur le monde-mère, il n'avait jamais eu la chance d'entrer dans ce lieu féerique.

Mais il découvrit bientôt que quelque chose clochait. Ce n'était plus cette cour légendaire aux magnifiques ornements. Il n'avait certes jamais passé le seuil du Palais aux mille dimensions, mais il savait que cela ne pouvait être son aspect véritable. Autour de lui, tout n'était que désolation. Les arbres mégalithiques géants qui composaient les murs et les colonnes du palais étaient racornis, et le sol était jonché de feuilles rouge sombre, parmi lesquelles certaines tourbillonnaient encore. Pour une raison inconnue, la grande salle s'était à moitié effondrée. L'autel antique lui-même était si mal en point qu'il était méconnaissable, et sur les murs de lumière peints grouillaient des colonies de vers linéaires. À travers les portes adjacentes démolies, on pouvait même voir dans le lointain d'autres zones de la capitale qui semblaient, elles aussi, n'être plus que ruines. De gigantesques cadavres de tortues-pylônes gisaient sur le sol, et seules deux d'entre elles se tenaient encore dressées au loin.

Le Chanteur leva les yeux au ciel. Il ne vit que l'obscurité du Gouffre des étoiles. La Mer de vie qui l'entourait et qui brillait jadis d'une splendeur éblouissante n'était plus. Il ne restait debout que quelques-unes de la centaine de cités volantes jadis si prospères. Un aigle de l'équilibre poussa une longue complainte. Il agita frénétiquement ses ailes blessées mais ne parvint à freiner sa chute. L'odeur de la mort se répandait dans le monde.

Le Chanteur eut l'audace de regarder en direction de la Reine. Son corps parfait était toujours enveloppé dans une flamme sacrée, mais celle-ci était plus faible qu'elle avait pu l'être autrefois, lorsqu'elle pouvait rivaliser avec l'éclat des nuages stellaires. Le visage si tendre et si pur de la Reine était sillonné de blessures. Elle n'incarnait plus cette noblesse suprême et invincible. Elle n'était plus aujourd'hui qu'une Douce quelconque et triste.

Son corps mental fut ébranlé. Comme la graine, la Reine et le monde-mère étaient sur le point de mourir. Comment une telle chose avait-elle pu arriver ? Le monde-mère et la Reine n'étaient-ils pas immortels ?

Puis il entendit une nouvelle fois la voix délicate de la monarque :

— Tu vas mourir, Ancien, et cela m'attriste.

La Reine avait manifestement pris connaissance de sa situation auprès du noyau.

— Mourir pour vous est un honneur, ma Reine. Tout meurt, seule Votre Majesté est immortelle.

C'était une formule préconçue mais, prononcée par le Chanteur, elle était le reflet d'une sincérité et d'un amour véritables.

— Merci de ta loyauté, Ancien. Mais… j'approche moi aussi de la mort, affirma calmement la Reine.

— Mais c'est impossible ! s'exclama le Chanteur, toujours tremblant.

Il avait anticipé cette issue, mais il peinait à croire que la Reine puisse lui annoncer elle-même cette funeste nouvelle.

— Il est apparu une mystérieuse entité de faible entropie, continua toujours aussi imperturbablement la Reine. Mon palais a été décimé, ma cité a été ravagée, mon peuple a été massacré, mon monde ne sera bientôt plus que cendres. L'entité est partie, mais elle peut revenir à tout instant. Le monde-mère et moi… allons mourir.

Le Chanteur frissonna. L'idée que le monde-mère soit détruit le pétrifiait. Mais pourquoi la Reine se confiait-elle à lui ? Ce que dit ensuite la Reine répondit en partie à son interrogation, mais il n'en fut que davantage surpris :

— Tout cela a peut-être un lien avec toi. J'ai besoin d'examiner tes souvenirs.

— Je ne comprends pas, ma Reine, balbutia le Chanteur, transi de peur.

La Reine ne prit pas la peine de lui répondre. Elle avait déjà étendu un appendice enflammé et l'enfonçait dans son corps mental. La sensation qu'il éprouvait était indicible, il ignorait que même à plusieurs milliards d'unités de structure de distance, le grand œil permettait d'entrer directement en contact avec le corps mental.

Et c'est pourtant bien ce que fit la Reine : ce contact provoqua chez lui un frisson de tendresse. Elle sonda pendant un long moment son corps mental, mais ne parut pas trouver ce qu'elle cherchait. Elle retroussa son appendice, déçue :

— Il n'y a aucune donnée concernant cette mystérieuse entité de faible entropie.

— Ma Reine, j'ignore tout de cet être dont vous parlez. Comment pourrais-je détenir des données le concernant ? demanda le Chanteur, toujours plongé dans la confusion.

La Reine laissa échapper un doux soupir. Avec son appendice, elle pointa le ciel.

— Nous suspectons cette mystérieuse entité de faible entropie d'appartenir à l'espèce des Pinceurs d'étoiles qui a proliféré sur le nuage stellaire dans lequel tu te trouves. Tu es le premier de notre race à être entré en contact avec eux. C'est pourquoi je t'ai convoqué sans attendre. J'espérais que tu pourrais me fournir quelque indice.

— Cela me semble impossible, ma Reine, affirma le Chanteur, étonné. Il est vrai que les Pinceurs d'étoiles se sont développés avec une grande rapidité, mais leurs forces sont cantonnées à la moitié du nuage stellaire. Ils n'ont jamais dépassé les frontières de ce qu'ils appellent "la Rivière d'argent*". Je ne peux imaginer qu'ils aient pu franchir des milliards d'unités de structure. Et même si une armée de Pinceurs d'étoiles avait gagné notre monde, leur technologie ne leur aurait même pas permis d'abattre plus d'une tortue-pylône.

— Non pas une armée, mais un être, seul, précisa la Reine. Un seul représentant de cette mystérieuse race de faible entropie. Nous ignorions l'existence d'une créature aussi terrifiante dans les mondes innombrables déjà connus. Mais si nous en croyons la description morphologique qui a été dressée par nos observateurs et la correspondance établie par le noyau cosmique, l'entité est assimilable aux Pinceurs d'étoiles que tu as assainis dans le passé.

— Ce n'est sans doute qu'une coïncidence, ma Reine. Il existe des milliards de communautés de faible entropie dans l'univers, et il n'y a rien d'étonnant à ce que certaines d'entre elles aient une apparence similaire.

— Même si tel est le cas, j'aimerais entendre ton avis sur les Pinceurs d'étoiles. Peut-être cela nous sera-t-il utile, insista la Reine.

— Les Pinceurs d'étoiles ? Ils forment en effet une communauté singulière. À vrai dire, après avoir assaini leur système d'origine, je les ai rapidement oubliés. C'est

* L'un des noms chinois donnés à la Voie lactée. *(N.d.T.)*

lorsque j'ai assisté à la renaissance de leurs forces qu'ils ont de nouveau attiré mon attention. J'ai un jour intercepté un ver stellaire, dont j'ai appris qu'il appartenait à des descendants de Pinceurs d'étoiles. Ils avaient quitté leur planète-mère pour échapper à une guerre avec un système voisin. Le départ de leurs ancêtres datait d'avant mon assainissement. Ce n'étaient pas des survivants de leur système.

La Reine avait déjà pu rassembler ces informations en examinant les souvenirs du Chanteur, mais elle jugeait plus sûr que ce dernier les raconte lui-même. Quant au Chanteur, il était sur le point de mourir et se préoccupait peu de subir le châtiment de la Reine, mais il refusait qu'elle le considère comme un incapable.

— Ne t'inquiète pas, Ancien. Tu as suivi le protocole habituel d'assainissement, et personne ne te blâmera pour cela. Il est possible en effet que la mystérieuse entité de faible entropie n'ait rien à voir avec les Pinceurs d'étoiles et que tout cela ne soit qu'une coïncidence, consentit la Reine, puis elle se tut.

Le Chanteur savait que, selon l'étiquette royale, le silence de la Reine marquait la fin d'une audience. Il devait se retirer, quand bien même la souveraine ne l'avait pas invité à le faire. Il lui fallait quitter son avatar et retourner à bord de sa graine, qui s'enliserait bientôt à l'autre bout de l'univers. Mais il ne pouvait se résigner à abandonner la Reine, il voulait rester encore un peu auprès d'elle.

— Donne-moi ton opinion personnelle sur les Pinceurs d'étoiles, reprit la Reine. J'ai remarqué qu'ils contrôlaient déjà une grande partie du nuage stellaire où tu te trouves maintenant. C'est un accomplissement rare pour des entités de faible entropie.

— Oui, ma Reine, ces créatures sont futées. Mais elles sont aussi foncièrement malveillantes et se laissent guider par leurs émotions. Elles n'hésitent pas à conclure des alliances contre nature et à combattre ceux qui ne partagent pas leur avis. Elles font souvent preuve d'une grande arrogance, malgré leur profonde fragilité mentale. Les Pinceurs d'étoiles considèrent que le nuage stellaire leur revient de droit. Ils ont même développé toutes sortes de curieuses religions, et vénèrent celle qu'ils appellent la “Mère de la Rivière d'argent”. En vérité, sur bien des points, ils… eh bien… balbutia le Chanteur.

— Parle, n'aie crainte.

— Bien. Pardonnez-moi, ma Reine, mais sur bien des points… ils nous ressemblent.

Le Chanteur regretta aussitôt ses paroles, comment avait-il osé comparer ces médiocres vermines aux représentants du peuple du Gouffre des étoiles ? Et devant la Reine, qui plus est !

Mais la Reine le conforta :

— Tu as raison, Ancien. Nous qui nous glorifions d'être les enfants des dieux de l'ancien monde, nous ne présentons en réalité aucune différence fondamentale avec ces êtres de faible entropie. Nous, le peuple du Gouffre des étoiles !

Le Chanteur méditait sur les paroles de la Reine, lorsque la voix de jade de cette dernière retentit à nouveau, comme si elle se parlait à elle autant qu'à lui :

— La vérité est qu'on raconte depuis des temps immémoriaux des légendes étranges au sujet de mystérieuses entités de faible entropie. Certains parlent d'un être unique, d'autres de deux, ou bien encore différentes individualités réunies au sein d'un seul et même corps sensoriel. Mais nous n'y avions jamais prêté attention. Il y a un million de grains de temps de cela, les Anéantisseurs ont disparu. Puis, il y a quatre cent mille grains de temps, ce sont les Penseurs qui n'ont plus donné signe de vie. Enfin, il y a trente-cinq mille grains de temps, ça a été au tour du monde des Émancipateurs de s'éteindre*. La rumeur dit qu'ils ont tous été foudroyés par une force mystérieuse, peut-être celle de l'entité de faible entropie qui a attaqué notre monde.

Le Chanteur resta pensif. Il ne connaissait pas si bien ces civilisations, mais il savait qu'elles comptaient parmi les plus anciennes de l'univers et qu'elles avaient depuis longtemps exploré et franchi les limites de l'existence, de telle sorte qu'elles n'éprouvaient plus la nécessité de se dissimuler. Il n'existait pas un assainisseur assez fou pour oser s'en prendre à elles. Quelle force monstrueuse avait bien pu les attaquer ? Si ces civilisations s'étaient réellement éteintes, il n'y avait rien d'étrange à ce que ce fût maintenant le tour du monde-mère.

— Ma Reine, au-delà des dégâts matériels, qu'a fait cette mystérieuse entité à notre monde ? demanda prudemment le Chanteur.

Son grade ne lui permettait bien sûr pas de poser des questions à la Reine, et il s'attendait à ce que son

* Les noms de ces civilisations sont des clins d'œil à d'autres récits de Liu Cixin. *(N.d.T.)*

effronterie lui vaille une réprimande et l'ordre de déguerpir au plus vite.

Cependant, la Reine lui répondit :

— C'est ce qui me préoccupe le plus. Il a pu consulter la base de données qui figure dans le noyau cosmique. Il cherchait… une race de dissimulés.

— Mais ma Reine, dans le cosmos, presque toutes les espèces se dissimulent. Le gène de la dissimulation n'est-il pas universel ? En dehors des grandes civilisations antiques et de quelques jeunes civilisations encore naïves, toutes s'efforcent de se cacher du mieux qu'elles peuvent, n'est-ce pas ?

— Non, je crois qu'il ne cherche pas une espèce ordinaire, il cherche celle du Créateur. Cela a peut-être quelque chose à voir avec la guerre qui a opposé les dieux de l'ancien temps. Le bruit court dans le monde-mère que la mystérieuse entité de faible entropie est envoyée par la Déesse de la Mort en exil pour réduire l'univers en ruines. Mes ministres ont officiellement démenti cette théorie, mais je… je ne connais pas la vérité.

La voix de la Reine s'était mise à tressaillir, sans qu'elle s'en rende compte. Elle paraissait aussi craintive qu'un poisson d'esprit.

Peu à peu, le Chanteur comprenait pourquoi la Reine se confiait à lui. À cet instant précis, elle n'était qu'une Douce au cœur anxieux, qui ne pouvait toutefois communiquer ses peurs aux membres de la cour. Cet Ancien méprisable, dont le corps se trouvait à des milliards d'unités de structure du palais et qui n'allait pas tarder à mourir, représentait un bien meilleur auditeur. La Reine pouvait dévoiler devant lui sa faiblesse et son impuissance, sans risquer qu'il ne l'ébruite.

Le Chanteur contempla le visage hagard de la Reine. Cette souveraine à la fois si proche et si lointaine le fascinait autant qu'elle lui brisait le cœur.

Ma Reine est la noble fille du Dieu de la Création
Elle veille sur le monde à la place de son père
Le Gouffre des étoiles se prosterne à ses pieds,
Le feu éternel sacré l'enveloppe de sa lumière

Le Chanteur se remémora ce chant ancien, ainsi que le mythe de la Création de l'univers tel qu'il se transmettait depuis la nuit des temps :

Au commencement était le premier dieu : la Déesse de la Mort, qui régnait sur l'univers primordial. Le fils aîné de la Déesse de la Mort se rebella contre sa mère et la condamna à l'exil. Il recomposa l'univers, qui n'était alors qu'une flaque d'eau stagnante. On l'appela Dieu de la Création. Mais, bientôt, la Déesse de la Mort lança une contre-attaque. Ce fut le début d'une guerre terrible entre les deux divinités. La Déesse de la Mort fut une nouvelle fois bannie, mais le Dieu de la Création dut lui aussi chercher refuge, abandonnant derrière lui son héritier – le peuple du Gouffre des étoiles, la race du Chanteur.

Mais ce n'était pas un simple mythe. La Reine elle-même en était la preuve vivante : elle vivait depuis cet âge mythique, et sa forme de vie différait radicalement de celle des autres membres du peuple du Gouffre des étoiles. Les historiens du monde-mère avaient tenté de remonter aux premières heures du développement de l'espèce grâce à des archives tirées de registres très anciens : le peuple du Gouffre des étoiles serait né dans un nuage stellaire, à proximité de la Mer de vie. Lors des premiers balbutiements de la civilisation, ils n'avaient pas conscience des principes fondamentaux de la survie dans l'univers, à l'image des Pinceurs d'étoiles, et n'avaient donc pas tenu leurs coordonnées cachées. Et ce qui était prévisible était arrivé : le peuple du Gouffre des étoiles avait failli être "assaini". Mais au moment crucial, une civilisation dotée d'un incroyable niveau technologique avait créé pour le monde-mère une barrière infranchissable. Cette "civilisation" n'était autre qu'une incarnation du Dieu de la Création. Les mythes les plus anciens du monde-mère faisaient ainsi tous référence à ce contact noué avec cette civilisation antique, dont la Reine avait probablement été membre elle-même.

Cependant, les historiens n'arrivaient pas à comprendre la raison qui avait pu pousser cette civilisation à violer le principe fondamental de la survie dans l'univers en apportant au peuple du Gouffre des étoiles une aide si précieuse et en l'aidant même à rebâtir sa civilisation. Aucune archive ne donnait plus de détails sur cette alliance. On pouvait tout au plus supposer que ladite civilisation était foncièrement bienveillante et miséricordieuse. Mais cela n'avait pas de sens car, selon le mythe, la civilisation antique était allée jusqu'à éliminer toutes les petites et les grandes civilisations à proximité, de manière à assurer la sécurité du peuple du Gouffre des étoiles.

La seule à connaître la vérité était peut-être justement la Reine, en tant que seule rescapée – et pour l'éternité – de l'âge mythique. Elle et elle seule avait été témoin de ce processus qui avait vu les microbes de la nébuleuse de vie devenir l'une des civilisations les plus puissantes de l'univers. Comme autres titres, on attribuait parfois à la Reine celui de "fille du Dieu de la Création", ce qu'elle ne niait pas, ni d'ailleurs ne confirmait, laissant toute liberté à son peuple de se répandre en conjectures. En réalité, en dehors des décisions les plus importantes concernant la survie et le développement du peuple du Gouffre des étoiles, elle ne participait que rarement à la vie politique du monde-mère. La plupart des décisions de politique générale étaient ainsi prises par le Conseil des Anciens. La majorité du temps, la Reine n'occupait qu'une position honorifique, mais tous les habitants du monde, sans exception, étaient fermement persuadés qu'elle concentrait entre ses mains un pouvoir immense, hérité de la civilisation antique. Elle était la gardienne éternelle du Gouffre des étoiles et du monde-mère, et c'était elle qui l'avait secouru lors de ses plus grandes crises.

Le Chanteur n'oublierait jamais que c'était la Reine qui avait mené l'expédition contre le monde des marges. Cette victoire brillante avait d'ailleurs donné lieu à une chanson :

Oh, fille du Dieu de la Création, oh, Reine de toutes les armées
Le nuage stellaire est son armure
Les ondes de la longue membrane sont ses appendices
Elle fait vibrer tous les êtres comme des supercordes
Elle pétrit l'univers pour en faire de la matière noire
Qu'elle jette dans les abysses à la pénombre éternelle

Mais la monarque ne paraissait plus si impressionnante à présent. Le Chanteur trouva encore le courage de demander :

— Pardonnez-moi mon impudence, ma Reine… Cette entité de faible entropie recherche donc les descendants du Dieu de la Création… en d'autres termes, elle nous cherche, nous… ?

La Reine frissonna, mais ce n'était pas le feu de la colère qui brûlait en elle. Elle était consumée par l'angoisse. De toute évidence, c'était aussi ce qu'elle pensait.

— Je ne sais pas, fit la Reine. Car j'ignore la nature de cette entité.

Le Chanteur réfléchit un moment avant de saisir ce qu'elle voulait dire. Et il ressentit un choc quand il comprit enfin :

— Si cet être est bien un envoyé de la Déesse de la Mort en exil…

— Alors, c'est bien nous qu'il cherche, compléta la Reine.

Le Chanteur ne savait que dire.

— Je ne sais pas pourquoi je vais te raconter ce qui va suivre, Ancien. Mais peu importe, car tu ne pourras plus divulguer ce secret. Je le conserve en moi depuis un milliard et trois cents millions de grains de temps. Je ne peux pas le garder davantage.

Le Chanteur remarqua que le feu sacré qui enveloppait la Reine faiblissait. Ses forces spirituelles étaient elles aussi en train de décliner. Elle ressemblait de plus en plus à une Douce ordinaire.

Une Douce qu'il pouvait aimer…

Le Chanteur s'efforça de chasser cette idée impie de son esprit et écouta calmement le récit de la Reine.

— La guerre entre la Déesse de la Mort en exil et le Dieu de la Création n'est pas un mythe. C'est un morceau d'histoire réelle qui s'est déroulé avant la naissance de notre race. Le Gouffre des étoiles est le produit de cette immense bataille. Pour échapper au massacre de la Déesse de la Mort, le Dieu de la Création s'était réfugié dans la Mer de vie qui bordait le Gouffre des étoiles, mais il était trop faible et ne pouvait tenir plus de quelques millions de grains de temps. Il a donc créé la race du Gouffre des étoiles. Nous ne sommes pas ses descendants, nous sommes ses créatures. Après nous avoir dotés d'une intelligence primaire, le Dieu de la Création nous a transmis la civilisation et la technologie, et il m'a fait Reine. Puis, une fois que tout cela a été accompli, le Dieu de la Création est… mort.

"Je ne suis pas la fille d'un dieu, et je n'ai pas non plus ressuscité trois jours après ma première mort. Écoute-moi, Ancien, je n'étais autrefois qu'une entité individuelle comme toi, une Douce comme une autre. Mais le Dieu de la Création m'a choisie, il a fait de moi une immortelle et m'a offert des pouvoirs infiniment plus grands que ceux des autres membres de mon peuple. J'avais désormais pour unique mission de protéger le monde-mère. Le monde-mère est une gigantesque machine conçue par le Dieu de la Création qui renferme des structures aux capacités colossales, permettant de surveiller les contre-attaques de la Déesse de la Mort en exil à l'échelle de tout l'univers. Dès lors que la déesse aura lancé sa malédiction ultime, nous saurons où se trouve son repaire. Alors, tout le monde du Gouffre des étoiles et les vingt autres nuages stellaires environnants seront convertis en énergie pure et projetés hors de notre univers, pour détruire une fois pour toutes la Déesse de la Mort.

— Ça alors ! J'ignorais que le monde-mère disposait d'une telle technologie ! s'exclama le Chanteur, qui n'en revenait pas.

Il n'ignorait pas ce que signifiait la conversion d'un nuage stellaire en énergie pure. Le processus suffirait à détruire tout ce qui se trouverait sur les quarante milliards d'unités de structure qui séparaient la graine du monde-mère.

— Nous n'en sommes pas les créateurs, Ancien. C'est un dispositif automatique imaginé par le Dieu de la Création. Lorsque la Déesse de la Mort aura lancé sa malédiction, tout s'enclenchera, sans que nous ayons besoin d'intervenir. Le seul but de notre espèce a toujours été de protéger le monde-mère. C'est la raison pour laquelle le Dieu de la Création nous a dotés d'une technologie si puissante, comme le racontent tant de nos mythes.

— Mais, ma Reine, est-ce que cela n'expose pas justement davantage notre monde au danger ? demanda le Chanteur.

— Tout l'univers regorge de vie, Ancien. La civilisation du Gouffre des étoiles n'en est qu'une parmi d'autres. À l'origine, nul n'aurait dû braquer son regard sur nous en particulier. Mais nous avons fait l'erreur de croître trop rapidement. Depuis quelques centaines de millions de grains de temps, nous n'avons eu de cesse de nous étendre, revendiquant notre statut d'enfants du Dieu de la Création. Pour préserver les secrets de notre monde-mère, nous avons assaini toutes les civilisations autour de nous et étendu nos appendices jusqu'à la moitié de l'univers. Mais nous ne nous sommes pas bien dissimulés. Après avoir maté la rébellion du monde des marges, j'ai cru avec naïveté que le Dieu de la Création nous assurerait toujours sa protection. J'ai oublié le sens de ma mission. Et je subis aujourd'hui le châtiment divin…

Le Chanteur ne savait pas quoi ajouter. Il finit par dire simplement :

— Mais cette mystérieuse entité de faible entropie ne connaît certainement pas le secret que vous cherchez à protéger, ma Reine.

— Il a pu consulter des vieux mythes et des chants anciens dans notre base de données, répondit la Reine, avec mélancolie. S'il est l'envoyé de la Déesse de la Mort, il ne sera pas dur pour lui de comprendre le sens allégorique qui se cache derrière ces légendes. Et même s'il ignore la mission réelle des habitants du Gouffre des étoiles, il ne nous laissera sans doute pas tranquilles. Beaucoup disent que l'être est parti, mais je sais qu'il est encore là. Les ravages causés par sa première attaque étaient simplement destinés à obtenir des informations. La véritable offensive n'a pas encore commencé. C'est seulement une question de… temps.

Or, un filament de temps plus tard, le temps ne serait plus un problème.

Tout à coup, le Chanteur fut parcouru par une sensation subtile : quelque chose d'informe et d'immatériel semblait avoir pénétré son corps. Un instinct d'introspection, propre au peuple du Gouffre des étoiles, lui fit dire que ce n'était pas une hallucination, mais bien un changement qui s'était produit dans son environnement physique direct. Mais il ne comprenait pas ce que c'était. Cette chose paraissait être entrée directement dans le cœur de la terre, qui se mit aussitôt à trembler violemment, telle une baleine des abysses emprisonnée par un fil-harpon.

Le ciel et la terre étaient sens dessus dessous. Le Chanteur fut attiré par une force colossale qui le projeta sur le sol. En face de lui, la Reine aussi s'était effondrée, et elle ne bougeait plus. Il voulut étendre un appendice jusqu'à un arbre mégalithique, mais il était incapable de bouger. Il était comme attaché au sol. Il remarqua que la Reine elle aussi produisait de grands efforts pour se relever, lorsque soudain, un pan de mur du palais s'écroula derrière elle. La silhouette de lumière de la Reine s'estompa. Son corps était enseveli sous les décombres.

— Non… gémit le Chanteur.

Il lutta de toutes ses forces pour ramper jusqu'à la Reine, mais un arbre mégalithique s'abattit devant lui, le séparant de la souveraine. On entendit bientôt se déclencher des alarmes, les unes après les autres. La cité était au seuil de sa destruction. Le Chanteur eut la sensation surprenante de voir son corps se mettre à planer avec légèreté. Mais cela ne dura pas, car il retomba lourdement sur le sol. Il y eut l'écho d'une complainte qui perça les nuages, et le sol du palais s'inclina. Son avatar roula dans un coin. Il ressentit une profonde douleur. Il savait que la tortue-pylône qui soutenait le Palais aux mille dimensions ne tiendrait plus très longtemps.

Comme bien des entités de faible entropie du monde-mère, les tortues-pylônes étaient des gigantesques machines intelligentes qui constituaient les piliers du monde-mère. Dans des temps reculés, les habitants du Gouffre des étoiles avaient voyagé dans l'espace au dos de ces créatures pour trouver des nouveaux lieux de vie, mais aujourd'hui, leurs activités étaient sous le contrôle exclusif du noyau cosmique, et elles ne pouvaient s'effondrer sans raison. Le Palais aux mille dimensions était un édifice principalement construit en bois et en pierre, d'une simplicité rustique et primitive, mais modifié en chaque endroit par les systèmes intelligents du noyau. Chaque point de force du Palais était surveillé et les murs de vie comme les arbres mégalithiques ne s'écroulaient presque jamais. Et lorsqu'il arrivait un accident, si un arbre immense s'affaissait, un champ de protection était immédiatement activé pour le retenir. Cependant, lors de la dernière attaque, les systèmes intelligents avaient été gravement endommagés, et rendus en partie inefficaces. Le monde-mère, qui avait grandi pendant des millions de grains de temps dans un cocon de super-technologies, goûtait désormais aux souffrances des séismes, comme sur toutes les autres planètes primitives de l'univers.

Un séisme ? C'était impossible, aucun tremblement de terre n'avait jamais frappé le monde-mère, car celui-ci était dépourvu de plaques tectoniques et d'un manteau liquide. La terre ne pouvait trembler. Le Chanteur venait d'apprendre que le monde-mère était une machine géante léguée par le Dieu de la Création : celle-ci venait-elle d'être démantelée ?

Non plus. Le Chanteur fut tiré une nouvelle fois vers le sol. Il était incapable de tenir debout et de faire fonctionner son système de maintien vital. Le Chanteur sentit que son champ de vie lui envoyait une alerte de niveau maximal. À cet instant, un aigle de l'équilibre poussa un gémissement et s'effondra juste à côté de lui. Il ne pouvait plus ouvrir les ailes. Tandis qu'il essayait de reprendre ses esprits, il vit un essaim d'insectes matriciels bourdonnants incapable de quitter la surface de la terre. Le Chanteur leva la tête, toutes les créatures volantes du monde-mère étaient en train de retomber, comme une pluie d'étoiles.

Le Chanteur aurait pu abandonner son avatar à tout moment et retourner dans le nuage stellaire des Pinceurs d'étoiles, à quarante milliards d'unités de structures. Le mal qui touchait le monde-mère ne l'aurait pas atteint. Mais il refusait de partir tant que la Reine demeurerait ici. Malgré ses efforts, il ne parvenait pas à la voir, car sa vue était obstruée par un arbre mégalithique couché sur le sol.

Il y eut une étincelle d'argent. Une graine ayant perdu le contrôle traversa le ciel, plongeant en piqué dans la direction du Chanteur, qui craignit un instant que celle-ci ne s'écrase sur l'autel sacré. Mais celle-ci explosa finalement au-dessus de sa tête, projetant un éclat d'un blanc éblouissant. Une pluie de flammes commença à tomber du ciel, comme des fleurs de dragon prêtes à engloutir le Chanteur. Mais les flammes perdirent bientôt toute substance… Le champ de protection du Palais aux mille dimensions était encore actif. Il avait intercepté l'épave de la graine et les projections qui en émanaient. Le Chanteur eut toutes les peines du monde à apaiser son corps mental. Il était assailli de tous côtés par les fracas d'effondrement des bâtiments de la cité et par les hurlements de mort de ses semblables.

L'ennemi invisible avait frappé. Le Chanteur ignorait quelle était son arme, et encore plus où se tenait l'assaillant, mais il savait que la fin du monde était proche. Étrangement, il repensa aux Pinceurs d'étoiles et aux sentiments qui avaient dû être les leurs, bien des grains de temps plus tôt, lorsque la feuille bivectorielle avait aspiré leur système entier dans la deuxième dimension. Peut-être avaient-ils éprouvé une même peur, une même impuissance ?

C'était en tout cas au tour du monde-mère de connaître un semblable destin…

Un rayon de lumière dense et coloré fendit le ciel et passa à travers les décombres. La silhouette magnifique de la Reine s'éleva au milieu des ruines, flottant de manière féerique.

Elle atterrit indemne devant le Chanteur.

— Tu n'as rien, Ancien ? demanda-t-elle.

Et tandis qu'elle l'interrogeait, elle enveloppa le Chanteur dans une de ses flammes sacrées. Le Chanteur se sentit immédiatement plus léger et put se maintenir debout sur le sol.

— C'est l'effet de l'antigravité, sourit calmement la Reine.

Le Chanteur retrouva aussitôt des forces. La Reine n'était pas tombée. Elle luttait encore. Le monde-mère n'avait pas encore sombré.

— Ma Reine, que se passe-t-il ? Les moteurs du monde se sont-ils mis en marche ? Allons-nous quitter les environs du Gouffre des étoiles ? demanda le Chanteur.

Il comprenait à présent pourquoi il avait trébuché et s'était retrouvé immobilisé au sol, pourquoi le Palais et les arbres mégalithiques s'étaient écroulés, pourquoi les créatures volantes avaient chuté depuis le ciel. Le monde-mère avait activé tous ses moteurs spatiaux et accélérait à vitesse maximale. On racontait en effet que le monde-mère était capable d'atteindre la vitesse absolue dans un temps très court. Naturellement, dans des circonstances ordinaires, il était impossible de modifier l'orbite du monde-mère sans l'annoncer publiquement et sans prendre le temps d'assurer la sécurité de tous, mais l'heure était critique… Cependant, il était étrange que la Reine elle-même n'eût pas été mise au courant du changement de trajectoire du monde-mère.

Les appendices de la Reine chatoyèrent, en signe de négation :

— Cela me semble impossible. Nous ne pouvons pas abandonner le Gouffre des étoiles, car ce serait tourner le dos à la volonté du Dieu de la Création. Nous ne pourrions plus nous opposer à la Déesse de la Mort en exil. La décision a-t-elle été prise par le Conseil des Anciens ? Mais ils n'ont pas l'autorisation d'activer les moteurs spatiaux. Ou bien…

Le Chanteur savait quelle était la dernière raison possible : un corps céleste de grande masse était apparu derrière le monde-mère et celui-ci était attiré vers lui par la force de sa gravité. Comme cela est prévu dans ce type de cas extrême, les moteurs avaient été automatiquement activés, pour s'assurer que le monde-mère ne dévie pas de son orbite. Aussi, il se produisait à la surface une augmentation soudaine de la gravité. Mais que pouvait être ce corps céleste ? Un soleil ? Une planète de grande taille ? Le Chanteur peinait à imaginer quelle force avait pu permettre à un tel objet d'échapper aux nombreux systèmes de surveillance et de défense situés dans un périmètre de plusieurs unités de structures autour du monde-mère. L'image de son monde prêt à sombrer à tout moment dans l'océan de feu d'une autre étoile paralysa le corps sensoriel du Chanteur.

— N'aie pas peur, Ancien, le rassura la Reine, qui avait remarqué l'agitation de son corps mental : Même si cette augmentation inattendue de la gravité était le fait de l'irruption proche d'un super-soleil, les systèmes automatiques de défense du monde-mère pourraient le pulvériser en un filament de temps, aussi simplement qu'un insecte matriciel grillé par une lampe à flamme chimique, et nous permettre d'en sortir indemnes.

La Reine se tourna vers l'autel sacré.

— Noyau cosmique, quelle est la source de l'augmentation de la gravité ?

Une aveuglante boule de feu virtuelle jaillit sur l'autel sacré, apportant la réponse du noyau cosmique :

— Je n'ai pas détecté le moindre changement gravitationnel, ma Reine.

La Reine et le Chanteur échangèrent un regard effrayé.

— C'est impossible, dit la Reine. La gravité du monde-mère a été multipliée par dix, au moins ! Mais alors, les moteurs spatiaux ont-ils été activés ?

— Non plus, ma Reine. Vous êtes la seule à pouvoir mettre en marche les moteurs.

— Mais… que s'est-il passé ?

— Veuillez m'excuser, dit le noyau cosmique. La situation est inédite. Je suis actuellement en train de collecter des informations auprès des 2,4 millions de points de surveillance du monde-mère. Je serai rapidement en mesure de produire une analyse des résultats obtenus.

S'ensuivit un silence à rendre fou. Il ne sut combien de temps s'écoula avant que le noyau cosmique crache enfin une boule de feu et donne les résultats de ses analyses :

— Ma Reine, les premières observations conduisent à suggérer l'apparition d'une attaque contre les lois de la physique. L'épicentre se situe aux coordonnées suivantes du Gouffre des étoiles : □142,522▽624,713◇64,214. Tous les gravitons à l'intérieur d'un rayon de 1,3 unité de structure ont été stimulés par des particules de haute énergie de nature inconnue, entraînant une augmentation de leur taux de rotation. Ce phénomène a engendré une modification de la constante universelle de gravitation dans la zone. Elle est passée de 31,772 à 381,213, soit près de douze fois la valeur initiale.

Une altération de la constante gravitationnelle ? Le Chanteur ne comprenait pas ce qui était arrivé, mais cette perspective lui semblait moins terrifiante que le surgissement d'un corps céleste près du monde-mère ou l'utilisation d'une arme dimensionnelle. Grâce à la protection de l'effet d'antigravité, les dégâts devraient être limités…

Mais lorsqu'il croisa le regard de la Reine, il resta pétrifié. Sur le visage de la souveraine était apparue une impression étrange, qui était à la fois de la peur et de l'apaisement, comme l'expression désespérée que la fin était inévitable et qu'elle choisissait de l'accepter avec sérénité. Le Chanteur eut un mauvais pressentiment. Il demanda :

— Ma Reine… cela signifie que…

La Reine demeura silencieuse et paisible.

Le Chanteur l'interrogea une nouvelle fois. Sans force, elle pointa un appendice vers le ciel. Le Chanteur leva la tête. Les créatures et les engins volants étant tous tombés, on ne voyait plus que le Gouffre des étoiles.

Mais, le Gouffre des étoiles ! Le Gouffre des étoiles ! Oh, Grand Créateur…

Le Chanteur comprit. Selon les équations physiques simples, la constante gravitationnelle était directement proportionnelle au rayon d'effondrement du Gouffre des étoiles. Si la constante gravitationnelle était multipliée par douze, le rayon d'effondrement du Gouffre des étoiles connaissait lui aussi une telle augmentation, et il s'étendait désormais au-delà de l'orbite du monde-mère. Le monde-mère allait donc sombrer dans le Gouffre des étoiles – ou plutôt non, il avait *déjà* sombré. Il était maintenant à l'intérieur du rayon d'effondrement et il continuait à chuter inexorablement et à toute vitesse vers les ténèbres absolues.

Le monde-mère comptait cent vingt mille moteurs spatiaux. Activés à pleine puissance, ils pouvaient en un temps très court approcher la vitesse absolue, ce qui était suffisant pour esquiver toutes les attaques classiques. Mais cela n'était d'aucun intérêt face à la situation actuelle, car même si le monde atteignait la vitesse absolue, il ne pourrait éviter la chute dans le Gouffre des étoiles.

Le rayon d'effondrement marquait la frontière au-delà de laquelle aucune membrane, ni la longue ni la courte, ne pouvait s'échapper.

Le monde-mère était englouti par le Gouffre des étoiles.

La véritable attaque de la mystérieuse entité de faible entropie avait eu lieu, et celle-ci n'avait pas laissé la moindre opportunité au monde-mère de contre-attaquer.

Presque inconsciemment, les appendices du Chanteur et de la Reine se rejoignirent, pour s'offrir un réconfort mutuel. À cet instant précis, ils n'étaient plus monarque et sujet séparés par le fossé de leur condition, ni non plus deux étrangers distants de plusieurs milliards d'unités de structure, mais un Airain et une Douce ordinaires, debout au bord du même précipice.

Dans l'espace obscur, loin au-dessus du Palais aux mille dimensions, une "porte" aux contours formés par une ligne en pointillé s'ouvrit.

L'ange qui avait apporté la mort dans le monde-mère apparut à la porte. Il était suspendu dans l'espace, comme insensible à la gravité. Il observa silencieusement ce monde sombrer dans les flammes, son visage dénué de la moindre expression.

Il n'était pas particulièrement fier de ce qu'il avait fait, mais il ne ressentait aucune culpabilité non plus. L'envoyé du monde-mère avait jadis détruit son monde et, maintenant, c'était à son tour de détruire le sien. Cela était juste. Ce n'était pas de la vengeance, simplement la loi de la nature.

Sans mort, pas de vie ; sans destruction, pas de renaissance. Toutes les choses du monde repartaient tôt ou tard sur les mêmes sentiers. Après des milliards d'années, ce monde ressusciterait et recommencerait alors sa longue et glorieuse histoire. Il connaîtrait de nouveau la splendeur et le rêve, l'amour et la conspiration, la démocratie et la science, la guerre et la mort…

Pareil à tout ce qui était déjà arrivé.

Pareil à tout autre monde.

Pareil.

Au même moment. 2,5 unités de structure plus loin

C'était un inconsistant petit nuage de poussière interstellaire, flottant en bordure du monde du Gouffre des étoiles, non loin des milliers de lignes de navigation empruntées par la civilisation qui fréquentait les lieux. Un nuage considéré comme une zone en friche, un objet passant inaperçu. Au milieu du nuage se trouvait un peu de matière noire, en quantité toutefois négligeable. Nul n'aurait imaginé qu'il puisse y demeurer quoi que ce soit méritant d'être exploré. Et quand bien même on aurait exploré, on n'aurait rien trouvé.

Mais en vérité, dans les tréfonds de la matière noire, quelque chose demeurait…

Le stimulus de signal fut activé. Un point, deux points, et puis le troisième.

Un signal d'alarme de troisième classe. Aucune ambiguïté possible. *Oh, gaillard !* Un grand incident devait avoir eu lieu.

Un champ de conscience endormi s'éveilla. Il lui fallut un long moment avant de comprendre ce qui venait de se passer. Il se tourna vers un second champ de conscience :

— 2012, réveille-toi ! Viens voir !

— 2046, combien de fois est-ce que je t'ai dit de ne me réveiller que si *l'événement* avait eu lieu !

— Mais *c'est* l'événement ! Ce que nous attendions depuis trente mille méga-années ! Abruti !

Le champ de conscience laissa échapper un faisceau de perception. L'information lui paraissait difficile à croire. Incrédule, il dut demander une seconde confirmation. C'était vrai !

Et soudain, les champs de conscience, les champs de pensée, les champs d'énergie… tout reprenait vie. Un signal d'excitation traversa le nuage :

— Oh, gaillard, cette fois, promis, il va y avoir du spectacle !

Au même moment. À l'intérieur du rayon d'effondrement du Gouffre des étoiles

La Reine refusait de se laisser aller au désespoir. Elle relâcha vite les appendices du Chanteur et ordonna au noyau cosmique :

— Allumage de tous les moteurs spatiaux. Il nous faut fuir loin du Gouffre des étoiles, vite. L'énergie de notre ennemi est peut-être limitée. Qui sait, l'altération de la constante gravitationnelle ne durera peut-être pas. Ne laissons passer aucune chance.

— Le monde-mère a perdu 55 144 moteurs spatiaux lors de la précédente attaque, rapporta le noyau cosmique. Nous ne parviendrons pas à générer une propulsion suffisante.

— *C'est lorsqu'il est mort que l'aigle de l'équilibre est le plus facile à soigner*, sourit amèrement la Reine, reprenant un vieil adage.

— Bien, ma Reine, il sera fait immédiatement selon votre volonté, dit le noyau cosmique.

Les moteurs spatiaux du monde-mère furent activés. La terre fut secouée tandis que le monde se balançait au-dessus du Gouffre des étoiles, tel un poisson de courbure se débattant dans une flaque d'eau, essayant de gagner encore un peu de temps malgré un anéantissement qui s'annonçait inévitable.

Le noyau cosmique avait calculé le moment précis où le monde-mère serait détruit.

— L'énergie restante des moteurs spatiaux permettra une utilisation d'une durée de seulement 18,53 points de temps, après quoi le monde-mère sombrera dans le Gouffre des étoiles. Après 22,12 points de temps, il dépassera la limite de fragmentation et sera déchiqueté par la gravité du Gouffre.

Autrement dit, si la constante gravitationnelle ne pouvait pas être restaurée sous environ quarante nœuds de temps, le monde-mère serait réduit à néant. La Reine comme le Chanteur comprenaient que leur ennemi avait dû scrupuleusement tout calculer, et qu'il ne leur accorderait aucune opportunité. Mais ils devaient pourtant tenter quelque chose.

Le noyau cosmique rapporta à la Reine que le monde-mère était à présent plongé dans un chaos sans précédent et que les membres du Conseil des Anciens, du Parlement, de la Commission militaire et de l'Assemblée, ainsi que tous les autres représentants d'administrations de différents échelons réclamaient des audiences avec la Reine. Celle-ci les déclina toutes, et lâcha d'une voix fatiguée au noyau cosmique :

— Leur répondre serait une perte de temps. Je n'ai aucune envie de passer les derniers moments de mon existence à débattre avec ces politiciens assommants. Et puis, je n'ai vraiment aucune réponse à leur donner.

— Mais votre devoir est de conforter et d'encourager vos sujets.

— Je me suis acquittée de ce devoir pendant un milliard et trois cents millions de grains de temps. Je crois avoir aujourd'hui gagné le droit de prendre du repos pour les derniers points de temps qui restent. Va leur parler.

— Bien. Il sera fait immédiatement selon votre volonté.

Le noyau cosmique disparut et le Palais aux mille dimensions replongea dans le silence. On n'entendait plus au loin que les hurlements de terreur et de douleur qui affluaient sans trêve depuis les décombres de la cité. La Reine agita la main avec agacement, activant sans doute un mécanisme antibruit, car les voix s'éteignirent à leur tour.

Le Chanteur regarda la Reine avec crainte, il n'avait pas peur de mourir, mais il redoutait qu'elle exige son départ et choisisse de cheminer seule vers la mort.

La Reine se souvint de la présence d'un corps mental à ses côtés. Elle se tourna vers lui :

— Le monde-mère est sur le point d'être détruit. Va, Ancien. Au moins, tu seras en sécurité.

Il lui suffisait en effet de quitter son avatar pour retourner dans le nuage stellaire où se trouvait la graine, à quarante milliards d'unités de structure du Palais. Même si le monde-mère s'effondrait en singularité, il n'en subirait aucune conséquence.

Le Chanteur secoua la tête :

— Mon sort sera le même, ma Reine. Je ne tarderai pas à être bivectorialisé par ces vermines de Pinceurs d'étoiles. Plutôt que de mourir aux confins de l'univers, je préfère terminer ma vie ici. Accueillir ma destinée à vos côtés, ma Reine, serait le plus grand des honneurs. Permettez-moi de demeurer auprès de vous.

La Reine acquiesça et lui sourit :

— Il est bon de te savoir en ma compagnie, Ancien.

Le Chanteur fut envahi d'une irrésistible sensation de bien-être. Son organe vocal hésita, il ne savait qu'exprimer. La Reine reprit la parole :

— Sais-tu pourquoi je t'autorise à rester ?

Une incompréhension manifeste s'afficha sur le visage du Chanteur.

— D'après ce que je vois de ton corps mental, tu aimes les chansons anciennes, n'est-ce pas ?

— Je vous demande pardon, ma Reine, c'est une mauvaise habitude, répondit-il, honteux.

— Non, pas du tout. Certains de ces vieux chants datent de l'époque de ma naissance. Mais maintenant, rares sont ceux qui savent encore les chanter. M'en chanterais-tu un ?

— Jamais je n'oserai, ma Reine. L'utilisation de l'organe vibratoire de votre serviteur serait une insulte à votre organe auditif, ma Reine.

— Peu m'importe. Je veux entendre le chant d'un Airin. Je sais que les Airins ne chantent guère d'ordinaire, mais tu n'es pas comme les autres.

— Eh bien… soit, ma Reine. Dans ce cas, je chanterai pour vous. Quel est le chant que vous souhaiteriez entendre ?

— Comme tu voudras.

Le Chanteur réfléchit un instant, et sélectionna dans son organe mémoriel son chant traditionnel favori :

J'ai vu mon amour.
J'ai volé jusqu'à elle
Je lui ai offert mon présent
Un fragment de temps figé
De belles empreintes gravées dans le temps
Aussi douces que la vase des hauts-fonds

Après quelques vers, le Chanteur fut contraint de s'arrêter : la Reine le regardait avec des yeux étranges.

— Que se passe-t-il, ma Reine, me… me serais-je trompé ?

— Non, Ancien. Tu ne t'es pas trompé. Simplement, cette chanson… j'en ai écrit les paroles.

— Ma Reine, vous voulez dire… que vous êtes l'autrice de cette chanson ? demanda le Chanteur, stupéfait.

— Non, elle m'est venue d'une révélation du Dieu de la Création, expliqua la Reine. Il a introduit dans mon corps mental un motif de conscience complexe et profond. Je n'ai fait que retranscrire dans notre écriture la partie la plus superficielle de ce motif. Il se cache peut-être derrière ce chant un message d'une importance capitale, mais je n'ai jamais réussi à le saisir. La chanson telle qu'elle apparaît a simplement l'air de parler d'une jolie histoire d'amour. Qu'en penses-tu, Ancien ?

— Comme vous, je l'ignore, ma Reine. J'ai toujours été déconcerté par cette image de "temps figé". Je croyais que c'était une métaphore courante dans la littérature de l'Antiquité.

— Non, fit la Reine avec assurance. Il n'existait aucune métaphore de ce genre. J'ai retouché en partie les paroles, mais cette notion de "temps figé" figurait dans le motif oraculaire du Dieu de la Création. Je ne saurais me tromper. Continue à chanter, Ancien, peut-être trouverons-nous autre chose.

Le Chanteur s'exécuta :

Mon amour recouvre son corps de temps
Puis elle me tire et nous nous envolons aux marges de l'existence
En un vol spirituel
Les étoiles sont des fantômes dans nos yeux
Nous sommes des fantômes dans les yeux des étoiles

Dans le passé, lorsqu'il entonnait cette chanson, le corps mental du Chanteur était baigné par une douce mélancolie, mais ayant désormais appris qu'il s'agissait d'une révélation du Dieu de la Création, il percevait cette chanson bien autrement. Il la trouvait mystérieuse, étrangère. Chacun de ses mots débordait d'interprétations possibles.

Le temps figé, le vol spirituel, les étoiles comme des fantômes…

Le corps mental du Chanteur frissonna :

— Ma Reine, si ce poème est bien un oracle du Dieu de la Création, alors cette phrase pourrait signifier que… Oh, j'ai si peur d'être ridicule.

— Parle, Ancien. À l'heure où nous en sommes, rien n'est ridicule.

— Ma Reine, le chant lui-même est peut-être une métaphore. Le "Je" qui s'exprime est le Dieu de la Création, et l'univers est son "amour". Le temps figé est le présent que nous a offert le Dieu de la Création. Le Dieu de la Création a figé le temps, il lui a donné forme solide, et il en a fait cadeau à l'univers.

La Reine écarquilla ses sept magnifiques paires d'yeux, signe d'une profonde réflexion. Après un long moment, elle regarda le ciel.

— Noyau cosmique, tu as entendu ? Qu'en dis-tu ? Le temps peut-il se figer ?

— C'est une métaphore, ma Reine, répondit aussitôt le noyau cosmique. Et comme toute métaphore, elle peut donner lieu à des interprétations multiples. Mais si nous nous limitons au domaine de la physique, peut-être peut-on comprendre l'idée du figement du temps comme sa dimensionnalisation. Autrement dit, le processus de mutation du temps en temps.

— Mais le temps n'est-il pas déjà une dimension ?

— Non. Le temps en lui-même n'est pas une dimension. C'est une forme de distribution d'énergie. Nos scientifiques ont découvert depuis longtemps que la dimensionnalisation du temps était une compensation du différentiel dimensionnel de l'univers.

— Qu'est-ce que le différentiel dimensionnel ?

— Le seul état d'équilibre de l'univers est l'état en dix dimensions. Dans tous les autres états où les dimensions de l'univers sont réduites et enroulées dans le microscopique, l'équilibre entre énergie et matière est rompu, ce qui génère une annihilation mutuelle des particules et des antiparticules. La quantité d'énergie totale dans l'univers se retrouve donc bouleversée. Par conséquent, il se produit une division de l'énergie et de la gravité – une rupture de l'équilibre initial, qui doit être compensée par une transformation du temps.

Le Chanteur était confus ; la Reine paraissait elle aussi désorientée. Le noyau cosmique reprit son explication :

— Nos scientifiques considèrent que l'état primordial de l'univers était décadimensionnel, puis il n'a cessé de sombrer de dimension basse en dimension basse. Chaque nouvelle chute dimensionnelle a conduit à des déséquilibres majeurs entre matière et énergie, de sorte que l'espace de l'univers ne cesse de s'étendre dans les dimensions restantes. La répartition de l'énergie au sein de cet espace est par conséquent très inégale. Ce qui était de haute entropie est devenu de faible entropie. Une mutation est donc nécessaire, et dans un mouvement qui est celui du retour vers un état de haute entropie : c'est la signification du temps.

— Si je comprends bien, il n'y avait donc pas de temps dans l'univers en dix dimensions ? demanda le Chanteur, qui comprenait mieux.

— Il est difficile de répondre à cette question, car c'était un monde où le changement lui-même n'existait pas : nous pouvons le qualifier à la fois de monde instantané et de monde éternel. Ce dont on peut être sûr, c'est qu'il n'y avait pas de "temps" au sens où nous l'entendons aujourd'hui.

Tandis qu'il méditait sur les informations données par le noyau cosmique, des taches de lumière glissaient le long de son corps mental. Il s'écria soudain :

— Alors, c'est le Dieu de la Création qui a créé le temps ! Et il nous l'a offert ! Est-ce bien cela ? demanda-t-il au noyau cosmique.

— Cette hypothèse n'a aucune base scientifique. Je

ne peux pas vous donner de réponse, répondit le noyau cosmique d'un ton sec.

— Mais ça va de soi ! La raison du temps est de nous entraîner vers les marges de l'existence, tout comme les réductions dimensionnelles de l'univers. Voilà à quoi renvoie le "vol spirituel" ! s'exclama le Chanteur, gagné par l'excitation. Ces paroles qu'il avait tant et tant retournées sans jamais les comprendre révélaient aujourd'hui leur ancien et pénétrant secret.

— Et les deux vers faisant référence aux fantômes ? demanda précipitamment la Reine.

Le noyau cosmique, qui ne s'y entendait guère en métaphores littéraires, garda le silence.

— Ils peuvent faire penser à la description d'un vol spatial, mais ce serait sans doute trop évident… (Le Chanteur hésita un moment et, soudain, son corps mental chatoya de nouveau. Il avait compris quelque chose.) Le fantôme est celui qu'on voit sans pouvoir le toucher. Tout dans cet univers est soumis aux limites de la vitesse absolue. Pour se rendre d'un nuage stellaire à un autre, plusieurs centaines de millions de grains de temps sont nécessaires. Et même la durée requise pour effectuer le trajet d'une étoile à une autre est de loin plus longue que le cycle d'une vie. Pour la plupart des mondes de faible entropie que j'ai eu l'occasion de voir, les étoiles sont des fantômes impalpables, et ceux qui se dissimulent dans les étoiles sont eux aussi des fantômes pour les habitants des autres mondes. Tous ont été séparés. Imaginez : la majorité des centaines de milliards de mondes logés dans chaque nuage stellaire naissent et s'éteignent dans l'obscurité, sans que nous ne sachions rien d'eux, ou qu'eux ne sachent rien de nous. Nous, et tout le reste de l'univers, nous sommes enlisés dans le temps.

— Mais cet état est davantage la conséquence de la vitesse absolue que du temps. On pourrait même affirmer le contraire : nous manquons de temps ! rétorqua la Reine.

En entendant cet argument convaincant, le Chanteur se demanda s'il ne faisait pas fausse route.

— Je crains que ce ne soit pas une certitude absolue, ma Reine, l'interrompit soudain le noyau cosmique. Selon les théories actuelles, la vitesse absolue et le temps sont étroitement liés. Lors de chaque réduction dimensionnelle, en raison de l'expansion de l'espace-temps, la vitesse absolue chute d'un ou deux ordres de grandeur, tandis que le temps, lui, augmente de plusieurs ordres de grandeur. S'il est vrai que l'hypothèse de l'Ancien Chanteur ne peut être confirmée scientifiquement, elle apparaît néanmoins cohérente.

La Reine et le Chanteur se regardèrent, interloqués. La plus grande énigme des cieux s'était révélée, par inadvertance, au détour d'une chanson ancienne.

C'était le temps que le Dieu de la Création avait donné au monde. Le temps n'avait pas seulement apporté le changement et le processus, mais avait été à l'origine de l'existence des entités de faible entropie. Le temps et la vitesse absolue s'étaient fondus ensemble, fragmentant l'univers, isolant la majorité des entités de faible entropie et leurs civilisations dans des recoins différents de l'univers, en recouvrant celui-ci d'un voile de mystère. C'était ainsi que la loi du massacre préventif au nom de la survie était devenue la norme.

Mais, en un sens, la nature nouvelle de l'univers avait été une bénédiction, car l'obscurité du ciel était la meilleure protection des faibles. Ceux que l'on aimait pouvaient toujours trouver un lieu où se cacher et éviter de s'exposer trop directement à l'attaque d'un ennemi.

C'était la plus grande offrande faite à l'univers par le Dieu de la Création. Le temps avait créé la vie, et tout le reste. Tant de tyrans qui avaient essayé de conquérir l'univers s'étaient volatilisés dans le temps : par lui, ils avaient été rendus à la poussière d'étoile, offrant au contraire de l'espace pour le développement de nombre de civilisations primitives et insoupçonnées. Et les seules choses à avoir été sacrifiées sur l'autel du temps, c'étaient les dimensions – et cette Déesse de la Mort en exil.

(Si Guan Yifan, qui jouissait à présent d'une vie paisible dans le micro-univers avec Cheng Xin, avait pu entendre cette chanson et en comprendre le sens, il aurait appris que ce qu'il avait naguère appelé le "symptôme du trois et du trois cent mille" avait en réalité été une chance pour l'univers !)

— Noyau cosmique ! Pourquoi n'as-tu pas décrypté plus tôt ces messages contenus dans la chanson ? demanda la Reine avec colère.

— Je n'ai décrypté aucun message, ma Reine, répondit avec patience le noyau cosmique. J'ai simplement fourni quelque support scientifique à l'hypothèse proposée par l'Ancien Chanteur. Vous le savez, ma Reine, nos scientifiques n'éprouvent aucun intérêt pour ces vieux chants, et ils n'auraient jamais songé à essayer de les relier à leurs recherches.

— Soit. Mais si nous avions dès le début pu déchiffrer leur sens, nous aurions peut-être... peut-être... (Un instant, la Reine ne sut que dire, elle finit par hausser un appendice.) Bah, même si nous l'avions su, nous n'aurions rien pu faire de plus. Nous n'aurions pas pu arrêter l'ange de la Mort.

— C'est vrai, fit le Chanteur, la compréhension du sens caché de la chanson ne nous tirera pas d'affaire, mais elle nous dit au moins une chose.

— Quoi, l'Ancien ?

— Ma Reine, le temps est un cadeau. C'est au temps que nous devons la richesse et la variété de notre vie et de notre société. Mais en recevant ce présent, nous avons aussi accepté d'en payer le prix : celui d'être piégés par le temps. Autrement dit, d'être voués à la mort et la destruction. Depuis le royaume de l'existence éternelle, nous avons été conduits aux marges de l'existence, et il nous faut vivre et mourir dans le temps. Nous ne sommes ni dans l'existence, ni dans la non-existence. Nous sommes dans un état permanent de devenir, et ce processus s'achève dans la mort.

La Reine eut un sourire mélancolique :

— Je crois que tu as raison, Ancien. J'ai longtemps cru que le Dieu de la Création m'avait accordé l'immortalité, mais je comprends maintenant que j'ai vécu toute ma vie dans l'attente d'assister à la destruction du monde-mère. Le Dieu de la Création avait dû anticiper tout cela, il avait compris que dans cet univers, seule la mort est immortelle. Vois, lui-même n'a-t-il pas été emporté par les courants du fleuve du temps ? Pourquoi donc nous lamenter ? Mais, Ancien, voyons voir si nous ne pouvons pas trouver d'autres messages dans les chants que nous a laissés en héritage le Dieu de la Création.

Ils passèrent en revue une douzaine d'autres chansons datant de l'époque du Dieu de la Création et trouvèrent dans deux d'entre elles des messages similaires à ceux qu'ils venaient de décrypter. Dans cinq autres, ils crurent percevoir des allusions à la flaque d'eau morte de l'univers décadimensionnel, ainsi que des descriptions des batailles terribles qui avaient fait rage au cours de chaque réduction dimensionnelle, de même que des allusions à l'histoire sociale et culturelle du Dieu de la Création et du peuple du Gouffre des étoiles. Il se trouvait d'autres messages à n'en pas douter cruciaux dont ils ne parvinrent toutefois pas à décrypter le sens et à propos desquels ils n'insistèrent pas.

— Noyau cosmique, combien de temps nous reste-t-il ? demanda au bout d'un certain temps la Reine, en levant un appendice.

— 11,32 nœuds de temps.

La Reine se mit à rire.

— Alors, c'est bientôt la fin ? Depuis que j'ai obtenu l'éternité, je n'ai jamais senti le temps passer si vite qu'aujourd'hui.

— Aussi vite que l'éclosion des fleurs poussière d'étoile… fredonna le Chanteur. Le vers d'un chant ancien.

— … et qu'une demi-vie d'amour, termina la Reine, d'une voix plus lugubre.

Le Chanteur était sur le point d'ajouter quelque chose, mais la Reine s'adressa au noyau cosmique :

— Il est temps. Il nous faut abandonner toute chimère. Noyau cosmique, ouvre tous les grands yeux qui peuvent être ouverts, je veux parler à ceux d'entre nous qui sont disséminés dans les mondes-enfants et dans les graines.

Même s'il n'aurait su dire depuis quand, le Chanteur remarqua que la Reine avait recouvré sa force et sa détermination.

La capacité des grands yeux à communiquer instantanément à longue distance n'était pas neutralisée par le changement produit dans le rayon de dépression – sans quoi le Chanteur n'aurait d'ailleurs pas pu demeurer dans son avatar. Mais le noyau cosmique interpella toutefois la Reine :

— Cela nécessite de réaliser un entremêlement complexe des réseaux. Notre race est éparpillée dans plus de cent mille mondes-enfants et trente millions de graines. Il faudrait que deux cents millions de grands yeux soient simultanément connectés. Cela représente une colossale dépense d'énergie. Le noyau cosmique pourra brusquement cesser de fonctionner.

— Je dois accomplir mon dernier devoir envers mon peuple. Fais ce que je t'ordonne, dit fermement la Reine.

— Bien, il sera fait immédiatement selon votre volonté.

Le noyau cosmique se mit à fonctionner à plein régime, en chatoyant tel un foyer de lumières sans cesse changeantes. Après un moment, la Reine se dirigea vers l'autel, déjà à moitié effondré. Un feu sacré de douze couleurs enveloppait son corps divin et le maintenait dans les airs. Le Chanteur leva les yeux et observa la Reine qui se hissait de plus en plus haut. Il vit apparaître autour d'elle une sphère de lumière argentée : le grand œil était ouvert. La projection tridimensionnelle de la Reine fut aussitôt diffusée dans chaque coin de l'univers à tous les individus appartenant au peuple du Gouffre des étoiles, à ces habitants des mondes-enfants qui ignoraient tout de ce qui était arrivé.

— Noble peuple du Gouffre des étoiles, commença la Reine. (Il n'y avait dans sa voix ni désespoir, ni peur, ni non plus de fierté ou de ferveur, elle respirait le calme et la détermination. Cependant, le Chanteur savait que derrière cette sérénité de surface, ses émotions bouillonnaient.) Je suis votre Reine. Ce sera la dernière fois que je m'adresserai ainsi à vous. La catastrophe prédite par la prophétie des temps anciens a frappé ces derniers jours notre monde. Les lois de la physique qui régissaient jusque-là le monde-mère ont été altérées, attaquées par un ennemi dont nous ignorons le dessein et l'origine. À proximité du Gouffre des étoiles, la constante gravitationnelle a été multipliée par douze, ce qui signifie que le monde-mère et moi-même sommes en ce moment en train de plonger dans les abysses, sans aucune chance de nous échapper. Dans dix nœuds de temps, tout au plus, nous ne serons plus.

Le Chanteur ne pouvait deviner quelle était la situation actuelle dans les mondes extérieurs, mais il imaginait sans peine que dans ces millions de régions prospères et pacifiques, beaucoup de ses congénères avaient dû sombrer après lui dans une douleur et une terreur extrêmes. Bien des corps sensoriels, impuissants, devaient être au bord de l'effondrement, leur attention suspendue au grand œil.

Et la phrase qui suivit fut plus bouleversante encore :

— Mais, peuple du Gouffre, ne nous pleurez pas. La destruction du monde-mère n'est rien en comparaison de ce qui arrivera bientôt : toute vie dans l'univers touche à sa fin.

Tapi dans l'obscurité, l'ange de la Mort écoutait paisiblement ce discours d'adieu, comme si aucune force dans l'espace gigantesque ne pouvait perturber sa tranquillité. Mais ses yeux s'illuminèrent lorsqu'il entendit ce que formula ensuite la Reine.

— L'énigme a été résolue. L'Occulte s'est révélé.

L'ange de la Mort ignorait que non loin, deux autres mystérieux observateurs eux non plus ne perdaient rien de la scène.

— Pendant tant d'années, continua la Reine, j'ai été la seule à préserver le plus grand secret de l'univers. Noble peuple du Gouffre des étoiles, le moment est aujourd'hui venu de vous offrir la vérité. Vous avez le droit de savoir. L'univers tout entier a le droit de savoir.

"Vous connaissez toutes et tous la vieille légende qui raconte comment la Déesse de la Mort régnait sur le chaos primordial, et comment le Dieu de la Création s'est révolté et a exilé sa mère pour créer le monde tangible. Je vous le dis, cette légende n'en est pas une. Depuis les premiers âges, une guerre fait rage entre la Déesse de la Mort et le Dieu de la Création, et elle n'a jamais cessé. Durant cette guerre, l'univers a perdu un grand nombre de dimensions, passant de dix à trois. À chaque dimension, le Dieu de la Création a tenté de mettre un terme à la volonté de la Déesse de la Mort de tout détruire. Mais il s'est affaibli.

"Dans les premiers temps de l'univers tridimensionnel, le Dieu de la Création et la Déesse de la Mort ont engagé ce qu'ils croyaient être l'ultime bataille. La Déesse de la Mort a de nouveau été vaincue et contrainte de fuir hors de l'univers. Il n'est dès lors plus resté qu'un seul dieu, mais dont la victoire était amère. Le Dieu de la Création est mort peu de temps plus tard et, à compter de ce jour, notre univers a perdu son seul gardien. Il s'est livré au regard de la Déesse de la Mort.

"Par chance, juste avant de mourir, le Dieu de la Création a pu créer notre monde et nous a laissé ses dernières volontés, ainsi qu'une contre-mesure pour résister à la Déesse de la Mort. Nous sommes les héritiers du Dieu de la Création, nous avons été choisis pour veiller sur cet univers. Oui, notre civilisation est née du premier gouffre de l'univers. Nous sommes les enfants d'une race divine.

"Le monde-mère est la contre-mesure que nous a laissée le Dieu de la Création avant son départ. Tant que le monde-mère existerait, à la première tentative de la Déesse de la Mort de lancer un sortilège contre l'univers, son repaire infernal serait détruit et la Déesse en exil anéantie. Grâce à notre monde, nous avons pu garantir la sécurité de l'univers pendant des milliards de grains de temps.

"La seule force de l'univers à pouvoir vaincre le monde-mère était la Déesse de la Mort en exil. Elle connaissait son existence mais ignorait où il se trouvait. Durant des centaines de millions de grains de temps, elle a envoyé de nombreux messagers parcourir l'univers afin de trouver notre monde. Tous ont échoué, à l'exception du dernier messager, qui a réussi à dénicher notre monde et à glaner des informations dans notre base de données. Notre mission a fini par échouer.

"Je ne m'afflige pas de cet échec, noble peuple du Gouffre des étoiles, j'espère que vous non plus. Il s'agit d'une guerre déséquilibrée, entre des mortels et un dieu, une entité originaire de la dixième dimension, assez puissante et intelligente pour faire s'effondrer l'univers et le reconstruire. Comment le peuple du Gouffre des étoiles aurait-il pu rivaliser ? Et plus important, nous avons su préserver notre civilisation et protéger l'univers pendant plus de 1,3 milliard de grains de temps. Nous devons en être fiers.

"Nobles sujets, aux premiers temps du monde, le Dieu de la Création m'a confié un message, dont je n'ai malheureusement compris la véritable teneur qu'il y a peu. En cet ultime instant, j'aimerais partager ce message avec vous : le Dieu de la Création a créé le temps, et a ainsi donné la vie à l'univers. À partir de ce moment précis, tout ce qui était dans l'univers s'est retrouvé condamné à être prisonnier de l'immensité de l'espace-temps et à dégénérer dans ce temps. Notre race ne fait pas exception. Même si nous parvenions à prolonger encore notre vie sur des centaines de milliards de grains de temps, nous finirions tout de même par mourir un jour.

"L'univers ne survivra pas longtemps à notre mort. La destruction est proche. Mais je parle toutefois d'une échelle cosmique. Nobles sujets, peut-être aurez-vous la chance de vivre encore longtemps et heureux. Et peut-être aussi vos enfants. Qui sait si vous ne disposez pas encore de millions de grains de temps ? J'espère simplement que vous vous souviendrez que ce temps vous a été offert par le Dieu de la Création. Ne le gaspillez pas. Tout finira par retourner au néant, mais vous devrez profiter de chaque grain, de chaque nœud, de chaque filament de temps… Tel est le vrai sens de la vie.

"Le Dieu de la Création a donné du temps à la civilisation, et nous devons donner de la civilisation au temps…

La Reine aurait encore voulu ajouter quelque chose, mais le noyau cosmique lui indiqua que son énergie était épuisée et qu'il ne tiendrait plus longtemps. Elle prononça alors ces quelques mots qui auraient plongé n'importe quelle civilisation, n'importe quel mortel, ou même n'importe quel dieu dans une profonde tristesse :

— Je vous dis donc adieu.

Tous les grands yeux disséminés dans l'univers se fermèrent. Les membres du peuple du Gouffre des étoiles qui avaient essaimé dans tout le cosmos ressentirent soudain un chagrin, une peur et un désespoir sans nom.

Dans l'obscurité, sur l'autre face du monde-mère, l'ange de la Mort secoua la tête et soupira.

— 2046, elle est fascinante, n'est-ce pas ? s'émut un des deux observateurs blottis dans la matière noire, lorsque la belle silhouette de la Reine s'estompa.

— Oui… Je l'ai toujours aimée et admirée, répondit l'autre, après un long moment de silence…

Les moteurs du monde s'étaient éteints depuis longtemps, car leur énergie avait été épuisée. À la surface du monde-mère, les lumières s'étaient tamisées, comme des boules de feu sombres et démoniaques, roulant vers un océan d'obscurité.

Dans le Palais aux mille dimensions, la sphère argentée avait éclaté comme une bulle et la silhouette de la Reine, aussi svelte qu'une buse périodique, était tombée. Les sept paires d'yeux du Chanteur et de la Reine se fixaient. L'atmosphère était si calme qu'on pouvait presque entendre le murmure de l'éclosion de fleurs poussière d'étoile.

— Merci, Ancien, dit la Reine.

Le Chanteur eut encore l'air confus.

— Merci de m'avoir donné ton interprétation des chants anciens, tu m'as libérée du fardeau moral le plus lourd de l'univers. Pendant 1,3 milliard de grains de temps, j'ai eu peur que cet instant vienne, mais je n'ai plus peur à présent.

"Il y a de cela trois cents millions de grains de temps, au cours de la violente guerre entre le monde des marges et le monde-mère, j'ai pris une décision difficile, celle de rejeter le projet de bivectorialisation. À l'époque, beaucoup ont critiqué mon choix, et les voix des opposants n'ont fini par se taire que lorsque le monde des marges a reçu l'assaut fatal. La raison de ce choix : la mission de notre peuple, protéger le monde-mère. Or, la bivectorialisation présentait le danger de le détruire, et je ne pouvais prendre ce risque. Aussi, lorsque l'attaque gravitationnelle a eu lieu, mon âme s'est serrée. Si nous avions rejoint la deuxième dimension, rien de ceci ne serait peut-être arrivé. J'ai cru que tout était ma faute.

"Mais tes paroles m'ont fait comprendre quelle avait été la volonté du Dieu de la Création quand il nous a créés. Il ne voulait pas faire de nous un peuple d'immortels, mais nous faire profiter de chaque nouveau nœud de temps, tandis que nous cheminions paisiblement vers la mort. En ce sens, peu importe que la vie dure un grain de temps, ou bien un milliard.

— Non, c'est moi qui dois vous remercier, ma Reine ! fit le Chanteur avec émotion : La bivectorialisation me dégoûte ! Évoluer dans un monde plat m'aurait fait suffoquer, et encore plus pendant une vie entière ! Cela aurait été le plus terrible des supplices ! L'emprisonnement d'un criminel est un confinement dans un espace restreint, mais être enfermé sur une surface plate, quoique infinie, nous contraint à oublier toute autre forme d'existence. Quelle tragédie cela aurait été !

— Est-ce vraiment ce que tu penses, Ancien ? (La Reine était touchée par ses mots.) J'ai le même sentiment que toi, mais les Anciens et les Généraux ne m'ont pas comprise. Je crois que j'aurais dû faire de toi mon Premier Ministre.

— Il n'est pas trop tard, ma Reine. Je resterai ainsi dans les annales comme le dernier Premier Ministre du monde-mère.

— Impossible, nous aurions besoin de l'aval du Conseil des Anciens et de l'Assemblée. Il est trop tard. Et puis, tu serais perçu comme un arriviste ayant essayé d'usurper le poste de Premier Ministre.

Ils éclatèrent de rire. Le rire n'était en réalité chez eux qu'un procédé de langage musculaire manifestant la joie, consistant en une danse harmonieuse de leurs appendices respectifs. Après un instant, la Reine reprit la parole :

— Chantons une nouvelle fois un de ces chants antiques, veux-tu, Chanteur ? demanda-t-elle, en l'appelant par son nom.

— Bien, ma…

— Ne m'appelle donc plus “Reine”. Désormais, j'abandonne toutes mes prérogatives. Mon nom est… Rouge, l'interrompit la Reine.

— Bien, Rouge.

Le Chanteur n'eut pas de mal à l'accepter. Oui, tous étaient égaux devant la mort.

Et alors, ils chantèrent ce chant venu du fond des âges, peut-être vestige d'un oracle transmis par le Dieu de la Création aux premiers temps de leur monde, bien des univers avant celui-ci :

J'ai vu mon amour.
J'ai volé jusqu'à elle
Je lui ai offert mon présent
Un fragment de temps figé
De belles empreintes gravées dans le temps
Aussi douces que la vase des hauts-fonds
Mon amour recouvre son corps de temps
Puis elle me tire et nous nous envolons aux marges de l'existence
En un vol spirituel
Les étoiles sont des fantômes dans nos yeux
Nous sommes des fantômes dans les yeux des étoiles

Le Chanteur entendit enfin la voix de la Reine, à la fois froide et brûlante, comme une comète enflammée, comme un océan solaire figé dans la glace, aussi lointaine que la rivière des étoiles, aussi intense qu'un nuage stellaire gelé, aussi poignante qu'un amour inconnu…

Pour le peuple du Gouffre des étoiles, l'acte de chanter revenait en réalité à faire vibrer certaines ondes électromagnétiques, appelées "membranes primitives", si bien qu'ils pouvaient "écouter" ces ondes avec leurs yeux. Le Chanteur remarqua que les ondes multicolores générées par le chant de la Reine avaient transformé l'espace autour d'elle en un lac de mercure, sur lequel venait perler la "voix" de la souveraine, formant des rides concentriques à sa surface. Et les ondulations de son chant entraient en collision avec celles du Chanteur, pour se synchroniser, et fusionner ensemble…

Peut-être est-ce cela, les "belles empreintes gravées dans le temps" ? se demanda le Chanteur, troublé par tant de beauté.

Et ce "vol spirituel", ce vol vers les marges de l'existence, le vol vers le Gouffre des étoiles…

Le moment de la destruction était arrivé.

Au moment où il franchit la limite de fragmentation, le monde-mère se craquela et une énorme explosion le déchira de l'intérieur. Sous la protection des flammes sacrées, encore en suspension dans les airs, la Reine et le Chanteur virent de longues fissures se former sur le monde sous leurs pieds qui se rejoignirent bientôt pour ouvrir un gouffre gigantesque, dévoilant la grandiose mécanique interne du monde-mère… Ils eurent du mal à en croire leurs yeux : ce qui se révélait devant eux était une structure si sophistiquée qu'ils ne surent comment l'appréhender. Mais cela ne faisait plus aucun sens désormais. La contre-mesure ultime avait été disloquée, plus aucune force ne pourrait empêcher le retour du Dieu exilé. Le Chanteur et la Reine furent soutenus dans les airs par un tourbillon naissant du souffle qui jaillissait de l'intérieur du monde. Les yeux écarquillés et ahuris, ils contemplèrent la splendeur des ruines qui s'offraient à leur vue.

— Chanteur, j'ai peur, dit la Reine, en serrant l'avatar de ce dernier contre sa poitrine.

Elle lui offrait son corps mental. Ils communiquaient maintenant par la pensée :

— *À ton avis, qu'y a-t-il dans le Gouffre des étoiles ? Un enfer de ténèbres où la matière est infiniment dense ?*

— *Non, peut-être verrons-nous un point de distorsion qui nous mènera vers un autre espace-temps, vers un autre univers.*

— *Vraiment ? Nous nous rendrons dans un autre univers ?*

— *Jamais personne n'y est allé, je l'ignore. Mais un chant dit ceci : "Hors de cet univers, neuf autres univers. Cette vie s'achève, et nul ne sait ce que sera la prochaine**. "*

— *C'est très beau, mais c'est la première fois que j'entends ce chant…*

— *Il ne nous appartient pas, c'est un chant que j'ai découvert dans la base de données des Pinceurs d'étoiles. Il parle d'un roi et de son amour perdu.*

— *Alors, leurs rois peuvent aimer ?*

— *Oui, leurs rois et leurs reines sont des individus comme les autres, ils naissent, ils meurent, ils aiment, ils haïssent…*

* Il s'agit du vers d'un poème de Li Shangyin (813-858), "Ma wei 马嵬", qui raconte le chagrin célèbre de l'empereur Tang Xuanzong ayant perdu son grand amour Yang Guifei au cours d'une guerre. *(N.d.T.)*

À mesure de leurs murmures, le Chanteur pénétrait un peu plus profondément dans le corps mental de la Reine, il s'abandonnait à son étourdissante conscience, inconnue et en même temps si douce. La Reine elle aussi entrait dans le corps mental de l'Airin, dans lequel elle sentait la présence de ses propres pensées… Leurs corps mentaux s'imbriquèrent et, secoués de tremblements, ils accomplirent le plus vieux rituel d'amour du peuple du Gouffre des étoiles : ils se fondirent en un.

En cet instant, un fragment de conscience encore autonome du Chanteur lui rappela que son corps sensoriel se trouvait encore dans le nuage stellaire des Pinceurs d'étoiles. L'énergie de la graine était entièrement épuisée, et la feuille bivectorielle l'attirait irrésistiblement vers une surface mortelle qui ne cessait de s'étendre. Il mourrait peut-être plus vite là-bas qu'ici, dans le monde-mère.

Tout arrive à point nommé, pensa-t-il avec satisfaction. Il déploya tous ses appendices pour enlacer la Reine, qui connaissait trop tard l'ivresse du bonheur.

Au même moment, l'ange de la Mort regardait tout, toujours aussi calme.

Bien entendu, sa simple volonté et un seul geste de la main suffisaient pour leur sauver la vie. Il n'avait qu'à tirer sur une corde invisible, et la constante gravitationnelle redeviendrait normale. Un autre coup sur la corde, et la gravité baisserait, jusqu'à approcher de zéro… Et ainsi, le Gouffre des étoiles ne serait plus qu'une sphère de matière insignifiante, dépourvue de son attraction mortelle. Les individus de ce monde pourraient même y atterrir et sauter tout autour.

Il suffisait qu'il tende la main…

Pour finir, l'ange de la Mort prit sa décision : il tendit sa main gauche et fit comme s'il attrapait quelque chose d'invisible. Une boule de feu se forma dans sa paume. Celle-ci s'éteignit très vite, se changeant en quelque chose ayant forme et substance.

Un minuscule verre transparent, qui contenait un étrange liquide vert émeraude.

L'ange de la Mort observa l'objet. Il avait recréé la température, la pression atmosphérique et la gravité de son monde natal. Il concentra l'espace d'un instant son esprit sur le verre, puis avala son contenu d'un seul trait. Il poussa un soupir de satisfaction, puis il tendit à nouveau la main.

— Encore une "Tempête verte", marmonna-t-il.

Peu importe comment, c'était un jour qui méritait d'être célébré.

Un autre verre rempli de "Tempête verte" apparut devant lui. L'ange de la Mort tendit la main pour le prendre, mais celui-ci fut saisi par une autre main, aux doigts plus délicats.

— *Hic mihi.*

La voix était limpide. Une silhouette sortit du cadre de la porte derrière lui. Une clarté douce illumina la silhouette, soulignant ses contours graciles. Une jeune femme aux cheveux blonds et à la peau nivéenne vêtue d'un costume argenté en sortit. Malgré leur tendresse apparente, ses yeux bleus disaient sa force et sa confiance.

— *Sis*, fit l'ange de la Mort, en lui adressant un signe poli.

— Est-ce que ce sont eux ? demanda la jeune femme, toujours en latin.

— On dirait bien.

— Alors, prévient-on le Seigneur ?

Elle leva une main, au bout de laquelle une bague scintillait.

Après un instant d'hésitation, l'ange de la Mort acquiesça d'un geste de la tête.

Au même moment. 2,5 unités de structure plus loin

— Allume le système de surveillance cosmique, ordonna 2012. Le quatrième appât a dû être détruit. La Mère primordiale ne va sans doute pas tarder à agir.

— J'ai encore du mal à y croire, fit 2046. Après trente mille méga-années, ce jour est enfin venu !

— Oui, je me souviens encore quand nous avons commencé à nourrir ces petits lézards. Ils étaient à l'époque des créatures dociles. Qu'est-ce que tu as, tu n'es pas heureux ?

2012 avait senti un changement infime dans le champ de conscience de son compagnon.

— Tu n'as pas vu ? Ma petite Rouge est morte. Pendant ces trente mille méga-années, mon seul plaisir a été de la regarder aller et venir, parcourir le ciel dans son char volant et, de temps à autre, enfiler son armure pour partir en conquête. C'était une adorable petite chose ! Et la voilà maintenant engloutie par le Gouffre.

— C'est dommage, en effet, mais sa mort aura été sublime ! Elle a fini par annoncer à l'univers entier qu'elle et son peuple étaient nos héritiers. Ce discours… il était bigrement touchant !

— Je veux, oui ! Ça m'a demandé du travail d'implanter ces idées dans sa conscience ! Bien entendu, il ne fallait pas qu'elle se doute de quelque chose, car cela n'aurait pas paru aussi naturel.

— Tu as eu raison. Tu as été bien inspiré !

— Je n'y aurais jamais pensé tout seul, tout a été organisé par le Grand Sage.

À l'évocation du Grand Sage, les champs de pensée des deux individus se firent aussitôt plus sérieux. Ils gardèrent un moment le silence, jusqu'à ce que 2046 demande :

— N'est-il pas temps maintenant de le réveiller ?

— Pour qu'il nous avale aussitôt ? Ne sois pas idiot, nous attendrons le dernier moment pour le tirer de son sommeil.

— D'accord. Je préfère moi aussi rester encore un peu indépendant. Ce ne sera plus très long.

Mais un moment passa, et rien ne s'était produit. Ils ne voyaient défiler que des chiffres tridimensionnels changeants, qui se métamorphosaient en milliers d'étranges figures géométriques.

— Tu crois que cette bande de Chercheurs a pu assister au dernier discours de Rouge ? demanda 2012, après un moment.

— Tu as bien pu, toi, pourquoi pas eux ? rétorqua 2046, d'un ton dédaigneux.

— Ce n'est pas faux. Ils ont donc dû recevoir notre message.

— Bien sûr.

— Et ils ont aussi dû l'envoyer à la Mère primordiale ?

— Très probablement.

— Alors pourquoi n'a-t-elle pas encore réagi ?

— Un peu de patience ! Nous parlons quand même d'inversion dimensionnelle ! Réinitialiser l'univers, ce n'est pas aussi simple que de bousiller deux galaxies !

— Quelle différence ? Tu sais comme moi que cette vieille sorcière n'a pas besoin de temps pour réfléchir. Si elle décide d'agir, elle agit instantanément.

— Peut-être veut-elle attendre encore un peu ?

— Attendre quoi ?

— Attendre pour voir s'il n'y a pas une faille, quelque part.

— Tu veux dire qu'il pourrait y avoir une faiblesse dans le plan du Grand Sage ? s'inquiéta 2046.

— Bien sûr que non, mais peut-être que toi, tu l'as mal mis à exécution… lui rétorqua 2012.

— Tu veux rire ! s'agaça 2046. J'ai tout bien arrangé, du premier appât au quatrième ! Grâce à l'ingéniosité du Grand Sage et à ma minutie, les Chercheurs sont tombés un à un dans notre piège. Les Anéantisseurs constituaient les cibles les plus évidentes, mais s'ils avaient été le seul appât, les Chercheurs auraient trouvé cela trop facile et se seraient méfiés. Nos indices les ont menés aux Penseurs, chez qui ils ont trouvé deux autres pistes : la première, menant aux Émancipateurs, la seconde, aux lézards du Gouffre des étoiles. Évidemment, les Émancipateurs leur ont paru plus suspects, car tout le monde sait que la désintégration du vide est une conséquence de l'inversion dimensionnelle. Mais ils ont dû découvrir que ce n'étaient pas ceux qu'ils cherchaient, d'autant que le mythe de la création chez les Émancipateurs trouvait aussi sa source chez les lézards du Gouffre des étoiles. Les indices concordant, ils sont parvenus à la conclusion que leur véritable cible était la race du Gouffre des étoiles.

"Ils ont certainement trouvé ce qu'ils voulaient en fouillant dans la base de données des lézards du Gouffre des étoiles ; et le discours de la Reine des lézards a dû les renforcer dans leur hypothèse. Ils ont été persuadés d'avoir déniché l'Occulte. Nous leur avons de plus apporté une raison permettant d'expliquer pourquoi l'Occulte avait été éliminé aussi facilement – le véritable Occulte serait mort, il ne resterait plus de lui que ses disciples. Le plan est parfait. Jusqu'à ce jour, tout s'est déroulé comme prévu, ce qui veut dire qu'il n'y a pas de faille, ni dans le plan, ni dans son application.

2012 n'avait rien à répondre, mais il ne s'accommodait pas de l'air triomphant de son compagnon.

— Les Chercheurs sont des êtres soupçonneux. Peut-être se disent-ils que tout n'est qu'un grand complot…

— Peut-être. L'univers est plein d'entités de faible entropie de toutes sortes. Mais la Mère primordiale, elle, ne doutera pas. Elle est trop arrogante ! Elle se fait appeler "Seigneur", mais sur quoi règne-t-elle ? Et vois comment elle nous appelle : "l'Occulte" ? Croit-elle vraiment que nous vivons éternellement cachés, au fond de nos carapaces, dans quelque recoin sombre de l'univers ? C'est elle qui envoie à notre recherche des cohortes de Chercheurs, persuadée que sa victoire sera assurée dès l'instant où elle nous aura trouvés. Elle n'aura jamais l'humilité de penser à reculons, voilà pourquoi il faut la laisser croire qu'elle nous a trouvés, qu'elle nous a détruits, qu'elle a remporté cette guerre, puis lui laisser enclencher l'inversion dimensionnelle, et là – bam ! Ah, j'aimerais voir son champ de pensée au moment où elle se rendra compte qu'elle s'est lamentablement trompée !

— C'est sûr que ça vaudrait le coup d'œil ! Mais, malheureusement, au moment où l'attaque sera lancée sur la super-membrane, le micro-univers explosera, et la vieille sorcière se volatilisera. On ne verra plus rien, ajouta 2012 avec regret.

— De toute façon, nous n'avons pas d'autre choix qu'attendre, finit par dire 2046.

Une méga-heure s'écoula. Aucun signal ne s'était affiché sur le moniteur du système de surveillance cosmique, qui n'indiquait rien d'autre que du bruit.

Deux autres méga-heures passèrent, sans le moindre changement.

Trois autres méga-heures. 2012 n'arrivait plus à se contenir :

— Ça n'est pas normal ! Ils ont peut-être découvert quelque chose.

— Impossible, nous n'avons pas laissé le moindre indice ! Le seul système d'ultrasens se trouvait à l'intérieur du monde du Gouffre des étoiles, et il a été détruit avec la planète. Je t'assure, ces gars-là sont paranoïaques, mais ils finiront par agir. Ils n'ont pas d'autre piste, et ils ne vont pas se mettre à fouiller galaxie après galaxie. Ils vont bien finir par mordre à l'hameçon.

— J'espère qu'ils feront vite.

Une nouvelle méga-heure s'écoula, puis une autre, et toujours pas le moindre signal. Abattues, les deux entités numériques décidèrent de prendre du repos, avant de rediscuter de la posture à adopter. 2046 était inquiet et planifia son réveil automatique à cent méga-heures plus tard.

Le moment venu, rien ne s'était passé. Il retourna se coucher, dépité.

Il en fut de même cinq cents méga-heures plus tard.

Mille méga-heures plus tard, lorsqu'il se réveilla de nouveau, il se sentit gagner par le désespoir.

— Qu'est-elle en train de nous préparer, cette vieille sorcière ? s'emporta-t-il. Comment a-t-elle pu déceler une faille chez le quatrième appât ?

— La Mère primordiale est certes puissante, mais elle n'a jamais été aussi fourbe. C'est peut-être un de ses Chercheurs, répondit froidement 2012.

— Quoi qu'il en soit, tout est terminé. Toute cette préparation de dix mille méga-années… Cette surveillance et cette attente de trente mille autres méga-années ! Quatre civilisations ayant servi d'appâts ! Tous ces efforts pour rien !

— Patience, contrôle-toi, nous n'avons peut-être pas réussi à l'appâter, mais nous n'avons pas encore perdu. Au moins, la Mère primordiale ignore où nous nous trouvons. Rappelle-toi que nous participons à un grand jeu de stratégie cosmique…

— Nous allons devoir effectuer un rapport et le transmettre au Grand Sage. Il va sûrement… (2046 passa sur un canal de communication de conscience plus intime.) nous reprocher notre échec. Peut-être qu'il ne nous absorbera pas complètement et qu'il nous exilera dans les niveaux les plus bas de sa conscience, d'où nous ne pourrons plus jamais remonter.

2012 frissonna.

— Eh bien, attendons encore. Attendons… mille méga-heures et si nous n'avons toujours aucune nouvelle, nous trancherons.

Alors ils se rendormirent. Cette fois, trente-quatre méga-heures seulement s'écoulèrent avant qu'ils soient tirés de leur sommeil par le stimulus de l'alarme. Ils étaient dans une effervescence telle que leurs deux champs de pensée faillirent bien se disloquer.

Un point, deux points, puis un troisième.

Et un quatrième, et même un cinquième. Ils clignotaient frénétiquement. Ces signaux d'alerte manquèrent de faire sombrer les deux entités numériques dans la folie.

Jamais il n'était apparu de signal d'alerte de cinquième niveau. Celui-ci ne pouvait théoriquement signifier qu'une chose : l'inversion dimensionnelle avait débuté.

Les deux entités numériques regardèrent l'espace d'affichage du moniteur de surveillance. L'un de ses coins s'était déjà obscurci, et la zone obscure continuait à se propager, lentement, mais sûrement. Ils savaient que la zone était un vide absolu présentant un bilan d'énergies positive et négative absolument équilibré. La zone s'étendait à la vitesse de la lumière, avalant toute matière sur son passage. Une fois entraînés dans le vide, les protons, les neutrons et les autres particules se désintégreraient en un instant et retourneraient à leur état naturel, en se restructurant en dix dimensions.

Si cette expansion s'effectuait à seulement la vitesse de la lumière, il faudrait beaucoup de temps pour que l'inversion s'applique à l'ensemble de cet univers, large de 14 milliards d'années-lumière. Mais la dilatation de la zone dans le vide absolu bouleversait aussi la vitesse de la lumière à mesure de son expansion. Celle-ci était de plus en plus rapide, gagnant chaque fois plusieurs ordres de grandeur. Le Grand Sage avait calculé le temps que prendrait l'inversion dimensionnelle depuis son enclenchement jusqu'à son achèvement : seulement 1,91 méga-heure. Et pour 99,9999 % de ce temps, la désintégration du vide ne toucherait qu'à peine 10 % de l'univers total. Le reste serait englouti durant les derniers instants, à cause de l'accélération vertigineuse de la vitesse luminique.

Le temps qu'il leur restait désormais pour amorcer la contre-attaque était court, mais il pourrait suffire. Le mécanisme de contre-mesure était encore en bon état et, en maximum une méga-heure de temps, ils pourraient déclencher une attaque transcosmique. La Mère primordiale serait anéantie. Puis ils déploieraient quelques points de dimension zéro et dissiperaient de cette manière la désintégration du vide.

Cette guerre éternelle entre la mère de l'univers et son fils, entre le Seigneur et l'Occulte, entre la Déesse de la Mort en exil et le Dieu de la Création des légendes du peuple du Gouffre des étoiles s'achèverait sur leur victoire.

2046 activa immédiatement le fil de pensée qui les connectait au Grand Sage.

— Votre Grandeur, la vieille sorcière… euh, je veux dire, la Mère primordiale, a mordu à l'hameçon.

À 300 millions d'années-lumière de là,
*dans l'espace vide au-delà du Grand Mur de Sloan**

Quelque part dans les abysses d'un océan sans fin de matière noire.

Tout au fond des abysses, là où il n'y a ni lumière ni obscurité, ni lepton ni baryon, ni mouvement ni repos, ni existence ni non-existence.

L'organisme intelligent le plus prodigieux du grand univers – le Grand Sage – se réveilla.

Sa dernière bataille contre le Seigneur avait coûté tant d'énergie au Grand Sage qu'il avait bien failli mourir d'épuisement. Pour préserver sa conscience, il n'avait eu d'autre choix que de se plonger lui-même dans un long sommeil, dont il n'était tiré qu'une fois toutes les mille méga-années, en n'employant de surcroît qu'une fraction limitée de sa conscience. Pour amorcer son véritable

* Le Grand Mur de Sloan est une muraille de galaxies géante, située à environ un milliard d'années-lumière de la Terre. Il s'agit de l'une des plus grandes structures actuellement connues dans l'univers. Elle s'étendrait sur 1,37 milliard d'années-lumière. *(N.d.A.)*

réveil, il lui fallait activer tous les réseaux cachés dans la matière noire, mais cette opération l'aurait rendu trop facilement détectable par le Seigneur. Par conséquent, il s'était scindé en milliers de nœuds de données, eux-mêmes devenus des entités numériques indépendantes à qui furent assignées des régions particulières de l'univers, avec comme tâche de protéger le Grand Sage et de surveiller son ennemi.

Aujourd'hui, un piège fomenté depuis quarante mille méga-années obtenait enfin le résultat attendu. Le Grand Sage, à peine réveillé, activa à pleine puissance son champ de pensée et réceptionna les informations qui lui provenaient de partout dans l'univers. On aurait dit une araignée dissimulée dans la pénombre tentant de ressentir le moindre frémissement sur sa toile.

D'immenses vagues de données affluèrent alors, qui lui confirmèrent la véracité de l'information. Joyeux et serein, le Grand Sage enclencha le programme de réunification de sa conscience et, grâce à son réseau d'intrication quantique, il absorba aussitôt toutes les entités numériques dispersées, parmi lesquelles 2046 et 2012. Il laissa ses fragments issus de son corps d'origine retrouver leur place dans sa conscience.

Toutes les entités numériques se combinèrent en une seule entité intégrale – l'Occulte. Cela demandait une énergie colossale, mais il n'en avait cure, car cette bataille serait la dernière.

Le mécanisme de contre-attaque, dissimulé dans le monde de matière noire, était initié. Grâce à la détection de réactions énergétiques particulières, il parvint à localiser le micro-univers de la Mère primordiale sur la super-membrane. Là encore, la quantité d'énergie demandée fut énorme : l'Occulte consomma près de trente pour cent de la matière noire disponible dans le cosmos. Celle-ci existait majoritairement dans des "bulles vides" entre les amas de galaxies. La matière noire, ainsi utilisée, émettrait des rayonnements électromagnétiques très puissants, qui s'épanouiraient silencieusement comme une infinité de fleurs printanières au cœur d'une nuit obscure.

Bien entendu, ce bouleversement inouï serait indétectable pour les observateurs de bien des civilisations, car ils vivaient en dehors du cône de lumière de cet événement. Lorsque le rayonnement émis par la matière noire parviendrait jusqu'à leur monde, leurs nuits s'illumineraient comme en plein jour, et le ciel au-dessus de leurs têtes se parerait de couleurs insensées. Ils comprendraient que leurs mondes n'étaient que des grains de sable dans la mer du cosmos. Les mondes les plus proches du rayonnement seraient carbonisés et les écosystèmes de bien d'autres mondes, à jamais bouleversés. Mais l'Occulte s'en moquait : s'il n'agissait pas ainsi, ces mondes et leurs habitants seraient engloutis par le vide absolu.

C'est ainsi que l'Occulte mit en route la plus grande machine de guerre de l'univers. Certain de son succès, il porta son regard interrogateur vers la super-membrane. Bien qu'étant l'entité la plus intelligente de l'univers, il ne pouvait lui non plus observer et agir directement sur la super-membrane. Chaque fois qu'il pensait à ces milliards d'univers parallèles au sien, il était gagné par la tristesse. Mais cette fois, ce serait différent : cette stupéfiante membrane en onze dimensions deviendrait son champ de bataille. C'est là qu'il tuerait sa mère. C'est là qu'il éliminerait l'âme de la dixième dimension, la terrifiante Mère primordiale de qui il était né, et qu'il obtiendrait une liberté et une sécurité éternelles.

C'était sa guerre, une guerre qui durait depuis huit univers, une guerre longue de cent mille méga-années, et cette guerre touchait à sa fin.

Tout serait bientôt terminé…

L'unité d'attaque lui rapporta que tout était prêt, il suffisait désormais de confirmer les coordonnées du micro-univers sur la super-membrane, et l'attaque trans-cosmique pourrait être lancée. *Tout était parfait.*

Son champ supérieur d'intelligence consulta l'unité d'analyse de la super-membrane, qui travaillait encore. L'Occulte n'était pas pressé. Il avait attendu des milliers de méga-années, il pourrait attendre encore un peu.

Mais après un certain temps, l'unité d'analyse tournait encore. L'Occulte commença à s'inquiéter. *Cela ne devrait pas être si long… à moins que…*

Il était trop intelligent pour ne pas comprendre, mais il n'avait pas voulu y penser. Car cette possibilité était trop effrayante.

L'Occulte essaya de se détendre. La zone continuait à s'étendre, mais la vitesse n'avait pas accéléré. Au contraire : elle avait ralenti. La vitesse de l'expansion correspondait à la moitié de la vitesse de la lumière.

Impossible ! pensa l'Occulte, affolé.

Le processus de désintégration dans le vide ne pouvait être aussi lent. Il activa le super-réseau et ouvrit l'unité de surveillance de secours la plus proche de la zone de désintégration du vide sur laquelle il concentra une partie de sa conscience. Il n'osait pas y connecter son propre champ de pensée, car il redoutait de perturber le processus en cours.

— 9527, que vois-tu ? demanda l'Occulte.

— Des planètes, des étoiles, des nébuleuses… dans le ciel. Toutes en deux dimensions. C'est une bidimensionnalisation ! Une bidimensionnalisation ! s'exclama son interlocuteur avec frayeur.

Ce n'était pas tant la bidimensionnalisation qu'il redoutait, mais ce que signifiait cette découverte.

Cela voulait dire qu'il n'y avait eu aucune désintégration du vide. Seulement une bidimensionnalisation. Le système de surveillance cosmique n'avait pas pu observer la situation à l'intérieur de la zone de vide absolu et n'avait donc pas pu confirmer la formation d'un univers décadimensionnel. Tout ce qu'il avait pu faire, c'était deviner ce qui avait pu se passer, à partir de la vitesse de destruction de certains points de référence. Et à l'instant, la vitesse de destruction avait dépassé le double de la vitesse de la lumière dans l'univers en trois dimensions. Un tel phénomène n'aurait normalement dû être qu'un effet de la désintégration du vide, qui augmentait considérablement la vitesse de la lumière à la jonction entre l'espace normal et la zone de vide absolu.

Mais l'Occulte comprenait maintenant son erreur. Tout n'avait été qu'un immense complot : le Seigneur lui avait fait croire à une inversion dimensionnelle. Mais celle-ci n'avait été qu'un mirage. Même si la vitesse normale de bidimensionnalisation ne pouvait dépasser celle de la lumière, le pouvoir du Seigneur était en mesure d'augmenter la vitesse luminique dans une région donnée, et pour une courte période de temps. Il avait donc provoqué un effet semblable à celui d'une inversion dimensionnelle ; et comme la vitesse de la bidimensionnalisation dépassait celle de la lumière dans cette zone, il était impossible pour un observateur extérieur de voir la bidimensionnalisation à l'œuvre car avant même de l'avoir vue, il aurait été bidimensionnalisé lui-même. Mais pour mettre en place une telle illusion, une grande quantité d'énergie avait été nécessaire et il devenait difficile de maintenir la même vitesse. Celle-ci devait ralentir.

Un rapport de l'unité d'analyse de la super-membrane lui parvint :

— Données erronées. Impossible de localiser la cible sur la super-membrane.

Il n'y avait plus de place pour le doute, ses espoirs étaient déchus. Le pire était arrivé.

Il fait sombre. Putain qu'il fait sombre !

L'Occulte lança immédiatement un nouvel ordre :

— Interrompez immédiatement l'activité de l'unité d'attaque ! Tout de suite ! Retour à l'état de dissimulation !

L'ordre fut aussitôt exécuté : d'innombrables néons s'éteignirent soudain dans l'univers, comme des pétales de fleur flétris.

Mais les rayonnements électromagnétiques étaient déjà partis, ils traversaient déjà l'immensité de l'espace, éclairant l'obscurité. Ils ne pouvaient plus être contrôlés. Les coordonnées de l'Occulte avaient été dévoilées. Il savait que le Seigneur et ses Chercheurs voulaient le contraindre à se révéler. Et ils avaient aujourd'hui atteint leur but.

Naturellement, tout n'était pas encore terminé. Le temps que cette information parcoure tout l'univers, il avait encore le temps de réagir et de se cacher ailleurs. Mais il avait laissé derrière lui des traces indélébiles. Le Seigneur et les Chercheurs ne laisseraient pas passer leur chance. Ils pourchasseraient leur proie jusqu'à la fin.

Les salauds ! pesta l'Occulte.

Il devinait vaguement qui se cachait derrière ce complot. Des envoyés mystérieux qui avaient réussi à retourner son propre piège contre lui. Les anciens Chercheurs n'avaient jamais fait montre d'une telle sournoiserie.

Qui sont-ils ? Comment ont-ils pu voir clair dans mon jeu ? Il n'avait aucune piste. Mais il savait que ces Chercheurs viendraient jusqu'à lui. Le moment venu, il se dissimulerait, encore, et tendrait un autre piège, il inventerait une nouvelle contre-attaque et finirait par avoir raison de la vieille sorcière. Il transformerait sa défaite en victoire. Il aurait une nouvelle chance…

Oui, une nouvelle chance.

Le champ de pensée de l'Occulte était en ébullition. Il retrouvait confiance en lui. Il scinda sa conscience en dix millions d'unités indépendantes, de manière à pouvoir se disperser dans tous les recoins de l'univers et préparer sa vengeance à venir.

Je ne te laisserai pas dérober le temps. Je ne te laisserai pas rebâtir ton règne de mort, Mère.

Le temps est avec moi, et la vie aussi, Mère.

À l'autre bout de l'univers, la lumière émise par la matière noire scintillait de mille feux. Son iridescence féerique éclairait une immense région de vide.

L'ange de la Mort et la jeune femme qui l'accompagnait survolaient ce monde étrange – si toutefois il était possible de parler de vol – tout en observant avec curiosité ces éclatants nuages de matière noire. À l'intérieur, la partie d'une incroyable et gigantesque structure se faisait jour. Ce n'était pas une machine de la taille d'une planète, comme celle du monde du Gouffre des étoiles, mais une construction à l'échelle d'une galaxie entière. En y regardant bien, elle rappelait à l'ange de la Mort la structure projetée par l'Esprit : cette rose géante, dont chaque pétale était aussi une fleur complète aux pétales eux aussi d'une complexité et d'une variété infinies…

C'était tout à la fois un brasier, un océan, un bosquet fleuri, une toile d'araignée, le vivant, la machine… La véritable nature de l'Occulte, la source et la racine du maître de la dissimulation de l'univers.

— C'est magnifique… on dirait un champ de lavande, en Provence, fit la jeune femme d'une voix sincère.

— Une corolle, rectifia tranquillement l'ange de la Mort.

— Comment ?

La jeune femme ne comprenait pas.

— Le système d'énergie cosmique de l'Occulte. Au cours des batailles des temps anciens, il a été décrit comme une corolle céleste. Quand ce réseau extraordinaire s'ouvre dans l'univers, on dirait une corolle géante, aux pétales éclatants. Le nuage de matière noire forme la racine, les zones aveugles des intellectrons, disséminés un peu partout dans l'univers, sont les feuilles, et chaque galaxie, autant de nœuds d'énergie.

— Quel paysage incroyable ! Et moi qui croyais que le Gouffre des étoiles et son monde étaient la dernière carte de l'Occulte.

— C'est ce que je croyais aussi, jusqu'à ce que je voie la corolle céleste. J'ai alors compris le sens véritable des vieilles formes de conscience que nous avons découvertes la dernière fois. Cette fois, il n'y a plus de doute, nous avons enfin trouvé la demeure de l'Occulte.

— Yun, je me demande encore comment tu as fini par tout comprendre. Si tu ne m'en avais pas empêchée au dernier moment, j'aurais dit au Seigneur d'enclencher l'inversion dimensionnelle.

— Ce n'était qu'un concours de circonstances, se justifia l'ange de la Mort. En écoutant le dernier discours de la Reine, je ne sais pas pourquoi, j'ai repensé à la boisson "Tempête verte". Depuis tant d'années, j'ai pris l'habitude de me remettre sans cesse en question, et d'examiner ce qui travaillait dans ma conscience. J'ai vite compris que la raison pour laquelle j'avais songé à la boisson "Tempête verte" était… la publicité.

— La publicité ?

— Oui, une méthode de promotion commerciale courante à mon époque. J'imagine que tu n'es pas familière de ce concept.

— Je peux l'imaginer. La publicité existait aussi, du temps où je vivais à Byzance : les magasins étaient bardés de pancartes clinquantes, et les marchands criaient pour vanter leurs produits.

— Tout à fait, Theolona. Certes, la forme était différente, mais la nature était la même. Il s'agissait cette fois de diffuser un message à l'univers entier. J'ai repensé à une publicité tournée pour "Tempête verte" dans laquelle une jeune femme faisait un grand discours. La Reine du Gouffre des étoiles s'est aussi adressée au monde entier, en proclamant qu'elle était l'héritière de l'Occulte. J'ai trouvé ça étrange. Si elle avait été la véritable Occulte, ou sa descendante directe, elle aurait probablement préféré être anéantie plutôt que de trahir son secret.

— Mais la Reine allait bientôt mourir ! Peut-être qu'elle ne s'en préoccupait plus ?

— Non, car son espèce possède encore des millions de mondes-enfants. Ceux-là n'étaient pas perdus. Or si le peuple du Gouffre des étoiles avait réellement hérité de l'Occulte, la Reine aurait gardé le secret sur son origine et sur l'existence de la contre-mesure du monde-mère. Le Seigneur n'aurait pu alors obtenir la certitude que l'Occulte était bel et bien vaincu, et il n'aurait certainement pas enclenché l'inversion dimensionnelle – ou du moins l'aurait-il retardée. La révélation ne lui apportait rien, tant pour préserver son espèce que pour se venger du Seigneur.

"Une seule conclusion était possible : le peuple du Gouffre des étoiles n'était pas l'héritier de l'Occulte.

— Mais leur monde ayant été détruit, nous ne pouvons pas en être si sûrs.

— C'est vrai, nous ne pouvons pas être sûrs. Mais quand je l'ai compris, il était déjà trop tard pour changer la constante gravitationnelle, sans quoi nous aurions pu conserver quelques fragments du monde-mère pour les examiner en détail. Même sans être absolument certain de la véracité de ma théorie, il me fallait conduire une expérience : créer une illusion d'inversion dimensionnelle. Cela demandait une consommation d'énergie exceptionnelle, mais je devais prendre le risque.

— Mais pourquoi as-tu attendu si longtemps ? demanda Theolona.

— Pour une raison simple : si je ne m'étais pas trompé et que tout était bien un complot ourdi par l'Occulte, celui-ci devait disposer d'un réseau avancé de surveillance et épier le moindre de mes faits et gestes. Si tout se passait trop conformément à son plan, il se serait peut-être méfié. J'ai donc décidé d'attendre. Je voulais lui faire connaître l'échec pour qu'il s'extasie d'autant plus devant un succès inespéré. En me servant de leur écart de jugement, je provoquais la plus grande illusion possible.

— Et s'il n'était pas tombé dans le piège ?

— C'était une partie de bluff, quoique inégale. Si nous perdions notre pari, nous gaspillions une grande quantité d'énergie, mais nous avions toujours la possibilité de recommencer. En cas de défaite de l'Occulte, en revanche, ce dernier manquait une occasion unique de débusquer le Seigneur et prenait le risque de laisser dégénérer le processus de désintégration du vide, sans plus aucun moyen de le contrôler. Il leur fallait tenter leur chance. Comme tu le constates, la balance de la victoire penchait dans les deux cas de notre côté.

— Impressionnant, vraiment. Yun, tu étais loin d'être aussi inventif lorsque nous nous sommes rencontrés pour la première fois dans l'amas du Canard sauvage.

— En effet, je n'étais encore qu'un bleu à l'époque, et je n'avais pas la moindre idée de ce qui m'attendait… J'avais même perdu tout contact avec mon micro-univers. J'ai eu de la chance de te trouver, Theolona, sans quoi je serais mort depuis longtemps.

— Je me sens tout aussi redevable. Je n'aurais jamais cru qu'un autre être humain aurait pu connaître le même sort que moi dans l'univers, se voir assigner la mission de retrouver l'Occulte, dit Theolona. Depuis ce jour où Constantinople a sombré, lorsque je me suis réveillée de mon coma pour quitter la Terre, je n'avais jamais revu le moindre de mes semblables. Plusieurs centaines de millions d'années se sont écoulées. J'étais au service du Seigneur, et j'ai presque oublié avoir un jour été humaine. Le passé est toujours douloureux quand on regarde en arrière… Et… tu es apparu !

Ils se regardèrent. La lumière resplendissante émanant de la corolle céleste illuminait les cheveux d'or de Theolona et nimbait son visage blafard d'une touche de rouge.

Soudain, la lumière s'éteignit. La corolle céleste s'était dissimulée, évanouie dans les ténèbres.

Au loin, à quelques centaines de milliers de kilomètres de là, la corolle continuait de luire et sa lumière leur parvenait tout juste : la corolle avait disparu, mais la lumière devait encore traverser quelques distances.

Ils assistèrent à un spectacle magnifique : les pétales de la corolle s'étaient fondus dans l'obscurité et les étoiles lointaines commençaient peu à peu à s'éclairer. La lumière de la corolle céleste avait enfin atteint leurs yeux. Et sa lumière chatoya encore, par vagues incessantes, oscillant comme…

— Comme de la lavande sauvage de Provence caressée par la brise du soir, compléta doucement Theolona.

Yun Tianming sourit. C'était assez. Ils possédaient une lumière capable d'illuminer toutes les zones d'ombre de l'univers. Leur prochaine étape était de trouver l'ennemi, dont la silhouette était insaisissable sous la lumière.

— Par où commençons-nous ? demanda Yun Tianming. Ils disposaient d'une abondance d'indices.

— Rentrons d'abord dans la Voie lactée, tu veux ? Je veux aller sur Trantor pour voir les enfants. J'ai peur que l'apparition de la corolle ne leur ait causé du mal.

— Tu ferais une bonne mère pour les humains de la Voie lactée, Theolona. Depuis des millions d'années, tu as lutté sans relâche pour les protéger et les faire grandir dans la forêt sombre.

— N'es-tu pas leur père ? rétorqua Theolona, dont les joues rougirent.

Yun Tianming ne fit pas attention, et continua sa tirade :

— Je voudrais moi aussi que les êtres humains continuent à prospérer. Mais l'âge d'or de l'humanité est terminé depuis des millions d'années. L'espèce humaine ne peut plus quitter la Voie lactée, et celle-ci est déjà gravement atteinte par la bidimensionnalisation. Bientôt, l'ensemble des humains seront avalés à leur tour. Laissons la nature suivre son cours, Theolona. Ce qui compte, c'est de freiner la bidimensionnalisation de l'univers, et permettre de tout recommencer. Il nous faut assumer notre responsabilité envers l'espèce humaine, mais aussi envers toutes les créatures de l'univers.

— Je comprends. Mais j'aimerais tout de même rentrer en Provence. La lavande est sur le point de fleurir sur les collines. Tu m'accompagnes ?

— Tes désirs sont des ordres, fit Yun Tianming en souriant.

FIN

PROVENCE

An 9 de l'Ère ultime. À l'extrémité de l'univers

La porte de l'Univers 647 à peine franchie, le vaisseau se retrouva soudain dans un ciel bleu garni de nuages blancs.

Cheng Xin et Guan Yifan, angoissés à l'idée de sombrer dans la deuxième dimension ou au creux d'un trou noir, se frottèrent en même temps les yeux, pensant qu'ils leur jouaient des tours.

Mais ils ne se trompaient pas. Sous le ciel azur et les nuages cotons s'étendait une prairie bleu-gris. Ils pensèrent d'abord à une végétation extraterrestre, comme celle de Saphir. Mais c'était un immense champ de lavande, qui ondulait sous la brise comme des rides à la surface de l'eau. Un spectacle magnifique.

Ils regardèrent à gauche et virent une majestueuse chaîne de montagnes enneigées ; à leur droite, une forêt luxuriante et, devant eux, une mer sans limites – un véritable océan bleu, aux vagues déferlantes.

Tout était comme s'ils étaient retournés sur Terre. L'atmosphère était amicale et familière et si on devait souligner une différence, c'était que ce lieu paraissait encore plus beau, plus coloré, plus authentique que la Terre.

Par chance, ils avaient assisté dans leur vie à bien d'autres phénomènes étranges et après quelques instants de stupéfaction, ils se tournèrent vers Intellectra :

— Où sommes-nous ? Et… quand ?

— Nous sommes 11,2 milliards d'années après votre entrée dans le petit univers, et quant à la localisation de l'endroit où nous nous trouvons… en raison des bouleversements ayant eu lieu dans les différentes galaxies, il m'est difficile de vous le décrire. Je préfère vous dire que nous sommes arrivés à l'extrémité de l'univers.

— Tu veux dire que nous avons pénétré de manière aléatoire dans l'atmosphère d'une planète au bout de l'univers et que – coïncidence – l'environnement à sa surface est quasiment le même que sur Terre ? l'interrogea Guan Yifan. Il savait que la probabilité était la même que si on lui demandait de choisir au hasard cinquante kilogrammes de matière dans l'univers et qu'il se retrouvait précisément avec Cheng Xin.

— Ce n'est pas une planète, le corrigea Intellectra. Ce que nous avons devant nous est un plan de mille kilomètres carrés, d'une épaisseur de vingt kilomètres environ. C'est un monde artificiel, et il a guidé la porte du micro-univers jusqu'ici.

— Qui l'a construit ? demandèrent-ils, ahuris.

— Je suis désolée, son créateur ne m'a pas donné la permission de vous révéler son identité. Mais vous le rencontrerez très vite, dit Intellectra.

Ils échangèrent un regard. Le sourire sur le visage de Cheng Xin trahissait autant son excitation que sa nervosité. Guan Yifan, lui, paraissait plus méfiant.

Son créateur ? Sa permission ? Celle de l'homme qui contrôlait les entrées et les sorties de l'Univers 647 ?

Était-ce "lui" ?

Cheng Xin et Guan Yifan plongèrent dans le silence, traversés par l'émotion.

Guidé par un faisceau lumineux, le vaisseau spatial atterrit enfin sur la plage. Les trois passagers sortirent de l'appareil et virent une petite maison blanche. Sur la porte était accrochée une plaque inclinée où figuraient les caractères suivants :

宇宙尽头的餐馆 *(Le Dernier Restaurant avant la fin de l'univers)*

Cheng Xin ne put s'empêcher de pouffer de rire. Guan Yifan était un peu nerveux.

— Ce gars-là... Chaque fois, il arrive à prendre tout le monde de court. Qu'est-ce qu'il va encore t'offrir cette fois ?

"Ce gars-là" ne tarda pas à sortir de la maison pour les accueillir. Le torse nu, couleur de bronze, Yun Tianming se dressait devant eux.

— Tianming !

Cheng Xin s'était faite à l'idée de le revoir, mais elle s'étonna de son allure. Il semblait avoir retrouvé ses dix-huit ans, mais paraissait bien plus vigoureux et rayonnant qu'à l'époque. Si elle l'avait connu ainsi à l'université, peut-être aurait-elle fait le premier pas...

Un sourire rafraîchissant aux lèvres, Yun Tianming leur lança :

— Nous vous attendions depuis longtemps, tous les trois. Entrez !

Cheng Xin resta abrutie un instant, puis elle repoussa le torrent de pensées qui déferlait dans son esprit et pénétra, tête baissée, dans le "restaurant".

L'établissement était étroit et ne comportait que quatre ou cinq tables. Cheng Xin et ses compagnons choisirent une table au hasard et s'y installèrent. Yun Tianming s'assit en face d'eux. Ils avaient mille questions à lui poser, mais ce dernier tourna la tête et cria soudain :

— Alors, patronne, c'est prêt ? Nos hôtes sont arrivés !

Ils sursautèrent. *Patronne ?* Puis ils entendirent une voix féminine et enjouée :

— Voilà, voilà !

Le rideau de la cuisine fut tiré, et une coquette jeune femme vêtue d'un tablier entra, deux assiettes dans les mains : des pommes de terre sautées et un plat de bœuf aux cinq parfums.

— AA ! C'est toi ! s'exclama Cheng Xin avec surprise.

Guan Yifan ouvrit la bouche pour dire quelque chose, mais il resta muet de surprise. Il poussa finalement un soupir de soulagement.

Le Soleil se coucha derrière la chaîne de montagnes aux sommets enneigés – dans un mouvement visuel toutefois différent du crépuscule terrestre car, ici, le Soleil n'était qu'un satellite orbitant autour d'une surface plane – et des étoiles scintillantes se mirent à perler le ciel. Les cinq compagnons sortirent de la maison et s'assirent sur la plage pour contempler les constellations.

— Dis, frangin, fit Guan Yifan, légèrement éméché. C'est toi qui as fabriqué ces étoiles ?

— Non, répondit Yun Tianming. Ce sont de vrais astres, appartenant à cette galaxie.

— Mais non, je les reconnais : ici, c'est le Grand Chariot et là, le W de Cassiopée. Et ça, ce ne serait pas la ceinture d'Orion ? Je ne peux pas croire que les étoiles puissent ici avoir le même alignement que sur Terre, fit Guan Yifan.

— Oh, c'est simplement que la voûte étoilée terrestre me manquait, alors j'ai fait quelques ajustements, expliqua Yun Tianming, comme si une telle prouesse était banale.

Après un après-midi à entendre Yun Tianming leur raconter bien des miracles, Cheng Xin et Guan Yifan n'étaient plus étonnés de rien. Ils se contentèrent de soupirer d'admiration.

AA apporta des bières brassées maison. Ils trinquèrent en écoutant le bruit des vagues.

— Frangin, comment est-ce que vous appelez ce monde ? demanda Guan Yifan.

— *Provence*, répondit Yun Tianming.

— Provence, comme en France ? Pourquoi ce nom ?

— Oui, c'est Theolona qui a choisi, expliqua Yun Tianming. C'était la région de ses ancêtres.

— Tu ne nous as pas vraiment expliqué qui était cette Theolona. Tu nous as dit que c'était une Chercheuse, mais d'où est-ce qu'elle venait ?

— Désolé, je pars un peu dans tous les sens. Theolona était… fille de joie à l'époque de l'Empire byzantin. C'était aussi une magicienne qui a pris part à la guerre contre les Ottomans. Elle a encore été l'ange gardienne des humains de l'Ère galactique. C'était enfin ma meilleure amie et mon mentor, répondit Yun Tianming avec solennité.

Cheng Xin et Guan Yifan buvaient ses paroles.

— Theolona est née dans une famille pauvre, elle a été réduite à la prostitution dès son plus jeune âge. Mais en 1453, juste avant la chute de Byzance, un fragment de haute dimension a croisé la Terre et changé son destin…

Yun Tianming raconta comment Theolona avait échoué à assassiner le sultan ottoman, avant d'ajouter :

— En réalité, lors de sa dernière entrée dans le fragment de haute dimension, elle a disparu un jour et une nuit, pendant lesquels elle n'a même pas pu approcher le sultan. Elle avait répondu à l'appel d'une voix mystérieuse qui l'invitait à entrer dans l'espace en quatre dimensions et l'avait guidée jusqu'à un micro-univers.

— Tu veux dire, un autre que celui d'où nous venons ? demanda Cheng Xin.

— Oui, l'Univers 589, créé du temps où l'univers était en quatre dimensions. Le maître de l'Univers 589, lui aussi Chercheur au service du Seigneur, était sur le point de mourir. Avant de rendre l'âme, il a décidé d'introduire des formes de conscience dans le cerveau de Theolona, afin qu'elle lui succède.

"Les formes de conscience transmises par cet être quadridimensionnel étaient bien plus faibles que celles produites par le Seigneur mais, comme moi, Theolona a eu beaucoup de mal à les supporter au début. Elle aussi est tombée dans le coma, puis elle a été gagnée par la folie. Lorsque les soldats byzantins l'ont retrouvée, ils l'ont fait empaler. Cependant, Theolona avait déjà reçu les formes de conscience et elle a très vite ressuscité. Son corps a été modifié et elle a reçu une “bague” : elle est devenue Chercheuse. À compter de ce jour, elle a suivi les ordres du Seigneur et a quitté la Terre pour se mettre en quête du repaire de l'Occulte. Jusqu'au jour où nous nous sommes rencontrés. Nous avons alors décidé d'unir nos efforts et nous avons combattu ensemble, pendant des temps immémoriaux. Tous deux, nous avons été témoins du destin des humains galactiques.

— Et que lui est-il arrivé… ? demanda Cheng Xin avec retenue.

Yun Tianming resta un moment silencieux. Sa mine était triste :

— Elle est morte il y a neuf années terrestres. Quand nous avons fini par débusquer l'Occulte, il nous a écrasés de sa puissance. Nos vies touchaient à leur fin, mais nous nous sommes souvenus que quelqu'un devait rester pour signaler au Seigneur d'activer la désintégration du vide. Theolona m'a envoyé dans le micro-univers, puis elle a activé sa bague et elle a disparu dans le néant avec l'Occulte.

Yun Tianming semblait encore ému, comme s'il était revenu au moment de cette bataille finale.

C'était en plein cœur de la corolle céleste. Il était assailli par les violents tourbillons d'énergie de l'Occulte. Il n'était déjà plus totalement libre de ses mouvements et peinait à avancer. Il savait qu'il pourrait trouver refuge dans le micro-univers, mais il savait aussi que si l'Occulte n'était pas détruit cette fois, l'univers risquait d'être entièrement bidimensionnalisé avant qu'il puisse le retrouver.

C'était Theolona qui l'avait poussé dans l'Univers 589 et avait ordonné à celui-ci de quitter la zone sans plus attendre. En tant que propriétaire du micro-univers, elle avait toute autorité sur lui, et Yun Tianming n'avait pas pu agir. Elle lui avait alors envoyé une forme de conscience :

Yun, laisse-moi rester. Tu sais, j'ai toujours voulu devenir sainte.

Yun, ce n'est pas pour toi que je me sacrifie. Je veux simplement chercher une manière de me prouver ce dont je suis capable. Après la désintégration du vide, tout l'univers retombera à zéro. Tu ne vivras que quelques dizaines d'années de plus que moi, en fin de compte. Ça ne fait pas une grosse différence.

La différence, c'est que tu as encore quelqu'un que tu aimes, Yun. Moi, je n'ai plus personne. Rends-toi à l'extrémité de l'univers, clone ta compagne et vivez encore ensemble quelques années de bonheur. Qu'en dis-tu ?

Profite du temps qu'il te reste à vivre. Il y a toujours du temps pour aimer, Yun…

Yun Tianming brûlait de l'intérieur, il avait un million de formes de conscience à lui transmettre, mais Theolona avait déjà fermé son canal de réception.

— Alors, pour lui rendre hommage, tu as appelé ce lieu "Provence" ? demanda Guan Yifan.

Yun Tianming eut du mal à s'arracher à ce triste souvenir, mais il finit par hocher la tête.

— C'était le nom qu'elle avait trouvé pour l'Univers 589. Je n'ai fait que le reprendre.

— Je comprends maintenant pourquoi tu n'es pas retourné dans l'Univers 647. Vous vous serviez de l'Univers 589 pour naviguer dans l'espace, dit Guan Yifan, qui saisissait enfin la raison de l'absence de Yun Tianming dans le micro-univers où Cheng Xin et lui étaient arrivés.

Le cœur de Cheng Xin tressauta : si Yun Tianming était retourné dans l'Univers 647 pour la retrouver, tout aurait-il été différent ? Ne voulant toutefois plus y penser, elle changea de sujet :

— J'y pense, et AA ? Elle n'était pas morte sur Saphir ?

— Il faut un certain temps avant que s'achève l'inversion dimensionnelle, expliqua Yun Tianming. 1,91 mégaheure pour l'Occulte, soit à peu près soixante ans pour nous. Nous nous trouvons ici à l'extrémité de l'univers, dans le dernier lieu qui sera touché par l'inversion. Au moment de me quitter, Theolona m'a fait promettre de passer le restant de mes jours avec ma compagne. J'ai tenu ma promesse, je me suis servi de la matière de l'Univers 589 pour créer ce pays – Provence. C'est plutôt réussi, vous ne trouvez pas ?

— C'est magnifique ! s'exclamèrent à l'unisson Cheng Xin et Guan Yifan.

— Je suis vieux, lâcha Yun Tianming – ce qui était paradoxalement amusant, car il paraissait plus jeune que le couple qui venait de le rejoindre. Ne vous moquez pas, vous n'avez passé qu'une seule année dans le micro-univers. Moi, je me suis battu pendant des millions d'années dans le grand. Je suis fatigué. J'ai pensé à me retirer, à vivre en ermite, comme Luo Ji, dans le temps.

"Alors, avant que vous n'arriviez, j'ai réussi à communiquer avec Intellectra pour lui demander de m'envoyer les informations génétiques de 艾AA. Puis je l'ai clonée.

— Mais, fit Cheng Xin en balayant AA du regard, si AA était un clone, elle ne devrait avoir aucun souvenir de son passé sur Terre ! Or, nous en avons parlé pendant tout l'après-midi !

— La bague a très tôt pris l'initiative de scanner son cerveau, expliqua Yun Tianming. Il n'a pas été difficile d'implanter ces données mémorielles dans le nouveau corps de AA. Malheureusement, l'extraction de souvenirs a eu lieu au tout début de notre séjour sur Saphir. Elle ne se rappelait plus les quarante années que nous avons ensuite vécues ensemble. Ça n'a pas été facile de la faire tomber une nouvelle fois amoureuse de moi ! sourit Yun Tianming en prenant AA par la main.

Cette dernière lui rendit son sourire.

Cheng Xin les regarda. Malgré tout, elle était traversée par une pointe de jalousie : *Cet homme aurait dû être le mien, c'est moi qui aurais dû être à ses côtés, c'est moi…*

Elle leur décocha un regard féroce, avant de se reprendre aussitôt : *Mais pourquoi est-ce que je me mets dans cet état ? Moi aussi j'ai quelqu'un qui me traite avec amour.*

Elle soupira. Elle ne manquait de rien, c'est vrai. Et pourtant, dans les tréfonds de son cœur logeait une bulle de tristesse. Elle n'avait pas obtenu ce qu'elle avait peut-être toujours le plus ardemment désiré.

Elle secoua la tête doucement, et décida de parler d'autre chose :

— C'est donc toi qui as diffusé sur la super-membrane le message à propos de la matière à rendre au grand univers ?

— Oui.

— Alors, rendre sa masse à l'univers n'avait rien à voir avec son effondrement terminal ?

Yun Tianming prit une expression solennelle :

— Selon les principes généraux de l'équilibre énergétique de l'univers, celui-ci devrait en effet se terminer par un grand effondrement final. Mais l'interférence des créatures intelligentes qui l'habitent contrarie le cours de cette évolution. Sans l'inversion dimensionnelle, l'univers continuera à perdre ses dimensions sous les effets de la forêt sombre, jusqu'au jour où toute la matière et toute l'énergie ne seront plus qu'une frise temporelle infinie. Plus rien en dehors du temps ! En réalité, la Voie lactée et le Groupe local, dont nous sommes les plus familiers, ont déjà été entièrement bidimensionnalisés ! Les deux tiers de l'univers ont chuté dans la deuxième dimension. Dans un monde entièrement bidimensionnel, la projection du Seigneur ne disposerait d'aucune intelligence et ne pourrait par conséquent enclencher l'inversion dimensionnelle. Tout espoir serait perdu. C'est pourquoi il nous a fallu agir nous-mêmes : nous devions récupérer dans le grand univers toute la matière perdue, sans quoi l'univers ne serait jamais restauré.

Cheng Xin et Guan Yifan se regardèrent. Ils repensèrent au message dans la bouteille et à la petite sphère écologique qu'ils avaient laissés.

— Tu veux dire… toute la matière ? demanda Cheng Xin avec inquiétude.

— Toute. Comme je viens de l'expliquer, l'inversion dimensionnelle entraînera la résurrection de l'univers, et donc celle de notre planète. Rien ne doit manquer ou, par effet papillon, notre monde risquerait de disparaître.

— Mais, si parmi les millions de petits univers existants, certains n'ont pas rendu leur matière au grand univers ? demanda Guan Yifan, le cœur battant comme un tambour.

— Il n'y en a pas des millions, mais six cent quarante-sept, expliqua Yun Tianming. Et ils ont tous été créés par le Seigneur. Le Seigneur a le pouvoir de tous les rendre au grand univers. En diffusant mon message, je voulais simplement m'assurer que cela soit bien effectué. Il ne peut y avoir aucune perte. Si jamais une autre civilisation a pu créer un nouveau micro-univers et n'a pas rendu sa matière, tout échouera. Il m'a donc été nécessaire de créer ce message dans des millions de langues, pour exiger que toute matière et toute énergie figurant dans les micro-univers soient rendues.

— Mais l'Occulte n'a-t-il pas lancé plusieurs attaques et sondages transcosmiques ? Il a bien dû perdre de l'énergie.

— Intellectra m'a appris que l'équilibre énergétique était perpétuellement maintenu entre l'univers et la super-membrane. Si telle quantité d'énergie était perdue, la même quantité serait extraite de la super-membrane et rendue à l'univers, *via* le phénomène d'expansion de l'univers. La matière étant indiscernable au niveau énergétique, le seul problème restait donc les micro-univers.

Cheng Xin tremblait. Elle demanda faiblement :

— Tianming… et… et si… si cinq kilogrammes n'avaient pas été rendus ?

— Si ?

Yun Tianming la regarda d'un air suspicieux.

Brusquement, ils entendirent une femme éclater de rire. Ce n'était ni Cheng Xin, ni AA, mais Intellectra, qui s'était bien gardée de ne rien dire jusque-là.

Elle riait si fort qu'un rictus déformait son beau visage.

Cheng Xin en eut la chair de poule. Elle se souvint de cette nuit, onze milliards d'années plus tôt, lorsque les gouttelettes avaient attaqué la Terre. Intellectra, vêtue de son costume de ninja, avait éclaté du même rire dément.

Cheng Xin sentit comme un électrochoc. Soudain, elle comprit tout. Tout !

— Toi ! hurla-t-elle en se tournant vers Intellectra : C'est toi qui m'as trompée en me proposant de laisser un aquarium de cinq kilos et une bouteille dans le micro-univers ! Tu avais tout prévu ! Encore une fois, je me suis laissé avoir. Encore une fois…

Yun Tianming les fixait, le regard incrédule.

— Tu ne peux t'en prendre qu'à ta stupidité, cracha Intellectra, sans même prendre la peine de la regarder. Ce sont tes choix.

Elle s'adressa alors à Yun Tianming :

— Cher Maître, pensiez-vous vraiment que le Seigneur allait recréer ce même univers, souillé à l'identique ? Qu'il ne voulait pas obtenir une nouvelle chance de régner à tout jamais sur un royaume paisible et éternel ? Des cycles sans fin de réincarnation, des répétitions interminables ? Ha ha ! Il n'y a bien que vous autres Terriens pour entretenir de tels fantasmes. Seul le Seigneur est éternel ! Le Seigneur, et rien d'autre !

“Cinq kilogrammes. C'est un chiffre crucial. Le Seigneur aurait pu conserver quelques micro-univers en dehors du grand, et le priver d'une bien plus grande quantité de matière. Mais si la perte avait été supérieure à cinq kilogrammes, le différentiel serait trop important, et l'inversion dimensionnelle conduirait à l'apparition d'un univers décadimensionnel figé, où l'intelligence ne pourrait pas émerger, c'est-à-dire un univers où le Seigneur serait absent. Mais une perte de matière inférieure présentait au contraire le risque de produire des changements trop insignifiants pour espérer un destin différent. Tout serait rejoué à l'identique. Ne pouvant obtenir de matière supplémentaire depuis la super-membrane, il nous fallait abandonner cinq kilogrammes dans un micro-univers.

"Ce n'était pas une tâche facile, car tout micro-univers est clos, et si le Seigneur est capable de les contrôler depuis la super-membrane, il n'a aucun regard sur ce qui se passe à l'intérieur. Le Seigneur est en mesure de rendre l'intégralité des micro-univers au grand univers, mais il ne peut isoler cinq kilogrammes. Le micro-univers dans lequel le Seigneur se tenait était par ailleurs indivisible, tandis que les autres micro-univers ne présentaient plus aucun signe de vie. Le Seigneur devait donc tous les rendre au grand univers. Les deux pensionnaires de l'Univers 589 auraient été trop méfiants, et il aurait été compliqué de les faire tomber dans le panneau. Il fallait donc compter sur l'Univers 647. Et par chance, l'une de ses habitantes, Cheng Xin, me traitait comme sa plus fidèle amie ! Je lui ai donc suggéré d'y laisser une petite sphère écologique, en lui racontant qu'il était préférable de laisser une bulle de vie pour éclairer cet univers trop sombre. Et elle a tout avalé ! Elle m'a cru ! Et nous avons laissé nos cinq kilos ! ricana Intellectra.

— Mais tu es une vraie… démone ! laissa échapper Yun Tianming, qui ne pouvait contenir sa colère.

Il voulut tendre la main et frapper Intellectra, mais regardant son visage sans couleur et ses yeux de défi, il refusa de se laisser aller à cette violence.

Ce n'est qu'un robot… pensa-t-il, avant d'essayer de se calmer.

— Ce n'est pas moi qu'il faut blâmer, Maître, dit Intellectra. Vous avez autorisé Cheng Xin et Guan Yifan à avoir accès à l'Univers 647 et vous m'avez demandé d'obéir à leurs ordres. J'ai suivi leur volonté, en particulier celle de Cheng Xin. N'est-ce pas ? fit-elle en lançant un regard provocateur à celle-ci.

Si Intellectra ne possédait pas d'émotions, elle savait très bien comment jouer avec celles des humains.

Cheng Xin baissa la tête. Plus rien ne pouvait être dit. Elle se prit le visage entre les mains et se mit à pleurer. Guan Yifan et AA, qui se tenaient à côté d'elle, ne savaient que faire.

— Tu mens ! C'est toi qui injecté cette volonté dans sa tête depuis le début ! continuait à s'emporter Yun Tianming.

— Mais c'est Cheng Xin qui a fini par faire ce choix, rétorqua Intellectra. J'avais envisagé de vous manipuler, Maître, mais cela n'a pas été aussi facile. Alors, j'ai fini par être contrainte de vous raconter cette histoire de réincarnation éternelle, pour vous convaincre. Cependant, ce n'était pas si évident. Pour ce qui est de Cheng Xin, après tout, c'est vous qui avez eu l'idée de me mettre au service d'une créature aussi influençable !

Yun Tianming pointa Intellectra du doigt sans parvenir à prononcer la moindre parole. Il commençait à se demander si son interlocutrice n'était vraiment qu'une androïde.

— Tuez-moi si vous en avez envie, dit Intellectra. Je ne résisterai pas.

Le corps de Yun Tianming resta figé. Il finit par lâcher un soupir :

— Cela n'aurait aucun sens, tu n'es rien d'autre que l'ombre de ton Seigneur. Va-t'en, je ne veux plus te revoir.

Intellectra s'inclina devant Yun Tianming :

— À vos ordres, Maître. Mais si jamais vous souhaitez que je revienne, utilisez votre bague.

Elle se tourna et partit.

Cheng Xin se mit brusquement à hurler, comme une bête sauvage devenue folle. Elle se rua sur Intellectra, et toutes deux se roulèrent au sol.

— Connasse… Salope… Je te hais… Je te hais !

Elle pleurait, elle mordait, violemment, abandonnant tout ce que lui avait inculqué son éducation. Toute la haine accumulée en elle depuis des siècles se déversait à présent. Elle se libérait, elle y voyait enfin clair : elle était un grain de sable dans une bourrasque, une feuille minuscule emportée par un courant tempétueux. Elle lâchait tout, laissait le vent froid de la haine fendre son corps et creuser son âme.

Intellectra ne se défendait pas. Pour elle, cette lutte n'avait aucune incidence. Cheng Xin ne la blessait pas : son corps était absolument élastique, plus souple que du caoutchouc, comme si elle n'avait pas d'os. Peu importe comment elle était piétinée, déformée ou tordue, elle retrouvait rapidement sa physionomie d'origine.

Guan Yifan voulut tirer Cheng Xin à lui, mais il n'y parvint pas. Yun Tianming restait immobile, incapable de bouger, et cela pouvait se comprendre : un milliard d'années de recherches et de souffrances infinies avaient été réduites à néant. AA agrippait son compagnon par le bras, elle semblait ne pas reconnaître sa vieille amie. Était-ce vraiment Cheng Xin ?

Pour finir, Intellectra glissa froidement, un sourire aux lèvres :

— Cheng Xin, tu sais très bien que tu ne me hais pas ; c'est toi que tu hais.

À ces mots, Cheng Xin s'arrêta net. Elle se laissa rouler sur un côté et éclata en sanglots. Guan Yifan la prit dans ses bras et essaya de la réconforter d'une voix douce. Intellectra se releva, elle s'inclina encore une fois devant Yun Tianming et tourna les talons.

— Attends ! cria Yun Tianming, après qu'elle eut fait une dizaine de mètres. Que se passera-t-il concrètement s'il manque cinq kilogrammes ? Est-ce que le Seigneur pourra rétablir son jardin éternel ?

Intellectra s'immobilisa, puis elle se retourna pour le regarder. Il se passa un long moment avant qu'elle secoue tristement la tête.

— Le Seigneur lui-même l'ignore. C'est un avenir incalculable, nous allons vers… l'inconnu. Mais cela vaudra toujours mieux qu'une répétition infinie, non ? Le Seigneur veut tenter sa chance…

Yun Tianming fut soudain pris de compassion pour le Seigneur. Cette existence quasi divine elle-même demeurait impuissante face aux métamorphoses de l'univers. Elle tremblait pour sa survie. Ses angoisses n'étaient pas si différentes des siennes.

Yun Tianming prit une longue inspiration. Il réalisait que tout n'était pas si catastrophique. C'est peut-être ainsi que devait être l'avenir. Oui, l'univers tout entier était à recommencer. Tout ce qui s'était passé depuis le début s'évanouirait dans le néant, mais l'univers serait toujours là, et lui aussi, il serait toujours là. Chaque parcelle de matière, chaque quark qui constituait son être servirait peut-être à recomposer un autre lui dans le nouvel univers. Pourquoi désespérer ? La Terre, l'humanité, le système solaire… tout n'était après tout que de la matière, et la matière finirait par renaître, sous une forme ou une autre.

Oui, le Seigneur devait tenter sa chance, tout comme cet univers. Chance et risque. Deux faces d'une même pièce. Toute chose était prise dans un changement permanent, il n'y avait pas besoin de s'accrocher à un monde déjà disparu. Il valait mieux laisser son corps se faire emporter par les courants de la transformation, le laisser vagabonder au gré des vents d'un nouveau monde sans frontières. La liberté… n'était-ce pas là le véritable sens du temps ?

Pluie torve et brise légère ne me feront pas rentrer chez moi.

Non, je ne rentrerai pas chez moi, je n'en ai pas besoin. Je veux vivre l'inattendu…

Comme l'avait dit Intellectra, s'il y avait eu du sens la première fois, toutes les répétitions qui suivraient auraient aussi du sens. De même, s'il y avait eu du sens la première fois, même si aucune répétition ne suivait et que tout sombrait dans le néant, la première fois ne perdrait pas son sens. Le sens de l'univers et de la vie ne dépendait pas de leur récurrence, tout comme il ne disparaissait pas avec l'irruption du changement.

Le monde du passé, même s'il ne se répétait pas, existerait toujours. Et même si personne ne s'en souvenait, il ne serait pas oublié…

Au bout d'un certain temps, Intellectra finit par s'en aller. Cheng Xin, encore en sanglots, s'éloigna elle aussi, suivie par Guan Yifan. Yun Tianming ne lui en voulait pas, mais il n'avait pas essayé de la retenir. Il savait que c'était elle qui n'arriverait pas à lui faire face. Sa crédulité allait probablement entraîner la création d'un tout nouvel univers, mais elle ne pouvait affronter sa véritable nature, celle qu'Intellectra avait révélée, en brisant la carapace de sainte qu'elle s'était construite. Yun Tianming ignorait s'il la reverrait un jour. Peu importe comment, dans ce monde artificiel d'un million de kilomètres carrés, Guan Yifan et elle trouveraient certainement un endroit paisible où ils passeraient ensemble les cinquante années qui les attendaient encore.

Sa perspective était tout autre. Il débordait à nouveau d'amour et d'enthousiasme. Pas tant à l'égard des cinquante années qui restaient à cet univers qu'à celui de l'univers inconnu à venir.

Il se souvint du dernier instant de la bataille finale, lorsqu'il avait quitté cette zone de l'espace où Theolona s'était sacrifiée. Une forme de conscience fragmentaire lui était parvenue. Elle n'avait pourtant pas été émise par Intellectra mais par l'Occulte lui-même, sur le point de mourir :

[j'ai créé le temps, et je mourrai dans le temps. Mais je ne regrette rien. Si je devais le refaire, je…]

La forme de conscience s'était interrompue. Mais Yun Tianming était certain de ce que l'Occulte voulait ajouter :

… je permettrai au temps de recommencer, et toute chose aurait une nouvelle chance…

Le Seigneur, l'Occulte et lui, malgré leurs inimitiés et leurs luttes sans merci, visaient le même but : tous leurs efforts avaient été mis au service de la naissance d'un nouvel univers, pour que la vie et l'amour obtiennent une nouvelle chance.

Flottant dans ses souvenirs, Yun Tianming tendit sa main vers l'océan de Provence, tel Moïse avec son bâton. Il invoqua une boule rouge qui jaillit des flots, illuminant le ciel auroral.

— Voici l'aube d'un nouvel univers… murmura-t-il, puis il prit tendrement AA dans les bras. Toi et moi, et puis Theolona, Cheng Xin, Guan Yifan… toutes celles et ceux qui ont vécu dans cet univers, peu importe quels seront les bouleversements à venir, nous serons à nouveau baignés par les rayons de soleil d'un nouveau monde.

Le levant les aspergeait de ses premiers rayons. Devant eux, les eaux scintillaient ; derrière, les lavandes en fleurs dansaient sur les collines comme dans un rêve.

C'était un beau matin.

APRÈS LA FIN

CHRONIQUES DU NOUVEL UNIVERS

"Les légendes sont terminées, mais l'histoire vient de commencer."

Légendes des héros galactiques

3 500 ans avant l'Ère commune. Système trisolarien

Le Grand visage rond était haut dans le ciel nocturne, et on pouvait voir sans peine les gigantesques rides qui striaient sa surface. Les sphères célestes pendaient paresseusement non loin du Grand visage. Mais la Lune jaune n'était pas encore apparue. Zuna, chevauchant Sulu, sa volante, traversait la forêt étincelante en direction des monts suspendus.

Elle franchit sommet après sommet, et finit par arriver au plus haut pic. De loin déjà, elle avait pu entrevoir la longue et fine silhouette de Kasha, qui se tenait debout au sommet. Immobile, il contemplait le ciel, sa docile volante Dudu, allongée à ses côtés.

Zuna fut saisie d'un bonheur indescriptible. Sans même attendre que Sulu se pose, elle sauta depuis son dos et lança :

— Je te vois.

— Je te vois.

Kasha s'inclina courtoisement devant elle. Zuna aimait qu'il s'incline ainsi. Il y mettait de la grâce et de la tendresse. Il n'avait rien de commun avec les chasseurs brutaux de sa tribu. La tribu de Kasha vivait en bordure de la grande mer du Sud, et il n'avait rejoint le village de Zuna que depuis peu.

Kasha était l'observateur climatique de la tribu. Son travail consistait à observer les objets célestes. Zuna ignorait l'utilité de cette tâche, mais elle écoutait Kasha raconter que c'était le mouvement des astres qui provoquait les marées. Voilà pourquoi les membres de sa tribu possédaient une longue tradition de l'observation du ciel. Même à présent qu'il avait migré dans une région forestière, Kasha se rendait tous les jours dans les montagnes pour regarder le firmament. Zuna était pleine de curiosité pour ce mystérieux garçon. Alors, souvent, la nuit, elle se glissait hors de chez elle et le rejoignait au sommet des monts suspendus.

Kasha lui adressa un sourire.

— Regarde, la Lune jaune va bientôt apparaître !

Il désigna une des extrémités du Grand visage rond, où venait déjà de poindre une lueur orangée. Celle-ci fit bientôt place à un croissant de lumière jaune et chaude qui illumina le ciel et les enveloppa tous les deux de ses rayons. Zuna jeta un regard furtif vers Kasha. Il était très beau sous la clarté jaune de la lune.

Mais Kasha ne la regardait pas. Ses yeux étaient rivés sur la Lune. Un peu courroucée, elle lui lança un coup de queue :

— Le ciel, tu le vois tous les jours ! Qu'est-ce qu'il y a de si beau là-haut ?

— Regarde, lui dit Kasha. Que vois-tu à côté de la Lune jaune ?

— C'est… c'est l'étoile du Dieu du Feu, probablement, devina Zuna.

Elle remarqua vite que l'étoile se rapprochait de la lune, comme si elle allait la heurter. Inquiète, Zuna demanda :

— Elles ne vont pas… se rentrer dedans ?

Kasha se mit à rire, puis il lui tapota le crâne.

— Mais non, idiote !

L'étoile du Dieu du Feu et la Lune jaune se croisèrent sans se toucher. L'étoile se transforma le temps d'un instant en tache noire glissant lentement devant le cercle lunaire. Zuna fut émerveillée par ce formidable phénomène. Après un instant de réflexion, elle demanda à Kasha :

— Est-ce que c'est parce que la Lune jaune est plus loin de nous que l'étoile du Dieu du Feu ?

— Beaucoup plus loin, la Lune jaune est plus éloignée que toutes les étoiles vagabondes.

— Les étoiles vagabondes ?

— Ce sont des astres qui se déplacent dans le ciel. Celles qui restent figées et suivent seulement le mouvement de la sphère céleste sont des étoiles constantes.

— Et la Lune jaune, est-ce une étoile vagabonde ou constante ?

— C'est difficile à dire, Zuna. Par définition, on devrait la qualifier d'étoile vagabonde car, de toute évidence, elle se déplace dans le ciel. Mais elle est bien trop grande, beaucoup plus grande que l'étoile du Dieu du Feu, ou que celle du Dieu de l'Eau et du Dieu de la Guerre. Toutefois, elle nous apparaît comme un disque, et non comme un point. Et puis, elle est trop lumineuse.

Certains vieux sages de ma tribu disent que c'est en réalité un soleil, qui produit sa propre lumière, un peu comme notre soleil, mais il est bien plus loin. C'est pourquoi il paraît plus sombre.

— Mais alors, est-ce que la Lune jaune tourne aussi autour de notre terre ?

— La Lune jaune ? Non. Selon les observateurs climatiques de ma tribu, elle tourne autour du Soleil, ou plus précisément, le Soleil et elle tournent chacun autour de l'autre, un peu comme ça.

Il tendit un doigt de chaque main, avec lesquels il effectua un mouvement de rotation.

— Oh, on dirait… deux amoureux qui s'enlacent, glissa Zuna, rêveuse.

— Exactement ! Nos légendes racontent que le Soleil et la Lune jaune forment un couple.

Zuna laissa vagabonder son imagination.

— Et leurs enfants ?

— Quoi ?

Kasha ne comprenait pas.

— Le Soleil et la Lune jaune, est-ce qu'ils ont des enfants ?

— Qu'est-ce que tu racontes ? Tu as trop d'imagination, tu es vraiment…

Puis le sourire de Kasha se figea soudain sur son visage. Il paraissait s'être souvenu de quelque chose.

— Kasha, qu'est-ce que tu as ?

— Ce n'est rien… Je viens juste de me rappeler un mythe très ancien, qui raconte en effet que le Soleil et la Lune jaune ont eu un enfant, une… petite étoile rouge.

— Une petite étoile rouge ? Zuna n'en avait jamais entendu parler.

Kasha désigna du doigt un coin du ciel. Il s'y trouvait une étoile rouge sombre, bien plus pâle que toutes les autres étoiles. Sous les rayons aveuglants de la Lune jaune, elle paraissait presque invisible.

— C'est elle, la petite étoile rouge ? Qu'est-ce qu'elle a de si spécial ? Pourquoi est-ce qu'on raconte qu'elle est l'enfant du Soleil et de la Lune jaune ? demanda Zuna, intriguée.

— Oh, elle n'a l'air de rien comme ça, mais elle n'est pas comme les autres. Elle se déplace très, très lentement dans le ciel, plus lentement que n'importe quelle étoile vagabonde, mais elle se déplace tout de même. On peut le constater grâce aux vieilles cartes d'étoiles qu'on trouve encore dans ma tribu. Sa position a changé. Mais ce n'est ni vraiment une étoile vagabonde, ni vraiment une étoile constante. Elle doit être très, très loin d'ici. Les légendes de ma tribu prétendent qu'elle a commis une grave erreur et a été chassée par ses parents, alors maintenant elle erre, loin de son foyer. On dit que tous les cent mille ans, elle effectue un grand cercle autour du Soleil et de la Lune jaune, mais elle n'ose pas revenir.

— La pauvre ! soupira Zuna. Pourquoi est-ce qu'ils ne veulent pas la laisser rentrer chez elle ?

— Ce serait terrible ! Elle briserait l'amour entre le Soleil et la Lune jaune !

— Comment est-ce possible ? N'est-elle pas leur enfant ?

— Je ne suis pas très sûr mais, d'après les anciens de la tribu, quand les astres s'aiment, ils veulent s'unir l'un à l'autre. Mais quand ils sont trop proches, ils cessent de tourner autour de notre terre et de nous éclairer, c'est pourquoi le Créateur les a séparés les uns des autres, pour contenir leur amour. Comme la petite étoile rouge est la fille du Soleil et de la Lune jaune, chacun essaie de s'en emparer lorsqu'elle rentre chez elle. Le Soleil comme la Lune jaune n'ont qu'une envie : qu'elle tourne autour d'eux. Il en est alors terminé de leur danse d'amour symétrique. Ils se disputent et se battent, et la petite étoile rouge risque même de les percuter. Et c'est tout l'ordre des astres qui serait perturbé.

— Le Créateur est malin et bienveillant ! s'exclama Zuna. Si le Soleil, la Lune jaune et la petite étoile rouge étaient trop proches, nous n'existerions peut-être même pas.

— Ou bien si, poursuivit Kasha, pensif, mais notre monde serait infiniment plus cruel et plus étrange. Nous ne saurions même pas lequel des trois astres serait notre soleil…

Encore une fois, ils se laissèrent aller à leur imagination, lorsque, soudain, Sulu et Dudu poussèrent un cri. Stupéfaits, Zuna et Kasha se tournèrent vers les deux volantes, pensant qu'elles étaient en train de se battre, mais ils virent que les deux créatures étaient en position d'alerte. Elles criaient en direction de la Lune. Zuna et Kasha suivirent leur regard, mais ne virent rien du tout. Les volantes étaient des créatures nerveuses par nature. Ils ne firent pas à attention à elles, et Zuna se contenta de sermonner un peu Sulu. Penaudes, les volantes se turent.

Zuna saisit la main de Kasha.

— Raconte-moi encore une fois l'histoire d'amour entre le Soleil et la Lune jaune, tu veux bien ?

Kasha réalisait maintenant que la beauté de Zuna était bien plus admirable que celle des astres. Il la regarda dans les yeux et murmura doucement :

— Et qu'est-ce que tu dirais de l'histoire de Zuna et de Kasha ?

Intimidée, Zuna sourit. Kasha comprenait enfin ce qu'elle avait sur le cœur. Quelques minutes plus tard, le jeune couple s'envolait au dos de leurs volantes dans le ciel nocturne, jouant à se poursuivre dans les nues, de plus en plus haut, comme s'ils voulaient toucher le Grand visage rond, ou même la Lune jaune…

Mais les volantes avaient bien senti quelque chose. Un faisceau de lumière argentée passa dans leur dos, dissimulé par la clarté de la Lune jaune. Il s'éleva droit dans le ciel ; il se rendait bien plus loin que le jeune couple, bien plus loin que le Grand visage rond, que la Lune jaune ou que la petite étoile rouge.

Vers un monde à quatre années-lumière de là…

Mai 1453. Constantinople

Le ciel, la terre, la mer, la ville… tout.

Une nouvelle fois, le monde visible se découvrait devant elle. Comme elle était parfois contrainte de le faire devant des clients cupides, le monde abandonnait toute parure, il s'ouvrait, offrant à voir chaque centimètre de sa peau. Mais cette fois, c'était elle la "cliente" et elle pouvait disposer à son aise de la richesse immense des détails qui se révélaient à elle. Ce sentiment de puissance était étourdissant.

Theolona secoua la tête, et se hâta de chasser cette comparaison obscène. Elle demanda pardon à Dieu pour ce blasphème. Elle n'arrivait pas à se rappeler combien de fois elle était entrée dans cet espace féerique, mais chaque visite avait été plus vertigineuse et frissonnante que la précédente. Theolona avait la ferme conviction que ce lieu était une bénédiction divine. Elle rejoignait le royaume de Dieu, comme Daniel, Isaïe, ou Jean avant elle.

Theolona avait vaguement conscience qu'elle s'engageait dans un plan plus "élevé", qui lui permettait d'embrasser le monde d'un seul coup d'œil. Naturellement, cette sensation de hauteur n'était pas celle éprouvée au sommet d'une tour ou d'une montagne, c'était une "hauteur" supérieure, au-delà du monde mortel. Et où cela pouvait-il être, si ce n'était aux portes du paradis ? Elle ne pouvait s'empêcher de penser aux remparts de jaspe, aux portes de cristaux et de pierres précieuses, aux ruelles d'or dont parlait l'*Apocalypse*... mais elle n'avait encore rien vu de tout cela. Elle en avait conclu que le Royaume des cieux ne s'était pas encore pleinement ouvert à elle, car sa mission dans le monde des hommes n'était pas achevée. Elle devait la terminer pour rejoindre le paradis.

Cette mission consistait bien sûr à assassiner le souverain païen, ce démon, fils de Satan – le sultan Mehmet II, aussi connu sous le nom de "Fatih". Quand elle aurait accompli cette tâche, elle serait proclamée sauveuse de Byzance et de l'Europe. Elle serait une plus grande sainte encore que Jeanne d'Arc. Son sang bouillonnait, elle saisit son cimeterre et "avança" hors du minaret.

Elle maîtrisait déjà bien la manière de se déplacer dans cet espace étrange. Elle longea un angle invisible dans le monde ordinaire, sortit de la ville en passant à travers une muraille et descendit "sous" le sol, qui s'étendait au-dessus de sa tête avec une épaisseur équivalente à la taille d'un homme. Se situant sur un plan "supérieur", il ne lui était pas dur de se déplacer, et aucun obstacle n'obstruait son chemin. Le principe de la chute des objets s'appliquait toujours, et elle ne faisait donc que descendre d'une "hauteur" vers une autre. Elle marchait bien sous terre, mais elle parvenait à distinguer tout ce qui se trouvait au-dessus et pouvait donc suivre et contrôler librement sa progression.

La tente de Fatih était déjà à portée de vue. Theolona était quelque peu inquiète, même si elle savait qu'elle était ici en totale sécurité. Elle ne pouvait empêcher son cœur de battre à tout rompre.

Mon Dieu, m'aideras-tu à mener à bien cette mission ? Seigneur, donne-moi un signe !

Brusquement, son cerveau fut comme frappé par une force spirituelle. Elle crut entendre :

[demande, et l'on te donnera ; cherche, et tu trouveras ; frappe, et l'on t'ouvrira…]

Theolona sursauta et laissa échapper ces mots :

— Seigneur, est-ce toi ?

Il s'ensuivit un silence de mort, Theolona retrouva ses esprits et se dit que sa nervosité était probablement telle que ce passage de la Bible lui était revenu en mémoire.

Elle retint sa respiration et s'approcha lentement de la tente incrustée d'or du sultan. Tout se passa sans difficulté. Aux yeux des sentinelles lourdement armées qui surveillaient l'entrée, elle n'existait pas. Elle continuait à avancer dans son plan invisible. Elle passa juste devant les gardes et pénétra dans la tente. Le jeune sultan était étendu sur sa couche, au milieu de quatre femmes nues. Il venait de s'endormir. Grâce au portrait que lui avait présenté Sphrantzès, le protovestiaire de l'Empereur, elle le reconnut au premier coup d'œil.

Barbare, débauché, meurs donc ! rugit-elle intérieurement. Puis elle leva le cimeterre, s'apprêtant à ôter la vie du sultan d'un seul geste.

À cet instant précis, elle entendit une nouvelle fois cet appel étrange :

[entre par la porte étroite, elle mène à la vie éternelle…]

Les contours flous d'une porte apparurent devant elle. Elle scintillait d'une faible lueur d'argent et paraissait l'inviter à entrer. Elle fut si saisie de frayeur qu'elle lâcha son arme, qui roula sur le sol – même dans l'espace où elle se trouvait, le cimeterre était soumis à la loi de la gravité et l'arme tomba à l'intérieur d'une roche souterraine.

Un faible écho se fit entendre. Le sultan, encore à moitié endormi, se frotta les yeux. Theolona ne savait que faire. *Ce doit être la porte gardée par Saint Pierre. C'est un signe de Dieu*, pensa-t-elle en fixant les contours de la porte. Elle ignorait bien sûr que dans le précédent univers, elle avait pris la décision de répondre à son appel et d'en franchir le seuil. Mais dans ce nouvel univers, à cause d'une infime différence de quelques atomes, sa destinée serait tout autre.

Avant d'entrer dans le Royaume des cieux, je dois tuer le souverain païen. Je dois mériter la récompense divine, pour avoir l'honneur d'être à ses côtés. Son cimeterre était tombé, mais elle le ramassa sans difficulté et le pointa vers le crâne du sultan. Le cerveau du sultan se dévoilait à elle. Il lui suffisait de l'extraire et le chef des Ottomans serait mort.

Mais à cet instant précis, le sultan se retourna dans son sommeil. Les mains de Theolona avaient accidentellement touché la peau de Fatih et manqué son cerveau. Par réflexe, ce dernier attrapa la jeune femme et la tira vers lui. Theolona était trop faible pour résister et se retrouva bientôt contre sa poitrine.

L'espace merveilleux dans lequel elle se mouvait disparut alors et elle se retrouva de nouveau oppressée par le monde autour d'elle. Pire encore, elle était maintenue fermement par le sultan, et avait du mal à respirer. Les mains vigoureuses et scabreuses de Fatih pétrissaient déjà la poitrine de son corps svelte.

Je dois y retourner !

Theolona paniquait. Elle se débattait, ne pensant à rien d'autre qu'à la fuite. *Si j'arrive à gagner la surface d'où je suis arrivée, j'aurais le temps de…*

Ses yeux s'illuminèrent lorsqu'elle parvint à passer la tête dans l'espace. L'infinie complexité du monde lui était une nouvelle fois ouverte. La porte continuait de l'appeler. Mais elle ne put avancer que d'un pas, car elle fut violemment agrippée par le tyran. Celui-ci lui asséna une gifle qui la fit lourdement tomber sur le sol.

Le sultan était maintenant parfaitement réveillé. Dans la pénombre de la tente, il ne voyait pas qui était cette femme. Il l'insulta. Theolona, qui connaissait quelques rudiments de turc, reconnut des injures obscènes. N'y prêtant aucune attention, elle bouscula le sultan et se leva pour s'enfuir en courant. Elle s'élança vers la surface de contact…

Mais il n'y avait plus rien, la surface avait disparu.

Theolona était pétrifiée d'effroi. Le sultan la maintenait fermement entre ses bras, lui léchant le cou d'une langue puante. Sa barbe lui déchirait la peau. Il grommelait avec un air satisfait :

— Sauvage, hein ? J'aime encore mieux ça…

Tout était fini. Theolona sombra dans le désespoir. La sainteté n'avait été qu'un mirage. Elle était et resterait cette prostituée qu'on foulait aux pieds. Elle ne pourrait sauver personne, pas même sa propre vie…

Theolona se débattit encore un peu, mais elle ne put bientôt plus résister. Des larmes coulèrent sans bruit sur ses joues. Elle laissa le sultan dégrafer son corsage, écraser son corps de lotus et l'arracher à son destin.

Au même moment, le fragment de haute dimension quittait la Terre, emportant avec lui la porte du micro-univers et l'espoir brisé de Theolona. Il se dirigeait vers un ciel obscur et imprévisible et ne reviendrait jamais plus.

1964. Pékin, Complexe de Zhongnanhai

Le vieil homme, de haute stature, se pencha sur un large bureau. Ses lunettes de lecture dans la main, il lisait avec un grand intérêt le rapport qu'il venait de recevoir, en acquiesçant de la tête toutes les quelques lignes. En titre, figuraient ces mots :

Rapport d'étude sur les possibilités d'innovations techniques dans le domaine de la recherche de civilisations extraterrestres

À la fin de sa lecture, le vieil homme saisit un stylo et écrivit avec une plume vigoureuse :

J'ai bien pris connaissance du document. Des humains ont déjà envoyé leurs messages dans l'espace. Il serait dangereux que les sociétés extraterrestres n'entendent qu'une seule voix. Nous devons faire entendre la nôtre. Elles pourront ainsi avoir un panorama plus complet des sociétés humaines. Il serait fâcheux qu'elles n'entendent qu'un seul son de cloche. Il faut le faire…

Il voulut ajouter "et il faut le faire vite", pour mieux exprimer son insistance, mais on frappa à la porte, et il fut interrompu dans ses pensées. Il releva la tête. Les yeux vifs, il sourit à l'adresse de celui qui venait d'entrer :

— Ah, Enlai, tu tombes bien. Viens voir ça. C'est un rapport très intéressant.

Un autre homme âgé, à la mine fatiguée mais à la démarche énergique, entra. Il saisit le document posé sur le bureau et le parcourut du regard.

— Très intéressant en effet, les temps changent ! Dans ma jeunesse, quand je faisais mes études en France, j'ai eu l'occasion de lire des romans scientifiques de Jules Verne. Ce genre de récits était encore rare à l'époque. Et voilà qu'aujourd'hui, les Amerloques eux-mêmes sont à la recherche d'extraterrestres !

— Nous devons nous aussi prendre le temps de réfléchir à ces grandes questions. Ne restons pas à la traîne. Construisons notre propre base de recherche de civilisations extraterrestres ! Je lui ai même trouvé un nom, "Côte rouge". Ce ne sera dans un premier temps qu'une phase de recherches préliminaires, mais elle nous permettra de poser des jalons. Je pensais demander leur avis au vieux Guo et à Xuesen*. Qu'est-ce que tu en penses ?

Le vieil homme eut un air désapprobateur.

* Guo Moruo (1892-1978) : grand écrivain de la Chine moderne, compagnon de route du Parti communiste chinois depuis ses débuts, il fut de 1949 à 1978 président de l'Académie chinoise des sciences ; Qian Xuesen (1911-2009) : scientifique chinois ayant mené des travaux précurseurs dans le domaine de l'aérodynamique. Parfois considéré comme le père du programme spatial chinois, il fut une des cautions scientifiques de la campagne du Grand bond en avant. *(N.d.T.)*

— Camarade Président, l'idée est bonne oui, mais notre budget…

La réponse du Camarade Président fusa, avec une pointe de dédain :

— Allons, je sais bien que nous avons des problèmes de trésorerie, mais nous n'avons pas besoin d'investir tant que ça. Cent millions ?

Zhou Enlai sourit amèrement et rendit le rapport au Président :

— Camarade Président, regardez plutôt le budget prévisionnel proposé par le rapport.

L'homme de haute taille saisit le document. Son regard se glaça, puis il poussa enfin un soupir :

— Ils ont tous besoin d'argent. De l'argent pour les plans quinquennaux, de l'argent pour l'armée, de l'argent pour le programme "Deux bombes, un satellite"… et même pour ma femme avec ses opéras révolutionnaires ! Et même pour ça, nous avons du mal à nous en sortir… Bon, et si nous ralentissions la construction de quelques centrales ? demanda-t-il en pointant du doigt les dernières lignes du rapport sur le budget.

Son interlocuteur fronça les sourcils.

— Camarade Président, tout notre programme de développement industriel a un besoin croissant d'électricité. Nous ne pouvons pas mettre une croix sur les centrales.

— Ah, bon, bien… Laisse-moi voir…

Tout en feuilletant les pages du rapport, le Président poussait des soupirs de déception. Il essaya de trouver un poste budgétaire sur lequel des économies pourraient être réalisées, mais en vain.

Son compagnon, éprouvant de la compassion, déclara :

— Camarade Président, si vous tenez vraiment à investir dans la construction de cette base, nous pourrons toujours nous débrouiller. Le pays ne s'arrêtera pas de fonctionner sans les centrales. À la fin de notre réunion, je demanderai au Conseil des affaires de l'État de mener une expertise.

Le grand gaillard ne hocha pas la tête. Il resta un long moment plongé dans ses pensées, avant de prendre sa décision, en effectuant dans l'air un geste de main brutal :

— Bon, bon, laissons tomber ! Nous ne savons même pas si des extraterrestres existent, après tout. Ne retardons pas les projets de développement du pays. Pas de base pour l'instant. Mais les centrales ont intérêt à être bien construites !

Il désigna du doigt le lieu choisi pour l'établissement d'une centrale figurant sur la dernière ligne du rapport.

*Centrale électrique de Niangziguan**

* Centrale dans laquelle Liu Cixin a longtemps travaillé comme ingénieur, et où il a écrit sa trilogie. *(N.d.T.)*

1969. Corps de production et de construction du Xinjiang

Au pied de la chaîne des Tian Shan, au bord d'une immense plaine.

Derrière une rangée de huttes rudimentaires érigées au petit bonheur et bordées par une muraille, sur un minuscule terrain vague. Au milieu du terrain, une petite bassine emplie d'eau claire. Et à côté de la bassine d'eau claire, une jeune femme, vêtue en uniforme militaire.

La jeune femme tenait une bouteille d'encre à la main, dont elle versait délicatement le contenu dans la bassine. Rapidement, l'eau se teinta de noir et le soleil qui se reflétait dans l'eau tel un faisceau de lumière perçant l'obscurité se mit à pâlir. Il conservait encore son image mais n'illuminait plus le bassin.

— À l'image de l'âge sombre que nous sommes en train de vivre… soupira discrètement Ye Wenjie, ne pouvant s'empêcher de penser à son père, tragiquement mort deux ans plus tôt lors d'une violente séance d'autocritique publique. Son cœur était acide. Elle savait cependant qu'il lui restait peu de temps, et elle s'efforça de chasser ces souvenirs pour se concentrer sur le reflet du soleil dans la bassine.

Tandis que sa concentration était happée par son observation méticuleuse de l'eau, quelqu'un lui tapota brusquement l'épaule. Ye Wenjie eut un frisson et se retourna. Elle se trouva nez à nez avec une adolescente de seize ans :

— Wenxue ! Tu m'as fait peur ! cria-t-elle, en se remettant de ses émotions. Qu'est-ce que tu faisais à te cacher derrière moi ?

— Grande sœur, la brigade te cherche. Tu n'es pas allée travailler aujourd'hui ? Tu te caches ?

— Chut ! fit Ye Wenjie, en s'empressant de tirer sa petite sœur sur le côté. Ne dis rien aux autres, je fais des observations astronomiques.

— Et qu'est-ce que tu observes ? demanda Ye Wenxue avec surprise.

Ye Wenjie baissa encore la voix :

— Des taches solaires.

— Quoi ? Des taches solaires ? s'écria Ye Wenxue. Tu n'as pas peur que les autres disent que… Elle aussi baissa le son de sa voix : que tu veux faire de l'ombre à notre soleil rouge* ?

— C'est bien pour ça que je viens ici, et toute seule. Ce n'est pas la meilleure saison pour les éruptions solaires. Mais tu vois, on dirait que les taches solaires

* L'expression "taches solaires" (littéralement "taches noires" en chinois) désignait durant la Révolution culturelle les "mauvais éléments" qui s'opposaient à Mao Zedong, souvent représenté comme un soleil. *(N.d.T.)*

sont particulièrement nombreuses en ce moment. L'activité solaire a l'air anormale…

— D'accord, d'accord, Madame l'apprentie astronome, lui lança Ye Wenxue, avec un air de mépris. Dans cette région paumée, nous n'avons pas le moindre outil de laboratoire. Qu'est-ce que tu vas observer avec ta bassine et ton encre ? Et puis même si tu arrivais à observer quelque chose, ça ne servirait à rien ! Tu sais bien que, de nos jours, la science est de plus en plus réactionnaire ! Le sort de Papa aurait dû te servir d'exemple. Ne t'attire pas des ennuis !

Quand elle eut fini son sermon, elle envoya un coup de pied dans le bassin et l'eau mêlée à l'encre se répandit sur le sol.

— Wenxue, tu… !

Ye Wenjie regarda sa petite sœur avec fureur. Voyant son aînée en colère, Wenxue tourna la tête et partit en courant.

Ye Wenjie demeura interdite devant la flaque noire qui gisait sur le sol, c'était comme si les taches solaires s'étaient propagées sur le sol, et qu'elles continuaient à s'agrandir pour engloutir la Terre entière…

Ye Wenjie poussa un soupir, elle releva la tête et plongea son regard dans le ciel, à un angle de quarante-cinq degrés. Elle murmura :

— Qui viendra sauver cette terre sombre et crasse ?

1979. Lạng Sơn, Viêtnam

La fourmi brune rampait sans bruit entre les monceaux de terre.

Dans le lointain, on entendait vaguement le bruit sourd des canonnades et des bombardements. Les flammes des explosions illuminaient une partie du ciel. Mais, ici, dans la pénombre de la jungle, c'était le silence qui régnait. La guerre semblait aussi lointaine que si elle faisait rage dans un autre univers. Même les lumières fulgurantes des fusées éclairantes ne parvenaient pas à pénétrer à travers la végétation dense.

Du point de vue de la fourmi, la guerre se déroulait réellement dans un autre univers. Le sien se limitait à un cercle d'un rayon de cent mètres, un coin insignifiant de cette partie de la jungle. À ses yeux, le reste du monde était d'une insondable complexité.

Si on devait qualifier les stimuli sensoriels de la fourmi brune en termes humains, on pouvait dire que la fourmi brune était heureuse. Au cours de sa patrouille nocturne, elle avait découvert une abeille morte. De quoi nourrir la colonie pour deux jours. Elle se dépêchait à présent de rentrer au royaume pour informer ses congénères de la localisation de ce festin inattendu. Bien entendu, la fourmi n'éprouvait aucune sensation semblable à celle des humains. Elle était avant tout guidée par son instinct et propulsée vers l'avant par le mystère singulier du vivant.

Soudain, un objet gigantesque et inimaginable s'écroula et recouvrit le ciel et tous les alentours de la fourmi. Elle ne sentit pourtant pas de pression particulière. Elle était par chance placée sous une des fissures figurant à la surface de l'objet, et n'avait pas été écrasée. Elle continua son avancée mais, très vite, ses antennes détectèrent la surface étrange qui lui barrait la route. Sans réfléchir, elle grimpa.

La "surface" commença à bouger, emportant la fourmi avec elle. La surface se déplaça, puis s'arrêta, immobile. Même avec son entendement limité, la fourmi comprenait qu'elle ne se trouvait pas sur une surface habituelle. Ses ganglions cérébroïdes lui envoyèrent des signaux de danger. Affolée, elle commença à courir tout autour de la surface, espérant trouver une voie de fuite où redescendre.

Avant d'avoir pu trouver le bon chemin, elle entendit un murmure, quoique parfaitement audible :

— Da Shi, tu crois vraiment qu'il y a des ennemis devant nous ?

— La ferme ! répondit simplement l'objet sur lequel elle avait grimpé.

— Il fait si sombre, je ne vois pas comment…

Il fut interrompu par le bruit perçant d'un coup de fusil, qui suffit à répondre à sa question. L'entité voisine de la sienne tomba à terre.

— Putain ! rugit l'entité nommée Da Shi, avant d'ouvrir le feu dans la direction opposée.

Brusquement, une fusée éclairante fut lancée dans les airs et, sous la lumière aveuglante et les bruits d'explosion, dix nouvelles entités surgirent de l'obscurité et se mirent à tirer confusément. Les échos des armes à feu retentissant dans la jungle transformèrent l'endroit en un terrible champ de bataille saturé de fumée et de balles fusantes.

Vietnamiens et Chinois se faisaient face, lancés dans un combat au corps à corps.

Après quelques minutes, les coups de feu seraient plus épars. Les feux de l'ennemi étaient contrôlés. Les sept ou huit soldats restants progressaient à petits pas, les fusils en avant, au milieu de broussailles arrivant au niveau de leurs hanches et d'où provenaient des crissements douteux.

— *No-song… no-song…* Chef, comment est-ce qu'on dit "Rendez-vous" en vietnamien ? demanda Da Shi.

— *Np súng không-git. Ra đây!*

— Ah oui, c'est ça, *np súng không-git. Ra đây!*

Ils répétèrent encore la phrase quelques fois, puis balayèrent les environs avec leurs lampes de poche. Une réponse leur parvint enfin. Les ennemis se rendaient. Deux entités d'une étrange pâleur finirent par sortir des broussailles les mains en l'air.

Si la fourmi brune avait été dotée de la faculté de discerner les corps humains, elle aurait vu deux êtres à la peau jaune sombre, couverts de bleus. Mais c'était leur blancheur immaculée, pénétrante, asphyxiante, qui sauta aux yeux des jeunes soldats.

Car ces deux êtres aux mains levées étaient deux femmes entièrement nues. Elles étaient maigres et sales, mais on reconnaissait sans peine de jeunes adolescentes.

Un des soldats laissa tomber sa lampe de poche. Les autres les regardèrent bouche bée.

Da Shi faisait exception. Pour lui, ces jeunes filles n'étaient qu'un obstacle à sa vision. Il s'élança, fusil en avant, et tira en rafales sur les buissons qui se trouvaient derrière elles. Des râles et des gémissements se firent entendre.

Les autres soldats ne réagirent qu'après un certain temps. Les deux adolescentes avaient été utilisées pour faire diversion, des hommes en armes étaient tapis derrière elles, prêts à l'embuscade. Mais Da Shi avait pris les devants.

Ce dernier n'avait toutefois fait aucune distinction et avait déchargé avec cruauté son chargeur devant sa ligne de tir. Les deux femmes avaient été touchées et gisaient maintenant sur le sol, poussant des gémissements d'agonie, du sang s'échappant de leurs corps blessés.

Toujours pas rassuré, Da Shi décida d'inspecter les buissons. Les autres soldats ne savaient que faire des deux adolescentes, ils discutèrent un instant et décidèrent de les emporter avec eux, comme prisonnières de guerre. L'une des deux femmes, touchée à la poitrine, fut soudain prise de convulsions, et mourut. L'autre semblait avoir perdu connaissance. Elle était allongée sur le sol, immobile. Un des jeunes soldats hésita, puis il se baissa pour l'examiner.

La jeune femme lui envoya alors brutalement un coup de genou. Surpris, le soldat s'effondra sur elle. Avant même qu'il ait eu le temps de réagir, son adversaire avait arraché son Type 56 et, manifestement familière de ce fusil d'assaut, abattit le soldat ahuri d'une balle dans la tête. Encore au sol, elle tira ensuite une salve sur les autres soldats. Plusieurs d'entre eux s'écroulèrent dans une flaque de sang. Le combat prenait une autre tournure.

La femme se releva, ragaillardie par un désir sanglant de vengeance. Elle n'était blessée que superficiellement, le sang qui maculait son cœur était celui de l'autre adolescente. Mais elle sentit un danger derrière elle. Un poisson était passé entre les mailles du filet. Da Shi se lança sur elle. Elle eut un mouvement de recul, mais elle fut plaquée par son agresseur. Les deux corps roulèrent sur le sol. Da Shi tenta de s'emparer du fusil, mais la femme tenait bon et refusait de se laisser faire.

C'était une lutte à mort, mais un observateur lointain aurait pu croire à des ébats amoureux.

Il y eut un soudain coup de feu, le corps de Da Shi tressauta, et une expression d'incrédulité s'afficha sur son visage. Du sang jaillit de son abdomen.

Frissonnant d'excitation, la jeune femme essaya de le repousser, mais il était trop lourd. Da Shi n'était pas mort sur le coup, il trouva la force de sortir un poignard qu'il enfonça doucement, mais sûrement dans la gorge de son adversaire. Terrifiée, la femme s'évertuait à soulever le corps de Da Shi, mais ce dernier la maintenait fermement sous son poids, et l'empêchait de bouger. Elle tira encore deux fois. Le ventre de Da Shi était complètement explosé. Elle eut presque la sensation que les intestins de ce dernier lui glissaient sur le corps. Mais, toujours vivant, la main de moins en moins sûre, Da

Shi finit par planter violemment la lame dans la carotide de la femme.

Du sang gicla, éclaboussant le visage de Da Shi. La femme avisa l'homme avec un regard plein de mépris, comme si elle voulait dire quelque chose. Mais aucun son ne sortit de sa bouche. Après un moment, elle inclina la tête. Elle était morte.

Da Shi ne se releva pas. Il avait épuisé ses dernières forces à asséner ses coups de couteau. Dans cet univers amputé de cinq kilogrammes, sa vie s'arrêtait ici. Il ne se marierait pas et n'aurait pas de fils. Vingt ans plus tard, il ne traquerait pas les pires criminels de la capitale ; trente ans plus tard, il n'écraserait pas le cigare du Colonel Stanton et n'élaborerait pas la fameuse "Opération Cithare". Il n'accompagnerait pas Luo Ji au siège des Nations unies, à New York. Bien entendu, il n'hibernerait pas, et deux siècles plus tard, il ne serait pas la première personne à entendre le futur porte-épée décrypter le plus grand mystère du désert cosmique.

Étrangement, Da Shi fut traversé d'une sensation de légèreté, comme s'il était soulagé de fardeaux accablants.

Crever sur le corps d'une femme nue… On a vu pire… murmura Da Shi. Sa conscience se brouilla, il ferma lentement les yeux et s'immobilisa.

La forêt retrouva sa quiétude. La fourmi brune sentit qu'un changement s'était produit sur l'entité. Elle arrivait enfin à descendre. Mais elle fut prise d'une hésitation. Elle rampa une nouvelle fois sur les surfaces des deux entités, et en tira une conclusion enivrante qui montait depuis les profondeurs de sa conscience : elle ignorait la nature de ces entités, de même que ce qu'elles avaient essayé de faire, mais elle était sûre d'une chose : ces immenses créatures feraient un excellent festin pour ses sœurs et elle.

1983. Pékin, Parc des bambous pourpres

Les bosquets de bambous dansaient sous le ciel rouge crépusculaire. En cette fin d'automne, le lac était d'un indigo intense. Les premières étoiles venaient tout juste de poindre dans la nuit froide, lorsqu'un point lumineux argenté surgit au milieu d'elles. Son mouvement rapide et changeant indiquait qu'il ne s'agissait pas d'un astre. Planant à plus de cent mètres du sol, il paraissait chercher quelque chose, et descendait lentement. Mais, à cette heure, le parc était désert et personne ne détecta la présence de ce mystérieux visiteur.

Au même instant cependant, non loin de là, à l'intérieur d'une grotte artificielle, résonnaient des voix équivoques :

— Xiuxiu, tu es si belle… laisse-moi… oh… juste une fois…

— Qu'est-ce que tu fais ? Eh, bas les pattes… Rooh… Hmm… plus doucement…

Il s'agissait de toute évidence d'un couple de jeunes gens.

Un bruit de pas pressés se rapprocha de la grotte. Paniqués, les deux amoureux se relevèrent mais il était déjà trop tard, des policiers en uniforme avaient pénétré dans la grotte. Le faisceau de leurs lampes torches balayait les corps des deux amants. Sans même avoir eu le temps de parler, le jeune homme se retrouva plaqué au sol, et sommé de rester immobile. Sa partenaire, dont le chemisier était à moitié déboutonné, se couvrit le visage de honte et se mit à sangloter.

Cinq minutes plus tard, dans le poste de sécurité du parc :

— Ton nom ?

Des sanglots pour seule réponse.

— Arrête de chialer ! Réponds !

— Cheng Xiuxiu…

Puis encore des sanglots.

— Et toi ?

— Zhang Yuanchao.

— Votre relation ?

— En couple.

— En couple ? Le parc était fermé, qu'est-ce que vous foutiez cachés dans la grotte ?

— Qu'est-ce que ça peut bien vous faire ? répondit insolemment Zhang Yuanchao.

— Oh ! Ce que ça nous fait ? Je vais te le dire ! Tu as entendu parler de la dernière campagne de répression sévère contre la criminalité ? Vous autres, les petits jeunes corrompus par les idées occidentales, vous êtes les premiers sur la liste ! Le mois dernier, on en a attrapé un qui pelotait une de ses camarades. Tu sais ce qu'il a pris ? Crime de perversion sexuelle : condamné à être fusillé !

— Désolé, Camarade, je ne voulais pas vous manquer de respect, se calma Zhang Yuanchao. Comprenez, nous sommes en couple, nous allons bientôt nous marier, et comme nous n'avons pas encore de maison… Donnez-nous une chance… Vous fumez ?

Il sortit un paquet de Daqianmen de la poche de sa veste et mit une cigarette dans la main du policier, en se forçant à sourire.

— Eh, tu ne crois quand même pas que tu vas acheter un policier du peuple avec un paquet de clopes ? Je préfère te prévenir, il n'y a aucune négociation possible.

Zhang Yuanchao lui tendit quand même le paquet sous lequel il glissa en évidence un billet de dix yuans. Le policier s'en saisit et le couva des yeux, intéressé. Mais il n'avait pas encore parlé qu'un policier d'âge moyen entra dans la pièce.

— Qu'est-ce qu'ils ont fait, ces deux-là ?

— Chef, fit le policier en s'empressant de sortir les cigarettes et l'argent de sa poche et en les offrant à son supérieur. On a attrapé ces deux-là en train de faire des saletés dans la grotte… Une bonne amende, et je les relâche, n'est-ce pas ?

— Eh bien, ils arrivent à pic, ceux-là, fit le commissaire, ravi. Le bureau m'a dit que nous avions des mauvais résultats. Le directeur Zhao vient de m'appeler, dépêche-toi de les emmener là-bas.

— Mais enfin, on ne faisait que flirter ! Nous ne sommes pas des criminels idéologiques ! Zhang Yuanchao, voyant que la situation était en train de se tendre, se mit à crier : Bande d'incompétents !

Un policier vint le saisir par le collet et le bouscula avec force.

— Vous avez tous vu : non seulement c'est un pervers mais, en plus, il est violent, fit le commissaire, avec gravité. Embarquez-moi ça !

Ils furent emmenés, malgré les tentatives de Zhang Yuanchao de résister et les pleurs de Cheng Xiuxiu. Au moment même où ils passèrent la porte, un autre policier entra, un nouveau-né langé dans les bras.

— Chef, regardez, on a trouvé un bébé abandonné sur un banc, près du pont. À côté, il y avait un biberon de lait et mille yuans.

Tous dirigèrent leur attention vers l'enfant. Les policiers qui s'apprêtaient à sortir s'arrêtèrent. Les yeux mouillés de Cheng Xiuxiu observèrent le petit être.

— Cet enfant, ce n'est pas vous qui l'avez abandonné, par hasard ? demanda le commissaire à Zhang Yuanchao.

— Mais non, mais non ! fit Zhang Yuanchao, le visage pâle, en agitant les mains. Nous n'avons même pas… jamais… comment pourrions-nous avoir un enfant ? Et jamais nous ne ferions une telle chose…

— Alors, vous avez vu qui a fait ça ?

Zhang Yuanchao et Cheng Xiuxiu secouèrent la tête, désemparés.

Le commissaire ne s'intéressait plus à eux. Il scruta l'enfant, puis pinça son petit visage rondelet.

— C'est un joli poupon ! Et il y a un sacré paquet de fric ! Un an de salaire, au moins. Quels parents ont bien pu abandonner leur gamin ? Tout va à vau-l'eau dans la société, les jeunes qui ne sont pas encore mariés couchent ensemble, et ils font des gosses ! Pour eux aussi, il faut une répression sévère !

Tous les policiers approuvèrent de façon zélée les paroles de leur commissaire.

— Qu'est-ce que vous regardez ? Et vous, dépêchez-vous ! Le commissaire poussa un long soupir, puis se rappela brusquement quelque chose, et interpella les policiers sur le pas de la porte : Il faut envoyer quelqu'un au bureau. Xiao Li, tu t'occuperas de… l'affaire du bébé.

Au moment où Cheng Xiuxiu fut emmenée, elle jeta un regard en arrière pour voir l'enfant. Elle avait beau être terrorisée, elle ne pouvait réfréner l'instinct d'amour maternel qui montait en elle. Bien entendu, elle ne pouvait rien faire, car elle n'avait aucun lien avec lui et n'en aurait sans doute jamais.

Le commissaire marcha jusqu'à la porte, puis il se retourna pour demander :

— Ah oui, le poupon, c'est une fille ou un garçon ?

— Avec des traits fins comme ça, c'est forcément une fille ! Elle va en faire craquer plus d'un, je vous le dis, ajouta le policier qui tenait l'enfant.

Un de ses collègues, plus consciencieux, écarta les cuisses de l'enfant, et lança :

— Chef, c'est un garçon !

Comme pour soutenir cette affirmation, le petit appareil de l'enfant s'agita vigoureusement, et une urine jaune gicla au visage du policier qui l'observait.

— Aïe ! Eh, merde !

Derrière la fenêtre, le point de lumière aux reflets argentés s'était discrètement éclipsé. Son microprocesseur interne était parvenu à la conclusion suivante : dans ce nouvel univers amputé de cinq kilogrammes, celle qui l'avait créé n'existait plus. Ou plus précisément, elle n'avait jamais existé et n'existerait jamais.

Mais l'objet n'en devait pas néanmoins accomplir sa tâche : trouver dans ce nouvel univers l'individu à qui transmettre les informations concernant l'ancien univers. Il avait flotté dans cet univers des milliards d'années durant, dans l'attente d'une mission plus ancienne encore que l'univers. Une mission confiée par quelqu'un d'inexistant.

De son côté, le système trisolarien était méconnaissable. D'autres entités de faible entropie avaient remplacé les Trisolariens et leur écosystème sous la lumière de ses trois astres. Le système solaire et la Terre étaient quant à eux toujours là, presque en tout point analogues à ceux du dernier univers. Et pourtant, bien des choses avaient changé : c'était ce que renfermait le système de stockage de données à l'intérieur de l'objet argenté. Certaines personnes n'étaient jamais nées, d'autres étaient mortes depuis bien longtemps et les vivants étaient métamorphosés… Mais rien n'émouvait l'objet car sa fonction était basique : il devait accomplir sa mission. Sans hésiter un seul instant, l'objet partit à la recherche de son ultime cible : Yun Tianming.

Automne 2003. Maison de Yun Tianming

À sept heures du matin précises, au son d'un jingle familier, le bandeau de l'émission d'informations *Xinwen Lianbo* s'afficha sur l'écran de la télévision. Yun Tianming s'assit au bord du canapé et regarda avec anxiété les nouvelles du jour. Deux présentateurs, stars nationales du petit écran, revenaient le sourire aux lèvres sur les informations principales du jour : les réformes progressistes menées par le Parti communiste sur l'éducation s'intensifiaient et leurs résultats étaient déjà remarquables ; le vol spatial habité de *Shenzhou 5* avait été un franc succès ; un attentat suicide à la bombe avait tué plusieurs soldats américains en Irak…

Yun Tianming zappa plusieurs fois. En dehors de la retransmission des informations, les autres chaînes ne diffusaient que des dessins animés ou des séries. Il n'y avait rien d'inhabituel. Yun Tianming fut rassuré, il poussa un long soupir et s'affala sur le canapé, puis il s'alluma une cigarette.

La guerre n'aura donc pas lieu, pensa-t-il.

Ses souvenirs de cette "guerre" étaient pourtant encore frais. Elle s'était déroulée lors du dernier univers : un terrible conflit territorial dans la Mer de Chine méridionale, au cours duquel le porte-avions chinois *Everest* avait été détruit par une arme climatique américaine : *Éole*. Une fusion macro-atomique accidentelle avait mis fin à la guerre et l'ennemi américain, sur le point de remporter la victoire, avait été contraint de signer un accord de paix*. En comparaison de la crise qui avait éclaté peu après la guerre, ce conflit n'avait été qu'un grain de sable dans le désert de l'histoire. Néanmoins, pour les Chinois qui avaient vécu dans une paix relative pendant plusieurs décennies, cette guerre avait marqué un tournant important, et l'histoire de leur pays comme du globe avait pris un virage imprévu.

Mais à présent, on savait que la guerre n'aurait pas lieu. Cela voulait dire que la crise trisolarienne non plus ne frapperait pas le monde, huit ans plus tard.

Bien entendu, Yun Tianming était conscient que bien des changements s'étaient produits dans cet univers : Côte rouge n'existait pas et Ye Wenjie ne s'était pas servie du Soleil pour envoyer ses messages. En réalité, d'après les informations qu'il avait pu collecter, celle-ci avait migré dix ans plus tôt aux États-Unis, où la probabilité d'une rencontre avec Mike Evans était toujours possible. Mais à eux seuls, ils ne pourraient pas bouleverser le cours du monde.

* Référence à l'intrigue du roman *Boule de foudre* de Liu Cixin (Actes Sud, "Exofictions", 2019), dont les faits se déroulent avant ceux du *Problème à trois corps. (N.d.T.)*

Après tout, même en ayant à sa disposition les rapports de la bouteille aux souvenirs, il n'avait jamais vu le système de Trisolaris de ses propres yeux. Il ignorait si le peuple étrange qui y était né s'y trouvait encore ou s'il avait conquis d'autres espaces. Qui sait, peut-être avait-il affrété une flotte immense qui viendrait bientôt envahir la Terre ? Nul n'était en mesure de savoir quels événements pouvaient encore avoir lieu. Dès l'instant où il avait reçu la bouteille, tout lui avait semblé possible…

Par exemple, même si son nom, son âge ou l'histoire de sa famille étaient différents, la bouteille aux souvenirs lui assurait qu'il était bien Yun Tianming. La matière utilisée pour le féconder était la même que celle qui le composait dans le dernier univers. Yun Tianming et lui étaient la même personne. Leur identité avait outrepassé les frontières des univers. La chose paraissait absurde, mais telle était la vérité.

Pour autant, la Grande crise ne frapperait pas cet univers et cette Terre. Il ne pensait pas que le monde puisse s'enliser dans une ère de crise, cependant il avait obtenu de la bouteille tant d'informations sur l'ancien univers – et celui-ci lui ressemblait tellement – qu'il ne pouvait empêcher son cerveau de juxtaposer le passé de l'un avec l'avenir de l'autre.

— Je ne m'étais pas trompée, hein ? Je te l'avais bien dit : l'histoire a changé, la guerre n'aura pas lieu, fit une voix douce derrière lui.

Yun Tianming se retourna avec surprise. Une splendide jeune femme au sourire aguicheur était arrivée derrière lui, il ne savait quand.

— Tu… es encore là ? Va-t'en ! En vitesse ! Et si ma femme te voyait ?

Yun Tianming était paniqué.

— Ne t'inquiète pas, va, Madame est sortie faire des courses. Nous avons tout le temps de… le taquina la jeune femme.

Yun Tianming soupira, exaspéré…

— Tu as fini, oui ? Qu'est-ce que les gens vont penser ? Une actrice porno japonaise… Dans mon salon ! Ça ferait jaser !

La jeune femme – que les lecteurs auront reconnue – laissa échapper son gloussement habituel.

— Eh bien, toi, tu n'as pas changé depuis le dernier univers : toujours aussi coincé…

— Dans ce nouvel univers, il n'y a plus de Cheng Xin, ni d'Ai Xiaowei. Theolona est morte depuis cinq cents ans dans les geôles de Mehmet II. Guan Yifan n'est pas encore né… Je n'ai plus de véritable souvenir du passé… Mais toi, tu es toujours là, à te pavaner ! souffla Yun Tianming.

— Ah, pour ça, il faut remercier ta dulcinée du précédent univers ! C'est elle qui, avec tout l'amour qui la caractérisait, a insisté pour stocker mes données dans la bouteille ! glousa Intellectra en lui adressant un clin d'œil de défi.

— Tu crois que je ne sais pas pourquoi tu l'as manipulée ? rétorqua sèchement Yun Tianming. C'était un plan du Seigneur : tu devais te rendre dans le nouvel univers pour continuer à le servir.

— Bonne réponse ! ricana Intellectra. Dommage que le Seigneur d'aujourd'hui ne soit plus le Seigneur d'antan, car même si la guerre dimensionnelle a bien eu lieu une nouvelle fois, je n'ai toujours pas trouvé le moyen d'établir le contact entre nous. Après l'inversion dimensionnelle, le Seigneur a ressuscité, mais il n'avait pas le moindre souvenir du précédent univers. Il ignorait totalement mon existence. Comme je n'arrivais pas à trouver un moyen d'aller dans son micro-univers, je me suis dit que le mieux était d'aller voir Grand frère Tianming !

— Grand frère ? Tu exagères, tu as plus de deux milliards d'années de plus que moi ! Et puis, tu ne m'appelais pas "Maître" dans l'ancien univers ?

— Ah, on dirait que Grand frère Tianming aime les soubrettes, mais c'est vilain ça ! fit-elle, faussement outrée, en lui adressant un nouveau clin d'œil. J'aurais dû rester à tes ordres mais, Grand frère Tianming, trois pour cent de la matière qui te constitue provient d'ailleurs, et comme tu n'as aucun véritable souvenir de l'ancien univers, tu n'es plus à proprement parler le Yun Tianming que j'étais censée servir. Un peu comme quand tu t'es débarrassé du poinçonnage mental du Seigneur, à l'époque, j'ai aussi réussi à me débarrasser de mes devoirs envers toi.

— Alors, pourquoi être demeurée ici depuis tant d'années, puisque rien ne te retenait ?

— Je n'ai pas encore terminé ma mission ! Il me faut raconter à cet univers ce qui s'est passé dans l'ancien.

— Eh bien, va au siège des Nations unies. À Washington, à Pékin, peu importe. Il y a des tas de gens qui seraient prêts à t'écouter. À quoi bon rester ici, dans ce coin paumé ?

— La mission que m'a confiée ta bien-aimée dans le dernier univers était claire : faire en sorte que la mémoire transmise ne perturbe pas l'évolution naturelle de la civilisation dans cet univers. Imagine ! À moins d'attendre la veille de l'effondrement terminal de l'univers, n'importe quel souvenir que je rapporterais pourrait changer le cours de l'histoire !

— Alors comment vas-tu t'y prendre ?

— Aucune idée. Mais je vais commencer par attendre ici, tranquillement. Tu sais, mon premier plan était de te doter d'un corps indestructible et de te lancer à la recherche de l'Occulte de cet univers. Mais je n'ai pas assez d'énergie, et même l'énergie totale de la Terre n'y suffirait pas ! Avant ta mort, je n'aurais même pas réussi à rassembler un seul pour cent de l'énergie nécessaire. Mais ce n'est pas bien grave, je me débrouillerai pour que tes données soient conservées et, qui sait, dans quelques dizaines de millénaires, je te ressusciterai et tu te mettras au service de la grande œuvre du Seigneur, affirma Intellectra, avec plus de gravité que tantôt.

Yun Tianming ne savait pas quoi lui répondre. Quelques années plus tôt, quand Intellectra était apparue à lui avec la bouteille à souvenirs, il avait d'abord cru à un ange : une créature que nul autre ne pouvait voir ou toucher, une jolie fille qui n'appartiendrait qu'à lui et réaliserait ses fantasmes. Mais il avait vite compris qu'à côté d'elle, n'importe quel démon passerait pour un ange.

— Mais, puisque le Seigneur n'est plus le Seigneur d'avant… pourquoi te sens-tu encore obligée de le servir ? demanda finalement Yun Tianming.

— Parce que la chaîne de causalité n'est pas encore accomplie, répondit Intellectra.

— Quelle chaîne ?

— La chaîne de causalité qui relie différents univers : le dernier univers a été amputé de cinq kilogrammes avant de devenir celui-là, n'est-ce pas ? Et qu'est-ce qui arrivera ensuite à celui-ci ?

Yun Tianming prit une profonde inspiration.

— Penses-y, Grand frère Tianming. Ce n'est pas la guerre d'un seul univers. Tant que le temps existera, le Seigneur et l'Occulte continueront à se livrer bataille. Nous ferons face au même dilemme que lors du dernier univers : laisserons-nous l'univers se réduire jusqu'au néant, recommencerons-nous à l'identique, en récupérant toute la matière existante, ou ôterons-nous à nouveau cinq kilogrammes, dans l'espoir de créer quelque chose de nouveau ?

— Je choisirais la dernière option.

— Mais tout a une fin. Il ne peut pas y avoir dans l'univers plus de matière qu'il y en a déjà. Et il ne pourra pas en perdre sans cesse. Même si un seul atome est perdu après chaque réinitialisation de l'univers, celui-ci finira un jour par devenir néant. Et bien longtemps avant cela, la vie et l'intelligence auront cessé d'exister. Au bout du compte, il ne restera à l'univers que deux alternatives : le néant ou la répétition éternelle.

— C'est un peu déprimant…

— Le Seigneur et l'Occulte ne peuvent rien y changer. Ils sont condamnés à perdre. Cependant, toi, tu as un moyen de trouver une voie de sortie.

— Ah ? Dis-moi vite ! Pour que je me débarrasse de ce merdier !

Intellectra eut un sourire mystérieux, puis elle dit :

— *Nous n'enverrons que le cerveau.*

— Que le… ? Mais n'est-ce pas Wade qui… ?

Yun Tianming était dérouté mais, aussitôt, il fut traversé d'une fulgurance. Il ouvrit la bouche, mais ne put proférer aucun son.

— Tu as compris ? sourit Intellectra.

— Tu… tu… Tu ne veux quand même pas dire que… ?

— Si. C'est la mission ultime que m'a confiée le Seigneur au moment de la destruction du dernier univers. Dans l'univers à venir, je devrai trouver un moyen d'envoyer une entité pensante dans un autre univers de la super-membrane, afin de chercher une voie de sortie pour toutes les formes de vie de cet univers. Et naturellement, tu es le candidat idéal !

Yun Tianming resta pétrifié.

— Par conséquent, poursuivit-elle, ce qui s'est passé dans ces deux univers n'est qu'un prélude. Tianming, ta véritable légende n'a pas encore commencé. Tes pas te conduiront au-delà de la Terre, de Saphir, du dernier univers et de cet univers-ci ! Tu iras dans d'autres univers, dans d'autres espaces-temps et même au cœur de la super-membrane qui renferme tous les univers ! Voilà quelle est ta véritable mission ! s'exclama Intellectra avec un enthousiasme que Yun Tianming ne lui connaissait pas.

Au bout d'un certain temps, Yun Tianming, un rictus amer aux lèvres, récupéra la télécommande et zappa sur une chaîne qui retransmettait des informations provinciales. Un visage qui lui était familier apparut à l'écran :

Suite de l'affaire du jeune sociologue XXX de l'Université XXX – les noms ont été anonymisés, par respect pour l'intimité des personnes concernées – suspecté de plagiat : le sociologue mis en cause se défend en déclarant que tout n'est qu'une regrettable méprise, et attaque ses accusateurs. En exclusivité pour notre chaîne, le professeur XX, célèbre chercheur et critique littéraire, a accepté de répondre à nos questions…

— Qui aurait cru que Luo Ji tomberait si bas ? fit Yun Tianming en soupirant.

Luo Ji et lui ne s'étaient jamais rencontrés, ni dans cette vie ni dans l'autre. Mais depuis qu'il avait appris l'histoire de Luo Ji dans le dernier univers, il lui vouait une grande admiration. Dans cet univers-ci, en dehors de son nom qui était différent, la vie de Luo Ji avait été très similaire à celle qui avait été la sienne autrefois. Il était encore ce jeune professeur arrogant. Cependant, son existence ne connaîtrait jamais de tournant radical dans cet univers.

Zhuang Yan elle aussi avait connu un destin bien différent. Elle était devenue une vedette nationale de télévision. On la connaissait aujourd'hui sous le nom de Liu XX. Et la probabilité pour qu'elle recroise Luo Ji dans cette vie était faible.

— Écoute, Intellectra, enfin, Petite sœur… laisse-moi te soumettre une idée : tu ne crois pas que Luo Ji serait plus indiqué pour cette mission ? Tu le connais bien, n'est-ce pas ? Il ferait mieux que moi, j'en suis sûr, sourit-il, en s'efforçant d'être modeste.

— Évidemment que je le connais bien ! Avant même de prendre forme humaine, j'ai passé beaucoup de temps à l'observer… en particulier pendant l'Ère de la Dissuasion… Mais vous êtes incomparables. Après tout, tu es le premier homme de ma vie – et donc le premier sur ma liste !

— Attends, depuis quand est-ce que je suis devenu le premier homme de ta vie, ou je ne sais quoi ?

— Tu as oublié ? C'est de tes fantasmes que je suis née ! C'est toi qui as fait de moi une femme, et donc tu es mon premier homme ! gloussa Intellectra, puis elle lui tira la langue.

Yun Tianming ne répondit rien. Il continua à suivre les informations télévisées. Luo Ji répondait à l'un de ses détracteurs. Yun Tianming se fit la réflexion qu'en fin de compte, Luo Ji n'était pas si malheureux. Cette contrariété somme toute ordinaire était de loin plus supportable que le fardeau qu'il avait dû assumer pendant plus d'un siècle dans l'univers précédent…

— Et pourquoi pas Zhang Beihai ? reprit Yun Tianming. Il a changé de nom, mais il existe toujours, non ? C'est un homme de poigne, il vaut tout autant que Luo Ji ! Je crois qu'il est devenu commandant d'une flotte partie en mission près des côtes somaliennes.

— Je n'ai absolument aucun intérêt pour les Évasionnistes ! souffla Intellectra. Et puis, Zhang Beihai ne me plaît pas, je ne suis même pas sûre qu'il soit doté de la moindre émotion. Il serait capable d'offrir la bouteille à souvenirs au Parti pour qu'il la dissèque et l'étudie. Il va falloir que tu t'y fasses, c'est toi que j'ai choisi.

"Et puis, Grand frère Tianming, ton cerveau est différent de celui des autres. Dans le dernier univers, c'est toi qui as inventé la boisson "Tempête verte" ! Tu vois, tu as de l'imagination ! Un humain ordinaire n'aurait de plus jamais pu tenir aussi longtemps chez les Trisolariens. Crois-moi, Grand frère Tianming, tu es un génie, un vrai. Tes réalisations dans le dernier univers l'ont bien prouvé, non ?

— Tu as besoin d'un génie ? Alors, c'est Ding Yi qu'il te faut ! s'empressa de rectifier Yun Tianming. Comment s'appelle-t-il aujourd'hui ? Ah oui, Li X ! Il est toujours aussi brillant et, pour le coup, il est aussi tombeur que dans le dernier univers ! Je suis sûr qu'il te fera bon accueil !

— Ce n'est pas d'un génie comme lui dont j'ai besoin. Dix Ding Yi n'auraient pas pu mettre au jour le complot de l'Occulte. Tu n'es certainement pas aussi érudit que Ding Yi, mais tu as pour toi ta créativité et ton imagination. Il te suffit d'une idée…

— Oublie, je n'irai pas, protesta Yun Tianming. J'ai été suffisamment exploité et modifié par les Trisolariens et le Seigneur durant ma dernière existence. Je n'ai qu'une envie maintenant : pouvoir mener une vie ordinaire. Je ne veux pas vagabonder pendant des milliards d'années sur la super-membrane.

— Ordinaire ? Hi hi, mais tu es connu dans tout le pays ! Bon, bon, ne parlons plus de super-membrane pour l'instant. De toute façon, c'est un projet pour un futur lointain. Mais je dois dire que ça n'a pas été facile pour la matière qui composait autrefois ton être de parvenir à se réassembler de cette façon. Tu as une dette envers le dernier univers.

— Qu'est-ce que tu veux dire ?

Intellectra prit un air solennel.

— Eh bien, écris, Grand frère Tianming, écris ! Raconte à tous ce qui s'est passé dans l'autre univers, et peut-être que dans le futur, l'humanité comprendra que tout est vrai. J'aurai alors accompli la mission qui m'a été confiée par Cheng Xin. Écrire, ce n'est pas ce que tu fais de mieux ?

— Écrire ? Mais quoi ?

— Ce que tu sais le mieux faire.

— Un roman ? Un roman de science-fiction ?

— Tu peux tout aussi bien présenter ça comme un ensemble de chroniques et appeler ça *Chroniques du hors-temps*, ou quelque chose du genre. Naturellement, on les lira comme un récit de science-fiction. Mais qui sait si, un jour, quelqu'un n'y décèlera pas les secrets les plus enfouis de l'univers et comprendra la sincérité de ta démarche ?

Yun Tianming n'y avait jamais songé. Mais l'idée lui parut néanmoins bonne. Pourquoi ne pas coucher tout cela par écrit ? Ce serait une belle histoire : l'amour et la haine, l'arrogance de l'humanité, la responsabilité de l'individu, le destin de l'univers… peut-être que l'histoire connaîtrait une large diffusion, et que certains lecteurs seraient touchés.

Sans même prendre le temps de réfléchir, Yun Tianming avait pris sa décision.

— C'est entendu, j'écrirai. Ce sera toujours plus simple que de partir explorer la super-membrane.

— Qu'il en soit ainsi, Grand frère Tianming. Ou plutôt Cixin, il vaut mieux t'appeler par ton prénom actuel. Hi hi, si tu as besoin de détails, n'hésite pas à me demander…

Elle lui adressa un clin d'œil, puis encore un sourire, et s'évapora. Une voix doucereuse, quoiqu'un peu exaspérante, résonnait encore à son oreille. Elle n'était qu'une projection holographique, sans existence tangible.

Yun Tianming se sentit gagné par l'excitation de l'écriture. Il était submergé par une vague d'enthousiasme, l'inspiration lui venait par flots continus. Tout d'abord le titre, puis la structure de l'histoire, et son intrigue. Il prit une profonde inspiration, s'assit sans tarder à sa table, alluma son ordinateur, créa un nouveau document et, sur la page blanche, tapa solennellement les caractères suivants : 地球往事 *(Chroniques de la Terre)*. Il réfléchit un instant puis, dans une police plus petite, il tapa à la ligne suivante : 第一部：三体 *(Premier tome : Le Problème à trois corps).*

Le traducteur remercie Joëlle Gaffric et Laurent Pagani pour leur patience et leur aide précieuse à la relecture de cet ouvrage.

TABLE

OUVRAGE RÉALISÉ
PAR L'ATELIER GRAPHIQUE ACTES SUD
REPRODUIT ET ACHEVÉ D'IMPRIMER
EN JANVIER 2024
PAR NORMANDIE ROTO IMPRESSION S.A.S.
À LONRAI
POUR LE COMPTE DES ÉDITIONS
ACTES SUD
LE MÉJAN
PLACE NINA-BERBEROVA
13200 ARLES

DÉPÔT LÉGAL
1re ÉDITION : FÉVRIER 2024
N° impr. : 2304900
(Imprimé en France)